구두는 장미

이호걸 시평집

청어

구두는 장미

이호걸 지음

발행처 · 도서출판 청어
발행인 · 이영철
영 업 · 이동호
홍 보 · 최윤영
기 획 · 천성래 l 이용희
편 집 · 방세화 l 이서윤
디자인 · 김바라 l 서경아
제작부장 · 공병한
인 쇄 · 두리터

등 록 · 1999년 5월 3일
(제321-3210000251001999000063호)

1판 1쇄 인쇄 · 2014년 11월 5일
1판 1쇄 발행 · 2014년 11월 15일

주소 · 서울 서초구 효령로55길 45-8
대표전화 · 586-0477
팩시밀리 · 586-0478

홈페이지 · www.chungeobook.com
E-mail · ppi20@hanmail.net
ISBN · 979-11-85482-64-4 (03810)

이 도서의 국립중앙도서관 출판시도서목록(CIP)은 서지정보유통지원시스템 홈페이지
(http://seoji.nl.go.kr)와 국가자료공동목록시스템(http://www.nl.go.kr/kolisnet)에서
이용하실 수 있습니다.(CIP제어번호: CIP2014028348)

구두는

장미

 서문序文

詩 감상문을 적겠다고 어언 3개월가량 정신없이 읽고 썼다. 그전에도 읽은 詩集은 꽤 된다. 나는 詩라고 생각하면 고등시절에 배웠던 해방 전 詩人의 詩가 詩인 줄만 알았다. 국어에 대해서는 까마득히 모르고 지냈으며 국어를 모르고 지내더라도 대학을 다니거나 사회생활을 하는 데 크게 지장이 있는 것은 아니었다.

내가 언제부터 詩를 좋아하며 또 읽기 시작했는지 곰곰 생각해보니 아무래도 10여 년 전 유명 강사의 성공학 강좌를 듣고부터다. 그러니까 일기 쓰기를 빼먹지 말며 나의 삶을 기록해 나가라는 강사의 말씀이었다. 물론 그때 몇 가지 말씀이 더 있었다. 다른 것은 다 할 수 있었다. 또 그렇게 해오고 있었는데 이 일기 쓰기 만큼은 초등시절에나 몇 번 끼적거리다가 통 해 본 적이 없다. 아무래도 성공은 못 하더라도 성공 가까이는 가보고 싶은 게 나의 목표라 그 일기 쓰기를 부끄럽지만 하기 시작했다.

그리고 카페에 오시는 손님께 쓴 일기를 내보이기까지 했는데 참으로 부끄러웠다. 어떤 이는 받침 자가 틀리었다며 이야기하시는 분 있는가 하면 문장과 조사의 사용까지 잘못 쓰고 있는 필자를 알게 되었다. 그래도 일기는 계속 써내려갔다. 그러다가 카페 손님 한 분이 시마을(시와 그리움이 있는 마을)을 알려주었다. 그분은 시마을의 회원도 시인도 아니었다. 그저 심심하면 한번 들어와 올려놓은 글 한 편씩 읽고 가시는 손님이셨다. 그날 당장 회원으로 가입하여 나의 글을 올려보았다.

올린 글이라고는 옛 詩人의 글과 비슷한 흉내였다. 이것도 한때는 중독 아닌 중독이었으며 더욱 중독을 이끌었던 것은 문우였다. 밑에 죽 달아 올려주신 인사와 격려와 칭찬에 정말 내가 글을 쓰는가 보다 하며 느꼈다. 지금 생각하면 참 웃기는 일이다. 그러고는 나는 또 정신없이 옛 시인의 시전집을 사다 보게 되었다. 왜냐하면 시인이라고 하면 옛 시인 말고는 떠오르지 않으니, 또 선배의 시라면 시전집밖에 없었다. 세상이 참 어두웠다.

매일 일기를 쓰다가 이제는 일기 비슷한 詩를 쓰기 시작했는데 이 모든 것이 시인이 되고자 해서 한 것은 아니었다. 나는 누구보다 카페를 더 잘하고 싶어서 한 것이지 詩人은 아니다. 그러니까 어찌하면 카페를 문 닫는 위기까지 내몰리지 않으며 밥이라도 먹고 사나 하는 마음으로 밤낮없이 책을 읽었다. 역시나 진리는 책 속에 있었다. 문자였다. 나의 혼이 있어야 그 가게가 유지가 되는 것을 유추해서 알게 되었다. 이것도 시학의 깊이가 없었으면 거기까지 알지도 못했을 거다. 그렇다고 지금 사는 것도 썩 잘 살거나 부유하게 사는 것은 아니다. 하지만 처음에 글 배우기 시작할 때보다는 훨씬 나음은 분명한 사실이다. 다섯 평에서 시작하여 백 평을 경영하고 있으니 말이다.

그러고는 요즘 시인이 한두 명씩 보이기 시작했다. 유명한 대학교수부터 최근 등단한 시인과 시인이 낸 시집을 한 권씩 사다 보았다. 이 시집을 사다 보는 것뿐만 아니라 대학의 교재로 쓰는 시 개론서나 원론, 문예창작과 교수께서 내신 시 창작 강의라는 책은 죄다 사다 보기 시작했다. 읽으니 무엇이 무엇인지는 모르나 시 비슷한 어떤 괴물의 윤곽은 나오기 시작했다. 나도 그 괴물의 몽타주를 그리기 시작했는데 그 몽타주를 창작 방에 올려놓기까지 하며 또 나름으로 다듬어 보기도 했으나 여전히 서툰 붓질이나 다름없다. 그러다가 아예, 시집을 읽고 뜯어보자 하며 이것도 그저 읽으며 게으름에 하루라도 거를 것 같아서 시마을 '내가 읽은 시'란에다가 詩人, 한 분씩 밝혀놓기까지 했다. 참으로 부끄러움 무릅쓰고 버젓이 내놓은 것이다.

이렇게 행함이 수일이 지나, 나는 또 꿈을 갖기 시작했다. 이것을 한 권의 책으로 엮어보자는 마음이 서는 것이었다. 또 지금 지은 100평대의 카페 '鳥瞰圖'에 문학 강좌로 일반인이 쉽게 글을 배우고 쓸 수 있는 부담 없는 강의의 한 대목으로 쓰자는 생각도 번뜩 들었다. 그러니까 아메리카노 한 잔에 부담 없는 시적 강의가 될 수 있겠다. 문화수준이 높아지다 보니 나를 돌아보는 기회가 많아졌다.

　나의 책 한 권을 갖고 싶어도 꿈만 야무지지 실행으로 옮기는 사람은 별 없
거니와 또 바쁜 생활에 이루기 힘든 일이라 다들 포기하는 경우가 많다. 꿈을
갖고 사는 사람, 소수의 사람에게라도 꿈이 되었으면 하고 이 책을 쓰게 되었
다. 다섯 살짜리 아이의 좋은 스승은 그 위 여섯 살짜리 형이다. 왜 이런 말을
쓰는가 하면 필자는 그 어느 곳도 등단한 사람이 아니라서 그렇다. 또 등단하
기 위해서 신문사나 계간지, 월간지사에 나의 글을 내본 적도 없거니와 앞으
로도 내지 않을 것이다. 하지만 나의 글을 공증받기 위해서 출판사의 문은 참
으로 많이 두드렸다. 아니나 다를까? 출판사 청어에서 나의 글을 인정받게 되
어 빛을 보게 된 것이다.

　나는 혹여나 이 글을 읽고 등단에 필요한 공부는 되겠으나 굳이 등단을 목
적으로 하는 공부로서는 권하고 싶지 않다. 글이라는 것은 삶의 부수지 그 목
적이 되어서는 안 되기에 하는 말이다. 하지만 글은 살아가는 데 큰 역할을
하는 것은 분명한 사실이다. 나의 삶에 더 윤택한 길을 택한다면 진정한 글공
부를 추천하고 싶다. 더 나아가, 가장 주체적이고 독립적인 나를 만드는 것이
그나마 이 세상을 올바르게 바라볼 수 있을 거라 나는 생각한다.

　약 80여 명의 시인을 선정함과 또 그 시집에서 한두 편 정도를 발췌했다.
글을 읽고 감상한 대수롭지 않은 글이다. 물론 그 감상이 제대로 된 것도 있

을 것이며 영판 딴 데로 흘러간 것도 있을 것이다. 하지만 독자께 조금이나 상상을 유발하고 글 쓰는 재미나 방법을 이끌었다면 다행이다. 나는 이 자리에 詩는 오독도 정독임을 밝혀둔다. 시의 감상과 해석 그 모든 것을 시의 객체로 시나 시집 혹은 글로 두려고 노력했다. 어떤 그리움이나 대상을, 연인이나 화자의 또 다른 이상향을 구체적으로 언급함을 피하며 말이다. 그러니까 시나 시집 혹은 글도 시인께는 애인과 다름이 없기 때문이다.

詩라는 것은 비유를 빼면 詩가 될 수 없다.

여기 모은 詩人의 작품은 詩에 관한 여러 가지 언술의 기법을 볼 수 있음이니 나름으로 글을 배우기에는 부족함이 없지 싶다. 아무튼, 부지런히 읽으시어 내공 또한 깊게 쌓이길 바랄 뿐이다. 추후 혹여나 잘못된 것이 분명히 나오리라 믿으며 재판 시 교정해 나갈 것을 미리 약속한다.

詩人의 글 詩全文을 옮겨놓기 전에 나의 詩論 같은 것도 있다. 그저 詩 사랑에 적은 글이며 또 시를 읽고 감상하다 보니 필자 또한 흥에 겨워 나의 시 몇편 나오게 되었다. 이 시 또한 읽고 쓸 때 이루어진 것이니 군데군데 넣었다.

詩人의 작품은 이미 詩集으로 발표한 것이라 독자의 허접한 감상이지만 시인께서는 널리 살펴서 이해하시리라 여긴다. 나는 이제 시에 약간은 맹신자가 되었다. 시인이 살 길은 시인이 쓴 글 즉, 시집이 많이 나가야 함은 분명한 사실이다. 시를 모르는 독자께 시를 조금 더 재미나게 소개하며 또 누구나 시를 쉽게 생각하여 쉽게 쓸 수 있게 하였으면 하는 게 나의 바람이다. 그래서 더욱 시를 좋아하는 마니아층을 더 만들어 시인이 낸 글을 함께 공유할 수 있는 사회를 더 크게 이룬다면 분명 시인께 유복하나마 행운은 더 돌아갈 거라 믿는다.

나는 이 책이 끝이 아니라 시작임을 분명히 한다. 앞으로 나오는 시집과 또 글은 필자가 읽은 것이라면 감상에 붙이기를 내심 다짐해본다. 이 책으로 인해 나의 카페에 좀 더 많은 사람이 찾아오시어 맛난 커피를 맛나게 드시는 것뿐만 아니라 무언가 얻고 가는 카페였으면 하는 게 가장 큰 목적이라는 것도 덧붙여 놓는다.

좋은 여행이길 바라며 이 책을 끝까지 쓸 수 있게끔 옆에서 아낌없이 바라다본 우리 시마을 동인과 동호인께 먼저 감사하며 이 책이 빛을 바라보게끔 아낌없는 도움을 주신 청어 이영철 사장님께도 감사의 마음을 놓는다. 더욱이 아내와 사랑하는 아들 준과 찬에게 그간 턱없이 소홀함과 남편으로서 아버지로서 그 책임감을 다할 수 있게끔 암묵적으로 도와준 것에 머리 숙여 사죄한다. 정말 감사하다.

鳥瞰圖에서

鵲巢

Contents

서문 • 4

서시 • 16
젊은이여! • 19
현대를 사는 사람 • 20
만우절 • 22
아침 • 24
구룡폭포 • 28
삼십 세 • 32
하얀 • 35
혼자 먹는 밥 • 40
일日, 一 • 44
달래나 보지 • 47
편의점 다녀오다가 • 50
맞배지붕 • 55
말과 마구간 • 60
문장리 가는 길이 • 64
로스터 • 68
거미집 • 70
황톳길 • 72
랜드로버 • 75
커피 한 잔 • 77
골목 • 80

커피 맛 • 84
비 • 87
교차로 • 91
동방의 처녀 • 94
묵념 • 98
HERMOSA 에르모사 • 102
밤은 • 105
유리창 • 110
귀천 • 117
맡지 않을 향이나 뽑고 있으니 • 120
시간을 읽다 • 127
프라이팬 • 130
나의 포르노그라피 • 132
이미지 • 137
주춧돌처럼 • 144
구름요법 • 149
반디, 검은 망사 커튼 그리고 늙은 말 • 153
Yo! Taiji • 157
빨랫감 • 166
하얀 뼛골 • 170
산속에 핀 꽃 • 173

새의 얼굴 • 179

에곤 실레 나비 3악장 • 184

토마토 • 190

두부 • 193

노을을 그리며 • 197

너의 단식 앞에서 • 202

킬링타임 • 208

실종에 관한 보고서 • 214

풍란 • 222

마개 • 225

슬리퍼는 그나마 표준어다 • 232

모두 지나갔다 • 237

채석강 • 245

동반자는 마음은

나는 내가 믿는 것은 무엇인가? • 252

언덕 넘는 구루마 • 261

한 아름 • 268

개 • 275

침묵의 세계 • 284

푸른 가로수처럼 • 293

접시에 담은 김 가루는 • 303

분수의 방식 • 309

돼지국밥 • 315

얼음 도마 • 323

영원 • 331

흡혈 • 339

모조 숲 • 346

전복은 전부 • 353

산딸기 • 359

국물 • 365

선잠이 죽음처럼 • 370

가을에 고향 산에 올라 • 373

브라더 • 378

최고의 아군은 • 387

꽃피는 시비 • 392

분홍의 안쪽 • 398

詩詩한 얘기 • 406

망졸忘拙 • 413

나무와 그림자 • 420

행운行雲, 돌밭 • 427

가령 영하라는 사람에 대한 이야기 • 433

그새 • 438

모서리가 자란다 • 441

너의 모습 • 443

어떤 이야기 • 446

서시

　꽃을 생각한다. 꽃은 무엇인가? 단순히 식물의 번식기관으로 꽃받침과 꽃잎과 암술과 수술로 이루어진 부문으로 생각하는가! 물론 이 말도 맞다. 하지만 더 나아가, 꽃은 인기가 많은 여자를 비유하는 단어로 쓰기도 하며 어떤 사업성의 성과로 비유적으로 쓸 수 있는 단어이기도 하다. 또한, 화려한 어떤 삶을 비유적으로 쓸 수도 있으며 중요한 일, 어떤 핵 같은 것을 비유적으로 나타낼 수도 있음이다.

　자연이 이루어낸 성과, 이 꽃을 보는 것도 얼마나 놀라움으로 우리는 바라보는가! 이 사건 하나만 보더라도 몸이 떨린다. 자연의 풍파를 다 이겨내고 결실을 보는 순간은 놀라움이다. 이것처럼 우리의 삶도 열정을 품고 노력을 하자. 우리는 우리의 길을 두고 목적 있는 삶을 한 번이나 살아 보았던가!

　일에 사랑이 없으면 그 일을 제대로 하기는 어렵다. 어느 일이든 추하지 않은 것도 없으며 힘들지 않은 것도 없다. 그 일을 사랑한다면 추하고 어렵고 힘든 것이 뭔 대수로운 일인가!

서시 / 鵲巢

구름 밭에 작은 둥지
바람은
구름 떼 밀며
하늘에 메 놓은
깃을 튼다.
지난 것과
스쳐 간 것
부러진 가지 회초리 된 것
저 하늘 구름 너머는
눈물
방울방울 아롱지다
떨어지는 빗방울
저 하늘 구름 넘는 새

　　가자. 꽃처럼 곱게 눈을 뜨고, 아버지의 할아버지의 원한의 그 눈을 뜨고 나
는 가자. 구름 한 점 까딱 않는 여름 한나절. 사방을 둘러봐도 일면의 열사熱砂.
이 알알의 모래알의 짜디짠 갯내를 뼈에 새기며 뼈에 새기며 나는 가자.
꽃처럼 곱게 눈을 뜨고, 불모의 이 땅바닥을 걸어가 보자.

— 김춘수 시 「서시」¹⁾ 전문

일을 사랑하는 사람이면 자신이 소중하다고 생각하는 것마저 기꺼이 저버릴 수도 있다. 나는 주위의 이러한 사람을 꽤 많이는 보지는 않았으나 몇몇 사람을 본 적 있다. 예전, 무역회사에 잠시 몸담을 때다. 학교 선배이자 학과 선배인데 한 십 년 앞서 가시는 분이라 안면이 있었던 건 아니었다. 그는 정말 일을 사랑했다. 조그마한 오퍼상에 불과했던 회사를 매출 몇십억 대 굴지의 회사로 만들었다.

내가 가진 일을 사랑하자. 주어진 일을 사랑한다면 나는 그 일의 진정한 노예가 되며 그 노예로서 하루를 걸으며 내 마음을 닦는 종교 같은 신념을 갖게 될 것이다. 누구도 믿을 수 없는 확실한 사랑은 바로 내가 선택한 일이며 노예로서 바라보는 그 믿음뿐이다. 종교가 대단하지 않아서 배울 게 없어서 그러는 게 아니다. 진정한 그대의 종교는 그대가 믿고 따르며 행하는 그대 스스로 고용한 바로 일이다.

사방을 둘러봐도 일면의 열사뿐이고 알알의 짜디짠 갯내 같은 세상사다. 불모의 이 땅바닥을 곡괭이와 삽을 들고 한 고랑씩 파고이며 가 보자. 하루에 한 고랑을 파도 열흘이면 열 고랑이다. 고랑의 의미를 담고 뜻을 심어서 희망의 꽃대를 들어 올려라! 저 자연의 풍파 그 어떤 구름이라도 오라! 열정과 끈기로 확 젖혀 꽃처럼 그대의 향을 피우라. 꽃 벌은 어디라도 그 어디라도 찾아가리라!

1) 『김춘수 시전집』 47p, 현대문학

젊은이여!

중년쯤 되면 카페에 앉아 여러 가지 이야기 나누며 인생을 즐길 수 있는 나이다. 카페는 중년만 오는 것이 아니다. 젊은이도 함께 있으니 젊을 때 시절도 잠시 잠깐 스쳐 지난다. 나는 저 시기에 어떻게 보냈을까? 가만히 생각만 해도 암담하다. 그러니까 무엇을 해야 할지 어떤 일을 해야 할지 계획 하나 없이 젊음을 보낸 적 있다.

젊음도 두 부류가 있다. 자기만의 인생계획을 짜서 차곡차곡 준비해나가는 이가 있는가 하면 종횡무진 방황만 하다가 무엇을 어떻게 발을 놓아야 할지 두려움만 있는 이도 있을 것이다. 나는 후자였다. 솔직히 무엇을 해야 할지 아무것도 손에 잡히지 않았다.

꿈이 무엇인지 무슨 일을 해야 옳은 것인지도 모르고 젊음을 보낸 적 있다. 그때에 비하면 지금은 아주 행복하다. 내가 무엇을 해야 할지는 분명히 선 것이니 최소한은 방향은 알고 가니까 말이다.

젊은이여! 무엇을 그리도 힘겹게 생각하는가! 무작정 부딪혀보라! 부딪혀 그대의 지식을 이용하고 배움의 시기를 놓치지 마라! 세상은 나의 시간을 통솔하는 용기 있는 주인만의 것이다.

현대를 사는 사람

　현대를 사는 사람, 아침은 아주 간소하다. 아이를 키우는 부부나 또 싱글이 거나 할 것 없이 아침은 무엇을 먹어야 할지 고민만 된다. 설령 밥을 해놓았 다고 해서 밥만 먹고 사는 것이 아니니 간단한 찌개는 있어야 한술 밥은 떠먹 을 수 있으니 말이다. 오히려 편의점에 파는 삼각 김밥으로 때우는 아침이다.

　우리는 무엇 때문에 일을 하는지 또 그 일을 통해서 궁극적 뜻하는 것은 무 엇인지? 목표가 헷갈릴 때가 종종 있다. 둥근 탁자 위에 따끈한 찌개 거리와 오순도순 가족의 애를 느끼며 포근한 하루를 보내는 것이 우리의 삶의 목적 이었다. 최소한 혼자서 먹는 아침은 아니었다. 그것도 간편식으로 보내는 아 침은 더욱 아닐 테다.

　미하이 칙센트미하이 교수의 『몰입』이 생각나는 아침이다. 그의 책 323p 이런 글이 있다.[2]
　플레처는 다음과 같이 말했다
　"우리를 해할 수 있는 가장 강력한 힘을 가진 사람들은 바로 우리가 사랑 하는 사람들이다."
　가족은 우리를 행복하게 만들어 줄 수도 있고, 또 무거운 짐이 될 수도 있다. 둘 중 어떤 가족이 될 것인가는 가족 성원들 각자가 얼마나 많은 심리 에너지를 상호 관계에, 특히 서로의 목표에 투자하는가에 달려 있다.

이는 협의적 관점에서 바라보는 진술이지만, 확대해석을 하면 나는 이렇게 본다. 가족은 무엇인가! 물론 사전적 의미는 주로 부부를 중심으로 한, 친족 관계에 있는 사람들의 집단. 또는 그 구성원. 혼인, 혈연, 입양 등으로 이루어진다. 더 넓은 의미의 가족은 함께 일하며 목적하는 삶을 같이 누리며 이상과 꿈을 실현하는 하나의 공동체마저도 가족의 의미로 부각되었다.

사회를 보라! 동종업계의 경쟁업체를 보라! 얼마나 치열하게 서로 경계하며 예의주시하며 시장을 바라보는가! 과열경쟁은 각종 병폐를 낳고 비윤리적 일탈행위를 서슴지 않는 일까지 생기기도 한다. 시장을 주도하고 이끄는 업계의 리더는 선의의 경쟁 속에 나를 다듬고 철학을 다지며 문화를 만든다면 업계의 발전 또한 기할 것이며 더 건전한 삶의 질을 높일 것이다.

미래의 길을 걷는 우리는 둥글고 따뜻한 탁자를 만들고 함께 앉을 의자를 만들고 함께 나눌 그릇을 만들어야 한다. 따뜻한 사람으로 따뜻한 마음으로 따뜻한 가족을 만들고 세상 따뜻하게 보낼 나의 일을 만들면서 말이다.

2) 미하이 칙센트미하이, 『몰입』 323p 인용

만우절

　작별 인사차 글을 남기려고 합니다. 그동안 고마웠어요. 그간의 일들 모두 놓고 절에 들어가려고요. 잘 지내시고 부디 건강하시고 바라는 일들 모두 이루시길 바랍니다. 참! 혹시 사는 게 힘들어지거나 제가 보고 싶어지면 절로 한번 놀러 오십시오. 변변히 대접할 것은 없어도 공기는 좋거든요.

　절 이름은 만우절입니다.

어느 지인으로 받은 문자였다. 조금은 놀랬다. 그렇게 많이 힘들었나! 정말 찾아뵈어야 하나 하면서 몇 초 산간의 행간이었다. 그만큼 짧고 또 그만큼 긴 시간이 마치 이승과 저승의 차이만큼 새 하나가 날았다.

　인생 사십 세, 불혹 이제 딱 반 살았다면 살았다. 지난날 어렵고 힘든 나날이 도는 필름처럼 지난다. 아직도 진흙밭을 걷고 있다. 한 발 또 한 발을 떼며 걷는 오늘, 작은 횃불 하나 들고 어두운 동굴을 불 밝히듯 삶의 진리를 묻는다.

　돌부리가 또 모르는 구덩이가 아니면 크레바스 같은 천 길 나락은 없는지.

만우절, 정말 만우절 같은 절간은 없을 것이다. 어둡고 힘든 세상이라 하더라도 끈기와 노력으로 포기하지 않는 자세야말로 나를 조각하는 완성의 길이겠다.

아침

오전에 교육받으시는 모모 씨를 오후에 받으시는 교육생과 함께 받도록 부탁했다. 흔쾌히 요구에 응해줘서 고맙다. 오후에 받으시는 커피 교육생은 오늘 나의 강의에 또 다른 모습을 보았다고 했다. 열정적인 강의에 다소 감동하였던 모양이다.

팔공산에 다녀왔다. 1월에 교육등록 하였던 분이다. 지금 본점에서 실습을 받고 계신다. 내부공사가 한창 진행 중이다. 에스프레소 기기 놓을 자리를 들여다보았다. 설비구조가 어떻게 되었는지 확인할 필요가 있었다. 1, 2층 약 100여 평 정도 되는 카페다. 현장공사 진행 모습을 보니 한 1주일은 더 가야 할 것 같다. 여기서 가는 길이 제법 멀었다.

어제 다녀온 분점에 로스터기를 설치했다. 대구대리점 모모 씨가 아직 연통을 빼놓지 못해 그냥 기기만 얹어놓고 조감도에 와서 인사 주었다. 이리저리 말 섞다 보니 예전 무역회사에 다녔던 모모 씨와 아는 사람이었다. 후배 격인데 아직 결혼하지 않았다고 한다. 호감 가는 상이라 함께 있어도 즐겁다. 에스프레소 한잔 했다. 나의 책을 두 권이나 사 가져갔다. 나는 선물로 사인해서 드릴까 했는데 구태여 사 가져가겠다고 해서 더는 말릴 수 없었다. 퍽 고마운 분이다.

오늘은 비가 참 많이 온다. 본부 창가 떨어지는 빗방울이 똑똑거리는 소리가 예사롭지 않다. 꼭 장마철에나 들을 수 있는 소리라!

바깥은 칠흑같이 어둡기만 하다.

詩

거울 속에 까마귀가 산다. 예고 없는 울음소리로 텅 빈 거울 속을 캄캄하게 물들인다. 퉤퉤 침을 뱉는다. 훠이 훠이 손사래를 친다. 소용없다. 순식간에 거울을 깨고 나와 떼 지어 날아가는 날카로운 울음소리

울음으로 제 깃털을 가다듬는
까마귀의 몸은 아름답다
둥글게 허공을 휘감으며
지상으로 천천히 내려앉는
검은 비단 한 폭

                                            -김형술 시 「아침」 부분

詩集 한 권을 제대로 읽으면 기분이 참 좋다. 위 詩는 詩集 『무기와 악기』 (문학동네)에 있는 내용을 부문만 필사한 것이다. 전체의 내용은 詩의 描寫다.

물론 화자의 마음도 군데군데 있음이다. 시인은 이 시집에서 이렇게 말하였다. 한 편의 시는 한 개의 전자제품이다. 반짝이는 다양한 색깔의 외관을 가진 제품의 뒷면에는 뒤엉킨 전선들과 복잡한 회로와 다양한 공식들로 이루어진 체계가 숨어 있다고 했다. 시의 다의성을 뜻하기도 하는 말이다.

위의 첫 문장을 보면 '거울 속에 까마귀가 산다' 고 했다. 거울이라는 시어도 많은 시인이 쓰는 詩語 중에 하나다. 이상의 「거울」이라는 詩는 그중 하나다. 거울은 곧 자아를 의미하는 대표적 상징 언어가 되었다. 그 속에 까마귀가 산다고 했다. 까마귀는 삼족오며 까만색이며 잡식성의 하늘 나는 새다. 그러니까 이 까마귀만 보아도 여러 가지 뜻을 내포하고 있다고 해도 되겠다. 성공을 의미하는 삼과 까만 글의 자아를 드러내는 표현과 더없이 창공을 그리는 어떤 존재와 이것저것 가릴 것 없는 잡식성의 인간을 이야기할 수도 있다는 것이다.

예고 없는 울음소리로 텅 빈 거울 속을 캄캄하게 물들인다. 詩는 그러니까 꽃은 이라고 표현해도 좋겠다. 예고 없는 울음소리는 시인의 마음이며 자아를 들여다보는 마음이 텅 빈 거울이다. 그 속을 캄캄하게 물들인다. 마치 한 줄기 꽃으로 피기까지 잉크병 가득 담은 까만 잉크를 바라보듯 그렇게 캄캄할 뿐이다. 퉤퉤 침을 뱉는다. 작업의 시작을 알리는 신호음이며 청각적 효과다.

순식간에 거울을 깨고 나와 떼 지어 날아가는 날카로운 울음소리 그러니까 시는 자아, 자아의 한 그림자를 깨뜨리며 나와 떼 지어 날아가는 까마귀의 날카로운 울음, 까만 잉크병에 폭 담근 펜 날에 휘갈겨 쓰는 속울음 같은 것인지도 모른다.

　이하 시인의 시적 묘사의 풀이는 여기까지만 하겠다. 누구나 시를 읽을 수 있되 그 읽은 것의 풀이나 느낌은 각기 다를 것이다. 나는 무조건 시로 시의 맥락에서 시의 존재감을 두고 읽는다. 그러니까 시는 하나의 인격체며 무형적인 어느 존재감이며 움직일 수 없는 사물일 수도 있다. 시인의 복잡다단한 회로의 신경망을 읽을 수는 없다. 그저 시인이 쓴 글을 통해 나의 도로 같은 신경망 그 갓길 죽 세워놓은 전주에 하나씩 불이라도 들어오면 그만인 것이다. 불 밝힌 거리를 거닐며 나를 복사한 나의 그림자가 제대로 그 거리를 걸었으면 하는 마음뿐이다.

구룡폭포

詩學 공부를 하다 보면 문장력 좋은 시인을 참 많이 만난다. 시인 조운 선생은 일제 강점기 때 사람이다. 그가 낸 시집은 찾아볼 수도 없거니와 그나마 그의 제자의 호의로 낸 게 시조시집 한 권 전한다고 한다.

사람이 몇 생이나 닦아야 물이 되며 몇 겁劫이나 전화轉化해야 금강에 물이 되나! 금강에 물이 되나!

샘도 강도 바다도 말고 옥류玉流 수렴水簾 진주담眞珠潭과 만폭동萬瀑洞 다 그만두고 구름 비 눈과 서리 비로봉 새벽안개 풀 끝에 이슬 되어 구슬구슬 맺혔다가 연주팔담連珠八潭 함께 흘러

구룡연九龍淵 천척절애千尺絶崖에 한번 굴러 보느냐

–조운 시조 「구룡폭포」 전문

시조 시인 하면 가람 이병기 선생과 노산 이은상 선생 그리고 김상옥 선생이 유명하다. 시를 많이 쓴다고 좋은 것은 아니나 또 많이 써 보지 않으면 좋은 글 나오기 힘든 것도 사실이다. 조운 선생의 구룡폭포는 웬만한 시론서는 다 꿰차고 들어가 있다. 하지만 그가 남긴 시는 그렇게 많지 않다. 내가 산, 책

『보소라 임아 보소라』(시인생각) 이 한 권에 들어가 있는 내용이 전부인 것 같다. 이 중에서도 가장 으뜸인 시가 본 시와 또 한 작품이 있는데 「석류」다.

투박한 나의 얼굴
두툴한 나의 입술

알알이 붉은 뜻을
내가 어이 이르리까

보소라 임아 보소라
빠개 젖힌 이 가슴

−조운 시조 「석류」 전문

정말 이 시만 보더라도 이미지가 얼마나 선명한지 알 수 있다. 석류 하나가 딱 가른 속에 알알 맺힌 석류의 색감과 톡톡 쏘는 입맛과 저 붉은 마음을 그리 많지 않은 글로도 화자의 마음을 잘 표현한 수작이 아닐 수 없다.

「구룡폭포」 또한 마찬가지다. 운으로 읽으면 이만한 시가 없다. 운뿐이겠는가! 시의 참맛은 그 속뜻에도 있으니 시인 조운은 참으로 언술 하나는 꿰찼다 해도 과언은 아니다. 종연만 다시 한 번 읽어본다. 구룡연 천척절애에 한 번 굴러 보느냐. 천척절애라 과연 천척절애에 가 닿을 수나 있으려나.

조운의 구룡폭포는 정격시조 형식을 타파한 사설시조의 형식으로 그나마 종장 3. 5. 4. 3의 시조격을 맞췄다. 시인께서 지필紙筆도 없이 금강산을 구경하고 돌아와서 삼 년 뒤에 이 작품을 썼다 한다.

거저 잘 적은 글은 아니나, 이참에 좀 뽐내는 양 나의 글도 적어본다. 며칠 전에 적은 글이다. 시가 아니라, 그저 운으로 읽으려고 한번 적어 본 것이다.

봄이라 / 鵲巢

봄이라 단장한 꽃이 문 앞에 피었네
갖가지 제 빛깔이 저리 고와도
하늘은 너르고 깊어 거저 젖힌 꽃잎

큰길가 작은 길가 두루 핀 꽃밭이라
벌 나비 취한 날개 노곤한 봄날이라
이 좁은 갇힌 단지에 타는 바람 올까요

며칠 전, 아내는 작은 화분 몇 개, 장만하더니 꽃집 들러 작은 꽃송이 여남은 송이 사 가져 왔다네.

가게 문 앞이 봄이라 해도 여전히 썰렁한 겨울기 가시지 않아 작은 둘레 쪼로니 심은 꽃밭, 봄비 내리고 맑은 날 한 며칠 지나더니만 갖가지 벙근 저 꽃

이 색깔도 여러 가지라

지나는 고객은 없어도 이리 마음 놓이게 하네.

사람도 여럿이 배운 길 만 갈래, 가는 길 피는 꽃같이 하늘 보아다오. 제 모양 갖추고 어진 마음 닦아서 오시는 벌 나비 두루 꽃향기 묻어 나가면 천릿길도 단걸음에 찾아온다오.

삼십 세

시인 박후기 선생의 「사십 세」가 있다면 시인 최승자 선생의 「삼십 세」가 있다. 시인 박후기의 시 「사십 세」가 불혹에 뒤돌아보는 자아 성찰적 시라면 시인 최승자의 선생의 시 「삼십 세」는 젊은 날에 어떤 사랑의 부재에 인한 삶의 고민이 아닐 수 없다.

> 이제 새로 꿀 꿈이 없는 새들은
> 추억의 골고다로 날아가 뼈를 묻고
> 흰 손수건이 떨어뜨려지고
> 부릅뜬 흰자위가 감긴다
>
> 오 행복행복행복한 항복
> 기쁘다 우리 철판깔았네
>
> ―최승자 시 「이 시대의 사랑」 부분

이 시는 절대 부정의 밭에 절대 긍정의 싹을 심고 있다. 이렇게 살 수도 없고 이렇게 죽을 수도 없을 때 서른 살은 온다. 시인이 쓴 시어를 보면 대체로 날카롭다. 시 문장 곳곳 죽음이라는 단어와 죽음을 내포하는 시어는 자멸을 그리며 절망을 이야기한다. 그러니까 이 시는 절대 긍정의 하얀 안개 밭에 절대 부정의 붉은 태양의 싹을 심었는지도 모르겠다.

시 종연을 보면 '오 행복행복행복한 항복, 기쁘다 우리 철판깔았네' 라고 했다. 행복과 행복의 시어를 세 번 연속 붙여 잇고 그 끝에 항복이다. '기쁘다 우리 철판깔았네' 철판처럼 하나도 기쁘지 않은 행복에 관한 항복에 대해서 일면의 부끄러움이란 것은 없다.

시집이 80년대 초반에 나온 것이라 그 시대적 배경을 조금은 암시하고 있다. 그 시대의 문화를 읽는다. 군부독재의 시대 철판처럼 깔고 치통 같은 아픔을 견디고 마음을 꼭꼭 흰 종이에 쓰며 걸었던 시인, 총구처럼 뻗은 산업지대를 지나 새처럼 하늘에 담은 꿈을 그린다. 그 뼛골 같은 시가 흰자위의 꿈으로 트기를 바라는지도 모르겠다.

흐르는 물처럼
네게로 가리
물에 풀리는 알콜처럼
니코틴에 달라붙는 카페인처럼
네게로 가리
혈관을 타고 흐르는 매독 균처럼
삶을 거머잡는 죽음처럼

−최승자 시 「네게로」 전문

시는 비유다. 비유의 종류도 여러 가지가 있지만, 솔직히 배움이 짧아서 그 종류와 예문을 일거에 적기에는 미흡함도 사실이다. 또한, 나는 전문 학자가 아니고 그저 취미로 읽고 쓰는 동호인이라 하루 시학 공부에 매진으로 조금씩 읽으며 써나가겠다. 위의 비유는 직유의 좋은 예문이 될 수 있다. 흐르는 물처럼 너에게 가리, 그러나 그것은 알코올처럼, 카페인처럼, 매독 균처럼, 죽음처럼 가리라고 했다. 시의 직유가 점점 강해지는 만큼 화자의 의지를 볼 수 있다.

오늘 한국문인협회에서 한 통의 문자가 왔다. 솔직히 작년 연말에 통지서를 받았다. 신입회원으로의 입회 인준 및 등록 안내서였다. 나는 일이 바빠, 깜박 잊고 그만 절차를 밟지 못했다. 또 군이 입회한다고 해서 세상이 크게 변하는 것도 아니어서 그저 내버려 두었다. 이 입회도 출판사 경영하시는 이영철 선생의 도움이 컸다. 그는 시와 소설 두루 섭렵하신 데다가 작품으로 낸 책도 여러 권이다. 하여튼 고마운 분이다. 오늘 입회에 가입했다.

하얀

오늘 일이 너무 많았다. 이것저것 직접 하는 일이 많아서 정신없이 뛰어다녔다. 오후 막바지 때는 일의 범람에 약간은 미치는 줄 알았다. 그래도 그 순간을 잘 이겨낼 수 있었던 것은 나의 머리카락을 쓸어 올릴 수 있는 약간의 시간과 나의 왼손에 잡은 빗과 손가락에 묻은 쾌쾌한 머릿기름 냄새를 맡을 수 있었기 때문이다.

당신은 하얀 핸드백을 들고 걸어가고 있다. 나는 카페에 앉아 유리창 밖으로 보이는 당신을 본다. 당신은 하얗고 작은 핸드백을 들고 걸어간다. 당신은 하얀 장갑을 끼고 있고 하얀 원피스를 입었고 검은 선글라스와 검은 구두를 신었다. 구두의 굽은 높지 않다. 당신의 머리는 금발이 아니며 당신의 머리는 검다. 당신의 머리에는 모자가 없으며 커다란 리본도 없다. 당신은 머리를 올려 묶고 있다. 나는 당신을 한번에 보고 당신의 하얀 가죽 백을 본다. 나는 그 하얀 백의 흠을 보지 못했다. 당신은 정지하고 당신은 사라진다. 나는 하얀 백을 들고 가는 당신을 카페에 앉아 보고 있었다.

－이준규 시 「하얀」 전문

詩人 이준규 선생의 시집을 읽었다. 시집 이름은 『반복』이다. 이곳에 실은

모든 시가 대체로 시어의 반복을 거듭하면서 쓴 것이라 여기서는 행 가름은 볼 수 없다. 모두가 시의 묘사다. 시집 한 권을 읽는데 불과 몇 시간 소요되지 않았으면 시인께 죄를 짓는 것인가!

위의 시를 굳이 해석할 이유는 없다. 하지만 부연설명으로 몇 자 적는다. 당신은 하얀 핸드백을 들고 걸어가고 있다. 여기서 당신은 정말 당신인가? 아니면 자아를 두고 자아의 관점에서 부르는 호칭인가? 나는 후자라 본다. 왜냐하면, 詩이기 때문이다. 하얀 핸드백은 하얀 종이를 치환한 것이다. 결국, 이 시는 카페에 홀로 앉아 나를 그리는 셈이다.

치환은유는 1:1의 관계인 반면, 상징은 다의성多義性을 가진다. 당신은 핸드백을 들고 걸어가고 있다. 나는 나를 보면서 백지에다가 담을 수 있는 하루가 걸어가고 있다. 그것은 하얀 종이를 들고 하루 걸었던 나를 카페에 앉아 보고 있다.

마지막으로 이 시집에서 시의 묘사로 탁월한 문장을 몇몇 골라 발췌해 본다. 시제 「관념」에 관념은 두부 같고 관념은 두부를 찍어 먹는 간장 같아서 나는 조랑말을 끌고 산을 넘었다. 만두가 있을 것이다. 관념적인 만두. 봄이다. 시제 「나는」에 나는 모래에 핀 들꽃을 본다. 시제 「너는 비스듬하다」에 나는 비스듬한 벗은 너를 보며 어떤 우울에 잠긴다. 시제 「겨울」에 구겨진 너를 빈 터에 버리다. 겨울은 하나의 틈으로 내 앞에 있었다.

이하 시제는 생략한다. 그것은 그럴듯하게 성기를 성기 속으로 밀어놓고 있다. 어제는 영원히 거부되었고 우울할 틈이 없다. 아무튼 나는 딸기를 다 먹고 노란 꽃무늬가 있는 하얀 그릇을 본다. 당신은 핸드백을 들고 걸어가고 있다. 나는 추위와 굶주림과 크리스마스의 따뜻한 실내의 단란함을 생각하며 버스에 올랐다. 버스는 어두운 강을 건넜다. 그는 술집에서 피아노를 치는 것을 보았다. 나는 겨울의 풀을 밟으며 나를 하나 둘 버린다. 오늘 같은 날은 지퍼를 열고 오줌을 누고 싶지 않다. 등 좋은 문장이 많다.

다음은 이 시집에 실은 문학평론가 송종원 씨의 말이다. 시는 무엇으로 쓰느냐는 질문에 '단어'로 쓴다고 답한 말라르메의 일화는 유명하다. 한국시의 상황을 떠올려보면 저 일화를 구체적으로 경험하게 해주는 시는 드문 편이다. 여전히 한국의 많은 시들은 단어를 시의 출발점으로 삼기보다는 익숙한 비유법이나 윤리적 전언을 전하려는 의도에서 시작해 그에 효과적인 말들을 그러모으는 방식으로 쓰인다. 말라르메의 저 답변이 착상보다 앞선 단어를 내세우고 있었다면 한국의 많은 詩들은 여전히 착상에 골몰하는 경향이 있다. 달리 말해 시인들조차 언어가 지닌 저항성과 물질성에 덜 예민하다는 뜻이다.[3]

그에 의하면 詩는 이렇다.

사과나무 / 鵲巢

잔디밭에잔디밭에잔디밭에잔디밭에잔디밭에잔디밭에잔디밭에잔디밭에
사과나무가사과나무가사과나무가사과나무가사과나무가사과나무가사과나무가
있다있다있다있다있다있다있다있다있다있다있다있다있다있다있다있다있다있다
사과나무가사과나무가사과나무가사과나무가사과나무가사과나무가사과나무가
잔디밭에잔디밭에잔디밭에잔디밭에잔디밭에잔디밭에잔디밭에잔디밭에
있다있다있다있다있다있다있다있다있다있다있다있다있다있다있다있다있다있다
잔디밭에사과나무가있다사과나무가잔디밭에있다잔디밭에사과나무가있다

유원지 / 鵲巢

나무껍질에서 쌉싸래한 고들빼기 냄새가 났다.
나무는 수양버들이었다.
바람이 가볍게 부는 강가에는 오릿배가
밧줄에 묶여 정박하고
손님이 없으면 오래 태워주시는 바이킹 아저씨는
잔치국수를 먹고 있었다.

사내는 병뚜껑 따지 못한 박카스 병 하나
호주머니에 넣고서 잎사귀
새파랗게 오른 연둣빛 벚나무 거리를 걸었다.

누구나 글을 쓸 수 있다. 하지만 화자의 마음을 쉽게 내보인다는 것은 조금은 부끄러움 같은 것도 있음이다. 오히려 조금 더 문학적으로 언술의 기법을 잘 활용한다면 맛깔스런 글이 될 수 있다. 예를 들면 이런 문장이 있다. 밤하늘의 눈들이 지상을 지켜보고 있다. 여기서 눈은 무엇인가? 당연히 별을 이야기하는 것이다. 만해 한용운 선생의 「님의 침묵」이 있다. 여기서 님은 무엇인가? 보는 이에 따라 '조국, 불타, 애인, 진리, 자아' 등 여러 가지 뜻을 가진다. 은유와 상징의 차이다.

3) 송정원, 문학평론가

혼자 먹는 밥

혼자 먹는 밥은 쓸쓸하다

숟가락 하나

놋젓가락 둘

그 불빛 속

딸그락거리는 소리

그릇 씻어 엎다 보니

무덤과 밥그릇이 닮아 있다

우리 生생에서 몇 번이나 이 빈 그릇

엎었다

되집을 수 있을까

창문으로 얼비쳐 드는 저 그믐달

방금 깨진 접시 하나.

—송수권 시 「혼자 먹는 밥」 전문

기러기 부부나 맞벌이 부부나 할 것 없이 혼자 사는 듯 그렇게 밥을 해 먹는 시대에 우리는 살고 있다. 이제 주방의 일도 금남의 영역은 떠났다. 배고 프면 쌀을 씻고 안치고 뜸 들이고 한 주걱 퍼, 공기그릇에 담아 그 위 달걀프라이 하나 얹어 얇은 김치 조각이라도 씹어야 나서는 아침이다.

하루의 삶이 무덤이다. 그 무덤을 엎었다가 다시 뒤집어 놓으며 마음을 담고 마음을 먹고 마음으로 씻는다. 우리는 한순간도 나를 지켜보지 않으면 내가진 마음도 사금파리나 다름이 없다. 숟가락 하나 놋젓가락 둘 그 불빛 속 딸그락거리는 소리를 듣는다. 그나마 나를 다듬고 나를 채워주고 여린 삶의 지친 행로를 보듬어 주는 친구가 불빛처럼 나를 밝히고 있다. 숟가락 하나 놋 젓가락 둘,

나는 무덤 같은 데미타세 잔을 몇 번이나 엎고 다시 뒤집어 놓았나? 달고 시고 쓰고 아주 짧은 에스프레소를 몇 번이나 뽑았나? 무료한 시간을 얼마나 견뎠고 또 얼마나 견디어야 하나?

창문으로 얼비쳐 드는 저 그믐달을 보라! 아직 채워야 할 부족함이 태양을 쫓는다. 보름달같이 채우고 비우는 그 허무함이 깨진 접시라 해도 잔 받침은 오늘도 보름달처럼 바라보고 있다. 나는 밤하늘에 뜬 그믐이다. 저 많은 커피를 쏟아놓은 밤 그림자 속에 비운 잔이라 해도 저리 밝지 않으냐!

이 시의 이미지를 보면 시의 첫 행, 혼자 먹는 밥은 쓸쓸하다는 것과 두 번

째 행의 숟가락 하나 놋젓가락 둘 그 불빛 속 딸그락거리는 소리와는 완전 대조적이다. 그러니까 혼자와 가족을 그리워하는 치환은유의 시어로 보면 혼자 먹는 밥은 더욱 쓸쓸하기만 하다.

점심때였다. 오전의 문화강좌를 마치고 아내와 식사 한 끼 했다. 남산에 유명한 소고기 굽는 식당이 있는데 가자고 한다. 나는 여간 바빠서 우리가 잘 가는 소고기국밥집에 가서 먹자고 했다. 흔쾌히 받아주는 아내, 식당에 들어서서 자리에 앉으니 밥은 그렇게 당기지 않았나 보다. 고기 산적 하나와 나는 국밥을 먹었다. 문인협회에 가입했다고 넌지시 말을 꺼내니 아내는 한마디 한다. 호랑이는 가죽 때문에 죽고 사람은 그 이름 때문에 죽는다고 하니 밥 먹다가 한바탕 웃었다. 그래도 말벗과 숟가락과 젓가락을 함께 들 수 있으니 그믐달이든 보름달이든 무엇이 소중할까!

오후, 오늘 본점에 오신 손님이었다. 모 점장님께서 모시고 오신 손님이다. 연세가 꽤 된 분이었다. 육십 하나라 했다. 그 선생님께서는 학교 가방끈은 짧으나 내 평생, 책이라고는 두 권밖에 읽지 않았다고 했다. 물론 자존심에 나온 말씀일 거로 들었다. 책을 뭐 때문에 읽느냐는 것이다. 또 책을 왜 쓰느냐는 것이다. 모두가 다 뺏긴 말들 아니냐는 것이다. 호! 잘못 들으면 비위 상한 말이기도 하다. 물론 그 선생의 말도 일리는 있다. 읽지 않으면 쓸 수 없으니 말이다. 나는 아무런 말도 하지 않았다. 그저 고개만 끄덕거리며 그 선생의 말만 줄곧 들었다. 그분의 자존심을 상하게 하고 싶지는 않았다.

나의 삶과 나의 직업 그리고 나의 철학을 바르게 세워야 하루 온전히 살아갈 수 있을 것이다. 삶의 행복 기준도 각기 다르겠지만 삶을 영위하는 데 사명감 없이는 미래를 바르게 볼 수 없다. 앞날을 누가 알겠는가! 오죽하면 플라톤은 깜깜한 동굴에다가 이 세상을 비유 놓았겠는가! 옛 선인의 말씀, 어느 한 분도 책의 중요성을 이야기하지 않은 분은 없다. 돈과 명예와 권력이 전부가 아니다. 내면의 안식과 풍족은 그 어느 것도 바꿀 수 없다.

나는 혼자 먹는 밥은 없을 것 같다는 생각을 잠시 했다. 카페에 오시는 손님과 딸그락거리며 마시는 커피와 오가는 말과 무엇보다 혼자 먹는 것 같아도 늘 까맣게 바라보는 선생의 말씀들은 숟가락 젓가락의 소리는 없어도 운과 숨은 뜻과 각종 비유와 상징으로 세상 바라보지 않는가! 시간의 구름 위에 탄 삼장법사가 따로 없다. 밥그릇과 숟가락과 젓가락의 운을 읽기 때문이다.

일日, 一

많은 시인은 이 1을 시에 줄곧 사용해왔다. 특히 1930년대 이상은 선에 관한 각서와 ▽의 유희, 오감도 시편 시 「제4호」에도 쓴 바 있다. 이상은 1의 의미를 남성적 관념으로 쓴 것으로 이해는 되지만 원체 난해한 문장이기에 시를 논하는 학자마다 그 뜻하는 바를 달리 해석한다.

1

2

3

3은공배수의정벌로향하였다

전보는오지아니하였다

−이상 시 「▽의 유희」 부분

나의 시집 『카페 鳥瞰圖』 시편 「커피 11잔」에도 이 일一을 쓴 바 있다. 그 한 예문을 옮겨보자면 '일一은 부족하다 부족不足한 것 알기 때문에 삼三을 향한 그리움만 담는다 삼三은 시침時針이 돌지 않은 분침分針이다' 라고 썼다. 여기서 일—은 자아를 뜻하며 삼三은 완성을 의미한다.

　무릇 글을 좋아하는 사람이면 글쓰기 또한 좋아한다. 자리에 앉아 컴퓨터가 제공한 백지 한 장 들여다보면 꼭 나의 심장 박동 수처럼 뛰는 커서가 보인다. 이 커서도 일자다. 나는 이 커서에 마음을 얹어 본 적 있다. 커피 배전기 시제「뼛골 12」는 커서에다가 필자의 마음을 심은 것이다. 그러니까 하루 일상이다.

뼛골 12 / 鵲巢

전등 끄고 하얀 종이 바라본다 허리 뒤로 기대어 눕고 비스듬히 아래로 보듯 그렇게 앉았다 자국은 침대 위에서 이루었고 어두운 세상은 침대 아래였다 까맣게 기어가는 지네발 보았다 이른 시각부터 이곳저곳 거닐었던 시간을 먹고 싸질러 놓는 지네가 무척 외로웠다 하지만 제 걷는 길은 언제나 왼쪽에서 오른쪽으로 기어간다 오른쪽은 늘 허기다 그 허기 끝자락에서 낭떠러지기로 떨어지는 것 같다가도 어느새 왼쪽 벽에서 새로운 세계가 출몰한다 죽지 않았다 탄력을 받기라도 하면 왼쪽에서 출몰 다시 오른쪽으로 가 떨어지고 왼쪽에서 출몰 다시 오른쪽으로 가 닿아서 다시 떨어지곤 했다 막다른 길이나 갈림길이라도 벗어나지는 않았다 거저 끗떡끗떡 거린다 또 반듯하게 기어가는 그는 까맣게 선 일자, 일자 그 자체다 눈보다 코가 먼저 닿는다 구린내까지 싹싹 핥는 천 개의 눈을 앞선다 하나를 놓을 수 있고 그 하나를 지울 수 있는 그러니까 하나는 모든 것이다 꼭

나의 심장 박동 수만큼 뛰는 그는 순식간에 초성 중성 종성을 내지르고는 오로
지 주인장 숨소리만큼은 완벽이기를 기도하고 있었다 가만히 있기라도 하면 보
였다가 사라지고 사라지면 또 보인다 희망 가득 품고 나아가는 너는 왼쪽에서
오른쪽으로 가는 너는

컴퓨터 모니터, 하얀 바탕에 껌뻑거리는 커서는 일이다. 일은 일이며 하루
며 한 장의 보고서다. 그러니까 일은 처음의 시작이자 완성이며 하루의 완성
을 뜻하며 그 하루는 숨길 곳 없는 나를 빤히 바라보는 것이다.

아! 이제 나도 마감할 때가 슬슬 다가온다. 한 군데 남았다. 모 점에 얼른
출장 다녀와야 한다. 로스터기 설치 자리를 잡아달라는 점장의 부탁 말씀이
있었기 때문이다. 일이다.

달래나 보지

요즘 봄이라 해서 꽃구경이다 나들이다 해서 야외로 많이 나가시나 보다. 어떤 때는 직장 다니는 친구가 부러울 때도 있다. 주말이면 홀 떠나 어디서 쉬다 오기도 하고 시간 되면 퇴근이라 술도 한 잔 여가도 가져 부러울 때도 있었다.

그래도 내 뜻하는 일이 아니니 매이는 시간이 하루가 길기만 하다. 내 일을 한다 해서 더 자유로운 것은 아니다. 오히려 더 열심히 찾고 보아야 옳은 길 갈 수 있다.

대학 친구가 찾아왔다. 둘째까지 낳고 언제 모였던 기억이 있다. 그리고 십 년이 흘렀다. 맏이가 중학생이고 애들이 벌써 부모보다 훨씬 키가 크다. 모두 사느라 바쁘다. 사십 대가 커피 한 잔으로 보고 또 갔다. 언제 또 볼 수 있으려나,

뜻 하나만 / 鵲巢

따스한 봄이라지 달래와 쑥이라지
사계절 핀 마음이 사계절 겨울이다
오로지 파릇파릇한 뜻 하나만 보아라

날이면 커피 한잔 날마다 씻은 잔에
남으면 부러운 일 이것만한 일도 없어
있어도 한잔 없어도 한 잔은 몽땅 커피라

낮으로 밤으로 생각하는 커피 일이
온몸으로 담근 잔 바닥 하늘이라
어찌 봄이라 해서 돌아보고 누워라

봄 얘기가 나왔으니 시인 박태일 선생이 생각이 났다. 선생께서 지은 시가
있다. 시제가 '달래'다. 시 앞부분만 적는다면 이렇다. '달래는 슬픈 이름 /
한번 달래나 해보지 / 달래바위에 피를 찧었던 일은 우리 옛적 이야기' 이 내
용은 달래 바위에 관한 전설이다. 이 전설이 무엇인지 검색해 보았다.

"비 오는 어느 날, 남매가 호젓한 길을 걷고 있었다. 비에 젖은 누이는 옷이
살에 달라붙어 몸매가 드러나 있었다. 뒤따라가다 그 모습을 본 동생은 불현듯
성욕을 느꼈다. 동생은 부끄러움을 이기지 못해 성기를 바위에 올려놓고 돌멩이

로 짓이겨버렸다. 이를 안 누이는 '달래나 보지, 달래나 보지' 하며 안타까워했다. 이것이 바로 달래 바위 전설이다."

군이 토를 달 이유는 없겠지만, 우리말이 좀 우스운 것은 사실이다. 물론 달래는 슬픈 이름이라고 하지만 왜 자꾸 웃음이 이는 건지.

편의점 다녀오다가

가끔은 詩를, 詩集을 읽을 때면 과거로 빠질 때도 있다. 과거는 이미 지나간 시간이다. 지금에 와서 어떻게 해 볼 수 없는 시간을 다시 떠올려 보는 것은 쓸데없는 일이나 하지만 과거의 경험을 타산지석 삼아 일신 우일신 한다면 더 나은 내일을 찾을 수 있음이다.

詩란 그 내면의 발설문화다. 시문에 '아이' 라는 시어를 간혹 볼 수 있다. 아이는 보통 어린이를 표현하기도 하지만 시문에서는 새로운 의미를 부가하기도 한다. 그러니까 남성의 정액(태어나지 못한 아이)이나 백지, 또는 영어의 알파벳의 아홉 번째 자모의 이름이기도 하다.

> 아이를 지우고 앉았네 비밀을 나누려고 의자에 앉았네
>
> –김상혁 시 「거의」 부분

시 첫 문장에 서술했듯이 아이를 지우고 말았고 나의 과거의 한 단면을 지우고 만 것이다. 하지만 영원히 지울 수 없는 내면의 동굴에 암각화한 것이나 다름없게 되었다. 왜냐하면, 시로서 승화한 것이니 말이다.

이 시집과는 관계없는 얘기지만, 위 시를 읽으니 며칠 전에 읽었던 공광규 시인의 詩가 생각난다. 시제는 '걸림돌'이다. 시의 내용을 간단히 얘기하자면, 이렇다.

걸림돌이 없다면 인생의 안주도 추억도 빈약하고 나도 이미 저 아래로 떠내려가고 말았을 것이라며 시인은 말한다. 그 예문으로 앞에 죽 나열해 놓았는데 스님의 얘기, 행자 하나를 들이라 했더니 지옥 하나를 더 두는 거라며 마다하신다. 또 석가도 자신의 자식이 수행에 장애가 된다며 아들 이름을 아예 '장애'라고 짓지 않았던가. 우리 어머니는 또 어떻게 말씀하셨나. 인생이 안 풀려 술 취한 아버지와 싸울 때마다 "자식이 원수여! 원수여!" 소리치지 않으셨던가. 밖에 애인을 두고 바람을 피우는 것도 중소기업 하나를 경영하기만큼이나 어렵다고 한다. 결국, 이러한 걸림돌이 인생의 안주도 추억거리도 있어 찬찬히 돌아보는 여정에 외롭지는 않았으리라!

집집이 사는 게 별 차이는 없더라! 이제 나도 사십 중반을 걸으니 이것저것 느끼는 게 감회다. 더욱이 詩學은 인생의 참맛을 느끼는 것도 있었어! 뭐라 말하기 어려운, 그러니까 사람의 외모만 보는 어떤 겉치레와 달리 그 사람의 속옷을 보는, 속을 들여다보는 약간의 기술 아닌 기술도 가지게 된다.

드립 교육을 진행할 때면 나는 내가 읽었던 책 한 권을 가볍게 소개한다. 그리고 읽었던 소감을 이야기하고 글쓰기에 관해서 강조하기까지 한다. 또 각자 한 사람씩 드립을 하며 드립한 커피 맛을 보며 나의 꿈은 어떤 것이며 그 꿈의 진행은 어떻게 해 나갈 것인지에 관해서 소견을 이야기하도록 한다.

오늘은 또 한 사람의 진정한 꿈을 들었다. 새우 키우는 취미를 가진 젊음이었다. 민물새우였는데 일반 새우와는 다르다. 관상용인데다가 애완용이다. 이 새우를 얻게 된 동기와 키우는 방법에 관해서 들었으며 앞으로 이 새우와 관련해서 더 연구하고 보급하는 데 주력을 하겠다고 했다. 나는 새로운 아이템을 보았고 서비스 시장의 또 다른 면을 보게 되어 좋았다.

피터 드러커가 얘기한 지식정보화시대에 우리는 살고 있다. 내가 가진 지식과 정보를 더 보편화하고 알리려는 데 노력해야 할 것이다. 그중에서 가장 으뜸은 기록하는 자세다. 나의 일을 잘 묘사할 줄 아는 글쓰기는 기본이 되어야 한다. 시학 공부는 적지 않은 도움을 준다.

편의점 다녀오다가 / 鵲巢

때때로 거르는 때 편의점 둘러보니
봉지씩 쌓아놓은 두툼한 편의 식품
세상일 이리 편해서 주린 일은 없겠다

칸칸에 쌓아놓은 말씀도 입맛대로
마음은 싸릿가지 엮은 저 햄버거
한 입씩 쓸어 먹으니 넘치는 일 없겠다

동분서주하다 보면 밥을 먹은 것인지 안 먹은 것인지도 헷갈릴 때도 있다. 우리는 밥은 못 먹어도 커피는 꼭 마신다. 한때 본점에서 일하는 직원이 햄버거를 사 가져왔다. 근데, 햄버거의 대명사인 맥도날드나 KFC의 것이 아니다. 그래서 물었다. 어! 이거는 어데꺼니? 직원 曰, 편의점에 팔아요. 하는 것이다. 출출한 마음이 편의점으로 발걸음 놓는다. 진짜 햄버거가 있다.

시집 한 권은 결코 햄버거와 비교할 바는 아니지만, 햄버거 하나가 나의 출출한 배를 채웠다면 시집은 어두운 내면의 거리를 불 밝혀놓은 가로등에 비유할만하다. 인터넷 세계 최고의 보급률을 자랑하며 그 소외된 마음의 표출로 공간문화의 일대 혁신을 가한 대형카페가 출현하였다. 너른 카페에 앉아서 시집 한 권과 잠시 나를 만나보는 것도 괜찮겠다. 또 모르지 않는가! 새로운 꿈이 나를 안내해 줄 수 있으니 말이다.

모두 바쁜 일상에 우리는 간편식과 친하게 되었다. 아무리 바쁜 일상이라 해도 마음을 닦지 않으면 불안하듯이 내가 입은 옷처럼 손에는 작은 시집이라도 꼭 들고 다니자. 절대 간편식과는 다른, 마음으로 쌓은 저 햄버거 한 입, 또 한 입 베어 먹으며 하루를 마감한다.

내 엎드린 자세 뒤에서 밤이 야행성을 단련한다
고백도 없이
나는 도대체 무엇인가
무서워하려고 검은 개는 구석에서 주인의 발을 빤다

자기보다 더 짙은 걸 빤다

-김상혁 시 「누구」 전문

　내 엎드린 자세 뒤에서 밤이 야행성을 단련한다는 문장에서 여기서 밤은 주체가 된다. 그러니까 화자를 말하는 것이기도 하고 그 화자가 밤에 밤을 단련함으로써 나를 만드는 격이다. 내 엎드린 자세는 나를 바라보는 격이며 나를 바라볼 수 있는 어떤 객체를 뜻하기도 하는 것이다. 고백도 없이 나는 도대체 무엇인가, 화자는 묻는다. 자아에 관해서, 무서워하려고 검은 개는 시적 묘사이며 구석에서 주인의 발을 빼는 것은 자아의 세계관이다. 자기보다 더 짙은 걸 빤다, 결국 나를 돌아보는 또 다른 나를 거울 바라보듯 빨고 있다.

　주체란[4] 문장 내에서 술어의 동작을 하거나 상태를 나타내는 대상을 말한다. 다시 말하면 시적 발화를 수행하는 행위자, 우리는 이를 화자라 부르고, 화자라는 가면을 쓴 실제의 발화자를 시인(작가)이라 부른다.

　4) 권혁웅, 『시론』 참조

맞배지붕

옆집 개 / 鵲巢

동 트면 이른 아침부터 왔다가 가는 옆집 개

찾아왔어는, 언제나

철 기둥에다가 영역 표시를 아끼지 않는,

한참 있으면 본부장이 가서 문을 여는

그 똥을 보아도 치우지 않고 가는

또, 한참 있으면

오 선생님께서 가 그 똥을 보고는

미련 없이 작은 삽 하나 들고 치우는

한 며칠 계속 찾는 옆집 개

무슨 황야의 무법자처럼 직 갈기다가

한 뭉텅이 또 굵게 몇 동가리 누고 가는

하루는 옆집 개 주인 미안 했어, 눈인사하며

팥빙수 두 그릇 들고 가는

그러면서 한마디 던지는

"아이고 칠곡에서 커피를 했지요."

"갖출 것 다 갖춰놓고 했지만, 힘들었습니다."

하고 씩 웃으며 가는

저녁 늦게 무슨 말이라도 이을 듯,

뱉지 못하는 오 선생님,

자정 가까이 본점에 가 바 앞에 앉아

청해 마시는 한 잔의 커피에,

장 집사의 한 말씀은

"본부장님 옆집 개가요 자꾸 여기 와서 똥을 눠요."

구수하게 커피 한 잔 마시다가

뜬금없는 장 집사님의 말씀,

"어떻게 좀 해 봐요. 본부장님."

별 상책이 없는

사모님 인제는 본점이 돈이 되는가 봅니다.

똥을 자주 보게 되니까요.

왜, 그것도 있지 않습니까?

똥 광도 팔면 돈이라도 되잖아요.

회! 회! 회! 그것참,

그 개 한 번 보면 쓰다듬어 줘야겠습니다.

나는 카페 일을 하는 바리스타다. 그러니까 커피를 선택하고 선택한 커피를 잘 볶아서 고객의 입맛에 맞게끔 한 잔 우려내는 일과 고객의 시중을 든다. 카페를 하다 보면 요즘 사람은 혼자 지내는 방법을 잘 모르는 분이 꽤 많다. 방황을 많이 한다. 급변하는 사회에 어떤 소용돌이 바라보듯 휘돌며 가는 자아를 보는 격이다. 이럴 때일수록 자아를 빨리 찾아야겠다. 세상의 중심은 그 어떤 것도 아닌, 바로 나 자신이다. 나를 찾는 일은 나와의 진정한 대화다. 독서는 그 한 방편일 수 있다.

맞배지붕 / 鵲巢

엎어 놓은 맞배지붕 바람을 몰아보니
까마귀 하늘 날아 지상을 바라본다
골마다 이는 구름이 훤히 젖혀 보인다

가는 길 산길마다 헤쳐 본 숲길마다
슬기 봉 올라보고 지혜 봉 앉아 보니
바윗길 호젓한 숲길 발목 삐칠 일 없다

흐르는 골짜기와 훑어 본 강물에도
깊어서 닿은 물이 건너서 곱게 흘러
범람원 이루게 되면 너른 바다 이른다

독서도 일종의 목표가 있어야 한다. 목표 없는 일의 경영은 효율성이라고 는 찾을 수 없다. 물론 나를 경영하는 것도 마찬가지다. 어느 책 한 권을 잡고 오늘은 이만큼은 꼭 읽겠다고 나와 약속을 하자. 모든 일의 성공은 나와의 약속에서 먼저 출발한다. 나와의 약속을 지키지 못하는데 그 누구와 약속을 지킬 수 있겠는가! 사회는 모두 약속으로 이루어져 있다. 그 약속을 하나씩 지키며 또 지킨 약속을 잘 수행할 때 성공은 함께 오는 것이다.

책과 독서는 스스로 돕는 것이다. 책은 나를 다듬기 위해서 읽는 것이며 책은 더 많이 배우기 위해서 내는 것이다. 나 스스로 나를 돕지 않으면 누가 나를 도울 수 있으랴! 모두 살기 바쁜 생활 속에 진정한 도움을 받을 수 있는 것은 한 권의 책이며 내 어린 마음으로 작게나마 도움을 줄 수 있는 것도 한 권의 책이다. 가장 저렴한 삶의 방법론을 열거하면서도 가장 확실한 길이다.

독서는 혁명이다. 나의 잘못된 습관을 바꾸고 꺾을 수 없는 고정관념을 버리게 한다. 습관이 바뀌면 나의 운명도 바뀐다는 말이 있다. 미국의 저명한 심리학자 윌리엄 제임스의 말이다. 습관은 타고나는 것이 아니라 길드는 것이다. 그러니 나의 모든 잘못된 인자因子를 버리게 하고 인자仁慈 가득함이 배어나 주위가 변하게 된다. 그러니 독서는 혁명이다.

독서는 풍선이다. 내 주어진 납작하고 볼품없는 마음에 바람을 불어넣는 것이다. 한 권은 마음에 입김으로 불어넣는 한 모금의 영혼이며 그 한 권이 쌓이고 쌓이면 동그스름한 마음이 만들어진다. 더없이 많은 양의 내공이 쌓이면 그때는 나도 감당하지 못하는 힘이 생길 것이다. 풍선의 역량을 보라! 작고 볼품없는 풍선과 땡땡한 풍선과 어느 쪽 바람이 더 셀 것 같은가!

詩集 한 권, 참으로 읽기 편한 詩, 그러니까 아주 조촐한 비유와 각종 상징을 써서 지은 책은 아닌, 가볍게 읽을 수 있는 에세이와도 같은 詩集도 있다. 꼭 굳이 비유를 놓자면 지금은 고인이신 천상병 시인과 같이 아주 편하게 쓴 글 모음 같은 것이다.

이참에 천상병 시인의 시 한 편을 행 가름 없이 한번 읽어보자.

아내는 내대신 돈을 번다 / 찻집을 하며 내 용돈을 준다 / 얼마나 고마운 일이냐 // 오늘도 내일도 / 나는 아내의 신세를 진다 / 언제나 나는 갚으랴 // 아내여 아내여 / 분투해 다오 / 나는 정신으로 갚으마

-천상병 시 「아내」 전문

말과 마구간

내가 사는 곳은 수락산 밑이다. 주소를 따지면 의정부시 장암동 384번지이다. 처음에는 노원구 상계동에 살았으나 의정부로 이사 온 지는 6년째이다. 의정부시라고 해 봐야 약 2백 미터밖에 안 된다. 그러니까 의정부시이지만 서울특별시나 마찬가지다. 교통수단으로는 우리 동네에서 새마을 버스를 타고 서울 상계동에 가서 다시 20번 버스를 타고 아내가 경영하는 '귀천歸天' 카페까지 간다. 그러니까 내가 낮에 지내는 곳은 서울특별시 인사동과 관훈동이 맞붙은 곳의 '귀천' 카페이다. 수락산이 동쪽에 우뚝 서 있고 서쪽으로는 도봉산이 바라보인다. 비가 아무리 와도 물 걱정 없고 우리 집은 깨끗한 지하수를 쓰고 있다. 뜰에는 신록이 우거지고 참으로 좋은 정치다.

낮에 '귀천' 카페에 앉아 있으면 옛 친구도, 지금 친구도 만나고 참으로 좋다. 예술가들도 많이 오고 신문사, 잡지사 기자들도 많이 온다. '귀천' 카페의 매상고는 하루 평균 5만원이다. 좌석이 열다섯 개밖에 없는 데 비하면 많은 수입이다.

우리 집에는 전화가 있는데 의정부시 873의 5661이다. 가끔 전화 좀 해 줬으면 좋겠다. 그전에는 문학청년들이 가끔 놀러 왔는데 택시를 잡아타고 도봉산 있는 데서 상계동으로 가는 길로 접어들어 파출소 앞(막다른 곳)에서 왼쪽에서 꺾어져서 한참 가면 군인들이 있는 곳에 이르고 살짝 가면 동네가 있다. 그 동네 옆길로 걸어서, 동네가 끝나는 데서 더 걸으면 한 채밖에 집이 없다. 그 집이 바로 우리 집인 것이다.

여러분들 특히나 문학을 좋아하는 분들께서는 서슴없이 놀러 와 주시오. 나는 직업이 없으니까 매일같이가 하도 심심하오. 여러분들 되도록 많이 만납시다.

많이 기다리고 있겠소. 언제든지 와도 좋으니까요.

－천상병 시 「내가 사는 이런 곳」 전문

말과 마구간

지금은 고인이신 천상병 시인의 글이다. 외모도 동네 아저씨 보듯 수수하고 그가 쓴 시와 산문도 별 어려움 없이 잘 읽힌다. 문학이란 무엇인가? 화자의 체험을 통해 얻은 진실을 사상이나 감정으로 잘 표현하는 언어 예술이다. 이 문학에도 표현기법이 여러 가지가 있다. 시나 소설, 수필이나 희곡, 평론이나 일기 따위가 있겠다.

예술의 분야도 각기 종류가 많다. 미술이나 음악, 춤, 그 외, 인간이 만들어낼 수 있는 그 어떤 창작품까지도 예술에 넣는다. 그중에서도 단연 문학만큼 보존성이 강하며 독자에게 가까이 갈 수 있는 분야도 없다고 본다.

시인께서는 아내, 목순옥의 '귀천' 카페가 나오고 하루 매상고도 이야기해 놓았다. 솔직히 누가 당신네 하루 매상이 얼마냐고 물으면 조금 쑥스러움도 사실이지만, 시인께서는 떳떳하게 말을 놓는다. 그러니까 먹고 사는 일에 한 치의 부끄러움 같은 것은 없다. 그리고 내가 사는 동네와 찾아오는 길을 친절히도 안내하고 있다. 또 구태여 심심하기까지 하다는 시인의 넉살과 좀 찾아와 주었으면 하는 글도 읽는다.

우리는 글을 왜 읽으며 왜 쓰는지 본인에게 먼저 질문을 하자. 어릴 때였다. 아마도 사춘기였지 싶다. 나는 가정의 불화로 어머님과 한때 말다툼이 있었던 걸로 기억이 난다. 내용은 무엇인지 지금에 와서 생각해 보니 떠오르지 않지만, 나의 요구사항이 받아들이지 않은 게 있었다. 늦은 저녁, 편지를 써서 빈 밥솥에 넣어 두었는데 이른 아침 어머님께서 꺼내 읽고 나의 요구사항을 들어 준 적이 있었다. 편지였지만, 어머님은 감동하였던 게 분명했다.

뱉은 말은 사라지고 없지만, 내가 지은 마구간은 뚜렷하게 남아 있다. 우리 인간의 살아왔던 역사는 꽤 된다. 하지만 역사시대를 열었던 것은 살아왔던 시기를 놓고 보면 긴 펜 날 끝에 불과하다. 선사시대보다 역사시대에 이루었던 인류문명은 급속도로 발전을 거듭해 왔다. 아마도 마구간은 삶의 문화를 잘 보존하며 개선해 나갈 수 있었던 그 이유일지도 모르겠다.

우리가 사용하는 말과 마구간은 석기시대의 돌도끼보다 가장 좋은 도구임은 틀림없다. 그리고 보니 카페는 참, 말 많은 곳이다. 말 나면 제주도로 보내라! 하지만, 실상 말은 어데라도 갈 데 없다. 카페로 간다. 못생긴 말, 희한한 말, 허리가 굽은 말, 출처가 불분명한 말, 말이 말을 낳은 말, 집에서만 있어야 할 말도 주인 잃은 말도 카페에 가면 다 있다.

우리는 이 말을 어떻게 이용할 것이며 어떻게 타면 잘 탔다고 이야기할 수 있을까?

우리는 이 사회를 살면서 얼마나 많은 말들을 타며 또 마구간(글)을 짓는가! 하물며 기업의 발주서 견적서에서 로고 대용으로 쓰는 슬로건까지 모두 마구간이다. 정말 마구간 더미에 산다. 한때는 기마민족의 우수성을 널리 알리고 저 광활한 만주벌판을 달렸던 백의민족이다. 마구간은 아무것도 아닌 것 같아도 확실한 증거며 그 어떤 표현보다도 뚜렷한 매개체다.

자! 우리는 요람에서 입관에 이르기까지 백의로 일생을 마쳤다. 백의의 표상으로 말을 타고 마구간을 등에 업어라! 희망찬 내일을 위해 마구간을 숭상하고 햇살의 꽃다발을 그득 실은 전차를 이끌며 가라. 무거운 가위에 눌렸던 대륙의 동방, 어지러운 꿈 조각이 서러운 새벽빛 와 닿으면 이 세상을 힘껏 끌며 가라.

詩人 천상병은 떠나고 없지만, 그의 인생과 마음을 잘 표현한 말과 마구간은 고스란히 남아 있다.

문장리 가는 길이

　실지로 공부라는 것은 읽고 마는 것이 아니라 그 읽은 것을 평하며 적고 내 생각이나 철학을 한 줄씩 넣으면 나름 나름으로 즐거운 길이다. 이제는 시집 한 권이 크게 부담이 가지 않는다. 글도 애착 있게 보는 것도 중요하지만 간혹 느긋하게 보면 졸음도 오고 잡생각도 함께해서 성가시기만 하다. 바쁜 일상에 언뜻 보는 것도 집중력 발휘하는 데는 꽤 괜찮다.

문장리 가는 길이 / 鵲巢

문장리 가는 길이 가득한 물속이라
하초는 등뼈 없이 흐느적 거름이다
자불며 보는 한 걸음 쫓긴 시간 두 걸음

물 위에 뜬 해와 달이 니쫓고 내쫓고
어지간히 미친 걸음 여간 볼썽사납고
아서라 나는 까마귀 울어 울어 넘는다

시는 교감이다. 어느 한 작품을 진지하게 교감하기 위해서는 마음을 먼저 열어야 한다. 굳게 닫힌 가운데 그 어떤 상상도 들어오지 않으며 그러한 상상이 없으면 그림은 그릴 수 없다. 결국, 이러한 상상을 통해서 나의 숨은 그림을 찾는 것이다. 이는 나의 지론을 세우고 의지를 굳히는 데 도움이 되며 이를 통해 내가 바라보는 독창적인 세계관을 갖기 위함이다. 그 어떤 광고성 언어나 상업성 언어에 물들지 않는 나의 나만의 주체성에 발현하는 뜻과 자발적 행동만이 나를 살릴 수 있는 길이기 때문이다. 그러니까 가장 완벽한 독점만이 詩의 살길이다.

많은 시인을 포함해서 작가들은 수많은 작품을 내놓는다. 하지만 실지로 이것이 큰 성공으로 이어지기는 극히 드물다. 물론 작품성과 상업성 모두를 뜻하며 또 우리나라 독서습관과 나름 책 읽기의 좋아하는 분야도 각기 달라서 더욱 시를 좋아하는 동호인은 몇 안 되는 것도 사실이다. 바쁜 일상에 이해를 넘어 가볍게 읽을 수 있는 책거리와 이상과 상상을 유발하는 먹거리로 나는 읽는다. 솔직히 지금은 취미를 넘어 집착에 가깝지만 말이다. 하지만 이러한 노력을 통해서 나만의 책 한 권을 가질 수 있다면 노력할 만하다. 그리고 그 책 한 권은 나를 대신하는 효자이자 그만한 시간을 덜어주는 것도 사실이다. 만약 우리가 한 권의 시집을 냈다면 이 시집에서 가장 중요한 시 한 편은 무엇이고 나를 대신할 수 있는 시는 무엇인가? 나는 어떤 색깔일까?

황진성의 시 「가위의 길」을 한 편 감상해보자.

나의 글에 대한 나의 목소리 그러니까 화자의 운이 묻어 있어야 한다. 수많은 글쓰기가 있어야 나만의 일관성을 갖춘 운을 찾을 수 있다. 가장 좋은 방법으로 나는 일기 쓰기를 권장하고 싶다. 이 좁은 한 국가 내에서도 방언이 있으며 고장마다 사투리도 조금씩 다름도 본다. 내가 자란 환경과 사물을 보며 느끼는 감정도 사람마다 다르듯 시도 마찬가지다. 나의 시에 대한 주체성이다.

　가위 같은 길, 그 안에서 먹고 잠자고 사랑한다 잘 벼린 두 개의 두 개의 날 서로 악수할 때 장미꽃 피고 가시 찔린 공기 파르르 숨을 멈춘다 길고 날렵한 손가락은 하얀 종이의 공포를 단호하게 베어낸다 그의 길에는 언제나 장미꽃잎 깔리고 환호성 메아리친다 간혹 실수로 핏방울 꽃잎처럼 떨구며 춤추기도 하지만 반창고 한 개로 가볍게 해결될 뿐,
　그러나 세월의 배신으로 이제 무디어진 칼날에 햇살 더 이상 춤추지 않는다 두 손 맞잡은 힘 가을바람으로 풀릴 때, 누가 이 길 위에 다시 나를 세워다오 나는 두드리다 외치다가 목이 쉰 여름을 잃은 매미, 썰물 나간 갯벌에 주저앉은 조개껍데기, 한때는 들끓었지만 이제는 식어버린 주전자 꽂힌 하얀 장미
　　　　　　　　　　　　　　　　-황진성 시 「가위의 길」 전문

　좋은 시 한 편을 읽으면 가끔은 전율 같은 것이 올 때도 있다. 시의 교감을 두고 하는 얘기다. 여기서 가위라는 시어를 잠시 보자. 물론 사전적 의미를 달아 놓을 이유는 없다. 가위를 잘 모르는 이는 없을 것이니, 그래도 가볍게 적는다면 가위는 어떤 사물을 재단하는 도구다. 여기서는 시의 은유이자 상징으로 쓴 시어다. 일종의 치환은유로 화자를 뜻한다.

이 시는 총 두 개의 단락으로 이루었다. 첫 단락은 화자의 개성과 과거 지향적인 회로 정도로 보면 좋을 듯하다. 두 번째 단락은 세월의 무상을 이야기하면서 나의 참모습을 잃은 시간의 뉘우침과 미래지향적인 꿈을 그린다. 이 시의 마지막 문장을 보라! 한때는 들끓었지만, 이제는 식어버린 주전자 꽂힌 하얀 장미라고 했다. 상징적 표현으로서 하얀 장미를 보라! 종이와 화자와 날日과 또 사랑의 결정체를 뜻하는 다의성으로 좋은 표현이다. 식어버린 주전자도 마찬가지다.

로스터

70년대면 필자는 아무리 어려도 초등시절이다. 그때는 등단이라는 것은 지금처럼 그렇게 엄격하거나 치밀하지는 않았나 보다. 고운기 시인의 시 속에 써놓은 얘기다. 구겨진 담뱃갑 / 오자誤字가 나서 / 구겨진 담벼락 // 내 선배 김용배 시인이 박목월 선생에게 추천받아 등단하던 때, 시라면 원고지에 써서 잡지사에 넘기던 때, 오자가 도리어 최대의 표현을 얻어주기도 하던 때라고 적고 있다.

21c에 사는 우리는 나의 글을 발표할 기회가 꼭 등단만 있는 것도 아니다. 글을 통해 나를 알릴 기회는 얼마든지 많이 만들 수 있다. 나의 철학과 나의 일과 또 그 무엇도 하나의 주제가 형성되고 글을 다듬었다면 이를 출판사에 의뢰하면 되는 것이다. 출판사도 이 자본주의 사회에서는 경쟁의 무리에서 피해갈 수 없는 하나의 조직이다. 그들도 좋은 글 그러니까 좋은 자원은 언제든지 문을 열어놓고 기다리고 있다. 마땅히 좋은 작품이라고 믿어지는 것은 연락이 온다. 그렇게 낼 기회가 있다.

로스터 / 鵲巢

로스터 빙빙 돈다 쓰르륵 쓰름매미
제자리 돌고 돌아 밤낮없이 하는 일
까만 콩 제 빛깔 이리 변함없이 뱉더라

또 문학 사이트로 '시마을'이 있다. 누구나 회원으로 가입하여 글을 올릴 수 있으며 글을 읽을 수 있는 개방적인 사이트로서는 우리나라에서는 유일무이하다. 글이란 나를 수양하는 데 적지 않게 도움을 준다. 읽는 것도 쓰는 것도 모두 자기 수양이며 나를 온전히 닦으면 나만의 길을 찾을 수 있다. 책을 통해서 인세를 기대하는 시대는 이미 가버린 것 아닌가 하는 생각이다. 출판 업계 문화도 많이 바뀐 것이 사실이고 그에 따른 전자책 보급도 예전보다 많은 것도 사실이다.

문학의 꽃이라 비유할 만한 시학을 통해서 더 넓은 견해와 안목을 갖추리라 믿는다. 담벼락은 내 마음의 수양이 부족해서 생기는 것이리라! 정말 시인께서 얘기한 나무 그늘이 구겨지고 지나던 바람이 구겨지고 원고지가 구겨지고 한 생애가 구겨지는 일은 없어야겠다. 어느 불모지라도 싹이 트고 나무가 이루고 그 그늘로 많은 사람이 앉아 쉬어갈 수 있고 바람은 불어서 희망의 싹을 틔우고 가지가지 뻗을 수 있는 원고지 같은 하늘이 있고 온전한 한 성체로 이룰 기회는 다름 아닌 내 마음에 있는 것이다.

거미집

글 쓰는 이로서 거미를 좋아하지 않는 분이 없을 게다. 거미는 좋은 소재임은 틀림없다. 필자 또한 거미의 소재로 글을 써 본 바 있다. 詩集 『카페 鳥瞰圖』 詩題 「커피 12잔」은 거미가 소재다.

우리는 거미 같은 목수가 되어야 한다. 목수로서 하루 일을 하며 하루를 쌓는다. 쌓은 하루로 다가올 미래의 위험을 준비하고 근심과 걱정 어린 삶에 대비해야 한다. 그러니까 우리는 모두 하루거리의 삶이다. 하지만 한 방향 바른 방향으로 노력하는 삶을 살아야겠다.

가로수 / 鵲巢

가로수 만나서 가로수 시작할 때
두 바늘 삶의 끝에 깁는 땀 초심으로
영그는 이파리 닿은 푸른 창에 풀 끝에

누구나 거미집을 지을 수 있지만, 누구나 거미집을 지을 수는 없나 보다. 관계우선의 법칙이라는 책도 있지만, 그 관계를 맺는 것은 상표에 관한 사랑이 없으면 힘들다. 제품에 대한 사랑, 고객에 대한 사랑, 그리고 무엇보다 내가 나를 바라보는 사랑이 없으면 시스템(거미집)을 만들 수 없다. 나의 詩集 『카페 鳥瞰圖』 詩題 「커피 12잔」의 내용이다.

거미줄이었어. / 고든무어의 날실과 메트칼프의 씨실 엮어, 집 짓는 방법 얘기했지, / 요즘 젊은이는 넷상에서 만들 듯 하지만 사람이 하는 일이잖아! / 만나지 않고서는 깊게 만들 순 없지. // 먹은 것 있으면 게워 내야 해, 적극적이며 주도적인 행동이 필요하지. // 구심점 잃으면 안 돼, 계속 돌아 / 돌다 보면 바람도 견딜 수 있는 탄탄한 철근 같은 집 생기지. 그래 해 봐!

정말 집 짓는데 날실과 씨실만 있으면 되는가! 빗방울의 크기와 각도에 끄떡없는 집, 잠자리가 스쳐 지나가도 붉은 흔적 따위는 신경 쓸 일 없는 집, 허공에 밑그림을 그리고 무늬 같은 집이 아닌 비바람에도 안 펄럭거리는 집, 어느 존재의 힘에 그 존재의 파닥거리는 가위질에도 버텨 나갈 수 있는 집, 우리는 하루 끼니가 아니라 미래가 있고 희망 가득한 집을 원한다. 돌다 보면 바람도 견딜 수 있는 탄탄한 철근 같은 집, 말이다. 구심점이다. 구심점 잃으면 안 돼, 계속 돌아!

찐빵 / 鵲巢

하얀 속 단팥 맛이 단내만 풍기다가
어느새 낀 이와 이 바르는 뼈 없는 혀
아련히 속없는 난독 빠득빠득 꼬르륵

황톳길

　방금 물 건너 들어온 기계 한 대를 뜯었다. 오후에 설치해야 할 기계다. 저 기계가 시라고 하면 안 되나! 낱장 들여다보듯 그렇게 한 장씩 넘길 수 있는 가벼운 기계라고 하면 안 되나! 두꺼운 종이상자를 뜯고 무거운 기계를 들어 올렸다. 보조 탁자에 놓고 물관과 물관을 잇는 물선을 확인하고 하얀 테플론 테이프를 칭칭 감는다. 조인할 볼트를 잇고 정수를 넣는다. 이렇게 또 하나의 시를 위해서 저 기계는 온몸을 불사를 것이다.

　詩는 무엇인가? 한마디로 노래다. 내가 바라본 세계관을 통해서 흘러간 물의 세계를 관조하며 이것을 마음으로 부르는 절대적 주관이 묻은 서정이다. 하지만 요즘은 시가 그렇지 않음도 본다. 많은 대학에서 그러니까 문예창작의 가르침은 하나의 창작으로서 약간의 허구성을 인정하는 추세이기도 하다. 시를 두고 그려내는 이미지와 이야기다. 이건 내가 본 느낌이다.

　詩란 무엇인가? 한마디로 진실이다. 나의 이야기를 솔직담백하게 적는 문장이다. 하지만 남에게 보이기 힘든 이야기, 더 자세하게 들려주고 싶은 이야기, 내가 본 어떤 세계의 사실적 묘사나 감수성 언어로 이끌어내는 표현의 장르다.

커피 / 鵲巢

이슬람도 기독교도 깨어서 바라보는
손끝과 발바닥과 머리끝 논한 세상
바름과 즐거움으로 담은 단상, 이 한 잔

기계는 시험운행 중이다. 이른 아침 팔공산에서 한 통의 전화를 받는다. 본부장님 어떡해요. 아직 바닥이 덜 말라서 오늘 오후 설치를 아무래도 미루어야 할까 봐요. 이 말을 듣는 순간 정수기 설치를 담당하는 허 사장이 스쳐 지나간다. 엊저녁, 내일은 우리 처가에 결혼식이 있어 꼭 가야 합니다. 형님, 내일 설치하는 것 분명한가요? 음 그래 내일 한다. 결혼식장이 어딘데? 서울입니다. 팔공산의 한 통의 전화를 받고 허 사장께 바로 전화한다. 미안하게 되었다.

더치커피 한 병을 받기 위해서 수많은 콩을 분쇄하여 유리관에 담았다. 세계 어느 한 곳에서 자라 물 건너오기까지 많은 손때가 묻었다. 똑똑 떨어뜨리는 맑은 물방울이 저 까만 손때를 씻는다. 씻으면 씻을수록 더 까만 더치 또 한세상 폭 젖은 더치가 이미 나온 제 분신을 탁탁 때리며 순간의 왕관이었다가 고요하다.

황톳길 / 鵲巢

황톳길 요강단지 받들 듯 띄어쓰기
새는 물 적신 하루 스펀지 스며들 듯
닦아도 다 못 지운 내 머리맡에 놋요강

시는 상상력이다. 시를 시장에 내놓는 순간 읽는 독자의 몫이다. 최소한 시집 한 권은 사서 본다. 식사 한 끼다. 우리가 밥을 먹지 못하면 하루를 견딜 수 없듯이 아무것도 읽지 않는다면 영혼은 점차 메말라갈 것이다.

한 편의 시를 읽고 나의 꿈을 그렸다면 우리는 늙음도 흉한 것도 없으며 오히려 동심의 세계에 놓인 자아를 발견할 것이다. 내가 바라보는 세상은 둥글다. 그 둥근 눈빛을 가져야 세상을 둥글게 볼 수 있다.

왜 詩는 상상력을 유발하는 것인가! 시는 소설과 다르다. 시는 직설이 아니라 비유와 상징과 함축과 신화 그리고 아이러니와 역설 등으로 시공을 통합하는 하나의 울림으로 그려낸 언어예술이기 때문이다.

랜드로버

시는 커피다. 커피를 생두로 마시기에는 역시나 힘들다. 물론 콩의 맛을 느껴보기도 힘들 뿐 아니라 풋내는 이루 말할 수 없음이다. 콩을 잘 선별하는 것도 중요하며 선별한 콩을 로스터기에 넣고 가장 맛있는 포인트로 볶아야 한다. 그 볶은 커피를 내가 마실 수 있는 또 고객이 마실 수 있게끔 분쇄하여 한 잔을 정성껏 내리는 것이다.

시는 난로다. 잘 지은 한 편의 시는 주위 사람을 따뜻하게 한다. 역으로 따뜻한 난로 같은 마음이 없으면 시는 만들 수 없다. 한마디로 나를 사랑하고 주위를 사랑하고 세계를 사랑하는 마음이 없으면 시가 나올 수 없다. 시인 안도현 선생의 시 「너에게 묻는다」는 이를 잘 대변해 주는 좋은 시다. 그래서 시 한 편, 지음은 작가의 마음을 불사른 것이라 체력소모도 만만치 않다.

랜드로버 / 鵲巢

문 닫긴 카페에 훤히 내다보이는 호숫가
까만 철제 의자에 앉았다.
동초는 하늘 보며 노랗게 웃었다.

아직 연잎이 이른 연 줄기만 보이는

낚시꾼 몇몇 앉아 표대 들여다본다.

누런 잔디밭은 그리 크지 않은 라일락

꽃나무 보며 있었다. 귓바퀴만 만져보고

좁은 콧바퀴는 생각보다 넓었다.

밑창 헌 구두가 몇 방울 되지 않는

빗방울 먹고 있었다.

생명력 강한 두릅이 싹이

트고 있었는데 접은 파라솔이 랜드로버였다.

시는 우주선이다. 시집을 펼치고 시를 읽는 순간 내 마음을 어디론가 이끄는 역할을 한다. 실지로 시인 오은의 시를 잠시 들여다보면 랜드가 많이 나온다. 핀란드, 폴란드, 네덜란드, 그린란드, 아이슬란드, 남아프리카공화국까지 여행을 다녀온 듯하다. 이는 소리 은유의 창작방법이며 화자의 경험을 실은 것이지만 내 머릿속의 상상 행로에 얹은 우주선을 타며 어떤 풍경을 연상하게끔 한다.

물건을 사고팔 수 있는 랜드, 돈이 되는 랜드, 여기는 땅이다. 네가 와서 살 수도 죽을 수도 있는, 해맑게 웃으며 거짓말을 해도 아무도 뭐라 하지 않는, 아무리 참말을 해도 믿어주지 않는, 온화하고 냉혹한 시,

나는 오늘 춘삼월인데도 따뜻한 난로를 들고 커피 한 잔 마셨다.

커피 한 잔

커피 한 잔 / 鵲巢

못 나서 괜한 마음 담아서 마십니다.
담았던 커피 한 잔 비우니 빈 잔이라
어쩌면 이 찻잔처럼 딱딱했나 봅니다.

팔공산 동화사 앞, 곧 개업을 앞둔 가게에 다녀왔다. 주방기기를 설치하고 시험가동을 해 보았다. 평수가 만만치 않아서 투자비가 꽤 들었을 것이다. 벌써 이곳 주인장은 예쁜 바리스타 두 명을 뽑았나 보다. 늘씬한 아가씨 두 명이 바에 서 있었다. 의자와 탁자가 이제 갓 들어오는 오늘, 아직도 목 작업이 끝나지 않았다는 말씀을 하신다. 계단은 칠이 바르다가 만 흔적이 고스란히 남아 있었고 인부들은 급하게 제 할 일 하는 모습이 눈에 띄었다. 내부작업은 거의 다 끝나가나 보다. 창이 훤해서 바깥 구경하기가 좋고 내부는 너르고 아늑하여 누구나 앉아 쉴 수 있는 자리는 충분하다.

집기는 모두 안전하게 잘 설치했다. 그다지 오늘은 바쁘지 않아서 마음의 여유를 갖고 일을 할 수 있었다. 커피 배송 일이 많이 없었다. 다행이다.

어찌 보면 詩란 참 어려운 것이다. 독자에게 내놓는 상품이지만 독자는 그 상품을 맛깔스럽게 먹을 수 있는 능력을 갖추었으리라 하며 내놓는 것 아니냐! 詩라고 별수 있으랴! 그림 한 장 걸어놓고 아! 좋다 하며 감상하듯 지나며 보고 또 보고 한 번 내 머릿속 어느 한 자리에 그려 넣고 가는 것이다. 하지만 그것이 꽤 오래간다. 나의 마음을 움직였다. 그건 그 그림을 생각하고 다른 어떤 이미지를 떠올렸다는 것이다. 시도 마찬가지다. 한 권의 시집을 읽다 보면 유독 눈에 띄는 시 한 수가 있다. 무엇인지는 잘 모르지만, 곰곰이 생각하게 된다. 바쁜 일상에도 불구하고 이리하는 것은 다지는 이 사고력의 깊이가 하는 일의 잘못된 잣대까지도 충분히 가름할 수 있기 때문이다.

우리는 시를 본다고 하지만 혹은 읽는다고 하지만 거꾸로 시가 우리를 보며 우리를 읽고 있는 것은 아닌지 하며 생각해 볼 필요가 있다. 그러니까 역지사지다. 그러니까 우리가 모르는 신격화한 사물이다. 심지어 내 몸 구석구석 뚫린 구멍으로 피어나는 詩 의자라든가 탁자라든가 지금 바라보는 컴퓨터마저 날 바라보고 있다면 나는 어떤 존재일까?

내가 진정 사랑한 것은 시가 아니라
짐승처럼 발이 네 개나 달린 의자였는지도 모른다
그에게 엉덩이를 들이밀고
감히 한 시절을 보내 버렸다

–문정희 시 「나의 의자」 부분

오후 늦게 조그마한 장이 들어왔다. 목수 아재께서 해오셨다. 층으로 세 칸
이고 한 칸에 세 칸을 넣었다. 여기다가 시집을 빼곡히 장식해 나갈까 보다.

골목

잠시 이런 생각을 했다. 시는 애인이며 시집은 애인이 사는 집이다. 가끔은 이 애인은 내가 어디 멀리 출타하는 것을 막는다. 혹여나 어데 가더라도 꼭 데려가 주길 바라듯 그렇게 바라보고 있다. 너절한 책상과 나뒹구는 커피들, 꼭지 딴 빈 캔이 허하게 바라보는 구멍은 어둡기만 하다. 앞집 원룸건물이 햇살 포근히 안으며 있다. 오늘도 날씨는 맑다.

오늘 오전에 몇 군데 전화가 왔었고 나는 전화를 받았다. 문자가 뜬 몇 군데는 커피 주문이었다. 내부공사를 맡는 사장이 전화가 왔을 때는 이미 배송 나갈 커피를 다 챙겼을 때였다. 마침, 조감도 건축현장에 와 있다기에 잠시 기다리시게 곧 글로 갑니다 했다. 자꾸 늦는 공사마감일정에 지금 맡은 공사가 없는 김 사장의 답답함도 있었고 올여름 성수기를 그냥 보내야 할 것 같은 답답함도 있었다.

여기서 이럴 게 아니라 카페 진리에 가서 차나 한잔 합시다. 카페 진리는 근래 개업한 가게다. 비교적 성공적으로 개업했다. 한의대 앞이라서 젊은 학생들의 안락한 휴식처가 되었다. 이곳은 카페가 있어도 전망 좋거나 내부공간미가 볼만한 곳이 없다. 역시 매출은 장소만 좋아서 되는 것도 아니라는 걸 느낄 수 있는 곳이다. 주스 한 잔 했다. 점심은 김 사장이 사는 듯 카드를 긁었다.

카페 진리의 사장은 젊고 아직 결혼하지 않은 미혼여성이다. 학기 중이라서 영업이 꽤 괜찮은 듯 이야기한다. 나는 참 다행이 아닐 수 없다. 그나마 장사가 잘 되니 보기만 해도 좋다. 우리는 바깥에 나와서 그림 같은 카페를 보았다. 2층은 주택이고 1층은 카페다.

시인 여태천 선생은 우리의 뇌, 그러니까 머리를 골목으로 비유를 놓고 시를 썼다. 물론 이건 전적으로 필자의 생각이다. 시는 읽는 이마다 달리 해석하기 나름이니 하여튼, 골목은 시며 골목의 관점에서 시로 중첩한 글을 쓴 것이다. 필자는 아이스크림을 뇌로 본 적 있다. 꼭 뇌처럼 생겼다. 시는 달고 맛있는가! 그것도 조금 웃기는 얘기지만, 시인이라면 그럴 수도 있겠다.

> 나는 삼다수 한 병을 들고
> 목구멍이 간질간질할 때까지
> 골목을 걷는다
> 골목은 사라지기 좋은 곳이다
>
> —여태천 시 「골목」 부분

이 문장도 보면 삼다수 한 병이라고 했는데 이 시어를 유심히 들여다보면 화자의 마음도 얼핏 볼 수 있음이다. 삼다수는 시장지배율이 1위인 생수인데

다가 소비자께 왜 이 생수만 고집하는 이유를 물으면 답변은 하나같이 물맛이 좋다고 한다. 또 삼이라는 숫자는 前에 평을 해 놓은 바 있다. 완벽을 기하는 수의 의미를 담고 있으며 '다' 라는 어휘도 많다는 의미와 '수' 의 물이라는 의미로 읽으면 그럴싸하다. 으뜸인 곳, 으뜸을 바라보는 칼칼한 한 곡은 누구나 바라는 희망이다. 그리고 골목이라는 무대를 빠져나가는 화자를 우리는 보고 있다.

지렁이 / 鵲巢

속 텅 빈 지렁이라 하루 걸음 만 리다
가는 길 가시 바닥 뙤약볕 기는 길이
이러다 지친 몸 말라 얼룩이라 남을까

아따 이 양반 무슨 말 이리하오!
한 땀 한 땀 빚은 몸짓 보는 이 없어도
가만히 타서 죽느니 몸부림은 해야지

그러게 저 태양이 언제나 뜨거워도
숨 없는 저 바깥보다 이곳이 나으니
따가운 가시밭길도 고통이라 있으니

암! 잰걸음 하루 걸음 땡추는 아니라도

들이고 뱉고 씹는 길 지름 따로 없네!
이 시간 오는 내일도 종종 걸음 만 리네

鳥瞰圖 마감보고 분점에 다녀왔다. 지난번 납품 넣었던 물품 하나를 다른 것으로 바꿔 달라는 점장님의 부탁이 있었다. 로스터기 연통이 이제 다 되었나 보다. 오늘 낮에 직원이 보고했던 와플 기기가 문제가 있었다는데 그 문제도 다시 듣게 되었다. 와플 반죽이 문제가 아니라 기기가 문제 있었던 게 아니냐며 이야기한다. 상황을 들어보니 온도를 너무 높게 설정한 것 같아 조금 낮춰 구워보시라 했다.

오는 토요일 커피와 문학이라는 주제로 강연을 부탁한다. 이야기를 어떻게 풀어나갈 것인지 물으신다. 우선 이곳은 카페니 커피 이야기를 해야 할 것 같고 그러려면 간단하고 맛있게 추출하는 방법을 드려야겠다. 문학이라는 것은 별것 있겠습니까? 하하하 그저 사는 이야기 좀 구수하게 하다 보면 무슨 방법이라도 나오겠지요, 했다.

커피 맛

창가에 보이는 원룸건물이 뿌옇게 보인다. 아침을 먹지 못했다. 엊저녁 본점 마감하면서 점장과 늦게 식사 한 끼 가져 그렇게 아침 생각이 나지 않았다. 아이들은 학교 갈 준비하느라 푸시시 눈을 닦고 옷을 입는다. 어지간히도 아침은 전쟁이다. 한마디로 난리 통이다. 나는 샤워를 하며 은연중에 나오는 뉴스에 귀 기울인다. 황사기가 좀 있을 것이라는 아나운서의 얘기가 있었다.

저것은 황사다. 하루가 마치 황사 자욱한 길을 헤쳐나가는 한 장의 장이다. 하얀 뼛골을 까맣게 장식해 나가는 필봉이다. 가만히 생각한다. 엊그저께 팔공산에 기기 설치했던 가게에 가야 한다. 에스프레소 세팅을 해달라는 부탁이 있었다. 엊저녁에 다녀왔던 분점에도 다시 가야 한다. 로스터기가 설치되었으니 시험 삼아 콩을 한 번 볶아야 한다.

바퀴 / 鵲巢

가만히 있으면 아무것도 안 떠올라
나서는 이길 저길 빈말도 구불러야
그러니 삶은 문학은 어느 거나 바퀴네

또 처리해야 할 일이 있다. 야구장에서 들어온 문자다. 김 씨가 운영하는 가게다. 어느 한 군데서 견적이 들어왔는데 커피 가격이 너무 싸다는 것이다. 견적서를 사진으로 찍어서 카톡으로 전송한다. 야구장이라는 특정장소라서 커피 가격에 민감하다. 물론 소비자께 판매가격도 중요하지만 임대료와 투자비도 신경 안 쓸 수 없는 처지다. 같은 값이면 저는 사장님께 쓰고 싶어요! 네 알았어요. 한번 검토해 볼게요.

사는 게 詩다. 삶을 잘 헤쳐나가는 것도 문장을 잘 다듬는 것도 동전의 양면성이자 구르는 바퀴다. 어느 하나가 없어도 수레는 구르지 않는다. 나는 시를 절대 믿는다. 지난번에 낸 『커피향 노트』에도 실은 얘기였다. 나는 종교를 가지지 않는다. 나의 종교는 두부다. 두부를 믿으며 하루를 걷는다. 감정의 흰 뼈들이 수북이 뱉은 까만 모래알만 믿을 뿐이다.

조감도 공사 현장에 다녀왔다. 공사를 주관하는 문중 어른께서 식사 한 끼 하자는 약속이 있었다. 공사 지연관계로 조금 미안했다. 옆집이 콩국수 집이라 거기서 한 그릇 했다. 어른의 마음은 조금이라도 성수기에 맞게 일찍 짓고 싶었지만, 마음처럼 그리 쉬운 일이 아님을 말씀 주신다. 건물을 몇 채 지어본 경험이 있어 그런대로 잘 되고 있음을 도로 안심시켜드렸다. 그리고 카페 조감도 개점하게 되면 경산 시민을 위한 공간으로 적지 않은 휴양처로 발돋움할 것이라 말씀드렸다.

경산은 삼성현의 고장이다. 그에 맞게끔 카페의 역할을 돈독히 하기 위해서 여러 가지 일을 말씀드렸더니 안심한다. 물론 아직 가야 할 길이 많이 남았다. 지금 짓는 저 건물이 무사히 완공되어야 할 것이다.

커피 맛 / 鵲巢

한군데에 점장님 둘 이미 졸업한 학생 하나 이렇게 있었습죠.

좁은 마당에 카페가 또 생기고 짓는 데도 여럿이라 하나같이 말이 나왔는데요. 지지고 볶고 그 덕에 분에 넘치는 항칠까지 속 시원히 내리 찍었다지요. 조용히 앉은 귀때기는 없어도 뭐 그나저나

한 모금씩 쪽쪽 당기는 이 커피 맛만 좋던데요.

비

자리에 앉았다. 오늘은 맑고 깨끗한 날씨다. 하지만 세월호가 침몰했다. 정상 항로를 약간 벗어나 운행했다던 안타까운 뉴스를 들었다. 탑승객에 비하면 턱없는 생존자와 아직도 배 안에 있을 승객을 생각하니 마음이 아프다. 칠흑 같은 바다에 묶인

절망감 / 鵲巢

물밑의 좌초 끝에 가던 길 다 못 가고
힘없이 빠져드는 참으로 어이없는
눈뜨고 동동 구르는 숨 콱 막는 절망감

세상의 중심은 나다. 그 어느 곳도 아닌 내 마음에서 모든 것이 출발한다. 읽는 것도 쓰는 것도 말하고 듣는 것도 모두 나이며 내가 판단한다. 나를 잃으면 모든 것을 잃는 것이기에 세상을 바르게 볼 수 있는 안목과 견문을 가져야 한다.

검은 파도를 새삼 또 읽는다. 자재를 공급하는 업체 모 과장의 말이다. 지

방업체가 살 방법은 더 어렵게 되었다. 대기업과 외국 업체의 무분별한 시장 공략은 이미 선점한 개인브랜드와 지방의 토종브랜드에 위협적이지 않을 수 없다. 영업이 좀 되거나 좋은 장소는 무조건 진입하는 자본가를 보고 있다. 이미 문 닫았으나 똑같은 집에 새로운 각오로 새로운 브랜드로 들어서는 점포를 본다. 점점 덜 끓는 시장을 보고 있다. 커피 시장의 판도가 하루가 다르게 변함을 보고 있다.

　　짐을 매어놓고 떠나려 하시는 이날

　　어둔 새벽부터 시름없이 나리는 비

　　내일도 나리오소서 연일 두고 오소서

　　부디 머나먼 길 떠나지 마오시라

　　날이 저물도록 시름없이 나리는 비

　　저윽이 말리는 정은 날보다도 더하오

　　잡었던 그 소매를 뿌리치고 떠나신다

　　갑자기 꿈을 깨니 반가운 빗소리라

　　매어둔 짐을 보고는 눈을 도로 감으오

-이병기 시 「비」 전문

　시조는 영조 때 가객 이세춘李世春에 의해 '時調'라는 명칭이 불려지고 창唱으로도 불려져 조선말까지 크게 성행하게 되었다. 그러다가 근대 개화기에 들어서 일제의 침탈과 서세동점의 기세로 거세게 밀려들어오는 서구문화의 유입으로 자유시의 그늘에 가리게 되면서 그 존폐 위기를 맞이한다.

그러나 1926년을 전후하여 육당을 비롯한 이광수, 이병기, 이은상 등이 주창한 시조부흥운동과 관심 있는 작가들의 적극 활동으로 풍전등화의 위기에 몰렸던 시조가 그 명맥을 유지하고 오늘에 이르렀다고 하는 것은 참으로 다행한 일이다.

독특한 풍류와 절제로 멋과 맛을 살려내는 시조는 조상의 얼이 깃들어 있는 우리 민족 고유의 전통문학이다. 그러므로 시조를 발전시키고 부흥시키는 것은 민족의 자존심을 지키는 일이다.[5]

오후 늦게, 포항에 다녀왔다. 5년째 거래를 하는 커피집이 있다. 커피 교육을 받고 포항의 어느 지인의 건물에 아담한 커피집을 차렸다. 여태껏 한 번도 나의 커피를 못 믿어 하신 적이 없었다. 참으로 신의를 다하여 거래해 준 집이라 나 또한 그분을 위해 무슨 일이 생기면 봐드린다. 에스프레소 기계가 고장이 나서 내려가보게 되었다.

현장에 도착해서 보니 별 큰 고장은 아니었다. 보일러에 과다하게 물이 들어간 이유로 오작동이 있었다. 그 원인을 분석해보니 모터 펌프를 제어하는 솔 밸브 쪽 미세한 이물질이 끼어 있어 제거하고 다시 조립하였다. 현장에서 일보고 돌아오는 길이 4시간 걸렸다. 아무튼, 수리가 되어 나도 기쁘다. 실은 커피 납품을 하는 것보다 때론 AS가 스릴감 넘칠 때가 많다. 고장 난 기계를 가동해 놓으면 그 기분은 이루 말할 수 없다.

빗물 / 鵲巢

　　자음과 모음처럼 빗발만 닿는 저 유리창을 쓸며 쓸며 가는 포항 길 제 뜻 하
나 짓지 못하고 쓸어나간 빗물이 닦고 또 닦아도 오는 빗물은 가는 길 앞만 탁
막는다.

5) 이광녕, 『현대시조의 창작기법』 참조

교차로

여보소, 공중에
저 기러기
열십자 복판에 내가 섰소

−김소월 시 「길」 부분

교차로 신호등 앞에 섰다.

교차란 사거리이자 십자다. 10은 우주를 나타내는 수이자 창조의 패러다임이다. 그러니까 모든 수를 포함한다. 따라서 모든 사물과 모든 가능성을 상징하는 수다. 시는 동화다. 동화이면서 삼차원 공간의 좌표에서 흑백의 만남과 이동으로 찰나다. 절대자에게 귀의하는 마음으로 써야 한다. 클림트의 키스처럼 두 사람이 껴안은 모습이지만 하나의 구도 안에서 뜻하는 바를 전할 표현방법 말이다.

내가 머무는 옆은 성당이다. 신부님이 바뀌고 나서는 성당의 분위기가 아주 다름을 본다. 전에 신부님은 나와는 동갑이셨다. 鳥瞰圖 지을 때부터 알고 지냈지만, 여간 까다로우신 분이라 솔직히 말하자면 신경이 많이 쓰였다.

그리고 떠나기 몇 달 전부터는 카페도 자주 오시고 우리 직원과도 말씀도 자주 나누시어 이제 정이 드나 보다 했는데 경주로 떠나게 되었다. 그리고 새로운 신부님이 부임하셨고 젊은 분이시다. 아직 40을 안 넘기셨다는데 어찌나 성당을 잘 이끌어 가시는지 전에 하나씩 떨어졌던 젊은 분과 새로운 신자들이 많이 늘었음을 본다. 왜냐하면, 조감도 앞 도로가 이중주차인데다가 여실히 많은 사람이 오가는 것을 보기 때문이다. 그렇다고 해서 커피 매출이 나아졌다거나 바빠졌다는 것은 아니다.

오히려 이 늦은 밤에는 가끔은 도로를 물고 있는 저 차들이 나를 보호해주는 듯 그렇게 보이기도 한다. 그래도 오시는 분은 기어이 들어오시어 커피를 사 가져가시기도 하고 나와 대화를 나누다가 가시는 분도 꽤 있다.

오늘은 기획사 사장님께서 오시어 나의 시와 시론을 들으시고 가셨다. 그래도 나의 시론을 들어주시는 분이 있는 것만도 큰 행복이다. 왜냐하면, 글을 적는 데 큰 도움이 되기도 하기 때문이다. 송찬호의 얼음문장 1과 조연호의 매립지에 관한 시를 읽고 이야기 나누었다. 이 시집도 다시 읽고 써야겠다는 생각을 잠시 했다.

시를 바르게 볼 수 있는 경지까지 가려면 한참 멀었다. 하지만 시를 사랑하고 시를 아끼고 시를 두둔할 수 있는 나이라면 시를 바르게 볼 수 있는 정도는 되었다고 본다. 시는 또 하나의 인생이다. 아주 짧은 아주 순간적인 찰나의 인생이다.

선배들이 이끌었던 시의 시대와는 요즘은 다르다. 시는 나비가 있다. 어디를 가든지 친절히 안내하는 작은 네모 속에는 여인이 살고 있어 지나는 곳마다 속도와 과속방지턱과 교차로까지 읽어준다. 열십자 한복판에 설 일 없는 하루가 지나간다면 시간은 있는 것인가!

동방의 처녀

나는 詩를 참 좋아한다. 시를 좋아하게 되면 감자는 당연히 잃기도 하고 잊기도 한다. 감자는 상징이다. 잃거나 잊어도 무관한 것은 그만큼 내면의 충복이다. 그 충복은 무엇이라도 바꿀 수 없는 넉넉함이다. 솔직히 오늘 오전에 있었던 강의에도 말을 놓았지만 마케팅이다.

마케팅은 여러 가지 방법이 있다. 군중을 모는 능력은 여러 가지다. 정말 삶을 윤택하고 외롭지 않게 넉넉한 재산이 아닌 죽을 때까지 하루 세끼 찾아 먹을 수만 있더라도(참, 요즘은 아니지, 배고프면 한 끼 밥이라도 먹을 수 있는) 그러니까 안전한 통화량의 파이프라인 구축은 누구나 바라는 희망이다. 그러기 위해서는 공부를 해야 한다. 선인의 말씀은 하나도 틀리지 않았다. 죽을 때까지 공부라는 것을

詩는 놋그릇이다. 닦지 않으면 어디에도 내놓을 수 없다. 실은 흉측하기까지 해서 개밥그릇에도 쓰지 못한다. 어디 고물에나 쓸 수 있을까? 무엇을 담는 데는 실패다. 놋그릇을 갈고 닦듯이 해 보라! 밥이나 국을 담아도 그나마 때깔이 나며 또 기호에 맞는 사람이면 언제나 찾아 쓰게 된다. 나만의 놋그릇을 만들어보라! 나는 어느 시론서나 시집을 읽기라도 하면 마음에 드는 놋

그릇이다 싶으면 여지없이 그 사람의 다른 놋그릇도 모두 클릭하는 버릇이 있다.

詩는 나무이자 숲이다. 나무를 읽는 방법도 중요하며 심는 것도 중요하다. 나무를 읽는 데 있어 그리 잘 읽을 이유는 없다. 읽는 시점의 나이와 환경과 경험이 각기 달라서 읽고 느낀 점이 다 다르기 때문이다. 하지만 이렇게 나무를 읽지 않으면 구름이나 비를 만나면 재난을 피할 수 없듯 나무를 보고 나무를 심고 숲을 만드는 능력을 키워야 한다. 숲은 광 솔이다. 그 솔로 나의 언어라는 구두를 빠아악빡 빠아악빡 갈고 닦아보라! 어디를 가더라도 뽐 때가 날 것이다.

저녁에 분점에 다녀왔다. 점장님으로부터 커피와 문학이라는 주제로 강연을 부탁받아서 가게 되었다. 모두 현재의 카페 고객이자 미래의 카페 고객이었다. 그러니까 고등학생도 몇 있었다. 강좌가 끝나고 질문할 수 있는 시간을 드렸는데 고등학생의 질문이 많았다. 커피 맛에 관한 것과 라떼와 카푸치노의 역사에 관한 것이었다. 커피 사업에 관해서 지은 책 『커피향 노트』와 나의 詩集 『카페 鳥瞰圖』를 마지막으로 간략하게 소개하고 詩集의 詩 한 편 낭송과 설명이 있었다. 강의는 한 시간이었다.

> 치유할 수 없다 탁발승의 굳은 발바닥아 수도승의 돌대가리야
> 더러운 성병에 걸린 그 여자를 놓아다오
> 냄새 나는 음부야 썩어가는 다리야, 와서 이 결혼식을 즐겨다오

이 끔찍한 부재의, 가시 돋히도록, 거칠게나마 나는 그 가시로

밤을 둘러칠 것이다 그 가시로 밝힌 붉은 밤들을 서약할 것이다

오, 不在의 쳐녀! 난 신부를 끌고 그 밤의 골짜기를 건널 것이다

―송찬호 시 「얼음의 문장」 부분

詩는 그러니까 처녀다. 처녀란 무엇인가? 결혼하지 않은 여성만 처녀인가! 호, 그렇지는 않다. 모든 일을 처음으로 하거나 처음으로 하는 행동이나 행위도 모두 처녀. 詩의 발원지는 처녀지다. 또 처녀지라야 한다. 그것이 개간지거나 경작지면 詩가 될 수 없다. 하지만 이도 예외는 있다. 패러디 작품이 그것인데 일차적으로 다른 사람의 작품을 모방하는 것이기는 하지만 재미를 가미하여 풍자와 조롱으로 익살스러운 詩를 만드는 것도 작품성을 인정받는다. 대표적인 작품으로 장정일의 「라디오와 같이 사랑을 끄고 켤 수 있다면」이는 김춘수의 「꽃」을, 안도현의 「그리운 여우」는 백석의 「남신의주 유동 박시봉방」을, 졸작이기는 하지만 나의 詩 「커피 1잔」은 이상의 詩 「詩第一號」를 패러디한 것이다.

한두 시간 할애해서 죽 내려온 계단의 일기다. 하루 한 권은 마음만 먹으면 충분히 읽을 수 있다. 시인 송찬호가 얘기한 악마의 계단은 나는 아니다. 나에게는 천사의 계단이다. 아직도 무른 발바닥아, 헐렁헐렁한 손가락아, 수도승의 젤리야 매장지에 묻은 저 처녀를 보아라. 한없이 맑고 깨끗한 천사의 웃음으로 미소 짓는 날개를 슬기에 빛나는 동방의 처녀를

둥실

　둥실

　둥실

　　떠오르는 저 태양을

묵념

　모처럼 맑은 날씨를 맞았다. 오늘은 휴일이다. 여전히 성당 앞은 차가 많다. 온 국민이 침몰한 세월호에 비통에 젖어 있고 구조대의 어려움과 발 빠르게 대처하지 못한 정부의 재난대책에 발만 동동 구른다.

　이렇게 앉아 공부하는 것도 죄책감이 앞서며 그 무엇이라도 할 수 없는 처지에 난감하지만 한 명이라도 더 구조되었으면 하는 바람으로 묵념한다.

묵념 / 鵲巢

세월호 가라앉다 지켜본 하루 이틀
긴긴 낮과 밤을 바라본 생명임을
…………
애타게 가슴 조이는 퍼런 진주 앞바다

　누구나 커피집을 차리고 싶어 한다. 꼭 커피집이 아니더라도 커피와 더불어서 함께할 수 있는 종목도 아니면 겸업으로 커피를 갖추고자 하는 것도 모두가 커피집이다. 실지로 많은 사람이 커피를 하며 또 이 시장에 뛰어들고 있다. 프랜차이즈 종목 중 가장 선호하는 품목 중 하나다. 그러므로 시장은 커졌고 실지로 수혜자도 많이 느는 것도 사실이다. 하지만 시장을 잘 보지 못하면 이 시장에 보탬이자 희생만 초래할 것이다.

영업이란 그리 만만치 않다. 솔직히 나는 자본이 없어 좋은 자리 하나 꿰차지 못하고 여태껏 어렵게 경영을 해왔다. 커피를 처음 시작할 때도 규모가 조금 커졌을 때도 자금압박은 늘 뒤따랐다. 지금 본점의 위치도 경산에서는 가장 구석진 자리나 마찬가지다. 물론 자리 선점이 좋아도 그에 버금가는 어려움은 또 있으리라! 경영 선상에서는 넉넉함과 모자람은 없다. 오로지 파도처럼 출렁이는 경기파동뿐이다. 어떻게 저 파도를 잘 탈 수 있겠나 하는 게 임이다.

커피집 차리고 난 후다. 영업이 잘 되면 몸이 힘들다. 영업 선상에 있는 업주께 물어보면 생각보다 그리 남는 장사는 아니라고 말한다. 이렇게 힘들 줄 알았으면 아예 하지는 말았을 것이라는 답변뿐이다. 하지만 영업이 안 되는 집에 들어가 보면 가슴만 탄다. 무리한 투자에 이자와 인건비 더욱이 매달 밀려오는 고정비용(전기세, 물세, 임대료, 각종 세금)에 망연자실하다. 때를 기다려보고 몇 달 버티다가 결국은 시장을 빠져나간다. 막대한 손실을 안고 말이다.

내가 본 커피 시장은 과연 몇이나 살아남고 성공하였나? 파레토법칙이다. 모든 시장이 마찬가지일 거로 생각한다. 커피집 차리고 싶어 하시는 고객의 상담이 있었다. 희망 투자금액은 그리 많지는 않았다. 이천만 원이었다. 자가 소유 건물인데 세놓기 힘들어서 직접 하겠다고 했다. 8평 조그마한 가게였다. 커피 창업 상담을 하게 되면 시간이 꽤 소요된다. 나 또한 이것저것 바쁜 일이 많아 몇 시간 앉아 상담하기도 어렵지만 될 수 있으면 친절히 상담한다.

단지 창업이 중요한 것이 아니라 커피에 대한 바른 정보를 알려드리는 게 우선이며 고객의 취향과 목적을 분명히 들어보아야 한다. 대부분은 커피집이 예뻐서, 노는 빈 가게를 꾸며서라도 하겠다는 게 목적이다. 그 뒤에 따르는 부수적인 어려움은 생각지 않는다. 실지로 커피에 뛰어들어서 일을 오랫동안 경영하는 사람은 또 몇이나 있나! 대부분은 6개월도 못 버티고 현 시장을 떠난다는 자료는 틀린 정보는 아니다. 정말 내가 커피를 사랑하고 한목숨 매여 보겠다면, 시장과 관계없이 손실을 무릅쓰더라도 꼭 해 보아야겠다는 의지나 뚜렷한 가치관이 있으면 해야겠다.

나만의 카페를 넘어서 모두를 위한 카페를 해야겠다. 우리나라 커피 역사만 보더라도 아주 짧다. 그 와중에도 후대에 길이 남을 수 있는 카페, 커피 역사에 한 줄 남길 수 있는 카페를 해야겠다.

시인 우대식 선생의 시 「흡반」[6]처럼 문어가 몸 다 잘려도 블랙홀로 끌려들어가는 먼지의 행성처럼 마지막 남은 몸뚱어리 불사를 수 있는 세계면 오히려 행복하다. 깊은 심해 같은 밤에 밤꽃을 피우겠다며 폴폴 구린내 나는 삶을 긁는 것은 밤의 유일한 낙이다.

6) 흡반 / 우대식

살아야 한다. 맨질맨질한 사기그릇에 붙어서 전력을 다한 싸움을 한다. 블랙홀로 끌려 들어가는 먼지의 행성처럼 그릇을 진공의 힘으로 빨아들이고 있다. 전신은 잘려 눈으로도 차마 볼 수 없는 세상, 잘린 몸뚱아리로 마지막 춤을 춘다. 바다 넘어온 이 타오르는 불꽃, 잘려버린 뇌수에도 상관없이 만져지는 모든 것에 죽음의 길을 만든다. 스스로 만들어가는 저 오연한 죽음의 길. 혓바닥과 목구멍, 더 깊이 살고 싶은 욕망, 그 미끌미끌한 길 위에 말라비틀어진 한 흔적이 된다.

HERMOSA 에르모사

이른 아침, 분점에 다녀왔다. 전에 납품 들어갔던 컵 뚜껑이 크기가 맞지 않는다며 바꾸어달라는 부탁이 있었다. 병원의 조그마한 카페다. 이른 아침부터 오가는 손님을 본다. 나의 글을 제법 좋아하시는 의사 선생님도 금시 들러 아메리카노 한 잔 주문하시고는 또 급히 어딘가 가시는 모습을 본다. 일하시는 담당 바리스타도 어제는 잘 못 쉬었나 보다. 일요일인데도 잠깐 나왔었다는 얘기를 한다. 에스프레소 한 잔 청해 마셨다. 그리고 가벼운 얘기와 물 한 잔까지,

밀양에 들어갈 기계를 점검한다. 정수기 설치하는 사장께서 내일 밀양 거쳐 부산까지 순회하겠다고 한다. 일정은 내일 오전에 기계를 들고 가야 하지만, 아무래도 내일은 이른 시간이라 내가 조금 불편할 것 같았다. 오늘 기계만 가져다 놓으면 나머지는 정수기 설치하는 사장께서 내일 모두 연결하겠다고 한다. 물과 관련된 기계라서 연결하고 조인하는 일은 정수기 사장 몫이다.

풀들은 눋은 벽지처럼 매립지 바깥쪽에 멈춰 서 있었다. 나는 라면을 끓이며 봉지에 적힌 글들을, 조리방법과 첨가물과 맛있게 먹는 법을 내처 읽고 읽었다. 유통기한이 딱 하루 남은 이 고결한 식사. 내가 묻힐 것이고, 나보다 먼저 버려

진 것들이 묻혔고, 버려진 것 이전에 산 것들이 묻힌 매립지. 내가 노려보았던 자들을 이제 편안한 마음으로 넝마꾼이 되어 주워올릴 수도 있으리. 어두운 영화관 좌석에서 애인이 몰래 피우던 담배연기는 태양에 가깝게 다가간 바람처럼, 내가 쓴 愚問처럼 쉽게 부서졌다. 면사같이 가늘고 긴 기억이 국수틀에서 뽑혀 나왔다. 풀들은 수상하게 매립되어 있는 길로는 걷지 않는다. 나는 아무 무게도 없이 코피 흘렸다. 꾹꾹 눌러 담은 쓰레기들, 그 위로 얇게 덮인 흙, 그 위로 다시 트럭들이 지나다녔다.

-조연호 시 「매립지」 전문

탐미적인 시가 있는가 하면 탐미적으로 적은 시가 있다. 시인 조연호 선생의 시 「매립지」는 후자다. 시인께서 사용한 시어를 보면 풀, 벽지, 매립지, 바깥쪽, 이것만 보더라도 뉘앙스가 다분하다. 하지만 이 詩는 詩로서 詩에 관한 관심과 공부, 그리고 시인의 시에 대한 사랑을 간접적으로 읽게 한다.

종이가 종이 한 장이 마치 매립지라면 그 위 적어나간 시인의 잡다한 생각과 낙서가 각종 쓰레기에 비유할 만한데 이에 대한 묘사가 탁월하다.

라면, 조리방법, 첨가물, 유통기한, 영화관 좌석, 담배 연기, 태양, 면사, 국수틀, 코피, 흙, 트럭, 시어를 볼 때 그저 한 단면만 보지 말고 그 속성과 형태, 느낌, 그리고 표면적 뜻과 다른 깊은 의미를 한번 심어보자.

밀양에 다녀왔다. 제빙기와 에스프레소 기계를 싣고 또 약간의 초도물량을 실었다. 그 전에 분점이 영천에 한 군데 있는데 이곳에 급한 배송이 있었다. 이곳을 거쳐 경부고속도로로 타며 밀양으로 갔다. 오늘 기계 설치할 곳은 표충사에서 보면 차로 약 5분 거리다. 작년 연말쯤 교육을 등록해서 지금 개업 준비를 하니 무려 몇 달이 걸린 셈이다.

건물을 새로 지었다. 1층은 약 40여 평 가게며 2층은 10평 남짓한 개인 주택인데 큰 방만 하나다. 물론 그 안에 화장실도 있다. 참으로 아담하고 앙증맞다. 그림 같은 집이다. 이 글을 읽는 카페 관심을 두시는 분은 꼭 한번 찾아가 보시라! 상호는 에레모사다. 파스타와 스파게티 그리고 커피를 한다. 여름에는 많은 사람이 계곡 물놀이 삼아 놀러 오신다는데 지금은 좀 조용하다. 가게에서 보면 산과 계곡이 훤히 보이는 곳이라 정말 풍경이 아름답기 그지없다. 솔직히 나도 모든 것 버리고 이곳에나 눌러앉았으면 하는 생각 잠시 들었다. 정말 좋다.

방금 문자가 왔다. 확인차 교육생께 문자를 했더니 HERMOSA(에르모사, 그러니까 H는 묵음이다) 피자, 파스타, 커피다. 아무튼, 허리가 휘청거릴 정도로 대박 나길 바라는 마음이다.

밤은

난 집과 사무실이 한 군데다. 이 층은 집이고 일 층은 사무실이다. 아침은 대체로 먹기도 하지만 거를 때도 종종 있다. 내가 앉은 자리에 보면 모니터가 큼지막하게 하나 있다. 그 주위로는 연필통과 프린터기와 언제 것인지는 모르나 영수증 더미와 왼쪽의 수북이 쌓은 책들이 있다. 그의 목덜미에는 열쇠 더미와 어느 해에 먹은 것인지 감기약 같은 것과 못 쓰는 카드와 은행암호코드가 나뒹군다. 커피를 다져야 할 탬포가 세 개나 엎드린 책 옆에 나란히 보초 서듯 있다. 당장에라도 일어서면 누르겠다는 심보다. 주인공인 그는 늘 하얗게 날 바라보고 있다. 이 녀석 바라보는 것도 이른 아침이거나 깜깜한 밤에 볼 수 있다. 어쩌다가 일이 없거나 궂은 날이면 개밥그릇 핥듯이 바라본다. 오늘은 모니터가 노란 딱지 한 장을 안고 있다. 주문사항 '소스, 레몬, 베리믹스, 냅킨'. 직원이 자주 잊는 본부장을 위해서 친절히 하나 써 붙여 놓은 것이다. 한 군데는 서울이며 다른 곳은 모두 이곳 거래처다.

오늘 처리해야 할 일을 생각한다. 커피 배송일도 분점에 기계 AS도 교육생 상담과 물품 입고도 하나같이 안 복잡한 일이 없다. 일이 없다고 하면 또 없지만 어디 몇 군데 급한 일 생기면 온종일 정신없이 뛰어다녀야 한다. 그럼에도 불구하고 아침의 잠깐과 저녁의 잠깐은 나를 위한 침대와 이불 같은 시간이다. 금쪽같은 시간이다.

또 하루 시작한다.

은행에 다녀왔다. 상무님과 차 한 잔 마시며 여러 이야기 나누었다. 요즘 커피 사업이 날로 뜨는 것 같아 충고 어린 이야기를 해주신다. 기계 임대사업과 점포확장 그리고 체인점 사업까지 정말 고마운 말씀이다. 일을 크게 벌일 재량도 없지만, 또 벌인다고 해도 감당할 수 없는 여러 가지 여건을 보고 있다. 그러니까 경영이란 것은 작은 비용에 최대의 산출과 이윤을 목적으로 한다. 이미 우리나라 시장은 인건비 오른 만큼 산출물은 따라잡기 힘들다는 것과 그 수요에 맞는 적당한 값을 매기기 어렵다는 것과 또한 어느 업체든 경쟁에 피해갈 수 없는 것에 모든 경영인이 힘들어 하는 것도 사실이다. 무분별한 확장보다는 내실 있는 매장 몇 군데 운영하는 것이 나을 때도 있다. 갑자기 이런 생각을 했다. 정말 전체 시장을 가볍게 바라볼 수 있는 위치라면 쉽게 덤비지 않을까 하는, 지금까지 온 것도 여러 가지 경험과 지식을 통해 벌여놓은 사업이라 생각하면 말이다. 아무튼, 차 한 잔 고맙게 마셨다.

조감도 문 열고 직원이 출근했다. 오늘 아침은 블루마운틴 한 잔을 드립으로 해서 내려준다. 근데 뜬금없는 질문을 한다. 본부장님, 커피가 오늘은 유난히 신맛이 나요! 좋은 커피는 신맛이 난다고 말할 수도 없고 약간의 부연설명을 했다. 아라비카 커피는 대체로 신맛이 많이 나며 이 신맛이 감칠맛까지 더해주니 온종일 기분이 좋단다. 나 같이 커피를 오래 한 사람은 대체로 신맛을 많이 추구하려고 한다. 너무 많이 볶으면 쓴맛과 산패도 빨라서 그리 좋은 커피를 마실 수 없단다. 그렇다고 너무 신맛 나게 볶으면 떫은맛이 밀려올 수 있음인데 오히려 커피 맛을 죽일 수 있으니 로스팅을 제법 잘해야겠지!

시집을 읽자.
좋은 시집을 한 권 읽으면 꼭 갓 뜯은 산채나물 한 젓가락 집는 것과 같다.

사람의 마음은 뭐라고 해야 하나! 인간의 감정은 어디서 오는 것이기에 이리도 마음이 아픈 것인가! 수몰된 수많은 생명을 생각하면 슬프고 사람의 오가는 말 한마디에 상처를 받고 나약한 개인으로 거대한 자본가와 대적하려니 이리 꿀리는 것은 하지만 물의 흐름에 따라야 한다. 마음을 가라앉히고 나를 바라보아야 한다. 필봉은 이리도 무디지만 거친 산세를 똑바로 보아야 한다.

혁명은 손끝으로부터 비롯되는 일
빈 잔 너머 깜박이던 피뢰침의 알전구를 타진하는 일
떠나간 옛 애인의 허리를
버즘나무 가로수를 안고 기억하는 일
불면의 밤마다 검은 눈동자에 맺히는
별자리를 헤아리는 일

―전형철 시 「기네스」 부분

나는 앞에 독서는 혁명이라고 쓴 바 있다. 화자께서는 혁명은 손끝으로부터 비롯되는 일이라며 이 시의 첫 문장을 알린다. 혁명은 무엇인가? 근본적인 개혁을 말한다. 마음은 어떤 동요가 없으면 움직이지 않는다. 독서도 중요하며 한 줄 글귀 하나 적는 것도 배움의 길에서는 반드시 필요하다.

빈 잔 너머 깜박이던 피뢰침의 알전구를 타진하는 일, 빈 잔은 화자의 마음의 비유다. 모든 것을 다 털어놓고 파릇파릇 뜨는 필라멘트와 같은 세상 삶을 알전구처럼 후벼 파는 일이다. 시제가 기네스다. 그러니까 기네스란 사전적의미로 '영국 기네스 맥주 회사에서 발행하는, 진기한 세계 기록을 모은 책'이라 적고 있다. 아무래도 詩 쓰는 행위 그 자체가 나는 혁명이라 본다.

떠나간 옛 애인의 허리를 버즘나무 가로수를 안고 기억하는 일, 진리는 바뀌게 마련이다. 불변할 것 같은 내면의 안식도 가치관이 바뀌면 행동이나 태도도 바뀜으로서 변하는 법이다. 그러니까 이것도 혁명이다. 이 시행에서 유심히 들여다보아야 할 시어는 버즘나무다. 버즘나무는 흔히 가로수로 많이 심는 나무며 보려고 하면 쉽게 볼 수 있는 나무다.

지나가는 얘기지만, 얼마 전에 아내랑 식사 한 끼 하며 나누었던 얘기다. 책 제목을 『카페 배전기』라고 했더니 안색이 별 좋지가 않았다. 식사 끝나고 무작정 책 제목을 바꾸라는 얘기만 자꾸 한다. 그러니까 그 이름이 카페 거시기로 읽힌다나 뭐라나! 나는 배꼽 잡고 웃지 않을 수 없었다. 시는 당신이 써야겠다며 한마디 했다.

불면의 밤마다 검은 눈동자에 맺히는 별자리를 헤아리는 일, 그러고 보니 밤은 새벽을 당기는 징검다리다. 어떻게 밟느냐에 내일이 바뀔 수 있겠다. 불면의 밤이라는 것은 어두운 세계관이다. 검은 눈동자는 화자의 비유지만 이 또한 어둡기는 마찬가지다. 별자리는 삶의 진리를 뜻하는 은유다. 나에게도 밤을 묘사한 글이 있어 아래에 붙여 놓는다.

밤 / 鵲巢

밤은 모든 것을 덮어준다 먼지 폴폴 일으키며 다녔던 모든 발자취가 오로라의 이불에 폭 덮였다 그러는 밤은 배다 우리의 꿈을 안은 배다

굳은 은하수를 바퀴에 하나씩 짜 맞춰 놓고 부챗살 같은 발길을 고스란히 지운다

밤은 모든 것을 안아준다 아직 열어보지 못한 내일을 위한 부족한 역사를 만들고 그 어떤 미음도 막아주는 어머니다

밤은 모든 것의 상자다 곱씹은 하루를 풀어주고 우리가 그리는 꿈 하나를 씨앗처럼 품자

밤은 그 어떤 파도라도 잊을 수 있는 방파제다 방죽에 앉아 새날을 향한 별빛 가득한 전차로 하늘 짜개는 머리카락이다 보드라운 아침 햇살 여미는 단추다

유리창

아침 먹을 때다. 아내와 아이들과 식사하며 있었다. TV에서는 세월호에 관한 뉴스뿐이다. 오늘은 맏이 녀석도 뉴스를 귀담아듣고 있다. 아들이 한마디 한다. 세월호 침몰에 마음이 더 아픈 것은 선장 때문이라고 한다. 이제 중2다. 막내 녀석은 아무 말 없이 먹기 힘든 밥 한술 제구 뜬다.

아직도 머릿속에는 큰 사건들이 악몽처럼 남아 있다. 왜 그리도 대구에는 큰 사건·사고가 이리 잦았는지! 지하철 참사와 대구 상인동 폭발사고는 내 머리에서 떠나지 않는다.

밥 한술씩 뜨면서도 시만 생각하니 나도 어지간히도 미쳤는가 보다. 이 순간에 정지용의 시가 떠오르다니! 당장에 분점에 가야 할 곳과 처리해야 할 AS문제도 몇 군데나 있는데 말이다. 그의 시 전집을 산 지가 5년이 넘었다. 민음사에서 출간한 책이다. 한동안 서재에 꽂혀 있는 책을 끄집어낸다.

琉璃에 차고 슬픈 것이 어린거린다
열없이 붙어 서서 입김을 흐리우니
길들은양 언 날개를 파다거린다

지우고 보고 지우고 보아도

새까만 밤이 밀려나가고 밀려와 부딪치고,

물 먹은 별이, 반짝, 寶石처럼 백힌다

밤에 홀로 琉璃를 닦는 것은

외로운 황홀한 심사이어니

고운 肺血管이 찢어진 채로

아아, 늬는 山ㅅ새처럼 날아갔구나!

–정지용 시 「유리창 1」 전문

오늘은 아침 해가 참 맑게 떴다. 황사도 없어 보인다. 창가 보이는 원룸이 맑고 깨끗하다. 텃밭 가꾸는 아재도 어제부터는 밭을 일구며 까만 비닐봉지를 덧씌워 놓았다. 한 며칠 지나면 새싹이 오를 것이다.

詩人 정지용은 충북 옥천 사람이다. 그러고 보니 앞의 詩人 전형철도 옥천 사람이다. 詩人 정지용이 남겨놓은 詩는 몇 수 되지 않는다. 일제 강점기 시대에 활동한 시인이지만 한국전쟁 당시 납북된 것으로 알려져 그의 작품은 오랫동안 정당한 평가를 받지 못했을 뿐만 아니라 출간조차 되지 못했다.

1982년 6월 유족과 원로 문인, 학계가 중심이 되어 진정서를 관계에 제출하였으며, 당시는 시대 상황이 여의치 않아 해금되지 못했다가 1987년 민주화 조치 이후로 해금되어 독자들의 손에 가게 된 것이다.[7]

그의 詩 「고향」은 가곡으로 많이 불리고 있어 모르는 분이 없을 것이다. 위의 詩는 죽은 자식을 위해 지용의 그리움과 비애를 담은 詩다. 오늘 아침은 이 詩가 자꾸 떠나지 않아 필사하며 우리 집 아이를 생각했다. 그 당시에는 폐병은 고칠 수 없는 불치병이었다. 위의 詩 '고운 肺血管이 찢어진 채로' 내용으로 보아서 알 수 있다.

유리창에 관한 지용의 시 작품은 총 두 편 전하는 것 같다. 그의 전집(민음사)에 있는 내용을 옮겨 적은 것이다. 그 외 또 한 작품이 더 있다.

그의 작품 유리창 2도 이참에 아래에다가 행 가름 없이 필사해 놓는다.

내어다 보니 / 아조 캄캄한 밤, / 어험스런 뜰앞 잣나무가 자꼬 커올라간다. / 돌아서서 자리로 갔다. / 나는 목이 마르다. / 또, 가까이 가 / 유리를 입으로 쫏다. / 아아, 항안에 든 금붕어처럼 갑갑하다. / 별도 없다, 물도 없다, 쉬파람 부는 밤. / 小蒸汽船처럼 흔들리는 窓 / 透明한 보라ㅅ빛 누뤼알 아, / 이 알몸을 끄집어내라, 때려라, 부릇내라. / 나는 熱이 오른다. / 뺨은 차라리 戀戀청스레히 / 유리에 부빈다, 차디찬 입마춤을 마신다. / 쓰라리, 알연히, 그싯는 音響− / 머언 꽃! / 都會에는 고흔 火災가 오른다.

−정지용 시 「유리창 2」 전문

이 시를 보면 화자의 불안한 마음을 얼추 볼 수 있다. 캄캄한 밤, 마르다, 쫏다, 갑갑하다, 흔들리는 창, 끄집어내라, 때려라, 부릇내라, 화재가 오른다,

이 시어들은 화자의 마음을 대신한다. 유리창은 하나의 경계로 보인다. 현실과 바깥의 불안한 마음의 고조로 시의 종연으로 갈수록 그것이 더 짙다. 시문을 보면 '머언—꽃!' 그리고 화재가 종연에 진술해 놓고 있는데 화재가 꽃으로 보이는 것인지, 아니면 화재의 은유로 보아야 할 것인지는 생각해 보아야겠다. 약간 탐미적인 색채가 강하다고 볼 수 있다. 그러니까 입마춤과 고흔 火災가 마냥 곱게 볼 수 없기 때문이다.

조감도 공사 현장에 다녀왔다. 이 층 옥상을 콘크리트 타설했다. 이 층 작업은 계단 쪽 부위가 약간 위로 돌출한 부위가 있어 한 번 더 공정을 가져야 한다. 이제 보름 정도면 골조는 다 나올 것 같다. 여기에 맞춰 홍보자료로 쓰기 위해서 써놓은 글이 있다. 언젠가 기획사 사장님께 말씀드렸던 적도 있다. 그 책자를 만들기 위해서 시내에 잠시 다녀왔다. 시 화보와 비슷하기는 해도 디자인 북이다. 몇 수 되지 않는 시를 한글 디자인으로 한 쪽을 장식하고 또 다른 한 쪽은 내부공간미를 심어서 카페 홍보자료로 쓰기 위함이다. 시내 기획사도 참 오래간만에 들르게 되었다. 근 1년여 만에 들른 것 같다. 그간 서울 소재의 출판사와 몇 번의 계약과 출간이 있어 들를 여가가 없었다.

분점 몇 군데 들러 일을 보았다. 커피 배송 일이다. 또 한 군데는 로스터기 설치문제로 전화했었고 또 한 군데는 설치한 로스터기에 닥트를 설치하기 위해서 닥트업자께 전화해서 설치 날짜를 정했다.

詩를 읽자. 한때는 시가 유행하는가 보다 하며 생각한 적 있다. 『시 읽는

CEO』나 『마흔에 읽는 시』가 책으로 나온 적 있었기 때문이다. 바쁜 일상에 언제 두꺼운 책 한 권 보겠느냐는 듯 시집을 권장하는 많은 독서 애호가들도 있었다. 실은 나도 시를 가장 좋아하는 애호가이자 생산자가 되었다. 시집을 내거나 책을 내서 돈 버는 시대는 한물간 것 아니냐며 앞에다가 써놓은 바 있다. 시집도 시집을 읽는 고객을 위해서 내는 것이 아니라 현대를 사는 많은 지식인들과 또 노동자들이 그들의 삶의 애환을 해소하자 호소하는 역할이 더 크다고 볼 수 있다.

온종일 어떻게 가는지 모를 정도로 정신이 없다. 이 와중에 가벼운 철학을 담거나 닿소리 홀소리문자 향을 맡는다는 것은 더더욱 힘들다. 하지만 삶의 아이디어는 문자 향을 넘어서 오는 생각의 번득임이 대화술로 여유나 유쾌한 유머로 이어 좋은 결과로 맺기도 한다. 나이가 들수록 머리는 자꾸 굳어진다. 사업은 날로 커지고 어깨에 얹은 무게도 점점 더 무겁다. 성취감을 일깨워 통통 튀는 사십을 건너라! 詩集은 얇다. 하지만 절대 얇지 않은 책, 이해되지도 않는 책, 무심코 보아 넘기지 말고 한 권 눈으로 보아 넘겨라! 하루 한 권을 습관으로 나의 운명을 바꾸어보자.

詩는 신화神話, 信話다. 더디어 작소가 미쳤구나! 얼토당토않은 글을 쓰고 있으니 말이다. 하지만 영 틀린 말은 아니다. 시의 한자의 구조는 어떤가? 말로 절을 짓는 것으로 조합문자다. 하지만 여기서는 각종 은유나 상징 및 다른 언술의 기법으로 사실적 이야기를 적는 것이니! 詩는 신화神話이며 신화信話라 얘기할 수 있다. 신화神話는 신비스런 이야기다. 우리가 모르는 꿈과 이상을 발굴하며 믿음을 부여한다. 더욱 이 이야기를 내 사랑하는 사람에게 전하는 것이 신화이자 詩라 여긴다. 우리는 사랑하는 사람을 아내나 애인쯤으로 여기는 분도 꽤 있는 걸로 안다. 하지만 진정 사랑하는 사람은 나다. 시를 읽어 보라! 나르시시즘인 시도 제법 많다는 것을 느낄 수 있다. 그러니까 사랑이 없으면 시를 쓸 수 없다.

영화 〈토르〉를 본 적 있다. 북유럽 神話다. 북유럽이라고 하면 알프스 이북 지역을 광범위하게 지칭하는 말이다. 그러니까 노르웨이 스웨덴 쪽으로 보면 좋겠다. 북유럽의 최고의 신으로 오딘이 있다. 눈과 지혜를 맞바꾸는 바람에 애꾸눈이다. 그다음 토르가 있다. 전쟁과 천둥, 농업의 신이다. 약간 무식하고 덩치가 크다. 로키가 있다. 꾀가 많고 교활하다. 그다음 발데르가 있다. 오딘의 아들로 미남이고 부드럽다. 나중에는 로키의 모략에 죽게 된다. 언제였던가! 토마스 칼라일의 『영웅숭배론』[8]을 읽었던 적 있다. 이 책의 서두에 북유럽신화에 관한 얘기부터 시작한다. 왜 이 말을 꺼내는가 의아해할 것이다. 詩는 처음이자 신화가 아닐까 하는 생각이다. 고대사회에서는 영웅의 등장과 신격화가 국가의 기틀을 잡는 데 큰 역할을 했기 때문이다.

나의 일기를 넘어 내일을 그리는 꿈과 이상을 적어보자. 우리는 단군의 자손이다. 커피는 칼디의 신화가 있다. 꿈과 이상에 믿음을 부여하는 시를, 오천만 명이나 커피를 마실 수 있게 되었다. 아! 따끈한 커피 한 잔이다.

7) 『정지용 전집』, 민음사

8) 이 책을 읽으며 인상 깊었던 것 하나만 적는다.

모든 영웅은 시대와 환경에 따라서 매우 다양하다. 처음은 신으로 간주되었다가, 신의 영감을 받은 예언자로 등장하기도 하다가, 시대가 흐르면서 詩人, 성직자, 왕 등 매우 다양한 모습으로 등장하기도 하고 요즘은 인쇄술의 발달로 문인의 형태로 나타나게 되었다고 한다.

왜 이 神話를 들먹거렸는지 궁금하다. 이야기가 있어야 한다. 經營은 이야기의 창조자가 되어야 한다고 생각한다. 커피가 지금껏 살아남을 수 있었던 것은 칼디의 이야기와 오마르의 이야기였다고 생각한다. 우리 민족이 지금껏 살아남을 수 있었던 데에 단군의 이야기가 있듯이 말이다. 그러니까 뿌리다. 사업도 마찬가지라 생각한다. 뿌리를 다지고 줄기를 만들고 이파리를 만드는 것은 사업주의 역할이다. 그러려면 나의 이야기를 잘 쓸 수 있어야 한다고 나는 생각한다. 물론 詩는 그 외의 역할을 많이 한다. 마음의 수양도 그렇고 마음의 치유도 그러하고 또 배움과 성찰과 우리가 모르는 詩의 世界가 다분히 있음이다.

귀천

나 하늘로 돌아가리라
새벽빛 와 닿으면 스러지는
이슬 더불어 손에 손을 잡고,
나 하늘로 돌아가리라

노을빛 함께 단 둘이서
기슭에서 놀다가 구름 손짓하며는,
나 하늘로 돌아가리라

아름다운 이 세상 소풍 끝내는 날,
가서 아름다웠더라고 말하리라

— 천상병 시 「귀천歸天」 전문

시인 천상병을 잊지 못하는 것은 그의 인생에 독백림 사건이라는 간첩혐의로 물고문과 전기고문 각종 고문에 의해 자식을 가질 수 없었기 때문만은 아니다. 그의 시가 그의 인생을 말해 주기 때문이다. 오죽하면 이 슬프도록 아름다운 세상에 소풍으로 잠시 왔다 간다고 했을까!

어릴 때였다. 아버지는 농사를 지으셨다. 어느 가을, 아버지는 가을걷이해 놓으셨고 논바닥에다가 쌓아두셨다. 온 동네가 모두 가을걷이로 분주했었다. 지금 생각하면 어린 손으로 묶은 볏짚 하나 잡기에 손이 벅찼지만 그래도 충분히 집을 수 있는 볏짚이었다.

그런데 아버지는 꼭 가을 소풍날에 맞춰 타작했다. 그러니까 친구들과 함께 소풍가는 기쁨 같은 것은 없었다. 탈곡기라고 하나!(일명 와룡태라고도 함. 사전에 없는 말이라서, 와룡와룡 거린다 해서 와룡태라는 이름이 있다.) 타작을 할 때면 묶은 볏짚을 양손으로 펼쳐 오른발은 그 탈곡기 발판을 위·아래로 구르고 큰 태가 돌아가면서 볏짚을 훑는 것이다. 태는 꼭 캐스터네츠의 삼각뿔 같은 철 핀이 여러 박혀 있었다.

타작이 빨리 끝나면 뒤따라갈 수 있나 와룡 한 걸음 더 빨리 모는 와룡 볏짚단 들고 다 튼 볏짚단 들고 와룡 던진 볏짚단 쌓은 볏짚단 와룡 거북선 들고 산 넘는 솜사탕 와룡 해는 중천 까맣게 발 동동 구르는 저녁놀 눈물 똑 떨구며 보는 달덩이 하나

아버지는 한 가족을 이끄셨다. 그렇게 논농사를 지어도 쌀밥 한 그릇 제대로 먹지 못했던 시절이 있었다. 지금 생각하면 참 가난했다. 그래도 아버지는 가장의 책무를 다하셨다. 교육과 사회에 이바지하는 역량을 제대로 엮으셨다. 세월이 흘러 나는 아들 둘을 가졌고 커피 사업을 한다.

커피 교육과 분점의 개업과 그리고 점포관리, 안정적인 재료공급에서부터 상표관리까지 온전히 나의 일이다. 다시 살핀다. 나는 정말 모두를 위해서 일을 제대로 하는 것인가! 20여 명의 기관장과 40여 명의 승무원과 그리고 카페**호를 탑승하며 인생의 참맛을 즐기는 고객께 바르게 하고 있는 것인지 한 번 더 생각을 가져야 한다. 한 사람은 막중한 책임감으로 서 있다.

국가의 백년대계는 무엇인가? 교육이다. 교육에 앞서 국가가 최우선적으로 해야 할 일은 무엇인가? 국민의 안전이 최우선이다. 안정적인 보호 아래 다음 세대를 이끌어 갈 주역을 키워내는 것이 국가의 일이다.

하지만 이번 세월호 사고에 대해서 사전에 안전의 소홀함과 사고가 난 직후의 너무 미흡한 대책은 많은 국민으로부터 지탄을 받았다.

너무 많은 인명피해가 났다. 그것도 젊은 아이들의 목숨을 너무 많이 앗아갔다. 다음 세대의 미래와 꿈을 우리는 지켜줄 수 없었다. 기성세대들이 이끄는 낡은 사회체제가 결국 많은 희생을 부른 것이다. 우리는 모두 부끄러워해야 하며 고개 숙여야 한다.

맡지 않을 향이나 뽑고 있으니

　　새벽 두 시 자다 일어나 소주나 한 잔 마시고 손톱 깎고 손톱 깎다 소주나
한 잔 마시고 발톱 깎고 바람이 부니 흥얼흥얼 흥얼거리다 창밖이나 보고 소주
나 한 잔 마시고 시계나 보고 시계도 안녕 나도 안녕 소주나 한 잔 마시고 거울
보고 당신은 당신을 증명하기 위해 피를 흘렸죠 침이나 주륵주륵 흘리면서 소주
나 한 잔 마시고 수염 깎고 수염 깎다가 그만두고 소주나 한 잔 마시고 왜 이럴
땐 비가 내리지 않을까 몇 잔을 마셨을까 헤아려 보고 금방 헷갈리고 정신 차리
자 커피 물 얹어 놓고 커피가 없으니 관두고 소주나 한 잔 마시고 민주주의에
대해 생각해 보고 식민지반봉건제 사회와 주변부자본주의론을 더듬다 내 나이를
꼽아 보고 언젠간 가겠지 가겠지 싶었던 청춘이 다 갔구나

—채상우 시 「Still Life」 부분

鵲巢 曰

　　아직 자정이 넘지 않은 시각 맡지 않을 향이나 뽑고 있으니 까만 거리 걸으
며 맡지 않을 향이나 뽑고 있으니 이제는 잊어 하나는 잊고 하나만 가져 맡지
않을 향이나 뽑고 있으니 하지만 그건 아니야 소월이도 갔고 영랑이도 갔어 그
러니 맡지 않을 향이나 뽑고 있으니 숨 내쉬고 들이마시다가 간질거리는 까만

코털 하나 뽑지 못하고 맡지 않을 향이나 뽑고 있으니 목이 말라서 바깥으로 나가 서 있는 자판기에다가 맡지 않을 향이나 뽑고 있으니 빳빳한 퇴계 선생 넣고 밀키스 뽑고 맡지 않을 향이나 뽑고 있으니 꼭지 딴 빈 캔처럼 천장만 쳐다보다가 맡지 않을 향이나 뽑고 있으니 성급히 마신 탄산가스가 욱 받쳤다가 맡지 않을 향이나 뽑고 있으니 아니야 이건 아니야 도무지 아니야 정물화든 노래든 사랑하는 사람을 생각하며 맡지 않을 향이나 뽑고 있으니 탁 튼 가슴으로 까만 뚜껑 열어놓고 갖다 댄 향이나 맡고 있으니

위 채상우의 시는 '소주나 한 잔 마시고' 라는 시구가 운을 맞춘다.

필자는 '맡지 않을 향이나 뽑고 있으니' 로 솔직히 운을 띄워 본 것이다. 여말 때 충신 정몽주와 조선 개국공신이자 태종이었던 이방원과의 주고받았던 시조가 떠오른다. 시라는 것은 어떤 객체가 있어야 떠오르기도 해서 상대방의 운과 운을 읽고 답례쯤은 해 보는 것도 괜찮으리라! 뭐 그렇다고 필자가 운을 잘 띄웠다고 하는 말은 아니다.

다음 날,

꺼벙한 하루가 시작되었다. 혼쭐나게 뛰어다니다가 하루 발자취를 더듬는다는 것은 뼛골 없는 손가락이다. 정신이 멍멍하다. 팔공산에 기계 AS문제로 다녀왔다. 빙삭기가 문제였다. 새 기계 설치한 지 며칠 되지 않았는데 연기 뿔뿔 났다고 한다. 아무래도 부하 걸린 것 같다. 현장에 도착해 보니 또 괜찮

다. 새 기계로 교환해 드렸다.

  언제부턴가 이 빙삭기 때문에 여러 업체에서 불만을 제기한 바 있다. 그럼에도 불구하고 공장에서는 별다른 대책을 세우지 않는다. 이 기계를 파는 대리점도 피해자고 이 기계를 대행 판매하는 우리도 시간 낭비와 더불어 이미 지도 많이 상하게 되었다. 더구나 이문이 많이 남는 품목이 아니라서 더욱 열받는다. 하기야 공장도 마찬가지 아니겠는가! 과열경쟁 속에 물품의 제조원가를 줄여야 기업이 사는 것도 마찬가지지만 이건 그래도 너무 심한 것 같다. 입고된 제품이 거의 하자가 많았기에 그렇다.

  그런 와중에서도 詩人 채상우 詩集을 틈틈이 보아 하루를 마감한다. 대체로 내용이 행 가름이 없어 딱 내가 좋아하는 글이다. 나는 이 詩集을 읽으며 첫째, 문장과 둘째, 은유와 상징적 시어는 무엇이고 셋째, 전체적인 내용은 무엇을 담았나! 또 詩와 詩集에 맞게 조화는 잘 되었는지 확인해보는 것이다.

  詩人 채상우의 글은 흐름을 중요시한다. 읽는 내내 웃기고 재밌다. 한때 유행했던 유행가사가 종종 보이기도 해서 나도 모르게 흥얼거리기도 했는데 그러니까 詩題 「검은 기억 위의 검은 기억」에서는 '당신은 모르실 거야' 詩題 「우리가 불 속에서 잃어버린 것들」에서는 '잊으라 했는데 잊어 달라 했는데' 詩題 「盡心」에서는 '몰랐어요 미처 몰랐어요' '빠이빠이'와 같은 대목에서는 절로 운이 나기도 했다.
  그리고 반복적인 시어나 시구를 써서 웃음을 자아내기도 했으며 더욱이 문답식 시구는 시적 묘사의 탁월한 효과를 자아내기도 했다. 예를 들면 詩集의 제목으로 쓴 주제 시로 「리튬」이 그것이다. 그 한 대목을 옮겨 적는다면 이렇다.

> 만나러 갑니다 만나러 갑니까 지금 당신을 만나러 가려 합니다 행복합니다 행복합니까 저는 이제부터 행복해지려 합니다 맨드라미 피려 합니다 아무 소리도 아무 느낌도 없이 피고 있습니다 피고 있습니까 행복이 꽃피려 합니다 얼마만인가요 제게도 의지가 생겼습니다 생겼습니까 생기려 합니다.
>
> -채상우 시 「리튬」 부분

또 특이한 대목은 흔히 우리가 아는 詩人의 詩句를 틈틈이 인용했다는 것도 주목할 만하다. 예를 들면 위 詩 문장도 그렇거니와 詩題 「盡心」에서는 이상의 꽃나무인 '제가 생각하는 꽃나무를 熱心으로 생각하는 꽃나무처럼 상처는 제가 생각하는 상처만 熱心으로 후벼 파고 있죠' 라든가 詩題 그 자체가 「그 겨울의 찻집」도 그렇고 백석의 詩와 時調 시인 이조년의 詩를 인용한 것도 그렇다. 내가 알기에는 이조년은 많은 시조를 지었으나 지금 우리에게 남은 시는 「다정가」 한 수뿐인 걸로 알고 있다.

> 리화에 월백하고 은한이 삼경인재
> 一枝春心을 자규야 아랴마는
> 다정도 병인양 하야 잠못드러 하노라
>
> -이조년(1269~1342)

지금 정도전이라는 TV 드라마가 인기 중이다. 나도 빠뜨리지 않고 보는 유일한 드라마다. (하지만 오늘은 보지 못할 것 같다. 동인 모임이 있다.) 속에 나오는 인물 중 한 사람인 이인임이 있다. 이인임은 이조년의 손자다. 그는 성주이씨다. 참고로 나는 전주이씨다. 나는 담양군파 17대손이며 시조는 42세다. 시조는 이한 할아버지다. 담양군은 세종대왕의 10남으로 신빈 김씨 소생이며 1450년 몸이 병약하여 일찍 세상 여의었다. 세조 때 형인 계양군桂陽君의 차남 강양군江陽君으로 후사를 이었다.

나의 집안은 대대로 서울에서 살았는데 한국전쟁 때 할머니 고향 칠곡에 내려오게 되었다. 종가는 서울 성남에 있으며 선산 또한 제법 크다. 나의 이름을 개명하게 된 것은 족보에 따르기 위함이었다. 아버지 14세 때 할아버지 일찍 가시어 집에 새로 오신 어머니께서는 집안의 내력을 모르시어 작명소에서 이름을 지었다고 했다. 부르기에 괜찮아 아버지께서도 그렇게 하기로 했다. 나는 두 분의 승낙 없이 개명하여 족보에 맞췄다. 어린 나이로 문중회의나 벌초를 가보지만 집안의 힘을 느껴보기도 한다. 하지만 그것이 다다. 나의 힘은 나 스스로 만들어야 함을 여실히 깨닫고 오기도 한다.

문중은 적지 않은 힘이다. 이곳 경산에서 일하는 나로서는 김씨 문중과 한씨 문중과는 특별한 관계를 맺고 있다. 지금 코딱지만 한 가게 5평, 카페 鳥瞰圖는 김씨 문중 땅이며 지금 짓는 100평은 한씨 문중 땅이다. 모두 문중의 발전을 꾀하는 일이라 내가 일조하게 되었다. 그러니까 지금의 鳥瞰圖는 시기적절한 나의 투자였고 상호를 알리는 큰 역할을 했다. 한씨 문중은 나의 책

『커피향 노트』로 문중의 어른께서 알게 되어 초청받게 되었는데 그곳에서 투자설명회를 한 바 있다. 이렇게 큰 카페로 착수될지는 솔직히 몰랐다. 카페가 잘되리라 확신은 서지 않으나 아무튼 노력할 것을 다짐한다.

　　오늘 밤에도 꽃나무 하나 시든다 대책 없이

　　눈은 나리고

　　多情도 병인 양 눈물이 핑 도네요 정말로 아무렇지도 않게 양치질을 하고 커피를 끓이고 미리 발설된 임종를 대하듯 재떨이를 비운다 극에 달한 생은 저도 모르게 스스로에게 무심해지는 법 오랫동안 던져두었던 빨랫감들을 하나하나 정성스럽게 옷걸이에 다시 거는 한밤 눈은

　　푹푹

　　나리는데 나타샤를 사랑은 하고 사랑은 했지만 당신은 다시 길거리의 여자가 되었다며 씹다 만 껌처럼 웃었더랬지 도란도란 네네츠족이 白魚를 구워 먹는 밤 죽음을 둘러싼 흰 뼈 같은 시간들 골란고원에 묻힌 무수한 노래들처럼 鳴……鳴……鳴……鳴……눈은

　　　　　　　　　　　　　　　　　　　　　　　-채상우 시 『浪人情歌』 부분

이 詩를 읽을 때가 아침이었다. 배송 나갈 물건을 다 챙기고 팔공산으로 이

동 중일 때였다.

채상우의 「浪人情歌」 굳이 해석하지 않아도 알 것이지만 유명 詩人의 詩句와 생활상의 오버랩과 문장 곳곳 은유로 옛 애인에 대한 그리움을 표현하는 詩로 보인다. 그렇다고 애인이 꼭 여인을 두고 하는 말은 아니다. 글도 책도 사업도 취미도 여러 가지라 표현양상은 다분한 것이니 독자께서는 개의치 마시라.

그래도 이 詩의 첫 문장만 보자. '오늘 밤에도 꽃나무 하나 시든다 대책 없이' 여기서 중요한 시어는 '시든다' 이다. 동사지만 두 가지의 뜻을 가진다. 첫째는 사전적 의미로 기세가 약해지거나 꽃이나 풀, 몸의 기력 따위가 약해지는 것을 말한다. 두 번째는 시적 묘사인데 詩든다로 읽을 수 있다. 대책 없이 한 수 읊어보자. 그러면 꽃나무는 제유다. 여기서 마감한다.

시간을 읽다

일 년에 몇 안 되는 휴일을 보냈다. 이른 아침부터 분주하게 뛰어다녔다. 그나마 깔끔한 옷을 갈아입고 구두를 빠아악-빡 닦고 나서는 아침, 아내는 씩 웃으며 한마디 한다. 어디 가는데? 응 바람 쐬러 간다.

하기야 나에게는 바람이다. 열 년 몇 번 볼 수 없는 동인 선생님과 형과 누나를 뵐 수 있으니 바람이라 해도 되겠다. 뽑은 커피 한 잔을 싣고 오른다. 나는 요금소를 빠져나가고 탄환처럼 몇 개의 터널을 뚫었는지 모르겠다. 아무튼, 신나게 달렸다.

점심때 맞춰 지정된 장소에 제구 도착했다. 점심은 해물 잡탕에 국수 한 젓가락이다. 오래간만에 뵀던 여러 선생님을 대하니 조금은 서먹서먹했지만, 속에 따끈한 한 젓가락은 여기까지 온 여정을 싹 씻는다.

그리고 산행과 합평의 시와 읽은 시의 감상 및 토론의 저녁만찬은 더없이 즐거운 하루다. 마음 같았으면 합숙소에서 나머지 시간도 함께 즐기며 있다가 내일 아침에나 출발했으면 하는 마음이 굴뚝이었다. 굴뚝처럼 배웅해주었다.

시간을 읽으면

심장에 좋다고 생각한다

어두운 하늘에 없는 별들이 행간에 보인다

별들의 밝기는 믿기 어려울 정도로 빛나

수평선을 넘는 데 필요한 나침반이 된다

–맹문재 시 「시간을 읽으면」 부분

여기서 시간은 은유이자 상징의 느낌이 강하다. 은유는 비유의 한 종류이 며 원관념의 상태나 움직임을 암시적으로 나타내는 다른 어떤 꾸밈을 말한 다. 상징은 전에도 얘기한 바 있지만, 시어와 그 시어를 넘어서 두 가지 이상 의 이미지를 자아내는 것을 말한다. 그러니까 여기서 사용하는 시어 시간은 상징된다.

시간을 다른 말로 바꿔도 쉽게 의미가 전달할 수 있다는 것이다. 예를 들면 시간을 다른 말로 바꾸어 보자. 즉 詩라는 단어로 바꾸면 어떤가 '시간을 읽 으면' 이 아니라 시를 읽으면 이렇게 시작된다. 시를 읽으면 심장에 좋다고 생 각한다.

그리고 뒤 문장을 보라, 얼추 그럴듯하게 읽힌다. 詩人의 詩 사랑을 본다. 그러면 다른 단어로 바꾸어도 된다는 느낌이 들 것이다. 사랑과 연인과 일과 음식과 모두, 그러니 문맥으로 보아도 다의성과 문맥성과 암시성을 내포하는 좋은 시어인 셈이다. 또 묘사로서 이것만큼도 좋은 시어를 고를 수 없겠다는 마음이 들 정도다.

무슨 말인고 하면 '시간을 읽으면'이라고 했다. 즉, 시간은 흐른다. 시를 읽는데 시간은 흐르고 또 읽으며 이렇게 읽히니 절약적인 시어 사용이라 할 수 있겠다. 물론 그 뒤까지 토를 달지 않아도 될 것이다.

이렇게 좋은 詩集을 읽으면 내 마음도 한결 가벼워진다. 또 詩集 사다 보는 돈도 아깝지가 않다. 어떤 때는 이 詩集을 오래도록 간직하고 소장하고 싶은 마음도 든다. 나는 시집을 참 많이 갖고 있다. 읽어서 좋은 詩集은 따로 구별해서 놓아둔다. 내가 좋아하는 詩人도 꽤 있지만, 詩人께서 내는 詩集이 갈수록 더 좋아지는 문장을 보는가 하면 그렇지 않은 시인도 꽤 볼 수 있다. 물론 나의 독해문제로 얼버무리고 싶다.

지면 관계상 선생의 시를 충분히 소개는 못 해도 비유에 관한 좋은 시편이 많다. 「비단개구리」, 「소」, 「거리」 등은 어떤 하나를 이미지화한 것이다. 그중 「거리」를 보면 일반적으로 거리에서 크게 벗어나는 상상은 하지 못할 것이다. 하지만 단어의 일차적 뜻을 떠나 함의로 담배를 연상하게끔 그 담배와 신체에 미치는 영향을 묘사할 수 있음이다.

나는 그 거리를 받아들일 수 없어
겨울바람에 흔들리는 나뭇가지처럼 몸부림친다

−맹문재 시 「거리에 불붙이다」 부분

프라이팬

어스름한 골목길, 나 많은 어른께서 자전거에다가 감을 한 바구니 싣고 끌며 가신다 그냥 가시려니 했다 근데, 자전거 받침대를 오른발로 탁 치며 세우며 이쪽으로 보신다 이내 카페 쪽으로 흘깃하시다가 뒤뜰에 딴 감이라며 좀 하라고 얘기하신다 그 감을 서슴없이 바구니 채 들고 와 카페 바닥에다가 내려놓으신다 그중 땡땡한 것 하나 잡고 깎았다 끊이지 않게, 가느다랗고 보드랍게, 제 살 깎 듯 삶이라면 이 속에 든 주홍빛 알잔 감을 먹을 수 있겠다 까만 씨까지 볼 수 있겠다 서산마루에 걸린 태양이 이미 주홍빛이다 골목길 가로등이 착 불 밝힌다

프라이팬에다가 기름 문장을 죽 두른다 돈가스 만두 계란말이 그리고 김치 볶음 같은 단어를 나열하고 데쳐야 할 것은 데치고 볶아야 할 것은 볶는다 사각 식탁 위에 놓이게끔 하려면 검도부에 간 아이가 돌아와야 한다 그 아이를 위해 잠깐이나마 식단을 만든다 돈가스는 토마토소스가 있어야 맛있다 그러면 아이는 먹을 것이다 사각 식탁 위에다가 그렇게 놓는다 만두는 양념간장이 있으면 맛있 겠다고 언젠가 말한 적 있다 냉동고에 오랫동안 있었기에 해빙을 하고 따뜻한 마음으로 불을 가볍게 넣는다 그리고 뚜껑을 잠시 닫고 열면 어느새 노릇노릇한 군만두가 된다 그렇게 사각 식탁 위에다가 놓는다 계란말이는 순수라야 한다 마늘이나 파가 섞이면 좋아하지 않는 아이 아직 향을 느끼기에는 이르다 그렇게

또 놓는다 프라이팬 위에 계란이 터지고 김치를 넣고 김치와 같은 하루도 넣고 지글지글 볶는다 그것도 사각 식탁 위에다가 놓아야겠다

詩나 타인의 글을 읽지 않으면 자아를 드러내는 글쓰기는 어렵다. 운을 읽든 뜻을 읽든 무엇 하나는 읽어야 한다. 그리고 중요한 것은 나를 그리는 것이다. 윗글 또한 거저 막무가내 쓴 일기의 한 종류지만 줄여서 다시 다듬어본다.

프라이팬 수정 / 鵲巢

프라이팬의 하루는 어느새 뜨겁다
달걀부침을 들어내면 돌아오는 아이
까만 밤 담는 하루는 훈훈하다.

이렇게 쓸 수 있음을 보여드리는 것이지 詩라고 보기는 어려운 문장이다. 프라이팬의 색감 표현과 달걀부침의 색감은 낮과 밤의 대조적 표현이다. 가족애를 담은 표현으로 썼지만, 시가 되려면 부연설명과 운을 맞춰야겠다.

나의 포르노그라피

고등학교 다닐 때였다. 기숙사에 머물렀는데 하루는 방 친구가 만화책을 빌려 온 적 있었다. 제목은 '천상천하유아독존' 총 12권이다. 친구가 보기에 나도 옆에 앉아 한 권씩 보기 시작했는데 12권을 다 보아도 끝이 나지 않았다. 꽤 오래간만에 본 만화책이었다. 친구 이름은 기수였다. '장기수' 어이 기수야, / 이 만화책은 끝이 안 나네! / 음, 그게 1부야 / 그럼 몇 부까지 있어? / 5부, 친구의 말 한마디는 까마득했다.

고등학교 졸업하고 대학에 들어갔다. 고등학교와 다른 것은 자유였다. 수업시간을 규제 놓는 선생도 없으며 무엇보다 자율학습이란 것도 없어 대학 교정의 잔디밭에 흠뻑 젖어 있었던 적 있다. 말 그대로 상아탑이었다. 학년이 오를수록 불안한 현실은 점점 더 가까웠고 나는 소극장에 흠뻑 빠진 적 있다. 그러니까 방학 때였다. 이른 아침에 커피값 정도면 온종일 머무를 수 있는 곳 작은 극장이었는데 최신영화에서 포르노까지 볼 수 있었다. 실은 이 몇 분 상영되지 않는 포르노에 하루를 몽땅 감고 자정 넘어서야 기숙사에 들어간 적도 있었다.

카페를 하고 있을 때였다. 에스프레소에 반 미친 과 후배 녀석이 매일 같이 카페를 찾는다. 사장님 일본 애니메이션인데 '원피스' 라고 있어요. 볼만해요. 바닷가에 둥둥 떠다니는 통나무에 앉은 밀짚모자, 몽키 디 루피를 처음으로 보기 시작했다. 악마의 열매를 먹고 능력자가 된다. 몽키 디 루피의 꿈은 세계 최고의 해적왕이 되는 거다. 오늘도 루피는 그 행진을 계속한다.

　　남들은 불혹이라 하지만 일의 두엄에 푹 쌓여 곪을 대로 곪았다. 하지만 시간은 나 몰라라 달아나고 끌어당기는 추억과 브레이크 밟은 현실은 마냥 젊지만도 않다는 것을 여실히 깨닫게 한다. 이 시간을 밟는다는 것은 힘에 겹다. 하지만 아직 젊다고 생각하는 한 꽃나무는 한 꽃나무를 위하여 그러는 것처럼 나는 참 그런 이상스러운 두더지를 쓰다듬고 있다. 시인 박이화 시집을 읽었다. 선생의 글맵시에 뒤에 나온 시집 『흐드러지다』를 사서 읽기도 했다.

썩은 사과가 맛있는 것은
이미 벌레가
그 몸에 길을 내었기 때문이다
뼈도 마디도 없는 그것이
그 몸을 더듬고, 부딪고, 미끌리며
길을 낼 동안
이미 사과는 수천 번 자지러지는
절정을 거쳤던 거다
그렇게
처얼철 넘치는 당도를 주체하지 못해

저렇듯 덜큰한 단내를 풍기는 거다

봐라
한 남자가 오랫동안 공들여 길들여 온 여자의
저 후끈하고
물큰한 검은 음부를

-시인 박이화 시 「나의 포르노그라피」 전문

호호! 詩가 감칠맛 난다. 백지 위 올려 있는 그녀의 치모를 들여다보아야겠다. 자세히 보다 보면 詩가 뭔지 알겠다. 시집을 한 권 샀다. 박이화 선생의 그리운 연어. 가슴 조이며 시인의 말을 읽고 첫 장을 펼치는 순간 "나의 포르노그라피"다. 썩은 사과가 맛있는 것은 이미 벌레가 그 몸에 길을 내었기 때문이다. 그래서 어른들은 좀 상한 것이 맛있다고 했던가! 땅에 떨어진 복숭아가 나무에 매달린 복숭아보다 맛있다고 하신 장인어른께서 스쳐 지나간다. 시는 치모를 보는 게 아니라 물큰한 검은 음부를 보는 것이며 생산적이어야 보는 의미가 있겠다.

詩人 박이화 선생의 시는 탐미적이며 관능적이다. 거기다가 에로티시즘까지 더하여 독자로 하여금 섹스에 관한 이미지를 떠오르게 한다. 위 시에서도 이러한 시어를 볼 수 있다. 몸을 더듬고, 부딪고, 미끌리며 / 길을 낼 동안 / 사과는 수천 번 자지러지는 절정을 거쳤던 거다 / 덜큰한 단내 / 저 후끈하고 물큰한 검은 음부 / 시어를 볼 수 있다.

그러니까 詩라는 것은 무엇인가? 내 속의 거짓 하나 없는 어떤 진실의 발설 현장이다. 검은 음부는 문장을 은유한 것이며 한 남자는 시의 은유다.

도대체 시라는 것은 무엇인가? 사마귀의 교미장면을 목격한 적 있다. 정사에 몰입한 수컷과 암컷의 체위를. 시간이 지나자 암컷은 수컷의 머리를 따 먹고 만다. 정사에만 몰입한 수컷은 목이 떨어져 나가는 고통보다 사정의 쾌감이 더 컸을 것이다. 미련한 수컷이다. 한 번의 사정에 제 목숨까지 바치는 생을 본 것이다.

자본의 단물은 분명 사마귀의 정사다. 그러면 자본을 받드는 개인은 수컷의 목이다. 암컷의 몸뚱어리도 분명 자본시장을 형성하며 자본가다. 자본은 서로 엉키고 붙고 치대다 보면 분명 커진다. 나도 살고 너도 살고 시장을 키우고 그 키운 시장에서 나의 역할을 높이는 것이 신진 자본가다. 내 목을 떨구는 일은 없어야겠다. 詩는 분명 검은 음부다. 저 음부를 어떻게 다루느냐에 내가 죽을 수도 살 수도 있겠다.

카페에 손님이 왔다. 볶은 커피를 분쇄하고 거름종이를 깔고 뜨거운 물을 찬찬히 내린다. 드립을 정성껏 한 잔 내린다. 뽑은 원액에다가 물을 희석하고 데운 잔에다가 한 잔 그득 담는다. 손님께 내놓는다. 방금 읽은 詩를 얘기한다. 커피 한 잔을 진지하게 마시며 한마디 한다. 근데 말이야 요즘 詩는 모두 백지야! 그러며 싱긋이 웃으며 나간다. 아!

詩가 무엇이관데 이 물컹하게 썩은 밤의 세계를 꼼지락거리며 헤며 파며 있는 것인가! 파도 파도 길 하나 나지 않는 저 썩은 둔부여 자지러지는 손가락이여 돌올하게 핀 사각 등딱지여 지우고 보고 두드려 휘갈겨 내 달아나고 뒤따르는 행간의 거리마다 하얗게 핀 맨드라미 꽃송이여 귀싸대기 후려치는 저 꽃잎이여 뜨끔한 냉동 아이스크림이여 덜큰한 음부에 밀려오는 아찔한 단내에 끝끝내 참지 못한 땡벌이여

이미지

　아버지와의 기억이 새록새록 나게 하는 詩 한 편 읽었다. 바람 많이 부는 달, 못자리 만든다고 비닐을 당기며 가른 고랑에다가 묻으며 차진 논흙을 한 옴큼 폭 떠서 고랑에 담근 비닐 위에다가 얹고 찬바람이 들어갈까 싶어 다지며 나왔다. 어느덧 볏모는 자라서 못짐을 진다. 논물에 던지며 던진 못짐을 비료 포대기에 담고 묶은 줄 당기며 두레로 오신 동네 어르신께 한 못짐씩 던져 놓는다. 그렇게 심은 볏모, 여름은 자라고 사이에 핀 피도 더불어 산다. 이 피를 솎으며 정성을 다하신 아버지,

　피를 솎다 보면 들쥐도 보며 생쥐도 본다. 벼와 벼 사이 뭉친 지푸라기 속에 고이 잠든 생쥐, 이제 갓 나온 생쥐를 손으로 짓이기시던 아버지, 논물에다가 폭 담가 묻는다. 어미는 재바르게 논물 가르며 어디론가 가버린다.

　詩人 이윤학 선생의 詩集을 읽었다. 『아픈 곳에 자꾸 손이 간다』 詩人 이윤학 선생의 詩는 7, 80년대를 살았던 우리들의 가슴에 옛 추억을 불러일으킨다. 선생의 나이는 나보다는 훨씬 많다. 65년생이니 그러니까 6년이나 앞선다. 하지만 촌에서 자랐거나 농사일을 해 본 사람은 얼추 추억의 한 소절씩 끄집어낼 수 있는 대목이 많다.

삽날에 목이 찍히자

뱀은

떨어진 머리통을

금방 버린다

피가 떨어지는 호스가

방향도 없이 내둘러진다

고통을 잠글 수도꼭지는

어디에도 보이지 않는다

뱀은

쏜살같이

어딘가로 떠난다

가야 한다

가야 한다

잊으러 가야 한다

–이윤학 시 「이미지」 전문

이 시를 읽으니 옛 생각이 잠시 나기도 해서 추억 한 장을 그려보았다. 이 詩의 첫 행에 삽날이 나온다. 농촌에서 살았다면 이 삽을 모르는 이는 없을 거다. 실지로 화자는 뱀을 보았고 그 뱀을 삽날에 찍었다. 뱀은 머리통을 버리고 캄캄한 앞길을 서성일 것 생각하니 그 이미지가 선명하다.

이 시의 두 번째 행은 더 선명한 이미지를 띄운다. 수도꼭지가 없는 물 호스를 오버랩하며 뱀의 행방을 더욱더 묘연하게 한다. 이미 수도꼭지는 고통을 호소하며 바닥에 떨어져 있겠지만, 몸통은 처절하다. 세 번째 행은 결국 목 없는 뱀은 쏜살같이 어딘가로 떠난다. 네 번째 행은 잊어야 하지만 결국 잊을 수 없는 머리통만 남았다.

시제 이미지를 두고 뱀과 물 호스의 오버랩과 확장은유로 엮은 시다. 이 시를 못 잊게 하는 것은 미물이지만 한 생명을 다루었다는 것이다. 화자는 목이 떨어져 나간 만큼 세상을 바라보았을 것이다. 그러니까 캄캄한 세상이다. 목이 떨어져 나간 고통을 느꼈을 것이고 잊어야겠다고 다부지게 마음먹는다. 세상은 깜깜한 어두운 동굴이라 생각해보라! 그나마 가진 세계관마저 잃어버린다면 우리의 삶은 절망적이다.

우리의 시장은 규모의 경제를 실현한 자본가들이 많다. 언제 어느 때 새로운 정보로 우리의 목을 억누를 수도 있음이다. 무엇이 가장 소중한 것인지 생각해보라! 나 스스로 질문을 가져보자. 해답은 그 질문에 있다. 가장 독립적이고 창의적인 새로운 자본만이 그 자본으로 엮을 수 있는 묘책이나 진로만이 시장을 바라보는 두려움 없는 안목과 도전만이 나의 앞길을 닦아 줄 것이다. 자본의 삽날에 찍히는 뱀이 되어서는 안 되겠다.

詩題가 이미지다. 이미지만큼 강한 이미지를 남긴 수작이다.

사람들이 낫을 들고
양배추 밑동을 치고 있다
일렬 횡대로 파묻힌 죄수들
겁에 질려 머리끝까지 시퍼렇다

쳐죽일 놈들, 쳐죽일 놈들······
머리통은 고랑으로 굴러떨어진다

죄를 만드느라, 짓느라
머리통만 커졌다

−이윤학 시 「양배추 수확」 전문

죄수라는 표현은 의인법이다. 죄수라는 詩語 사용도 눈여겨볼 만하다. 자본시장에 얽매여 살아가는 농부의 일이 어찌 죄수가 되었을까! 유통시장의 병폐와 농산물 시장의 구조적 문제를 다룬 것으로 읽었다. 하지만 이 이미지만큼은 잊을 수 없게 됐다. 양배추를 죄수의 머리로 비유를 놓은 것과 사형을 집행하듯 낫으로 쳐 내려가는 농부의 아픔을 어찌 잊을 수 있겠는가!

詩는 이리 선명하게 독자에게 전달한다. 마치 영화를 보는 것 이상으로 머리 꽂는다. 읽으면 오래 남는다는 것이 틀린 말은 아니다. 얼마 전에 투고한

원고에 쓴 바 있지만 암각화다. 우리가 소망하는 것이 있다면 마음으로 다지는 분이 꽤 있다. 더 현실에 가깝게 접근하려면 적어야 한다. 세상은 수많은 경쟁자로 점철되어 있다. 시장에서의 상생과 생존은 분명 달을 장전한 오혈포 두 자루임을 잊어서는 안 되겠다.

詩人 이윤학의 詩, 이 두 편은 너무 실감나서 사뭇 긴장된다. 하지만 젊은 이가 읽더라도 이미 우리는 세렝게티 고원에 나와 저 광활한 들판을 보고 있음이다.

그대가 꺾어준 꽃,
시들 때까지 들여다보았네

그대가 남기고 간 시든 꽃
다시 필 때까지

– 이윤학 시 「첫사랑」 전문

누구나 첫사랑의 기억은 한 자루씩 가지고 있을 거다. 짧은 詩, 하지만 여운은 여백만큼 길다. 첫사랑만큼 순수함이 어디 있었겠는가! 그 사랑만큼 우리가 사는 이 세상을 바라보며 살면 안 될까?

님이 바라보는 세상이라 하면 안 될까? 신이 주신 이 하루가 고귀하고 아름다운 날이 아니고서야 무엇이란 말인가! 그대는 정녕 아름다운 사람이다.

그대에게 조금 더 가까이 가려는 우리 인간의 몸짓이야말로 순수한 사랑으로
쌓는 이 고결한 숨결이야말로 천금을 주어도 바꿀 수 없는 우리의 안식임을

활처럼 흰 논두렁을 걷는다
하나 둘 셋 튕겨나가는
개구리를 만난다

너라도,
새벽부터 불려나와,
논두렁 이슬을 털지 말아라

지게를 지고 걸어가시는 아버지
뒤를
지게 끈이 졸졸 따른다

-이윤학 시 「아버지」 전문

고등학교 졸업하고 대학 입시고시를 보았다. 그리고 발표 나기까지 한 몇
달의 시간이 있었다. 어머니는 구미공단에 어느 하청업계에 일을 하셨는데
거기에 나가 함께 일한 적 있다. 한 달여 간의 일 끝에 작은 월급봉투를 받았
고 아버지께 드렸다. 아버지는 나를 부르시어 대청마루 앞에다가 앉혔다. 그
리고 한말씀 하시었다.

야야 / 예 / 이번에 대학 시험 떨어지면 마! 엄마 다니는 데 다니거라 / 한참 있다가 '예' 하며 공손히 대답했다. 아버지 말씀은 절대적이며 지침이자 받침이었다. 학교 졸업하고 무엇을 해야 할지 막막함 속에 갈피를 못 잡을 때 있었다. 세상을 바라보는 눈이 없었다.

대학에 들어가자 어렵게 마련하신 등록금을 대 주시었고 사회에 나와 일을 할 수 있게 되었다. 세상은 여전히 막막하다. 아버지와 같은 말씀은 어디에도 없지만, 아버지와 같은 이 시집은 나의 작은 혼이나 다름없다. 하루의 안식은 이 각박한 경쟁의 소용돌이에 마음의 박자를 조절한다. 다시 돌아보는 아버지, 활처럼 휜 세상을 걸으며 개구리도 이슬도 바라볼 수 있는 거리를 본다.

지게 끈 같은 거미줄에 달랑거린다.

주춧돌처럼

　세상의 모든 음악, CD 한 장을 넣었다. 한 며칠 비가 내리고 지금은 어둡다. 창밖의 원룸 건물에 몇 개는 불이 들어와 있고 몇 개는 까맣다. 왜 갑자기 과자가 먹고 싶은 걸까! 어지러운 책상에 앉아 다 읽은 비둘기를 보며 있는가! 음악이 흐르고 그 음악 따라 내 마음 따라가고 아직도 난로는 곁에 있어야 하고 이제는 제법 눈이 오려나. 퉁퉁 불은 안개처럼 폭 파인 구덩이처럼 음악은 오고 구석기는 앉았다.

　　나는 고래 이빨처럼 이를 악물고 고기를 굽네 평상 위로 달이 뜨겠네 떨어지는 눈물방울 속, 수월관음이 서 있는 고려 그림을 본 일 있지

　　손에 버드나무 가지를 들고 립스틱 짙게 바르고 눈물의 바닥을 밟고 서 있었네 물방울 속 천 개의 문을 여닫네 천 개의 맨발을 적시겠네 다 쓸려 가겠네
　　　　　　　　　　　　　　　　　　-김윤 시 「눈물 없어요?」 부분

　전혀 다른 아침을 읽었다. 詩人 김윤 선생의 詩集이다. 전체적인 느낌은 詩를 정갈하게 잘 다듬어놓았다는 것과 읽는 내내 운이 따르도록 조사의 시기 곳곳마다 적정한 배제가 있었다.

조사에 관해서 한마디 덧붙이자면 너무 빼버리면 읽는 이에게 무슨 뜻인지 공감하기 어려운 글이 되어버린다. 하지만 적정한 생략은 오히려 노래 부르듯 절로 흥을 돋우기도 해서 시집 한 권을 읽는 데 그리 나쁘지 않다. 나는 나의 글을 적을 때는 이 조사를 가끔 빼기도 한다. 탁탁 끊는 맛이 있어 좋다.

3·4조 율격의 정형시를 한번 지어 보라! 그러니까 시조도 좋고 7·5조도 좋다. 한번 지어보라! 적정한 언어 생략은 많은 것을 뜻하기도 한다.

솔직히 나는 많이 배우지를 못했다. 학교에 오래 머물고 싶었지만, 집안이 여의치 못해서 공부를 더 하지 못했다. 이 詩學이라는 것은 많은 것을 내포한다. 그러니까 사서삼경이니 고전이니 또 선인의 학문과 이것저것 잡다한 책까지 모두 끼고 돌아야 한 문장 정도 구사할 수 있는 시가 나오는 것인데 나는 그렇지 못하다. 그렇다고 해서 일개 개인이 詩를 지을 수 없느냐는 것은 아니다. 시작법은 여러 가지 언술과 기술이 있어 그중 하나를 꿰차고 그 기술을 자꾸 연마하며 수양하면 된다.

우리가 아는 시인 중에 한 시인이 남겨놓은 시집이 많다 하더라도 그 시인을 알 수 있는 시는 불과 몇 수 되지 않는다. 기억에 남는 시 한 편은 시인을 살리기도 해서 정말 내가 아끼고 사랑하는 나의 철학이 묻은 시 한 편에 많은 시인은 오늘도 잠 못 이루며 쓰고 있다.

솔직히 나는 은유 가운데 제유 문장을 좋아하며 자주 사용한다. 제유는 환유의 일종이다. 환유는 어떤 사물을, 그것의 속성과 밀접한 관계가 있는 다른 낱말을 빌려서 표현하는 수사법인데 숙녀를 '하이힐'로, 우리 민족을 '흰옷'으로 표현하는 것 따위이다.

제유는 사물의 한 부분으로 그 사물의 전체를 뜻하는 표현기법이다. 그러니까 빵이면 식량을 뜻하는 것인데 굳이 이러한 표기법은 주어부와 술어부문으로 나뉘는 은유의 문장에서 어느 곳에나 다수 들어가기 때문에 조금은 애매한 문장이 될 수 있다. 하지만 읽는 이에게는 많은 상상을 유발하게 하는 것도 사실이다. 나는 여러 가지 언술 가운데 무엇을 잘하는지 한번 생각해보자.

詩語는 많은 것을 담는다. 문장 속에 들어 있는 詩語는 경제적이야 하는데 예를 들자면 나의 詩 「주춧돌은 마차를 건드렸다는 것은 좋은 거다」에서 보듯이 무슨 말인지 이해가 되지는 않을 것이다. 주어부는 '주춧돌은'이다. 술어부문은 '마차를 건드렸다는 것은 좋은 거다'이다. 주춧돌은 건물을 지을 때 받침으로 사용하는 밑돌인데 그만큼 꼼작하지 않는 화자의 마음이며 마차라는 것은 움직이는 어떤 하나를 심어놓은 시어다. 하지만 여기서는 많은 것을 뜻하기도 해서 경제적인 詩語라 볼 수 있다.

詩는 어느 정도는 읽는 맛이 있어야 한다. 이 읽는 맛이야말로 우리는 운이라고 한다. 우리나라 말은 따르는 율격이 있다. 말소리가 삼 음절, 사 음절씩 끊어지는 게 보통이다. 그래서 옛 선조는 시조가락을 읊었고 근대에 들어와서는 김소월의 7·5조 율격이 있었다. 뭐 시론서를 적는 것이 아니니 여기까지만 적는다.

위 詩는 찬찬히 똑똑 부러지게 읽힌다. 종결음인 '네' 와 '요' 는 노랫가락 처럼 詩의 맥을 짚는다.

한 가지 덧붙이자면 1연이다. '옆에 앉은 마스카라 짙은 여자가 물었지' 라 는 표현을 '옆에 앉은 짙은 마스카라가 물었지' 라면 어떨까! 시는 문장축약 이자 언술이다. 그러니까 마스카라만 해놓아도 여자로서 의미 전달은 충분하 다는 것이다. 마스카라는 제유가 된다. 마스카라는 여성만이 사용하는 화장 품의 일종인데 속눈썹을 짙게 길게 칠할 수 있다.

이참에 졸시 하나 붙여본다.

뚝배기 6 / 鵲巢

아주 오래간만에 친구 집에 와서 대구탕을 먹었네 여전히 손님이 꽤 많더군 처음에 들어갈 때는 주인이 바뀌었나 했네 왜냐하면 늘 뵈었던 사람은 하나도 없었으니 들어가는 입구부터 놓인 등마루에 사람이 꽉 차서 조금은 쑥스러웠네 만, 곧장 안으로 밀고 들어가 한 아주머니께 물었지 자리 있어요. 아주머니 한 분이 저 안쪽으로 들어가시죠. 방이 있어요. 방으로 들어갔네 이 집은 명태찜이 유명하다지 하지만 대구탕을 주문했다네 함께 들어온 네 식구 있었네 소주와 명 태찜 주문하더라네 언젠가 조금 더 여유가 생길 적에 명태찜에 소주 한잔 마시 겠다고 다지네 끓인 대구탕을 놓고 둑사발에 한 사발씩 담았네 하얀 쌀밥 고스 란히 한술씩 뜨며 한 국자씩 비워나갔네 밥과 대구탕 깨끗이 비웠네 방에서 나오니 옛 고모님이라 불렀던 아주머니 계셨네 목소리가 힘이 없더라네 머리도 희끗희끗 영락없는 할머니였네 어엉 아지아 오래만이네 네 안녕하시지예. 내나 그것 하지 호호 네 하며 대답했네 돌아서 계산대 나오니 친구 어머님 계셨네 밥값 계산하고 인사드렸네 어머님 날 보시더니만 웃음꽃 피네 반갑구면 어쩐일이야! 네 휴일이고 해서 밥 먹으러 잠시 나왔어요. 어머님께 인사도 드리고요. 아버님 잘 계시지요. 어엉 안방에서 주무셔. 네 문 나서자 깜깜한 금호강 출렁이네 흐르네 그 강변 따라 거닐고 싶었네만 바람만 찬 것도 아니라네

구름요법

　대전에서 오신 손님이 있었다. 구미에서도 오신 손님이 있었다. 모두 『커피향 노트』를 읽고 커피에 관심을 두고 오신 분이었다. 생판 모르는 분이었지만 한 몇 년 알고 지낸 사람처럼 그렇게 친숙했다. 나는 잠시 어안이 벙벙해 약간 당황스럽기도 했지만, 내내 좋은 말을 많이 나누었다. 모두 커피 시장과 앞으로의 일에 관해서 꽤 관심이었고 커피를 모두 할 사람이었다.

　우리는 현대를 살면서 언어를 사용 안 할 수는 없다. 사회는 모두 의사소통으로 이루어져 있고 우리의 요구사항을 상대에게 의사 표시하며 산다. 말하자면 언어구사 능력이다. 이 언어는 많이 사용하고 많이 써보는 사람만이 는다. 말은 잘 들어 보아야 하며 또 이 말은 잘 분석해 보아야 한다. 그리고 내가 하고 싶은 말을 조리 있게 하는 것도 중요하고 조리 있게 받아들이는 것도 거절하는 것도 중요하다. 이 말을 잘 다루는 것에 나는 詩學이 어느 정도는 도움이 된다고 여긴다.

　방금 커피 공장에서 다녀갔다. 오월, 휴일이 몰려 있어 인사차 왔다 간다. 에스프레소 한 잔 대접했다. 연휴를 알차게 쉬고 싶지만 그게 쉽지 않음을 얘기한다. 군데군데 거래처가 많으니 주문받은 곳이 꽤 있나 보다. 얼른 또 일어선다.

詩人 안차애 詩集을 읽게 되었다. 시인을 처음 만나게 된 것은 시마을 '추천시'에 올려놓은 시 한 편으로 보게 되었다. 실지로 만난 것은 아니다. 그러니까 시인의 문향이 독특하고 뜻하는 바가 있어 詩集을 사보게 되었다. 시집 한 권이 후회되지 않을 정도로 시 한 편 한 편 모두 좋은 작품이었다.

금요일 밤이 지루하다면

이미 당신은 아프거나 늙었다는 의미

값싸고 풍성한 구름이불을 덮어봐

거품 솜틀 속에서라면 시계바늘쯤이야 거꾸로도 돌 걸

요요현상이 되풀이된다면 권태가 이미 시작되었다는 뜻

구름빵 놀이로 미리 다이어트 식단을 만들어두면

한 주일치 감량은 문제없을 거야

수요일의 구름 속은 위험해

네 타이핑에 가속도가 더해진다면

기가바이트의 방들은 좌회전방향으로 부풀어오를 거야

−안차애 시 「클라우드 요법」 부분

여기서 클라우드는 상징적 시어다. 그러나 각 문장에서 쓴 구름은 은유다. 그러니까 구름을 뜻하는 의미가 다양하다. 그 하나하나를 얘기할 수는 없지만, 이 詩의 읽는 운만큼은 눈여겨볼 만하다. 다분하게 읽히는 노래 같기도 하고 소곤소곤 들려주는 이야기 같기도 하다.

상징symbol, 象徵[9]은 사물을 전달하는 매개적 작용을 하는 것을 통틀어 이르는 말이다. 상징은 '짜맞추다put together'라는 뜻을 가진 희랍어 동사 'symballein'에서 유래되었다. 이 말의 명사형이 symbolon인데 이는 기호, 표시, 증표sign, mark, token의 뜻을 가지고 있다.

증표의 'token'은 두 사람이 헤어질 때 나누어 가지는 동전의 반쪽이라는 의미를 담고 있다. 그러므로 상징은 서로 다른 둘의 결합됨으로써 독립된 하나의 의미를 나타내는 언어 양식인 셈이다.

> 세상에서 제일 어여쁜 이름의 길, 실크로드는
> 알고 보니 누들로드였다
> 가도 가도 막막한 목숨 길이었다
> 눈물가락 같은 나긋함이어서 꺾이지 않고
> 천산북로의 거친 기류를 뚫었던 것이다
>
> ─안차애 시 「누들로드」 부분

시인의 詩, 詩題가 누들로드다. 외국어다. 누들이라면 라면이나 국수를 말하는 것인데 모두 밀가루로 만든 음식이다. 그러니까 한 마디로 면발이나 국숫발이다. 시 한 편이 과거의 어려웠던 인생 여정을 생각하며 그린 것으로 읽었다. 그러니까 화자는 추운 겨울에 국수 한 그릇을 한다. 뜨거운 국물에 속이 화끈하게 달아오른다. 거기다가 가파른 길모퉁이에서 만난 것은 전세금 인상과 은행대출 불가 표지판뿐이다. 그렇게 어렵게 삶을 이끌었던 한순간이 마치 국수 한 그릇처럼 지난다. 국수 면발처럼 하얗게 밀려오며 국수 면발처럼 그렇게 빠르게 지나왔다.

여기서 중요한 詩語는 국수다. 국수와 인생이다. 국수의 색감표현도 중요하고 속성도 중요하다. 가늘고 길더라든가 빠르다는 것과 곧다는 것은 국수의 속성일 게다.

9) 이지엽, 『현대시 창작 강의』, 고요아침, 2009

반디, 검은 망사 커튼 그리고 늙은 말

날이 참 맑다. 나는 자리에 일어서서 창가로 간다. 홍곡 선생으로부터 받은 선물, 난이 있다. 그 난 화분을 들고 개수대로 간다. 수도를 튼다. 수도를 돌려가며 난을 흠뻑 적신다. 다시 창가로 가 얹는다. 언제였는지 모르겠다. 카페에 오신 손님이 이게 진짜인가 싶어 이파리를 약간 뜯은 흔적이 있다. 그 뜯긴 이파리 수가 무려 여섯 개나 된다. 저 상처가 아물려면 제법 오래갈 것 같다.

저쪽 조감도에 놔두고 보다가 다시 홀로 머무는 골방에다가 옮겨 놓았다. 요즘은 이게 작은 싹이 트더니만 이제는 제법 보기 좋게 올랐다. 이 난이 꽃 피우려면 한 몇 년은 더 지나야 할 것 같다. 아무런 얘기도 없고 거저 주인장의 보살핌 속에 있는 이 난이 가끔은 나의 즐거움이기도 하다.

아침에 분점에 다녀왔다. 커피와 컵 주문이 있었다. 오늘은 점장님도 나와 계셨다. 커피 한잔 했다. 신메뉴에 관해서 물어본다. 민트 관련 메뉴를 소개했다. 또 다른 분점에도 다녀왔다. 에스프레소 투출 부분에 이물질이 많이 끼어 망을 교체했다. 기기는 한 번씩 관리가 필요하다. 너무 오래 쓰면 커피 기름과 커피 찌꺼기가 끼여 다음 커피를 뽑을 때 제맛 내기가 어렵다.

높다란 통굽 구두를 신고,
나는 아주 천천히 걸었어

반딧불축제로 거리는
물고기 비늘처럼 반짝였는데

반딧불은
검푸른 잔디밭에 심어놓은
초록색 알전구 아니,
무성한 소문이라는 소문

−임현정 시 「반디, 검은 망사 커튼 그리고 늙은 말」 부분

우리나라 말은 동음이의어가 생각보다 많다. 시에 곁들어 쓸 수 있는 단어가 많다는 것이다. 그뿐만 아니라 시적 묘사로 이끄는 방법만 알면 한 편의 시는 어렵지 않게 쓸 수 있을 것이다. 생활상을 그려도 되고 사랑하는 사람, 국가나 정치적 상황이나 자연을 그리거나 개인의 철학을 담아도 좋다. 시는 하나의 즐거움 같은 것이다. 그래서 대학교수나 지식인만이 쓸 수 있는 특수놀이만은 아니라는 것이다. 서민들도 충분히 즐길 수 있는 놀이다.

나는 솔직히 죄인이다. 글을 잘 쓰려고 무척 노력했다. 지금도 노력 중이며 그 와중에 써 내려가는 글쓰기는 부끄럽기 짝이 없지만, 이 부끄러움에 인해서 더 배우는 것 같다. 그렇다 보니 예전에 적었던 글을 보면 아찔하다. 사생

활이 다 들여다보이고 내가 무엇을 했나 하며 뉘우치기도 한다. 그러니까 글은 바람이었다. 그러면서도 글은 늘 다시 원점으로 되돌려 놓았다. 그릇은 담아서 비우고 씻고 다시 또 담는다. 그릇을 가만히 놓아두면 아무 쓸모가 없듯이 그렇게 늘 이용을 한 셈이었다.

글은 자연 정화조였다. 나에게 묻은 때를 씻어내기도 하며 나의 때를 뱉어내기도 했다. 사는 것이 꽤 힘들어 이 힘든 이야기를 누가 들어 주는 사람이 없었다. 글은 진심으로 다가오는 친구였다. 나의 마음을 누구보다도 꿰뚫어 보며 웃음을 선사하기도 했으며 아픔을 나누어 주었다. 그러니 글은 적지 않은 위안이었다.

이 詩는 시를 쓴 화자가 더 잘 알 것이다. 독자는 그저 유추할 뿐이며 詩를 생각하며 읽는 것이다. 詩라는 모태를 보고 거기에서 파생된 상상과 어느 씨앗을 하나 빼 가져 오기라도 하면 글 읽기는 성공이다. 그래서 어느 시인은 詩 읽기는 오독이라며 했던 바도 있다. 굳이 바르게 해석하려고 노력을 하지 않아도 된다. 좋은 詩는 상상을 끌어오며 또 다른 양상의 세계를 안내한다.

위 詩 또한 마찬가지다. 詩題가 「반디, 검은 망사 커튼 그리고 늙은 말」이다. 반디는 반딧불이를 얘기할 수 있고 밴댕이를 이야기할 수도 있다. 검은 망사 커튼은 일종의 그물 같은 커튼인데 검은색이다. 시적 묘사이자 은유다. 늙은 말은 제유이자 의인화다. 그러니까 화자보다는 나이가 많은 어느 선생이나 임을 두고 일컫는 게 틀림없다.

조감도에 머물 때였다. 나와는 지인이다. 가끔 오시면 차 한 잔을 나누는데 미술에 관한 얘기가 있었다. 그러니까 미술은 한 폭의 화폭에다가 작가가 뜻하는 바를 모두 심어야 하니 그만큼 천재가 아니냐는 뜻이다. 맞는 말이다.

이탈리아 바로크 시대의 대표적 화가인 카라바조다. 물론 그의 인생과 작품에 관한 얘기였다. 그의 사생활에서부터 작품성까지 많은 이야기를 들었다. 역시나 그림 한 장과 시, 나는 무엇을 써야 하며 어떤 그림을 지면에다가 담아야 하나! 잠시 그런 느낌을 받기도 했다. 하지만 가장 중요한 것은 그 무엇도 아닌 나라는 것이다.

미술작품을 보고 평론가나 혹은 관객이나 고객은 여러 말을 할 수 있다. 도마 위에 오른 작품일수록 그 또한 많은 호평을 받기도 한다. 여기서 한 가지 덧붙이자면 작가가 내놓은 작품은 이미 작가의 것이 아니라는 것이다. 미술을 예를 들어보자. 누가 어느 작가의 작품을 사 가져갔다면 그 작품이 관리소홀로 유실되었거나 손상이 갔다면 그건 그 작품을 사 가져간 고객의 잘못이지 변상하거나 할 문제가 아니라는 것이다.

한 작품은 많은 것을 뜻한다. 작가의 배경으로 시대상을 반영하기도 하고 철학이나 정치, 사회, 문화, 종교 등을 표현하기 때문에 한 작품을 쓰더라도 심혈을 기울여야 할 것이다. 더군다나 나의 글쓰기는 누구나 이해할 수 있는 나만의 향이 있어야겠다. 그러면 후대에 어떤 평을 받더라도 당당함이 있어야겠다.

Yo! Taiji

대학에 다닐 때다. 서태지와 아이들이 발표한 〈난 알아요〉가 한창 유행할 때였다. 나는 이 음악을 듣고 약간 다름을 느꼈다. 왜냐하면, 기존의 음악과는 많이 달랐으며 흥을 돋우기도 해서 잘 사다 듣지 않는 테이프 한 장을 사기도 했다.

근데, 더욱 놀라운 것은 이 테이프에 수록된 곡이 다른 가수의 테이프에 비하면 몇 곡 되지 않는다는 것이다. 지금 생각하면, 〈난 알아요〉, 〈환상 속의 그대〉, 〈Yo! Taiji〉, 그리고 다른 몇 곡뿐이었다. 호! 그렇다 하더라도 후회하지는 않았다. 몇 곡 되지 않는 노래가 다 마음에 들었고 나는 즐겨 들었다.

나는 詩集을 사서 읽으면 어떤 시집은 참 오래 남는다. 그러니까 문체였다. 詩人이 쓴 그 글의 특색이다. 다시 말하자면 미당 서정주의 詩나 글을 읽으면 그 시인만의 독특한 전라도 말씨와 억양이 있다. 미당의 글은 누구나 알아볼 수 있다. 백석, 소월, 그리고 영랑도 마찬가지다.

예전이었다. 송재호 詩人이다. 詩集 『내간체를 얻다』에 수록한 詩 한 편이다. 詩題는 「늪의 내간체를 얻다」이다. 詩人께서는 언니가 여동생에게 보내는

내간체를 옛 고어로 되살려 놓았다는 것과 그 읽힘이 딱딱 끊는 맛에 무척이
나 놀라웠다.

　　너가 인편으로 붓틴 보자褓子에는 늪의 새녁만 챙긴 것이 아니다 새털 미듭
을 플자 믈 우에 누웠던 항라亢羅 하눌도 한 움큼, 되새떼들이 방금 붉고간 발자
곡도 구석에 꼭두서니로 염색되어 잇다 수면의 믈거울을 걷어낸 보자 솝은 흰
낟달이 아니라도 문자향이더라 브람을 떠내자 수생의 초록이 눈엽처럼 하늘거렷
네 보자褓子와 미듭은 초록동색이라지만 초록은 순순히 결을 허락해 머구리밥 수
이 너 과두체 내간内簡을 챙겼지 도근도근 미듭도 안감도 대되 운문보雲紋褓라
몇 점 구룸에 마음 적엇구나 흔 소솜에 유금遊禽이 적신 믈방올들 내 손쏭에 미
끄러지길래 부르르 소름 돋았다 그 만흔 고요의 눈씨를 보니 너 담담한 줄 짐작
하겠다 빈 보자褓子는 다시 보닌다 아아 겨울 늪을 보자로 싸서 인편으로 받기엔
어름이 너무 차겠지 향념向念

　　　　　　　　　　　　　　　　　　　　　—송재학 시 「늪의 내간체内簡體를 얻다」 전문

　　나는 이 詩를 처음 어떻게 읽었는가 하면 권혁웅의 『입술에 묻은 이름』(문
학동네 평론선)을 읽다가 그만 가슴이 멎는지 알았다. 우선은 이 詩의 내용을 모
르더라도 고어 사용과 딱딱 끊는 읽힘은 무언가 가슴 울리는 게 있다. 내용을
따로 적지 않아도 이미 시인께서 부연 설명을 해놓았다.
　　물론 더 자세한 것을 알고자 한다면 시인의 시집을 사다 보는 것도 괜찮다.
뒤쪽에 詩人이자 문학평론가이신 권혁웅 선생께서 평을 자세히 해 두었으니
읽을 만하다.

그러니까 내가 하고 싶은 말은 정말 문체가 배어나는 시집 한 권을 만들려고 노력해야겠다는 것이다. 무분별하게 거저 어떤 이권을 위한 홍보나 어떤 특정 지위의 자리를 보전하거나 해서는 안 되겠다. 가끔은 어떤 시집은 그렇게 읽히기도 해서 그렇다.

사막의 모래 파도는 연필 스케치 풍이다 모래 파도는 자주 정지하여 제 흐느낌의 상像을 바라본다 모래 파도는 빗살무늬 종종 걸음으로 죽은 낙타를 매장한다 모래장장葬을 견디지 못하여 모래가 토해낸 주검은 모래 파도와 함께 떠다닌다 모래 파도는 음악은 아니지만 한 옥타브의 음역 전체를 빌려 사막의 목관을 채운다 바람은 귀가 없고 바람 소리 또한 귀 없이 들어야 한다 어떤 바람은 더 많은 바람이 필요하다 모래가 건조시키는 포르말린 뼈들은 작은 노櫓처럼 길고 넓적하다 그 뼈들은 모래 속에서도 반음 높이 노를 저어갔다 뼈들이 닿으려는 곳은 모래나 사람이 무릎으로 닿으려는 곳이다 고요조차 움직이지 못하면 뼈와 노는 증발한다 물기 없는 뼈들은 기화되면 이미 내 것이 아니다 너무 가벼워 사라지는 뼈들은,

―송재학 시 「모래장葬」 전문

시제가 모래장이다. 죽음을 표현한 시詩다. 사막의 모래 파도는 연필 스케치 풍이다. 주어부가 사막의 모래 파도다. 연필 스케치니 묘사겠다. 사막의 모래 파도는 무엇을 나타낸 것인가? 화자의 마음 아니면 시詩나 화자의 현실을 뜻하는 것인가?

모래 파도는 자주 정지하여 제 흐느낌의 상像을 바라본다. 모래 파도는 어떤 거울인 셈이다. 모래 파도의 찰나를 그리며 제 흐느낌을 그려놓은 것을 스스로 보고 있다. 여기서 파도라는 시어를 보면 바다가 생각나게 한다. 그러니까 파도는 바다의 일면이며 많은 물결 중 하나다. 모래 파도지만 모래가 시사하는 시어는 바다만큼 큰 테두리를 일컫기도 한다.

모래 파도는 빗살무늬 종종걸음으로 죽은 낙타를 매장한다. 빗살무늬를 모르는 분은 없을 것이다. 그만큼 사물의 투시나 직관을 말함인데 종종걸음 그러니까 발을 자주 떼며 급히 걷는 것을 말한다. 죽은 낙타를 매장한다. 죽은 낙타는 제유다. 화자나 화자가 본 어떤 상일 수 있다. 더 사실적으로 얘기하자면 시나 글이나 또 다른 이상향이나 꿈같은 어떤 의미를 제유한 문장이다.

모래장葬을 견디지 못하여 모래가 토해낸 주검은 모래 파도와 함께 떠다닌다. 여기서 느끼는 점은 화자가 받아들이는 시적 묘사다. 그러니까 모래장은 이미 행사 치른 결과물이며 모래는 그 한 부분이다. 말하자면 시집과 詩集 속에 든 詩, 주검은 시의 문장을 은유한 것일 수도 있다. 그러면 모래파도의 의미가 닿을 것이다. 詩集 혹은 문맥이나 문단의 흐름, 출판업계의 조류나 아니면 그 어떤 세파를 얘기할 수 있다. 부분과 전체의 의미를 유심히 볼 필요가 있다. 그것을 잘 이용한 나의 詩 한 편을 아래에다가 덧붙여 본다.

찬바람 채 가지 않은 가장 짧은 달에 / 鵲巢

찬바람 채 가지 않은 가장 짧은 달에 구름을 배우겠다고 물의 장력만큼 꿈꾸었지요 그때 회색빛 알토란 꽃 보아요 어느 호숫가 빠듯한 물 당기다가 저버리며 구름 꽃 그려요

물속 하늘 보아요 물수세미 나고 나사말이 있어요 게아재비 나고 물자라 지나는 것 보고 웃었어요 뒤늦게 구름 꽃 보겠다고 물속 지나는 미꾸라지 바닥 훑고 가요 왜 구름인지 알게 되었어요

하늘에서 비가 내려요 비 맞으며 물의 흐름 느껴요 물 위 긴 꽃대 올리며 햇볕보기도 해요 마땅히 누울 곳 없어 얕은 물 흐름만 느껴요 물방개 잠수하며 꽃대 스쳐요

물 당기며 노래한 소금쟁이는 물고기 체액 저버리지는 못해요 성큼성큼 물 튕기며 월동 준비하지요

깊게 박지 못한 뿌리가 물결 출렁이지만, 물의 노래 들으며 구름의 속울음 보기도 했어요 물방개 게아재비 물자라 물맴이 송장헤엄지게가 노니는 호숫가 물속 깊이 폭 젖다가 꽃구름만 보아요

−필자의 詩集 『카페 鳥瞰圖』 88p

모래 파도는 음악은 아니지만 한 옥타브의 음역 전체를 빌려 사막의 목관을 채운다. 모래 파도가 詩集을 제유해 놓았다면 사막은 이보다 더 큰 개념이다. 어느 詩人을 제유한 문장일 수 있으며 목관은 물론 모래장이니 詩로 보아도 무관하다. 그 목관을 다 채운 것이며 한 옥타브는 음정을 나타내는 단위다. 한 옥타브의 음역 전체를 빌렸으니 모든 것이다. 詩는 즉 모든 것이다.

바람은 귀가 없고 바람 소리 또한 귀 없이 들어야 한다. 시적 묘사다. 이미 인쇄된 희망은 귀가 없거니와 읽는 화자의 희망 또한 귀 없이 읽어야 한다. 귀 없이 들어야 함은 눈으로 보아야 함을 뜻한다.

어떤 바람은 더 많은 바람이 필요하다. 어떤 희망은 화자가 쓴 것보다도 더 많은 공력을 기울여야 한 줄 글귀라도 읽을 수 있음이다. 혹은 어떤 희망은 화자의 내공보다도 한 가름 더 올려다보는 안목과 견문이 필요함을 얘기한다. 그러므로 내공은 계단이다. 밟고 오르는 무대는 결코 몇 계단을 뛰어넘는 게 아니다. 누구나 걸어야 할 순차적 걸음이 필요하다.

모래가 건조시키는 포르말린 뼈들은 작은 노櫓처럼 길고 넓적하다. 이 문장 또한 화자의 직업관이 보이기도 한 좋은 시적 묘사라 할 수 있다. 아마 화자는 의사 선생이거나 그 무엇이겠다. 포르말린은 의학용어이며 여기서는 하나의 수식어다. 시를 더욱 빛내는 첨가어다. 그러니까 모래가 건조하는 포르말린 뼈들은 화자의 뼈다. 이는 곧 시를 말하며 묘사다. 작은 노처럼 길고 넓적하다. 이 또한 화자의 마음을 심은 것이니 노처럼 젓고 싶은 것의 표현이며 또한 넓적한 마음을 그린 것이다. 결국 희망 한 자락 건진 셈이다.

그 뼈들은 모래 속에서도 반음 높이 노를 저어갔다. 뼈는 부분이다. 모래 속에서도 반음 높이 노를 저어갔다는 것은 모래장詩集 그 전체를 뜻하지는 못하니 시작이 반이나 다름이 없다.

뼈들이 닿으려는 곳은 모래나 사람이 무릎으로 닿으려는 곳이다. 어떤 완전성의 희망을 표현한다. 현실의 아픔이 어떤 경험이 작품으로 승화하기 위한 죽음의 행사다. 시제가 모래장이기 때문이다. 여기서 눈여겨볼 만한 시어는 무릎이다. 이건 사족이지만 무릎을 가까이하다. 무릎을 꿇다. 항복하다. 굴복하다. 등 여러 가지 의미로 보아 넘겨도 좋다.

고요조차 움직이지 못하면 뼈와 노는 증발한다. 고요는 잠잠한 상태를 말함인데 감동이나 어떤 물결을 일지 못하면 시는 이룰 수 없다.

물기 없는 뼈들은 기화되면 이미 내 것이 아니다. 너무 가벼워 사라지는 뼈들은, 물기 없는 뼈들은 탁탁 잘 건조한 그러니까 아주 쫄깃한 문장의 모음이나 세속의 폭 저린 삶이 까만 얼룩으로 승화한 詩를 비유한 것이다. 그 또한 진정한 詩는 뼈에 사무치는 얘기다.

이미 출판한 詩는 내 것이 아님을 죽음은 곧 다른 세계의 꿈이나 다름없다. 내 속을 훑은 것은 모래지만 화자를 떠난 것은 결국 모래장이 되어 버린다. 그러니 가벼워도 너무 가볍다.

바른 詩 한 수는 이를 두고 하는 말이며 詩가 참하게 고요한 파도로 이미 우리에게 얘기한 것이나 다름이 없다.

그래서 등단의 작품은 심히 고이 정하는 것이다. 어떤 아픔을 그리거나 또 그만큼 중차대한 작품을 선정한 것이다. 글 읽는 독자가 많이 없더라도 이미 우리나라는 그래도 詩集을 생산하는 동호인과 읽는 이 또한 만만치 않은 수다. 더구나 내공이 어느 정도 쌓이면 등단이 뭐 그리 필요한가! 상업적인 글쓰기나 남에게 보여드리기 위한 글쓰기는 오히려 폐단만 불러일으킬 수 있으니 정말 나의 참된 글이라면 차곡차곡 모아서 한 권의 책을 엮는 것도 괜찮으리라! 한 권의 책의 집필과 세상에 내놓는 것도 등단이나 다름이 없다. 오히려 나는 이 길을 더 권장하고 싶다. 진정한 주체성과 독립성을 가지게 되며 이는 더욱 바른 나를 만든다.

오월 첫째 주 일요일이다. 날씨가 변덕스러움을 본다. 낮은 그렇게 끄무레하더니만 자정이 가까운 시각, 지금은 바람이 세차다. 한겨울에나 들을 수 있는 바람 소리다. 비까지 창을 두드린다. 가정의 달이다. 일요일이라 직원 한 분은 부모님 찾아뵈러 가신 분도 있다. 내일은 아이들 데리고 촌에 잠시 다녀와야겠다.

오늘은 기분이 참 묘하다. 사람의 마음이 이리 젖는다. 불안한 마음마저 겹친다. 교육생과 곧 창업자와 그리고 지금 다 지어가는 鳥瞰圖 건물도 그렇다. 하나같이 신경 안 쓰이는 게 없다. 하루가 다르게 늘어나는 커피 시장과 규모의 경제를 실현하고자 애쓴다 해도 소비시장을 끌고 갈만한 재량이 미흡하다. 이 공부가 얼마나 도움이 될지 모르겠다.

鳥瞰圖 건물이 준공이 나고 개업을 한다 해서 지금의 경영이 나으리라는 보장도 없다. 모를 일이다. 그나마 현상유지나 되면 큰 성공이겠지만 오히려 짐이 된다면 더없는 아픔일 것이다. 하지만 하지 않을 수도 없는 처지다. 쫓고 쫓기고 쫓는 세상이다.

빨랫감

산이나 바다를 좋아하는 사람을 안다. 그는 어떠한 일이 있어도 자기만의 보폭으로 산과 바다를 즐긴다. 비가 오나 눈이 오나 정말 바람이 불어도 나와의 약속을 어기지 않고 간다. 그것을 우리는 일관성이라고 한다. 그리고 보니 일관성이야말로 가장 무서운 말이다. 무엇을 바르게 올곧게 자기만의 박자와 노래가 있다는 것은 생生이자 아름다움이다.

산을 좋아하는 사람과 함께 있어보라! 산을 이야기하며 산의 즐거움과 산에서 얻는 생산물을 아끼며 사랑한다. 그리고 그 산속에 무엇이 있는지 마치 손금 들여다보듯이 한다. 그리고 끝끝내 함께 가자며 인생의 동반자를 찾기까지 한다. 그렇게 모임을 만들고 정기적으로 산에 간다. 그러니까 산이 산 타는 것이 취미가 된다.

바다를 좋아하는 사람과 함께 있어보라! 바다를 떼놓고는 그 어떤 것도 대화하기가 어렵다. 그러니까 바다가 생활의 준거집단이며 종교적이며 어떤 믿음을 가진다. 왜 이런 현상이 일어날까? 그건 우리 인간은 영혼이 있기 때문이다. 각박한 사회를 떠나 나의 안식이 필요한 것이다. 나는 산도 바다도 그다지 좋아하지 않는다. 여행도 썩 좋아하지 않으며 가만히 앉아서 사색을 즐거왔다.

詩는 사색이었다. 나는 이런 생각을 가져보기도 했다. 詩는 우주며 지구며 하나의 어항이며 조그마한 젤리의 은하계 같은 것도 페가수스가 사는 안드로메다의 은하 같은 것으로 생각했다. 그러니까 詩는 인간창조 이전의 조물주라도 만질 수 없는 어떤 물질 같은 것 그러니까 그 안의 모든 변형과 움직임과 진화와 대충돌과 블랙홀의 혼미한 카오스 같은 것으로 생각했다.

그러니까 詩는 새로운 길이며 신화神話며 창조주의 걸음 같은 것이다. 공자의 생활난 속에 핀 연꽃이며 하늘 우러러보는 꽃잎이며 어느 특정한 길 없이 마구 나는 새 한 마리다. 그러는 詩人을 만나보라! 보통 사람과는 유별나며 그들의 사색은 남루한 옷이더라도 그들이 남긴 꽃은 반짝반짝 빛나는 구두다. 물은 내리고 물은 흐르고 꽃대를 건드렸다가 물은 또 흘러간다. 그 물을 반영하며 피운 꽃은 물의 그림자며 거울이다.

그러니까 詩는 특징特徵의 불특정不特定이며 불특정不特定의 특징特徵이다. 詩는 다른 것에 비겨서 특별特別히 눈에 뜨이는 그 무엇이며 그 무엇이 특별히 일어나는 계획적인 사건事件이나 예고된 결말을 불러일으키는 것은 결코 아니다. 임의의 사건이나 그에 인해 일어나는 감정感情의 포착捕捉과 인화印畫가 시詩다.

아! 가게에 손님이 오셨다. 맥은 탁 끊는다. 단골손님이다. 아이스 아메리카노 한 잔 주문이다. 그리고 방금 적어 내려간 글을 읽어드린다. 그러니까 손님은 사색은 화장실에서 직방이라고 한다. 나는 우스갯소리로 볼일 볼 때냐 안 그러면 굳이 생각을 그리기 위해서 화장실 가는 것이냐고 묻는다. 그러니까 볼일 볼 때 생각이 번뜩 뜨인다고 했다. 그러므로 詩는 배설이다. 개똥철학이다. 아무것도 아닌 거로 생각하면 발밑에 기어가는 까만 개미 같지도 않은 것이 詩다.

빨랫감 / 鵲巢

빨랫감이다

판 같다

계단 오른다

지렛대와 지렛대 이은 줄 잇다

고추잠자리 난다

지렛대 끝자락에 앉는다

바람에 나부낀다

줄은 집게를 물고 있다

집게 풀며 빨래 넌다

콱콱 집는다

시원한 바람 닿는다

따뜻한 햇볕 닿는다

짝짝 핀다

물 쪽 뺀다

　가정의 달 5월을 맞아 촌에 다녀왔다. 모처럼 만나 뵈었던 부모님이었다. 외손자가 벌써 고등학생이고 손자가 중학생인데도 아직도 이름을 즐겨 불러 주신다. 시를 꽤 좋아하시는 어머님이다. 김소월이고 옛 가락인 시조고 한번 읊어보세요? 하면 한두 수 정도는 지금도 쉽게 뽑는다. 어머님은 이렇게 바라 보시는 것만도 시다.

　누구 한 사람이라도 찾아오시는 걸 꺼려 하지만 또 정녕 이리 찾아뵈면 좋아하시는 어머님 그간 있었던 동네 자질구레한 일을 소상히 말씀하신다. 나는 그 어떤 대답도 잘 하지는 않지만 가벼운 맞장구와 흐뭇한 표정과 내내 경청만은 잊지 않는다.

　잠시라도 자리 비우면 어느 곳에나 안 부르는 곳이 없다. 배수 쪽 물이 잘 안 빠져요. 역에서 온 문자였다. 예열이 자꾸 300도가 넘어가요. 분점에서 온 전화다. 나서는 이 길이 가시밭길이다. 점심만 간단히 먹고 다시 또 내려왔다. 일 본다.

하얀 뼛골

숲가에 벗어놓은 지게를 보았다. 별빛이 내려 보는 작은 숲에 까마귀처럼 하늘 켜놓고 바스락거리는 이파리를 먹으며 다람쥐를 만지고 있었다. 다람쥐는 까막눈이었다. 애써 숨긴 도토리 한 알씩 캐며 담은 그 지게를 보고 놀란 눈빛이 역력했다. '막둥아' 니 어데 가노? 그러니까 시는 부족한 호수에 던질 수 없는 어떤 신음 같은 것인데 줄곧 잇지 못하는 가래떡 같은 것이었다.

그러니까 시는 부러지지 않는 지게 작대기며 이 얼얼한 빵 한 조각 씹는 굳은 밀가루다. 어쩌다가 병든 수캐 모양 달빛 없는 밤에 문장의 쓰레기더미 헤치며 가는 그림자. 그러면서도 시는 아버지며 아버지를 담은 지게며 그 지게를 받치는 지게 작대기였다.

산은 움직이는 산을 보았다. 눈은 살아서 힘겹게 베던 통나무와 얹은 무게를 읽었다. 마르고 키 작은 아이가 용쓰며 시를 쓰고 있었다. 토끼 길 후비며 아슬한 비탈을 걸으며 필기체가 아닌 돋움체로 마냥 썼던 아이 그 아이가 하얀 바위에 앉았다. 태양은 불쏘시개며 삭정이며 죽은 나무였다. 배고픈 아궁이였다.

시는 산토끼였다. 영화라는 동생이 있다. 필름은 산을 감고 감은 산에는 둘

둘 말은 태를 갖고 나무에다가 얽어매어놓았다. 눈 많이 오고 발이 폭폭 빠지는 어느 겨울날 아버지는 산에 나무를 하고 그중에서도 가시가 많은 아카시아 나무만 조선낫으로 쓱벅쓱벅 베었다. 창끝 같은 빗금이었다. 어린 나이로 보는 저 지게는 아카시아만 만발이었다. 만발은 고이 접어 묶어 하늘 오르고 비탈의 산길을 사뿐히 즈려 밟으며 쓴다.

시는 그러니까 산이다. 거북이는 오늘도 저 산을 어찌 볼 것인가 하며 자멸을 하고 끔뻑 죽어 들어가면서도 산속에 한 걸음만 놓으면 어느새 그의 숨은 또 깜빡 잊어버린다. 그리고 바다를 잊고 바닷속 생물을 잊고 생물의 삶을 또 잊어버린다. 거북이는 또박또박 산을 걷는다.

토끼는 막다아레에나 장미꽃 한 다발 안으며 어느 느티나무 아래 앉아 있고 거북이는 그간 삼십 년을 걸었다. 토끼는 살아야 해 토끼는 살아야 해 꼬오옥 살아야 해 하며 보았던 하얀 눈밭 길 쓱벅쓱벅 빠졌던 난독의 빙산 길을 걸었다. 어느새 하얀 눈송이 포오옥 안으며 하늘 오르는 토끼여! 천장지구 페가수스가 사는 안드로메다여! 너는 어찌 토끼를 데려갔느냐? 그러니까 詩는 죽었다.

까마귀는 뚫어지게 바라보고 있었다. 가물거리는 별빛이 다람쥐를 보며 다람쥐의 도토리를 보며 다람쥐의 놀란 그 눈빛을 보며 있었다. 지게는 아무렇지 않게 톡톡 숨겼던 도토리를 애써 캐며 담았다. 호수의 눈빛은 저 많은 별빛을 다 담을 수는 없었다. 더구나 페가수스가 물고 간 흰 토끼의 눈은 찾을 수 없다. 시는 지게 작대기를 하늘 향해 곧추세웠다. 저건 비너스야! 유독 밝은 별빛이 붉은 태양과 함께 떠 있었다.

하얀 바위는 詩가 바라보는 세상에 드디어 와 앉아 있다. 詩가 무엇인가?

이제는 저 하얀 옷을 벗자 그리고 바지를 벗고 러닝을 벗어던지고 가벼운 팬티마저도 벗어버리자 마지막으로 아껴두었던 구두를 내던지는 것이다. 무엇이 그리 아까운가! 거북이는 강이나 바다에서 살고 토끼는 산에서 산다. 물론 산과 바다에 사는 것들이 우리가 생각하는 것보다 많다. 우리는 마치 산에 가듯 바다에 가듯 그렇게 사색을 즐기며 왔다. 가는 곳마다 옛 추억을 살리며 문장을 만들었다. 어폐가 있을 수 있으나 결코 어폐가 아닌 공간의 미학으로 건축했다.

詩는 상상의 세계다. 결코, 희망의 끄나풀을 놓지 않는 부푼 가슴이다. 거리는 온통 푸른 이파리로 하늘 바라보고 있다. 벚꽃이 한마당 놀이로 풀다 가고 목련도 개나리도 진달래도 그들의 노래를 불렀다. 아카시아 꽃향기 하늘 메운 오월, 송홧가루 폴폴 나는 그 하루를 잇고 있다.

손톱을 깎고 발톱을 깎자. 새콤하고 달콤하고 아찔한 밤의 사과를 한 꺼풀씩 도려내자. 살굿빛 어리는 봄의 꽃향기를 두꺼운 이 밤에 한 입 베어 물며 톡톡 불건 철분을 만들자. 누구라도 올곧게 살붙이며 삶을 지탱할 수 있는 하얀 뼛골을 만들자.

산속에 핀 꽃

청도에 다녀왔어 며칠 전부터 기기가 고장이 났던 거야 휴일에 날도 더운데 손님이 꽤 왔는가 봐 근데 오른쪽 노즐이 스팀이 나오지 않았어 스팀 받는 줄 알았단다 거기다가 기기 산 곳에다가 전화했나 봐 오히려 거기서 더 지랄인가 봐 마냥 귀찮은 듯 그렇게 전화를 받았단다

여기는 중고를 사서 영업했단다 언제부터 새 기기를 사고 싶었는데 여유가 안 되었던 거지

솔직히 청도까지는 여기서도 꽤 멀어 가기 전에 새 기계를 뜯고 조립하고 물을 넣었어 잘 되는지 확인해 보아야 하잖아 가끔은 잘 안 될 때도 있거든 현장에서 안 되면 참 난감하더라 조립하고 전기를 넣고 물 넣었어 오늘은 이상이 없네 그 전에 늘 함께 일하는 동생이 와서 도와주었지 차에 실었지

청도까지 마치 여행 가는 것 같았어 덥지도 않고 춥지도 않았어 나는 옆에 앉아서 실려 갔지 책 보았어 꾸벅꾸벅 졸기도 했어 그러다가 청도였지 참 오래간만에 나와서 운문사 앞 우뚝 선 산을 보았네 근데, 설치가 쉬운 줄 알았는데 제빙기에서 문제가 생겼던 거야 정수기를 함께 설치해야 하거든 냉장고

들어내고 제빙기 전기를 뽑아내고 제빙기 안을 들여다보고 그러니까 전기선이 빠졌던 거야 다시 꽂고 가동했어 이젠 괜찮아

두 시간 가까이 걸렸던 것 같아 주인장은 미안했던지 점심 먹었는지 물어보더라 먹지는 않았는데 먹었다고 말할 수는 없었어 배가 고팠거든 그러니까 식사하고 가라는 거야 일을 정리하고 있었지 여기서 가까운 산수야라고 있는데 거기서 백숙 한 그릇 했어 맛있었어 다 먹고 나오는데 이곳 주인장께서 한마디 하되 혹시 커피향 노트 저자 아니냐고 그러는 거야 책에서 봤다며 인사 주시네 나를 아는 사람이 여기도 또 있네 하며 생각했네

함께 밥 먹던 아이가 이러네 이제 형님 잘 볼 수 없는 거 아니냐고 눈 똑바로 보며 그러네 나는 어이가 없고 참 우스웠어 그래서 이랬지 오히려 더 많이 볼 걸 기기 더 많이 설치 가야 할 것 같고 힘든 일 더 많아질 걸 했지 우리는 한바탕 웃었지

하여튼 시가 뭘까 시는 그래 이렇게 쉽게 쓰면 안 될까 하며 생각했던 적 있었어

산속에 핀 꽃 / 鵲巢

꽃은 새가 바라보는 세상에 나와 앉는다 담은 꽃향기를 둥근 하늘에 띄운다
둥근 꽃향기는 구불구불 하늘 오르던 나무를 본다 나무줄기는 어느덧 자라 열정

의 꽃을 피운다 새는 그 꽃 위에 앉는다 열정의 꽃은 썩은 초심의 뿌리 하나를 자른다 자른 핏줄을 흙더미에 묻는다 담은 꽃향기는 맛있다 둥근 꽃향기를 마시기 위해 자른 초심에 희망을 접붙인다 빨갛게 핀 나비가 하늘 오른다 활짝 핀 꽃에 그 꽃향기에 산이 시작한다 꽃향기는 둥근 꽃향기처럼 둥근 하늘을 그린다 빼곡히 두른 산속에 꽃이 더욱 활짝 핀다

나는 올리브 당신은 뽀빠이 우리는 언제나 언밸런스, 당신은 시금치를 좋아하고 나는 먹지 않는 시금치를 요리하죠 그래서 당신께 시금치 편지를 씁니다 내가 보낸 편지엔 시금치가 들어 있어요 내가 보낸 시금치엔 불 냄새도 없고 그냥 시금치랄 밖에는 아무런 단서도 없지요 끓는 물에서 금방 건져낸 부추도 아니고 흙을 툭툭 털어낸 파도 아니고 돌로 쪼아낸 봉숭아 이파리도 아니고 숭숭 썰어서 겉절인 배춧잎도 아니에요 이것은 자명한 시금치 편지일 뿐이지요 당신은 이 편지를 받고 시금치 스파게티를 먹으며 좋아라 면발 쫙쫙 당기겠지만 나는 동네 공터에서 개똥을 밟아가며 당신을 위해 시금치 씨를 뿌리고 있답니다 시금치가 자라면 댕강댕강 목을 베어버리겠어요! 그때…… 다시 쓰지요.

—문혜진 시 「시금치 편지」 전문

여기서 시금치는 시금치처럼 파릇파릇한 젊음과 그 마음을 제유한 시어다. 시의 내용은 이렇다. 나는 올리브 같은 아내 당신은 뽀빠이 같은 남편. 물론 해석은 이렇게 하지 않아도 된다. 그러니까 올리브는 나의 현실, 뽀빠이는 나의 이상향으로 해도 괜찮다. 우리는 언제나 균형이 맞지 않아!

젊음을 좋아하는 우리 님이 있어요. 하지만 나는 젊어지고 싶어 노력한답니다. 그래서 당신께 편지합니다. 내가 보낸 편지엔 마음이 있어요. 그 어떤 것도 아닌 오로지 내 마음을 당신께 드려요. 이 편지를 받는 당신은 나의 마음을 삐딱하게 받아들일 수도 있겠죠. 하지만 당신은 다른 마음의 스파게티만 먹는군요. 나는 오로지 당신을 향한 마음뿐이며 개똥을 밟으면서도 젊음을 찾으려고 노력해요. 정말 나의 모습을 찾을 땐 그땐 당신의 목을 댕강 잘라버리겠어요. 그때 다시 쓰지요.

시를 좋아하면 특색 있는 시인을 만난다. 또 그 시인이 남긴 제법 알려진 시도 알게 된다. 나는 詩人 문예진의 「홍어」를 잊지 못하겠다. 한 번 읽었던 이미지가 어찌나 강하던지 그녀의 시집을 사 본 적 있다. 시인의 詩 「홍어」다.

내 몸 한가운데 불멸의 아귀
그곳에 홍어가 산다

극렬한 쾌락의 절정
여체의 정점에 드리운 죽음의 냄새

오랜 세월 미식가들은 탐닉해왔다
홍어의 삭은 살점에서 피어나는 오묘한 냄새
온 우주를 빨아들일 듯한
여인의 둔덕에

코를 박고 취하고 싶은 날

홍어를 찾는 것은 아닐까

해풍에 단단해진 살덩이

두엄 속에서 곰삭은 홍어의 살점을 씹는 순간

입안 가득 퍼지는

젊은 과부의 아찔한 음부 냄새

코는 곤두서고

아랫도리가 아릿하다

중복 더위의 입관식

죽어서야 겨우 허리를 편 노파

아무리 향을 피워도 흐르던

차안此岸의 냄새

씻어도

씻어내도

돌아서면 밥 냄새처럼 피어오르는 가랑이 냄새

먹어도 먹어도

허기지는 밥

붉어진 눈으로

홍어를 씹는다   —문혜진 시 「홍어」 전문

화성에서 온 남자 금성에서 온 여자, 엄연히 남녀 구별은 있다. 또 3+1, 1+3도 마찬가지다. 두뇌의 구조와 생각은 확연히 다르다. 여기서 홍어는 詩다. 스스로 무너질 때 시가 살아 숨 쉬는 걸 본다. 아찔하다. 독자의 즐거움 같은 것이다.

내 몸속에 불멸의 아귀 홍어 같은 시가 산다. 극단적으로 피어오르는 꽃향기에 주체할 수 없는 죽음은 곧 시다. 여인의 둔덕에 코를 박듯 그렇게 뚫어지게 바라보는 모니터, 온 우주의 시작과 끝은 하얀 홍어며 깜빡거리는 아랫도리만 세울 뿐이다.

깜깜한 돌파구 없는 오평의 큐브에서 그 어떤 상상의 시소가 알록달록한 별빛의 홍어만 본다. 그 구릿한 향과 아릿한 현실을 오버랩한 홍어, 이 밤 박하같이 탁 트인 백지에다가 까만 행성이 울울창창 기타의 현을 당긴다.

발가락 낀 때를 짓이겨 지나온 발자국 그리는 것도 침몰하는 밤이거늘 아! 그래도 홍어가 그립다. 그 아찔한 냄새와 동동주 한 사발은 잊을 수 없는 죽음이다. 술은 잊은 지 오래되었지만 딱 한 잔 했으면 싶다.

「시금치 편지」는 詩人의 詩集 『질 나쁜 연애』에 수록한 시며 「홍어」는 詩人의 詩集 『검은 표범 여인』에 수록한 시다.

새의 얼굴

    다분 다분하게 읽히는 詩集은 참 좋다. 그러면서도 삶을 생각하고 죽음을 생각하는 것은 그 행간과 여백만큼 깊다. 하루가 어떻게 가는지 모르겠다. 종일 다 다녀볼 수 없는 분점의 일과 몇 군데의 배송과 상담과 교육은 주어진 어깨에 하나같이 버거운 일이다. 하지만 그 긴 시간을 지나고 잠시나마 안식의 시간을 갖고 짧은 시를 먹는다. 이 짧은 문장이 절대 짧지만도 않은 것은 하루를 걸었던 것보다도 수일을 걷고 성찰한 시인의 마음이 고스란히 묻어 있음이다. 그만큼 나는 또 시간을 줄이고 삶을 더 생각하게 되었다.

    그러니까 내일을 더 욕심을 갖고 어떻게 살아야겠다는 마음이 서는 것이다. 詩人 윤제림 선생의 詩集 『새의 얼굴』을 읽었다. 소곤소곤 읽힌다.

    대여섯 살 먹은 여자아이와 서너 살 사내아이

    어린 남매가 나란히 앉아 똥을 눈다

    먼저 일을 마친 동생이 엉거주춤 엉덩이를 쳐든다

    제 일도 못 다 본 누나가

    제 일은 미뤄놓고 동생의 밑을 닦아준다

    손으로,

꽃잎 같은 손으로

안개가 걷히면서 망고나무 숲이 보인다
인도의 아침이다

─윤제림 시 「예토穢土라서 꽃이 핀다」 전문

예토란 불교용어다. 그러니까 더러운 땅이라는 뜻으로 이승을 말한다. 솔직히 시제에서 이미 화자가 말하고 싶은 의도는 다 나온 것 같다. 이승이라서 더러운 땅덩어리라서 꽃이 피는 것이다. 실은 저승에서는 꽃이 피는지 또 꽃이라는 것은 있는지 모를 일이다.

시의 내용을 읽어보면 더욱 아름다운 풍경이 전개된다. 남매가 똥을 누고 있다. 근데 먼저 눈 동생이 엉덩이 치켜들고 누이가 그 꽃잎 같은 손으로 동생의 밑을 닦아준다. 화자는 이 누이의 손을 꽃잎 같은 손이라 했다. 꽃이다.

더러운 곳을 닦아줄 수 있는 가족애를 담았지만, 인도의 미래를 이야기한다. 안개 같은 현실이지만 인도의 장래는 밝다. 아무래도 시인께서는 인도에 여행이라도 다녀온 듯싶다.

시를 읽을 때면 나는 나의 일기를 생각한다. 하루가 어떻게 갔는지 그 걸었던 시간은 소홀하지는 않았는지 누구에게 상처가 된 말은 하지 않았는지 말이다. 외근 다니면서도 손과 내 자리 옆에는 애인처럼 책을 꼭 놓아둔다. 그러면서 한 권을 틈틈이 시간 나면 읽는다.

　예술을 하는 사람은 보통 사람과는 다르다. 꼭 무언가 달라서 그런 것이 아니라 사물을 보고 직관하는 능력이 다름을 말한다. 모든 원인과 결과를 다른 쪽으로 돌려서 생각하지는 않는다. 자아의 범주에서 세상을 아름답게 볼 수 있는 능력을 스스로 갖춘 셈이다.

　철쭉꽃을 등에 진 할머니가
　톡,
　띄워올린다
　산수유를 업은 할머니가
　탁,
　받아올린다

　톡,
　할머니 둘이
　탁,
　배드민턴 치신다
　톡,
　한자리에 오뚝 서서도
　탁,
　셔틀콕 한번 놓치지 않는다

톡,

탁,

톡,

탁

톡,

같은 힘으로

탁,

같은 코스로

톡,

같은 무게로

탁,

톡, 탁, 톡, 탁

꽃 핀다.

―윤제림 시 「숙련의 봄」 전문

시의 행간을 본다. 행간의 여백과 여운과 그 미를 잘 갖춘 수작이다. 시제는 숙련의 봄이다. 연습을 많이 해서 능숙하게 익혀놓은 것을 우리는 숙련이라고 한다. 숙련의 봄을 보고 있다.

시는 두 할머니가 배드민턴하고 있다는 것이다. 젊은 날의 그 아름다웠던 세월을 다 등에 지고 탁, 톡 치면서 그 시간을 보듯 그렇게 운을 띄운다. 마치 이승의 삶을 받아치듯이 남은 한순간도 놓치지 않기 위해서 마지막 놀이를 하듯 그렇게 애착 있게 삶을 치고 있다.

그것은 같은 힘으로 같은 코스로 같은 무게로 삶을 노래하며 바라본다. 봄은 오고 꽃은 피고 그렇게 숙련이 되었다. 그러니까 자연은 숙련이다. 봄은 노래를 부르고 꽃피는 철쭉꽃 산수유처럼 그렇게 우리는 인생을 보고 있다.

그나마 행간은 긴 시간(톡, / 탁, / 톡, / 탁)이다. 종연은 아주 빠르다. 꽃은 그렇게 빨라지고 만다. 꽃은 여전히 피고 아름답지만, 톡, 탁, 톡, 탁 봄은 그렇게 빨리 갔다.

마지막 행의 꽃도 유심히 보라! 어찌 읽어야 할 것인가? 그렇게 유쾌하고 화사하게 볼만한 그런 시어 즉 꽃으로 보이지 않는 것은 왜일까? 또 다른 하나의 세계, 뚫고 들어가야 하는 문은 저리도 곱게 피었을까!

詩人마다 글의 특색이 있다. 詩人 윤제림 선생의 시는 삶과 죽음을 다시 생각게 하는 어떤 묘한 느낌을 준다. 시작법 또한 여러 있겠지만, 역설의 의미를 아주 잘 부각하고 드러내는 시인 윤제림 선생만큼도 없을 것이다. 선생의 묘한 글 매력이다.

에곤 실레 나비 3악장

시는 창고였다. 밀폐된 컨테이너 상자의 밝은 전등 하나 걸은 침대다. 각종 서류의 4단 서랍이다. 입지 못하는 사계절 옷을 담은 까만 봉지가 몇 봉지다. 나무 침대와 간이용 베개와 허름한 이불 같은 게 어쩌면 시다. 그러니까 시는 비정규직이다.

시는 보아도 보았다고 말할 수 없는 철창이며 멀미나는 문장의 절벽에서 기준 하나 없는 몽타주다. 실은 만질 수 없는 액정판이며 빼지 못하는 진흙 밭이나 다름이 없다. 그래서, 시는 더욱 물 위를 걷는 소금쟁이처럼 파장만 몬다.

시는 커피 담는 포타필터와 은빛의 탬핑기다. 떨어지려야 떨어질 수 없는 한 쌍이며 찾아드는 고객의 말 등에 업은 한 잔의 에스프레소다. 따끈한 물에 희석한 마음이며 말없이 그대 가슴을 적시는 물이다. 그러므로 물의 세계를 직관하고 그 물을 더 아름답게 보는 눈을 가진다.

시는 한마디로 증거 없는 죄다. 하얀 이 철창에 숨겨야 할 바람은 생명의 움트는 소리에 그만 참지 못한 조음調音 문자다. 흐릿하게 비춰 말하는 지하의 생경生硬이며 허공을 떠도는 사생아의 양생이다.

문장의 잔해가 볕의 비늘처럼 은빛 날 가른다. 그러므로 바람은 그 누구도 살해할 수 없는 죄며 진리를 바꿀 수 없는 달은 오늘도 뜬다.

문턱을 넘은 개미가 문턱을 넘는 개미를 보고 있다. 시란 무엇인가?

당신의 속초여자가 되고 싶었지 그리워만하기도 애처로워 그리움에 관한 세상의 통속한 말들을 모두 다 합친 게 바로 속초여자인 그런 속초여자가 되고 싶었지 눈이 오면 어스름 눈 속에 내리고 비가 오면 빗물에 몸 섞어 당신 어깨 뼈를 다 적시고 초록 팔찌에 매달린 두 개의 나뭇잎이든 나뭇잎맥에 새겨진 은빛의 의자든 그 무엇이든 되어 다시 당신에게 닿고 싶은 그런 속초여자가 되고 싶었지 당신의 선잠 속 먼지 낀 거미줄에 살아 무심한 바람에 허랑허랑 찢겨져도 좋았지 이제 얼음 섞인 눈발은 한량없이 쌓이고 진눈깨비 폭설 어디쯤 속초는 파묻혔나 억새로 엮은 비뚜름한 다리 건너 한 줌뿐이라도 한숨뿐인 당신의 속초여자가 되고 싶었지

–리산 시 「에곤 실레 나비 3악장」 전문

에곤 실레(1890. 6. 12~1918. 10. 31)는 표현주의 화가며 그림 '키스'로 유명한 구스타프 클림트의 제자이기도 했다. 그의 그림은 누가 보아도 특색이 있다. 그러니까 툭툭 튀어나온 뼈와 마치 고통을 호소하는 어떤 표정들 더군다나 그의 색깔로 그린 소녀의 누드 그림은 그가 살았던 시대에는 조금은 파격적

이었다. 왜냐하면 그 작품으로 인해 그가 살던 지방에서 추방당하기도 하고 어린 모델을 데려다가 부도덕한 그림을 그렸다는 이유로 유치장 신세를 지기도 했기 때문이다. 하지만 그는 오래 살지는 못했다. 스페인 독감으로 임신한 아내가 죽고 3일 뒤 실레도 그의 아내와 운명을 같이했다.

나는 에곤 실레의 화보를 본 적이 있다. 또 그의 전기를 읽은 적 있는데 우리나라 시인 이상이 떠오르기도 했다. 그의 개성은 이상만큼 독특했으며 천재적 기질이 다분했다. 하여튼, 그의 그림이 그 당시에는 파격적이었던 것은 분명했다. 그러니까 누구도 따라 할 수 없는 묘한 느낌과 분위기를 자아낸다.

그의 자화상을 한번 보라! 우뚝 세운 성기와 뼈대가 앙상한 자아의 모습은 그 어떤 부끄러움 같은 것은 없다. 오로지 화자가 무엇을 이야기하는지 읽어 볼 만한데 나를 희생하면서까지도 어떤 젊음을 얘기한 것 아닌가 하는 생각이다. 에곤 실레에 관한 애기는 여기서 그만 접자.

시제에 썼던 나비라는 시어를 잠시 보자. 나비는 몇 가지 뜻이 있다. 첫째는 곤충이다. 둘째는 피륙이나 종이 따위의 너비를 말한다. 셋째는 고양이를 부르는 이름인 애칭이다. 넷째는 누에와 다음이라는 뜻의 경상도 방언이기도 하다.

3악장은 솔직히 무슨 뜻인지는 모르나 대충 유추할 수 있는 어떤 느낌 같은 것은 있다. 그러니까 우아한 선율이라든가 강렬한 느낌을 준다든가 상쾌

한 기분을 얘기할 수 있다. 그러니까 음악적인 묘한 느낌과 분위기를 선사하는 것만은 분명하다.

나는 이 시집을 사서 읽는데 시인의 이름이 '리산'이었다. 그러니까 남성인 줄 알았는데 시의 내용은 '당신의 속초여자가 되고 싶었지'하며 시작한다. 여성이다. 다음의 시 내용은 특별히 해석하지 않아도 화자가 뜻하는 바를 우리는 알 수 있다.

에곤 실레의 묘한 느낌과 화자의 그리움을 오버랩한 작품이다. 詩 문장을 보면 '은빛의 의자든 그 무엇이든 되어 다시 당신에게 닿고 싶은 그런 속초여자가 되고 싶었지'라는 대목이 있다. 에곤 실레의 일종의 자화상을 생각해 볼 수 있는데 물론 시제가 '에곤 실레 나비 3악장'이라는 것을 염두에 두고 읽어야 한다. 에곤 실레의 자화상을 보라! 그리고 시의 문장을 다시 읽어보라! 어떤 남성상의 그리움까지 한 번 더 오버랩하라!

詩 문장에서 '은빛의 의자든'의 표현은 하나의 은유다. 그 또한 묘한 색깔을 자아낸다. 남성의 정액(사랑의 결정체)은 은빛이기도 하다. 물론 그런 뜻이든 아니든 크게 생각지는 말자. 여기서는 시를 말하는 것이니 읽는 독자의 몫으로 돌려야겠다. 오로지 시인은 은빛의 백지만 그릴 뿐이니 말이다. 다의성이다. 또한, 여기서 더 짚어 보아야 할 시어는 역시나 에곤 실레다. 에곤 실레는 마치 지시대명사이자 어떤 환유적 색채가 강한 시어만은 틀림없다. 그러니까 에곤 실레 같은 남자의 상이라든가 아니면 '그' 아니면 그림이나 묘사를 제유

한 시어이기도 하다. 물론 이 읽음도 독자의 몫이다.

에곤 실레의 이야기를 다소 했지만, 그를 가르쳤던 선생, 구스타프 클림트는 여성의 자위행위를 자주 그렸다는 것도 알아두자. 에곤 실레와는 달리 여자관계도 조금 복잡한 것도 사실이었으며 그는 평생을 반려자 없이 오로지 많은 모델과 관계를 맺어 왔다. 그의 그림 '키스' 가 유명하다.

詩人 리산의 詩集 『쓸모없는 노력의 박물관』 솔직히 다 읽어도 어떤 감을 잡기가 어려웠다. 여행을 다녀온 듯 느낌을 받기도 했다. 시제 국경과 수비대와 또 다소 많은 외국어는 그것을 대변해준다. 차분하게 읽히기는 하지만 그저 책거리다.

돌 하나 / 鵲巢

익사체
계곡처럼
뜻
없이
흐르듯이
일급수
가재처럼
가맣게

낚는

집게

오종종

물빛

어리는

알

폭

젓는

돌

하나

토마토

한 성城의 군주네 수만 개의 창을 대하는 반란班卵이며 침묵의 새가 기억의 산을 넘어 고백의 언덕에 앉아 내려 보는 구름이네 무엇으로도 덮을 수 없는 혓바닥 없는 유령의 모가지네 이승에 나는 날갯짓 소리가 땅 딛고 하늘 가르네

아직 부여하지 않은 이름의 보금자리며 우주의 영양분을 당기는 행간의 현장이네 그리하여 온전한 성체를 이루는 중심이네

툰드라의 순록이여 보이지 않는 하얀 눈 속의 지의류만 찾는 하늘 향한 뿔이여

그러니까 그대가 본 것은 빙산의 일각이네 어찌 보이지 않는 산을 다 말할 수 있으리까! 물 아래 둥둥 떠 있는 저 고깔모자의 밑은 닿지 않은 바다의 바닥을 들여다보는 잠망경이네 물의 흐름을 관망하며 물의 질량을 측정하는 그러므로 삶의 잣대 위에 선 꼭짓점이네

어찌 보면 가데기 창에 앉은 진화의 쇠파리네 문장의 깔개 밑에 숨죽어 살

다 간 긴 꼬리 쥐의 헌 갖이네 갖의 썩은 냄새를 몰아 부화한 구더기 잔재네 하늘 담은 호수네

　그 호숫가에 앉은 검은 수염이 간이 의자에다가 낙엽을 얹고 그 낙엽에 묻은 먼지를 하나씩 벗겨 내리기 시작하네 빗살 좋은 참빗은 더 선명한 머리에 이르렀고 가르마 놓인 눈의 살을 더 맑게 하였네

　하지만,

　까만 모자는 뱀의 꼭짓점에다가 잠망경이라도 달고 싶었네 수심 깊은 바다는 도무지 바깥을 볼 수 없었어 코끼리와 농게와 허밍과 고래와 더는 지지 않는 달과 춤추는 간이 의자의 노래를 듣고 싶었네 푸른 물결만 일렁이는 이곳은 오로지 새가 바라보는 세상일 뿐이네

　아! 새 난다 깜깜한 우주 점 하나 안 되는 아이스크림 그 위에서 파닥거린다 마약처럼 움푹 파인다 쥐약 먹은 생쥐처럼 눈빛 잃는다

　그러니까 시를 보세.

토마토 / 鵲巢

물 위 뜬

돛단배

노 젓는 물소리

오리발 장단 맞춰

지저귀는

새소리

꽃가루

날리는 강가

어리는 백조 한 쌍

두부

큰 도롯가 세차장이 허물기 시작했다. 까만 본네트bonnet에 묻은 하얀 새
똥을 닦기 위해서 그간 묻은 송홧가루를 씻어 낼까 싶어서 차를 몰고 나왔다.
어쩐 일인가 싶어 조금 더 내려가 차를 주차한다. 앞이 조감도다. 그러니까
옆집이다. 나는 걸어서 옆집에 가 주인장께 인사한다.

사장님 아! 어떻게 세차장 그만두십니까? / 네, 땅이 팔렸어요. / 그럼 이제
뭐 하시나요. / 팔공산에 들어갈까 싶습니다. / 그간 돈은 좀 벌었습니까? /
(싱긋이 웃으며.) 1억 투자해서 1억 건졌습니다. / 재계약하시죠 그랬어요. / 5년
만기라 나와야 합니다.

중장비 한 대가 세차장 마당에 턱 하니 앉아 갖은 철물을 뜯는다. 집게발이
한 옴큼씩 쥐며 놓았다가 뜯고 다시 오므리고 잘근잘근 구부리고 뭉쳐서 큰
트럭에다가 싣는다.

오늘은 제법 날이 좋아서 세차장에 많이 올 듯도 한데 그간 애썼던 사장은
구름 가득한 얼굴로 바라본다. 이제 여기 뭐가 들어옵니까? / 원룸 짓는다고
합디다. / 아! 네.

오늘은 세차하시는 손님도 제법 올 것 같았는데 썰렁한 하루 잇는가 싶었다. 한참 글만 파고들다가 호! 선생님 오신다. 그간 안 뵈었는지도 오래되었다. 하도 반가워서 드립 한 잔 내린다. 커피 수입과 커피 시장과 앞으로 커피 시장의 판도에 관해서 얘기 나눴다. 'SUCAFINA' 다국적 커피 회사다. 이 회사의 회사명이 왜 SUCAFINA인지 또 다루는 품목은 무엇인지 앞으로 국내 시장 도약은 어떠한 계획이 있는지 들었다. 선생님께서는 학교에서 무언가 연구하시다가 나오신 게 틀림없다. 매무새가 작업복 차림이었다. 또 저 위에 짓는 건물은 어떻게 되어 가는지도 소상히 물었다.

선거철이라 명함을 돌리느라 오가는 손님이 있었고 휴일이라 산책 삼아 나오신 손님도 있었다. 그저 아메리카노 한 잔씩 사 가져가고 나는 또 틈틈이 선생님과 대화를 나눈다. 앞으로 커피 시장의 판도가 조금 바뀌지 않겠나 하는 선생님의 우려하시는 말씀이 있었다. 그러니까 수입과 더불어 직접 볶아 파는 로스팅 업자가 많이 생길 거라는 얘기다.

이십 년 가까이 커피를 했다. 매년 신규업자가 뛰어드는 것을 보았고 매년 또 빠져나가는 업자도 숱하게 보았다. 만만치 않은 시장, 하지만 매년 이 시장이 신장세를 거듭한 것만은 분명하다. 커피 소비 매출 증가에 따라 바리스타 양적 성장도 더불어 이루었다. 더욱이 커피문화도 많이 향상된 것도 사실이다.

선생님께서 자리에서 일어선다. 커피 값 계산하시려고 하시는데 마다했다. 호! 선생님 다음에 식사 한 끼 사십시오. 또 들르겠다며 차를 몰고 학교로 들어가신다.

시를 읽다가 시에 가까이 들어갈수록 시의 끄트머리에 앉아 있는 것 같다. 그러니까 이십 년 가까이 한 커피를 보아도 그 끄트머리에서 중심에 들어가고자 애쓰는 광부의 삶 같은데 시라는 것을 딱히 정의를 내린다는 것은 과히 불가능하다는 어쭙잖은 말만 널어놓는다.

시는 온전한 성체다. 그 하나의 깃은 부분이자 온전한 것이다. 詩를 본다.

아침부터 시작한 철거작업반이었다. 오후 3시, 집게발은 분주하다. 이제는 얼추 다 뜯은 자본의 하이에나를 본다. 네 개의 세차공간은 이제는 바닥만 남았다. 굵은 뼈대 하나가 달랑거린다. 저 집게발은 마저 핥아서 취할 것이다.

오늘은 날이 조금 텁텁하기까지 하다. 잠시 팔짱을 끼고 목젖을 뒤로 젖는다. 전화다. 본부장님 저 뒤쪽에 모모씨 카페 아시죠. / 그래 어쩐 일로 일요일에 다 전화를 주고 / 커피 좀 볶아 달래요. / 케냐 커피구나. 그래 알았다. 고마워.

두부 / 鵲巢

모래는 강가에만 있는 게 아니다
두드려도 깨뜨릴 수 없는 벽돌 한 장
긴 바늘의 한 숟가락은 두부 한 모
광활한 땅의 중심
무너뜨릴 수 없는 모래성 받든다

우리의 인생은 모래성이다. 한 국가 경제를 받드는 소시민이며 대자본가 앞에는 미약한 상인이며 어느 순간 부서질지 모르는 나약한 마음의 소유자가 우리 인간이다. 온전한 나를 받드는 것이야말로 마음의 양식을 쌓는 것이겠다. 무엇이든 생각지 않으면 생활이 어렵다. 바른 지혜와 바른 실천만이 희망찬 내일을 당길 것이다.

노을을 그리며

하루 일 마치고 鳥瞰圖에 나와 앉아 있을 때다. 커피 마시며 있다가 뜬금없는 전화 한 통 받았다. 그전부터 늘 불만이 많았다. 내부공사를 맡았던 장 사장, 별 여자 별 남자 있겠나 하면서도 그냥 마 살지 하며 이야기했다. 하지만 그것만은 아닌 것 같다며 얘기한다. 막상 도장 찍고 보니 한 십 년이 도루묵이다.

노을이다. 그간 전화 못 했던 이유가 있었던 거다. 이제 다 끝냈다며 해는 산 밑으로 기어든다. 어스름한 초저녁은 길 건너 켜는 둥근 불빛만 본다. 아무리 보아도 이건 아니라며 반소매는 아직 이르기만 하다. 친권은 둘 다 갖고 양육비는 주기로 했다. 바깥에 오가는 사람은 땅 밑 동전이라도 찾듯 걷는다. 아직 미완성인 달만 그리며 노을빛 전한다. 데미타세에 담은 에스프레소 한 잔 마시며 있었다.

세무 일을 맡아서 하는 모모 세무사에 다녀왔다. 매년 일에 어려움만 더한 것 같은데 세금은 이상하게 더 느는 것 같다. 세금업무를 맡아서 하는 직원의 여러 가지 조언을 듣는다. '털어서 먼지 안 나오는 사람이 있을까요' 그렇지 먼지 안 나오는 사람이 있을까? 가끔은 한 번 털어보았으면 할 때도 있다.

한 권의 詩集을 읽어도 잘 이해가 되지 않을 때도 있다. 이해가 되지 않는다고 해서 책을 덮는 게 아니라 활자를 쳐 내려가듯 그렇게 눈도장 찍으면 시적 묘사를 찾기도 한다. 틈틈이 詩人 정다운 님의 詩를 읽다.

네 몸의 보형물처럼
이미 흡수된 거 같겠지만
터지고 엉겨 붙으면
다시 꺼내 놓고 싶겠지만

나는 여전히 여기 남아 있어
기어오르다의 b처럼
없다의 ㅅ처럼
네 입에서 더 이상 발음되지 않을 뿐
꽃다운 날들처럼
정다운 약국처럼
아무렇지도 않게 불려 나올 뿐

나는 너의 꽁무니에 매달린 흔적
붙이거나 떼어 낼 수 없어
뛰어 마치 거기 있었던 기관이
중심을 잡아 주기라도 할 것처럼
그렇게 너는 진화할 수밖에

누군가 너의 꼬리뼈를 만진다는 건

이제 너를 다 만졌다는 거

–정다운 시 「철자, 꼬리뼈」 전문

詩의 일 연은 보형물이 나온다. 보형물은 모양이나 형태를 잡아주는 물질인데 보통 실리콘 재질을 많이 쓴다. 이 문장은 직유로서 떼려야 뗄 수 없는 화자의 마음이다. 그러니까 형태미를 잘 갖추고 싶은 화자의 욕망이다.

詩의 두 번째 연은 b와 ㅅ가 나온다. 철자이자 꼬리표다. 그러니까 기어오르는 발바리처럼 기어오르는 book처럼 그 book의 앞 철자처럼, 한 문장도 쓸 수 없는 詩처럼 없다의 사랑처럼 사랑의 꼬리뼈처럼 당신의 입에서 더는 발음되지 않았다. 또 때로는 활짝 핀 꽃처럼 정감을 얻을 수 있는 약처럼 아무렇지 않게 불려 나오기도 했다. 그러니까 詩다.

詩의 세 번째 연은 시의 모호성을 띄기도 하지만 가끔은 詩로서 읽는다. 그러고 보니 나는 어찌 보면 너의 꽁무니 핥는 것이며 이것은 붙이거나 떼어 낼 수 없다. 이미 출판된 활자다. 화자의 그리움과 임에 대한 확신을 말한다.

詩의 네 번째 연은 행간의 꼬리표이겠다. 시를 읽고 이해를 했다는 것은 분명 태몽이다. 이 아이가 깨어나면 이는 또 명확한 진화다. 꼬리를 문 쥐가 꼬리를 물고 하얀 솔밭 길 간다.

詩를 읽고 感想하다 보면 쥐의 꼬리가 떠오른다. 보형물에서 생각이 나는 것이다. 여성의 측면에서 보는 보형물과 남성의 측면에서 보는 보형물, 그리고 이 보형물을 갖고 정치적 성향을 그린다거나 커피의 문화라든가 형태미를 잘 갖지 않은 어떤 하나를 그 미를 잘 가꾸고 보존하기 위한 시가 또 나올 수 있음이다. 그러니까 시는 시의 진화며 시는 그 자체로서 시를 설명하는 격이다.

詩人 정다운은 이 시의 종연에서 이미 그렇게 진술을 해놓고 있다. '누군가 너의 꼬리뼈를 만진다는 건 / 이제 너를 다 만졌다는 거'

詩 한 편을 제대로 읽는다는 것은 어렵다. 읽는 독자도 어느 정도 호감을 느끼고 읽는 것과 그렇지 않은 것은 많은 차이를 드러낸다. 마음을 먼저 내놓아야 한다. 상대와의 진술한 대화는 내 마음을 먼저 드러내 보여야 가능하다. 그 어떤 망사가 있어서는 안 되겠다. 누구의 꼬리뼈를 만졌다는 것은 행복이다. 그러니까 내면의 소통이자 그 소통은 또 다른 세계로 통하는 문을 열었다는 것이다. 이건 하루가 결코 짧지만도 길지도 않음이며 성찰이다.

鳥瞰圖 일 마치고 본점에 잠시 머물 때다. 본점장은 사진이 취미다. 휴일인가 보다. 산에 다녀와서 찍은 사진을 보여준다. 근데, 사진작가에 관해서 얘기한다. 어느 사진가는 카메라에 관심을 가진 듯 보이기도 하고 또 어떤 이는 자기만의 고집으로 다른 이의 작품을 거들떠보지 않는 이도 있다 한다. '사진기 한 대가 천만 원대 호가한 것도 있다고 그러는데 연장이 바뀌어도 사진은

그대로데요.'

나날이 옆에서 바라보고 있다. 사진이 서서히 눈에 들어온다. 물론 그의 여러 가지 기술적 언변도 있겠다. 하지만 그의 사진은 점점 묘한 느낌을 나에게 안겨다 준다. 오늘은 고사리 움트는 모습을 보았는데 옆의 연한 연두색 배경에 아기 손 같은 고사리 한 잎이 서서 일어설 듯한 모습은 무엇이라 형언할 수 없을 정도다. 마치 신화 속 또 한세상을 밀고 오르는 묘한 느낌이다.

그는 이런 말을 한다. '사진에 미치면 다른 사람의 작품이 들어오지 않는다고 한다.' 물론 어느 한 사람을 두고 한 말이다. 그의 주위로 사진 동호인이 많아서다. 정말 나의 작품을 잘 보기 위해서는 다른 이의 작품을 평하며 칭찬을 아끼지 않으며 흠이 있으면 그 이유를 설명할 수 있어야겠다.

너의 단식 앞에서

80년대 그 끝에 나는 대학에 들어갔다. 대학 생활 중 안 잊히는 것은 데모였다. 학기 시작하자 최루탄가스 마시며 하루하루 보냈던 기억이 난다. 하루는 도서관에 있을 때다. 총학생회장이다. 발걸음조차 떼기 힘든 그 조용한 관내에 어느 책상 위에 올라선다. 기말고사가 무기한 연장되었다며 외치는 모습은 지금도 생생하다. 이유는 군부독재정권 타도였다.

학교 정문에서 시내를 거쳐 역까지 행군한 적도 있으며 그 와중에 마신 최루탄가스와 화염병은 잊지 못할 추억으로 남았다. 詩人 정호승 선생의 詩集 『새벽편지』 그때 그 시절을 떠올리게 한다.

마음이 곧아야 산을 넘는다
마음이 곧아야 별이 보인다
산허리에 걸린 초승달 같은
시대의 나그네여 새벽의 아들이여
너는 어느 겨울밤의 따스한 불빛이었나
낙엽들은 다시 모여 화염병을 던지고
바람은 침묵 시위를 하며 거리를 지나가고

해는 저물어도 꽃은 피지 않는데

마음이 곧아야 산을 옮긴다

어둠을 밟고 가야 별이 빛난다

-정호승 시 「너의 단식 앞에서」 전문

학우들의 단식투쟁을 본다. 80년대 학교를 다녔던 세대들은 한 번은 겪었을 것이다. 우리는 무엇 때문에 그리도 맞서 싸울 수 없는 국가나 자본주의 앞에 피를 뿌렸을까! 그때의 인권운동이 없었다면 지금의 문화수준까지 발돋움하였을까! 옛 추억을 떠올리게 하는 시 한 편이다. 마음이 곧아야 산을 옮긴다. 어둠을 밟고 가야 별이 빛난다. 어쩌면 시는 시대를 대변해주기도 하지만 그 아픈 기억은 지금의 삶을 더 각성하게 한다. 그렇지 힘이 들면 얼마나 힘이 든다고, 마음이 곧아야 산을 옮긴다. 삶을 연명하는 것도 꿈이며 더 큰 대업을 이루는 것도 꿈이다. 모두가 마음이다. 그 마음이 곧아야 한다.

밀양 간다 / 鵲巢

밀양 간다 물방울 한 방울 더치

뻥 뚫은 자동차도로 시원스레 달리며 간다

촘촘 담았던 커피 물방울 한 방울 더치

폭 적신 습자지 한 장 깐

폭폭 닿는 발걸음으로 간다

바비보 비바체 바라보 휘바비

시원스레 달리는 차에 멀미의 현장

물방울 한 방울 더치

그래 밀양 간다 산천은 저리 푸른데

낯빛에 올려다보는

탁탁 닿는

긴 터널 같은 문장, 또박또박 끊으며 간다

저 흰 선의 중앙선 쑥떡 쑥떡 핥으며

네 바퀴 바닥 훑고 간다

닦는 영업의 혓바닥

얇은 도시락 깐다

까며 보며 훑으며 가는 밀양

그 나비의 끝 표충사 앞

산자락에 놓인 카페 에르모사 똑바로 찾아간다

    밀양에 왔다. 주문한 커피를 싣고 왔다. 개업은 해도 아직은 찾아오시는 손님은 없다. 최상의 설비와 숙련된 기술로 하루를 준비하고 하루를 맞는다. 이제 갓 태어난 삶은 고단한 인생역정의 길이 눈에 탁 들어온다. 남 밑에 있을 때하고는 다를 것이다. 모든 것이 눈에 들어올 것이며 하나같이 달리 보는 눈을 갖게 될 것이다. 아무튼, 새로운 경험, 그 경험의 질을 높여 가길 바랄 뿐이다.

눈 오는 날의 거지보다

비 오는 날의 거지가

더 불쌍하다

겨울 무논에 얼어 죽은 거지보다

보릿가을에 굶어 죽은 거지가

더 불쌍하다

새들이 날다가 떨어지고

강물이 흐르다가 그치는

개목련꽃 피는 봄날에

집 없는 거지보다

길 없는 거지가

더 불쌍하다

–정호승 시 「거지」 전문

시인의 시 한 수가 가슴을 후려치고 간다. 집 없는 거지보다 길 없는 거지가 더 불쌍하다. 품바의 얘기를 빌어 한 대목 쓴 적 있다. 그러고 보니 우리는 현대의 품바다. 나의 밥그릇을 옹호하고 동냥의 수위를 높이고 나의 세력을 넓혀야 그나마 유지하는 밥그릇 정도는 지킨다. 우리의 삶은 목적이 있어야 겠다. 물론 그 하루 걷는 길은 쉽지 않은 길이다. 외롭기도 하다. 하지만 내 가는 길의 사명감을 다시 새기자. 나의 북극성은 깜깜한 밤하늘에 여전히 나를 지켜보며 떠 있다. 걸어라. 계속 걸어라. 그대여.

얽히고설킨 자본관계 속에 내가 있다. 내가 만든 거미집에 복잡하게 엮은 그 거미줄에 놓인 삶이다. 시간은 금이다. 그만큼 귀한 시간임을 알기에 나는 오늘도 詩集을 읽는다. 아무도 찾지 않는 현실을 구태여 외면하고 싶지는 않다. 무언의 깃발이 얼마나 표적이 되어서 화살을 맞을 수 있을까! 그런 행복은 없어도 이 깃발이 나의 향수에 쫓는 작은 몸짓이었음을 그래도 이 몸짓에 인해 나는 살아서 행복하였음을

鳥瞰圖 일 마치고 오래간만에 마트에 갔다. 과일 하나 살까 싶어서. 요즘 나오는 과일이 참외인가 보다. 노랗게 탐스럽게 익은 열매가 투명한 랩에 싸여 있다. 그간 김치찌개 안 먹은 지도 오랜 듯해서 고깃간으로 발길 옮긴다. '사장님 돼지고기 5천 원치만 주세요.' 비닐봉지에다가 담아주신다. 계산대에 가 계산하는데 너무 오래간만에 온 거라 포인트 적립카드가 있었는지 깜빡한다. 계산대는 휴대전화기 끝자리 네 자리 번호를 불러주세요. 한다. 친절한 금자씨다.

어쩌면 나는 시를 사러 갔다가 시의 곁도 함께 사서 시에 가 계산하며 시를 떠올렸는지도 모른다. 그러니까 시는 하루 먹을거리며 그 하루라도 먹지 못하면 허기가 진다. 시를 넣고 시를 썰고 갖은 시를 듬뿍 넣어서 짜글짜글 지지면 맛난 시가 되니 시 한 그릇 듬뿍 담아서 맛나게 시를 퍼먹다 보면 하루

가 듬뿍 하다. 그래서 시는 생산이며 교환이며 소비며 더 윤택한 삶으로 나아가는 하나의 방법론이다.

바깥에

바깥에 내놓은 목재 의자에 나와 앉은 본네트 본다. 두꺼운 어둠을 당기며 눈인사한다. 눈은 나와서 목재 의자에 앉는다. 고사리는 안전하다고 얘기한다. 미사리는 아직도 못 믿는 눈치다. 염치불구하고 한 치 앞도 가름하지 못한 빗길 열어 본다. 또박또박 한 자씩 읽는다. 가뭄인 한길도 이는 하얗다. 한길 좀 못 미친 눈은 두꺼운 어둠 속으로 간다. 그래 수고해!

킬링타임

나이가 많은 그러니까 중년 시인의 책보다 젊은 시인이 낸 책에 더 관심이 고 선뜻 손이 가는 이유는 무엇일까? 그건, 그건 말이다. 생동감 있고 톡톡 튀는 시어가 새로운 문체를 낳으며 읽는 이에게 그만큼 운과 더불어 시 맛을 돋우기 때문이다.

바쁜 일상에 얼핏 바라보는 문장의 산뜻함은 졸음을 잊게 할 만큼 효력을 가진다. 시의 새로운 배경과 경험의 소산은 마치 가보지 못한 어떤 휴양지를 본 것이나 다름없겠다.

詩人 서효인의 詩集 『소년 파르티잔 행동 지침』을 틈틈이 읽었다. 그의 톡톡 튀는 시 한 수를 특별히 선별하기에는 괜스럽다. 시 한 편 한 편이 읽기에 다 좋았다. 이 시집의 서시 격인 제일 앞 장 첫 시를 필사한다.

한때 이곳은 인류의 평화를 기원하던 육교였네 성화 봉송 주자가 내 발밑으로 지나가던 날이었지 올림픽 심벌은 닷 냥의 쩐錢이 겹친 그곳을 둥글고 깊게 핥아 주는 음란의 현장일지도 몰라 동원된 언니 오빠들, 아테네의 노예가 되어 꽃을 흔들 때, 할할대는 노예의 겨드랑이 사이로 나는 보았네 시간을 죽이는 성

화의 불꽃이 활활, 그리고 지금 다시 육교 위

　인류의 평화는 여전히 활활, 타오르고 쌍팔년 담배는 절판되고 육교에는 아
직도 성화가 활활, 시간을 죽이네 한나절을 엎드려 육교를 지키는 마라톤 병사,
두 손 모아 이황류類의 지폐를 봉송하는 병사의 겨드랑이 사이로 나는 보았네
가난을 관음하는 음란의 시간들, 현정화의 스매시보다 김재엽의 업어치기보다
빠르게, 죽은 시간들이 오륜을 그리며 어린이처럼 앞으로, 앞으로 전진, 전진.
　　　　　　　　　　　　　　　　　　　　　　　-서효인 시 「킬링 타임」 전문

　시의 서두는 화자의 정신적 세계이자 시적 묘사며 이미 굳은 시의 세계다.
묘사를 본다. 여기서 육교란 육교陸橋일 수 있으며 육교肉交일 수도 있다. 그러
니까 시적 묘사를 탁월하게 표현할 수 있는 동음이의어다. 어쨌거나 이 육교
는 인류의 평화를 기원했다. 그러니까 확장은유다. 알고 보면 자아의 심적 안
정을 기한 것이다.

　다음 문장은 올림픽 심벌은 ~일지도 몰라, 올림픽 심벌은 다섯 대륙을 상
징하는 기호다. 그것이 마치 닷 냥의 전이 겹쳐 보이기도 하다. 하지만 여기
서는 묘사로 보는 것이 좋을 듯하다. 그만큼 세계 곳곳 훑어보겠다는 화자의
욕심을 볼 수 있음인데 즉 시인의 눈빛이겠다.

　'음란의 현장', '동원된 언니 오빠들', '아테네의 노예가 되어 꽃을 흔들
때' 이는 성화의 불꽃이며 시를 이루는 요소다. 성화의 불꽃은 시 문장의 은

유다. 덧붙이자면 시 후반부에 쌍팔년 담배를 유심히 보자. 그러니까 동전 다섯 개 겹쳐 놓는 것과 담뱃값 정도, 거기서 착안한 시적 묘사를 떠올릴 수도 있음이다. 88라이트 담뱃값이 2,500원쯤 할 때가 88올림픽 때인가 하며 생각하게 한다. 그리고 지금 다시 육교 위

이 시의 후반부는 시에 대한 집착과 시의 열정으로 보아야 좋을 게다. 인류의 평화는 여전히 활활, 그러니까 시에 대한 화자의 마음은 여전히 뜨겁다. 88담배는 다 떨어졌고 백지와 화자와의 육교는 시 문장으로 활활, 이러면서 시간은 자꾸 죽고, 그러면서도 마라톤 병사처럼 쟁일 끄는 나의 인내심, 두 손 모아 이황류의 지폐를 결국은 마라톤 병사처럼 마트로 봉송하며 그러면서 언뜻 생각이 읽히고 그건 현정화의 스매시보다 김재엽의 업어치기에 비할 만큼 빠르게 지나니, 언뜻 사라질 듯한 시를 얼른 낚아야 함을 그것으로 오륜에 맞게 동심을 잃지 않으며 그려내는 것이 시인의 일인 것이다.

> 백 원만 하는 너
> 몰라보는구나 나를
> 국민 체조와 국기에 대한 맹세를 콧물과 함께 흘리던 교문에서
> 미친년이라고 아무리 놀려도 백 원만 백 원만 했다 넌
> 기억나니 넌, 고학년 오빠들이 아랫도리에 손을 찌르며
> 오락하듯 백 원을 넣고 흔들 때도 장마처럼 침을 흘렸다 넌
>
> −서효인 시 「광기의 재개발」 부분

이 詩에서는 어떤 리듬 같은 게 있다. 그러니까 '백 원만 하는 너' 이 리듬 때문에 이 詩를 살리며 또 읽는 맛이 난다. 우리말은 이렇게 리듬(운)이 따른다. 모 지역이다. 아래에다가 글을 적어도 되는지는 모르겠다. 아마 그분이 읽어도 꽤히 좋아하시리라!

그러니까 상호가 '북 치기 박치기'였다. 물론 상표 특허도 가지고 있으며 체인사업까지 해 보려고 했다. 하지만 그 생각은 일찍 접었다고 한다. 물론 책임감 때문에 받아들이지 않은 것도 있겠지만, 영업이 좀 되다 보니 얼토당토않은 자리에다가 내겠다며 나서는 사람도 적지 않았다고 한다. 종목은 퓨전식 노래방이다. 꽤 사업이 잘되었으며 그 지역에서도 익히 모르는 분이 없을 정도로 덕망도 쌓았다.

리듬(운)은 파장이며 파문이다. 개그맨들의 유행어 창조와 그 유행어를 애써 알리려는 노력을 본다. 또한, 잘 알려진 유행어는 그 개그맨을 살리기도 한다. 詩가 무엇인가? 하며 생각한다. 절대적인 개인의 노래다. 문장의 진화를 우리는 보고 있다. 하지만 그 읽히는 맛은 리듬이어야겠다.

'백 원만 하는 너' 화자의 소싯적 어떤 경험이 묻어나는 시다. 그러고 보니 화자와 나와의 차이는 십 년이다. 나는 십 원 때였다. 소풍 갈 때는 이십오 원이었고 눈깔사탕이면 꽤 만족했다. 지금은 눈깔사탕을 매일 먹을 수 있다. 본점 바 앞에는 종발10)에다가 누구나 뽑아 먹을 수 있게끔 꽂아 놓았다.

고인이신 천상병 시인께서는 제법 친한 사람만 보면 '이백 원만' 했다고 한다. 이백 원이면 막걸리 한 사발 사드시고 나머지 백 원은 아이들에게 사탕을 사줬다고 한다. 그렇다고 아무나 돈을 받으신 건 아니다. 시인이자 모 편집국장이었는데 천상병 시인께서 이백 원만 했더니 오천 원을 주신 것이다. 그 앞에서 박박 찢었다고 한다. '나는 사람 돈만 받는다'며 역정을 내셨다고 한다.

커피를 생각하는 만큼 시를 생각해야 한다. 어쩌면, 그 이상을 생각해야 될지도 모른다. 시와의 일치다. 시는 언어의 조합으로 빚는 창작이다. 삶을 아우르는 시작은 가장 독창적이며 내가 이룬 삶까지 빛내는 일이겠다.

우리가 흔히 사용하는 언어가 좋고 나쁘고 한 게 있을까! 그 언어를 어떻게 이용하고 살리느냐가 중요하다. 아이들이 나서 사용하는 언어는 우리 어른들이 들어 이해할 수 있는 언어는 없다. 그것을 어떻게 받아들이고 이해하느냐에 따라 소통이 있겠다.

나와의 소통이며 안정이다. 완벽한 토기를 빚을 때까지는 계속 습작이다. 인생은 습작뿐이다. 그 습작 속에 갖은 양념을 첨가하며 그 양념을 빚기 위해 삶을 추구하며 일선에 더욱 노력하는 행위야말로 가장 아름다운 신의 작품이겠다.

밤늦게 모모 점장님께서 다녀가신다. 오늘만 두 번째다. 주문한 커피가 있었다. 케냐, 만델링, 킬리만자로, 수프리모, 블루마운틴 주문이 있었다. 여간 바빠서 다 볶지를 못했다. 오후 늦게나마 일을 마칠 수 있었다.

가끔은 이런 생각을 떠올릴 때도 있다. 전체와 부분, 그리고 부분과 전체, 그리고 경쟁력이다. 나는 시장에서 또 일개 개인으로서 얼마만큼의 경쟁력을 갖고 있나 하며 생각한 적 있다. 얼마나 주체적이며 거기다가 독립성을 갖췄는지 그러면서도 상호보완적으로 시장을 엮어 나가는 힘은 있는지 생각해 본다.

내 가족과 나, 내가 만든 조직과 나, 내가 머무는 시市와 나, 내가 사는 국가와 나, 더 나아가서는 세계와 나, 그 속에 진정한 '나'가 있는지 말이다. 나는 필요한 존재인지 없어도 잘 돌아가는 시스템인지 생각해 보아야 한다. 진정 참된 경쟁력을 갖췄다면 어디서든 적응할 수 있으리라! 詩가, 이 詩가 내가 나가는 길에 좋은 횃불이었으면 좋겠다.

10) 종지의 경상도 사투리. 나는 경상도 사람이라 이게 표준어다. 그냥 쓰겠다.

실종에 관한 보고서

창밖을 보라! 너무 의자에 앉아 있거나 컴퓨터나 책만 바라본다면 사람은 우울해지기 쉽다. 맑은 하늘을 보거나 구름 낀 하늘을 보라. 가만히 보고 있으면 모든 게 신비하지 않은 것이 없다. 가볍게 부는 바람도 마찬가지다. 피부에 닿는 그 느낌은 무의식적일 때보다 의식적일 때 바람의 세기라든가 촉감이라든가 바람의 이야기를 들을 수 있다. 세상이 모두 아름답게 보일 때 우리가 찾는 행복도 거기에 있다.

대화를 즐겨라! 하얀 면상을 보고 나와의 대화는 무엇보다 중요하다. 그저 아무거나 이야기하듯 그렇게 적어라! 적다 보면 시적 묘사를 찾을 수도 있다. 그러니까 바람이 분다. 이렇게 한 문장 써놓고 보면 화자의 마음을 옮겨 놓을 수 있는 좋은 묘책도 나올 법하다. 바람이 분다고 하면 진술이지만, 시적 묘사를 굳이 끌어내자면 바람은 하얗게 분다. 표현할 방법은 많다.

물론 주어는 바람이며 동사는 '분다' 이다. '분다' 의 동사를 화자의 의도하는 방향으로 다르게 표현해도 좋다. 예를 들자면 '뜬다', '속삭인다', '마신다', '자란다', '씻는다' 등 여러 가지 표현이 가능하다. 거기다가 앞뒤 상관관계에 맞게끔 문장의 은유를 심는 수식어를 첨가하면 화자가 의도하는 시작법을 충분히 이끌어 낼 수 있다. 시는 비유다. 비유를 적절히 잘 사용하면 맛깔스러운 문장을 만들 수 있다.

바람은 꽉 막힌 깡통에다가 하얗게 속삭인다. 바람은 빈 깡통을 하얗게 마신다. 바람은 좁은 깡통에 낀 녹을 먹으며 하얗게 자란다. 바람은 더러운 깡통을 하얗게 씻는다. 물론 문장의 방법론을 제시한 것뿐이다. 시적 묘사이자 환유적 표현이다. 그러니까 위 문장에서 보면 바람이라는 단어는 새로운 의미를 갖게 된다.

바람은 첫째 간절한 마음을 표현할 수 있고, 둘째 기후 변화에 인한 공기의 움직임을, 셋째 길이의 단위로, 넷째 속어가 있다. 바람의 원래의 뜻과 문장 속에서 뜻은 확연히 다르게 이끌 수 있다. 물론 원래의 뜻을 크게 손상하지는 않는다. 여기서는 직유로서 '바람처럼'이라는 암묵적인 의미를 담을 수 있음이다.

날씨가 화창해서 창가에 가 잠시 바깥 공기 쐬며 있었다. 맑은 하늘 보다가 느낌을 한 줄 적는다는 게 그만 길어지고 말았다. 자연을 가까이해 보았으면 싶다. 집에 강아지나 고양이 한 마리 키우는 것도 그렇고 난이나 화초를 키워 보는 것도 좋다. 그들과 진정한 대화를 나누어 보라! 생각보다 우리가 하는 말을 잘 알아먹는다.

나는 난을 곁에서 키우고 있다. 물론 카페에 가면 많은 화초가 있다. 하지만 유독 이 난만큼은 옆에 두고 본다. 그리고 무심코 바라보며 대화창을 열어 둔다. 하루라도 물 주는 것을 잊지 않으며 하루라도 영감을 받지 않은 날이 없다. 하루 삶의 시작을 알린다.

詩人 여태천 詩集을 만났다. 나는 詩集을 특별히 선별하는 것이 아니라 무작위로 뽑아 클릭하였다. 그중에서도 조금 젊은 詩人의 글을 많이 선호하는 편이지만 꼭 그렇지만은 않다. 詩人 여태천은 두 번째 만난다. 지난번 그의 詩集『스윙』을 읽고 감상문을 적어 올린 바 있다. 이번 詩集은 전에만큼 큰 영감을 받지는 못했다. 물론 나의 독서력이 전에만큼 곱지 못함도 있겠다. 하여튼 그의 詩 몇 편을 필사하며 느낌을 적는다.

누구도 취향과 결벽에 대해 모르며

누구의 사실과 비밀을 이야기하지 않으며

누구는 눈마저 마주치지 않는다

누구나 안경을 계속 바꿔 쓸 뿐이다

여든 개의 안경점에서

아흔 개의 안경을

뿔테안경과 무테안경과 알 없는 안경을

차례로 써 보아도

누구도 세계를 가지지 못한다

안경은 누구의 발견이 아니다

누구는 볼 수 있을 것이라고 믿지만

누구의 것이 아니므로

누구를 기다리지 말아야 한다

                    −여태천 시 「실종에 관한 보고서」 부분

이 시에서 주목할 시어는 당연히 '누구'다. '누구'는 인칭대명사다. 여기서는 환유적 성격이 강한 시어임은 틀림없다. 그러니까 무엇을 환치시켜 비유해 놓은 것이다. 그러면 문맥의 앞뒤를 살피며 다시 읽어 보는 것이다.

우리가 詩를 짓는다는 것은 무엇 때문일까? 마음이다. 혹자는 마음을 다스리기 위해서 혹자는 창작의 기쁨 같은 것을 누리기 위해서 한다. 물론 이것도 결국은 마음을 다스리는 것과 다름이 없다. 그러니까 시는 마음이다. 그러면 위 시 문장에서 누구라는 시어의 표현은 누구라는 인칭 즉 불특정 다수를 의미함과 동시에 그들의 마음이나 양심을 표현한 것이리라!

시제가 실종에 관한 보고서다. 그들의 양심은 곧 나의 마음이며 우리들의 양심인 것이다. 그 마음의 실종이겠다. 그러면 앞뒤 문장이 얼추 맞게 들어간다.

여기서 안경이라는 시어를 한번 확인하자. 안경의 뜻은 시력이 나쁘거나 먼지나 햇볕을 막기 위해 쓰는 물건이다. 하지만 시 문장에서는 이차적인 뜻으로 변이됨을 볼 수 있다. 그러니까 일단은 안경은 무엇을 막기 위해 쓰는 물건이라는 것쯤의 확장은유로 마음을 가리는 어떤 가름막 역할임을 볼 수 있다.

방금, 민트초코스무디라는 주문을 받았다. 나는 얼른 주문받은 메뉴를 만든다. 그러니까 하나의 음료를 만드는 것도 시를 짓는 것과 다름없다. 스무디 Smoothies라는 말은 얼음을 분쇄하여 마시기 좋게 만든 음료의 일종인데 메뉴의 이름에서 이미 무엇이 들어가는지 다 표현을 해 놓은 셈이다. 무엇인지는 모르나 민트가 들어가겠고 초코가 들어간다는 것이다. 그 다음은 민트시럽이냐 민트 파우드냐 초코소스냐 초코파우드냐 그 속성은 조금씩 다르다. 그 다름을 안다면 다른 집보다 더 맛있는 음료를 만들 수 있음이다.

시도 마찬가지다. 한 편의 시를 짓기 위해서 그 시어의 속성을 제대로 안다면 더욱 맛깔스러운 시를 지을 수 있음이겠다.

그대의 속옷에 묻은 땀
뜨겁고 진실하지만 아무도 모르는 것

어제의 얼굴이
오늘의 얼굴에 굴복할 때
얼룩은 번지고
번져서 진화한다

−여태천 시 「얼룩」 부분

詩題 얼룩은 화자의 관점이며 중심이다. 그 내면의 얼룩이다. 詩 2연을 볼때 어제의 얼굴이 / 오늘의 얼굴에 굴복할 때 / 얼룩은 번지고 / 번져서 진화한다. 물론 시인마다 글의 특색이 다르겠지만, 어느 정도의 진리는 일맥상통할 때도 있는 것 같다.

그러니까 며칠 전에 적은 감상문에 올려놓은 글이 있다. 정다운 님의 詩「철자, 꼬리표」 3행에 보면 나는 너의 꽁무니에 매달린 흔적 / 붙이거나 떼어낼 수 없어 / 뛰어 마치 거기 있었던 기관이 / 중심을 잡아 주기라도 할 것처럼 / 그렇게 너는 진화할 수밖에 라고 적고 있다. 어찌 보면 같은 진리를 표현한다.

詩 해석은 굳이 할 이유가 없다. 정다운 님의「철자, 꼬리표」에 이미 그 느낌을 적은 바 있어 생략한다.

책은 명확한 진리며 북극성이다. 그 어떤 마음의 혼돈 같은 것도 일으키지 않으며 한 사람만 바라보며 이끈다. 언제나 늘 그 자리에 있다. 마치 벗어놓은 신발처럼 우리를 바라보고 있다. 신발을 바라보는 우리의 마음이 구름처럼 바뀌는 것이다. 그러니까 외롭다거나 우울하거나 즐겁거나 괴로운 것이다. 그 마음을 한 마디로 수용하며 다스리는 것이 신발이다. 신발을 신고 나서라! 신발은 늘 그대로다.

그리움이라는 것은 여러 가지 원인으로 발생하는 애타는 마음의 표현이다. 우리는 시인이기에 앞서 사람이고 사람이기에 앞서 동물이다. 동물과 다른 것은 영혼이 있기 때문이다. 영혼이 있기에 감정이 있다. 감정은 마치 구름 같은 거라서 미묘하게 엮이고 흩어지다가 다시 뭉치기도 한다. 비는 구름의 시너지가 아주 격할 때 내리는 것이다. 어찌 보면 시인은 그 비를 표현하는 것인지도 모른다. 그래서 시인은 그 비를 통해서 하늘을 대변하며 하늘을 이야기한다. 하늘은 신의 영역이다. 시인이 사회에서 추대 받고 명망을 받는 이유는 그 이유도 있음이다. 어쩌면 나는 그 신의 영역을 자꾸 침범하는 것인지도 모른다.

나는 시인이 아니다. 나의 글을 처음으로 사회에 내놓을 때도 '글꾼'이라 표현했다. 한때 글을 배우겠다고 시마을에 처음 들어와 모 선생께 인사 올리며 시인님이라 적어 올리자 호되게 꾸지람을 들은 적 있다. 시인? 우리는 시인이라는 단어를 한번 생각해 보아야 한다.

조감도 일 마감보고 본점에 들어간다. 본점장께 시원한 아이스커피 한 잔 청한다. 그리고 사진 몇 장을 본다. 사진 기술도 신의 영역을 침범하는 것은 시와 별반 차이가 없다. 우리는 사진을 보면 사진의 본모습만 본다. 실은 그 여백과 여백의 허상과 반영과 그림자를 읽을 때 제대로 된 눈을 갖게 된다. 시란 무엇인가! 사람의 영혼이다. 그 영혼의 여백과 허상과 반영과 그림자를 읽을 때면 얼마나 소름 돋는 일이 벌어지는가!

시인이시여! 놀라지 마시라! 인생은 짧고 예술은 길다. 신에 더 가깝게 가려는 인간이시여! 어찌 그리 빨리 가시려 하나이까! 때 되면 어지간히도 가려니! 쉬엄쉬엄 주위를 돌보며 가시라!

아이스 컵 뚜껑은 / 鵲巢

아이스 컵 뚜껑은 왜 투명한 것이어야 하나 하며 생각한 적 있었네 얼음과 물과 또 그 속에 담은 음료의 모양을 아이스 컵 뚜껑은 왜 구멍이 나 있어야 하나 하며 생각한 적 있었네 얼음과 물과 또 그 속에 든 음료의 보호를 아이스 컵 뚜껑은 왜 우리를 보고 있을까 하며 생각했네 때와 장소와 계절의 노래를 아이스 컵 뚜껑에 꽂은 긴 빨대에 그 속에 든 음료를 쪽쪽 거리며 빨고 있으니까 아이스 컵 뚜껑은 빛처럼 투명하게 얼음처럼 시원하게 물처럼 촉촉하게 맛깔스러운 입맛 당기는 아이스 컵 뚜껑은 두 손 모아 둥근 얼굴이네

풍란

시를 읽으면 쉬운 문장이 있는가 하면 그렇지 않은 것도 있다. 어떤 비유를 썼든 단문이어야 하며 읽는 맛을 잘 우려내야 하겠다. 가끔 그렇지 않은 문장을 대할 때면 왜 내가 시를 읽고 있지 하며 생각할 때도 있다. 시를 읽고 느끼고 배우고 이를 통해 삶을 바라보는 직관이 생긴다면 분명 독자도 시를 아낄 것이다. 또 시를 배우는 학생의 처지에서 본다면 문장의 완벽성과 비유법을 조금 더 익히고 갔으면 하는 바람으로 읽는 경우도 많아서 한 권의 시집은 어느 정도 책임을 갖고 써야겠다. 많은 독자를 생각해서 심도 있는 글쓰기가 있어야겠다.

풍란 / 鵲巢

풍란 하나를 더 갖게 되었다.
두 개의 꽃대를 밀어 올린
만개한 꽃들
꽃이 향기롭다.

…… 작은 화분에 심은 딱 하나의

교육생 한 명이 스승의 날이라 풍란 하나를 선물한다. 두 개의 꽃대를 밀어 올린 만개한 꽃이 아주 향기롭다. 어떤 때는 교육이 행복할 때도 있으며 어떤 때는 지옥보다 더한 고통을 안겨다 주기도 한다. 배운 것을 잘 이용하여 나름의 길을 찾는 이에게는 더할 나위 없는 행복이다. 하지만 그렇지 않은 사람을 볼 때면 그 책임감은 이루 말할 수 없다.

제 갈 길 찾아가는 사람은 그나마 다행이다. 또 함께 걸으며 동조하는 사람이면 더욱 행복하다. 하지만 함께 걸으며 피해를 주거나 모욕과 비방을 하는 것은 나의 얼굴에 침을 뱉는 격이며 결국은 나도 죽는다. 일의 잘잘못을 상대에게 전가하는 사람이 많다. 잘못된 일의 원인을 분석하고 그 원인을 나로 돌려세우는 이가 있는가 하면 그렇지 않은 사람도 있음이다.

원칙을 깨뜨리고 사는 사람을 볼 때면 마음이 아프다. 인생은 쉽지 않은 길임은 틀림없다. 우리는 이 힘든 길을 함께 걷는다. 이왕이면 더 따뜻한 말 한마디로 이왕이면 나를 더 깨닫고 모두를 이해하는 마음을 가져야 할 것이다. 이 사회는 나만 사는 사회가 아니기에 그렇다.

한 권의 詩集을 열면 제일 먼저 보는 첫 詩는 그 시집의 서시 격이다. 서시는 시집 한 권을 대변해 주기도 한다. 나의 졸글의 모음집이지만 『카페 鳥瞰圖』 시집이 있다. 그 첫 시는 「커피 1잔」이다. 그러니까 「커피 1잔」만 읽어도 이 시집 한 권을 다 읽은 거나 마찬가지겠다.

나는 커피 일을 한다. 누구나 커피 일을 잘할 수 있도록 안내하기 위해서 『커피향 노트』를 지었다. 커피 일을 하다 보니 체인점을 몇몇 내기도 했으며 그 폐단도 보기도 한다. 경영은 쉬운 것이 아니었다. 나와 같은 사람이 있을까! 우리는 모두 사리 분별할 줄 아는 떳떳한 사람이다. 그렇지 않은 사람도 있다.

내가 만약 시집을 낸다면 첫 시는 즉 서시는 무엇으로 쓸 것인가? 주제는 무엇이며 어떤 형태미를 갖출 것인가?

마개

한 권의 시집을 읽고 고스란히 책꽂이에 꽂아두는 것은 슬픈 일이다. 다시 열어볼 수 있는 일은 묘연하기 때문이다. 하루에도 몇 권이 쏟아지는 간행물 속에 독자에게 사랑받을 수 있는 시집은 과연 몇 권이 될까 하는 생각 말이 다. 시집 한 권, 얼마나 오랫동안 읽히며 독자 곁에 머물 수 있을지 한번 생각 해 보자.

대학친구였다. 이름은 '박**'였다. 키가 아주 작아서 기억에 남는 친구다. 대학 다닐 때는 아주 친했다. 사회에 나와서는 여간 보기가 어렵다. 아니 솔 직히 말하자면 못 본 지 몇 년 됐다. 갑자기 친구 이름을 왜 대었을까 의아해 할 거다. 그는 취미가 있다. 우표와 지폐 수집가다. 아마 우리나라 몇 안 되는 사람에 들어가는 걸로 안다.

하루는 TV에 나온 걸 얼핏 본 적 있다. 대단하다. 그가 이런 취미를 가지고 있었는지 나는 몰랐다. 하루는 신권이 발행될 때쯤이었는데 일련번호에 따라 특별한 의미를 부여하는 것 같아서 은행 앞에 며칠을 줄 서서 원하는 지폐를 가질 수 있었다고 한다.

수집한 그의 취미는 돈으로 환산하면 꽤 된다. 그러니까 천 원권 지폐 한 장이 액면가 그 이상으로 거래됨을 보았다. 그는 취미로 모은 수집품은 애지중지하며 다룬다. 지문이 묻거나 이물질이 묻으면 상품가치가 떨어지기 때문이다. 하여튼 대단한 친구였다.

나는 잘 쓰나 못 쓰나 시를 읽고 시를 감평하게 되었다. 그러기 위해서는 시집을 수집하지 않을 수 없게 되었다. 물론 친구의 취미생활에 비하면 나는 아직 많이 어리다. 그는 아주 베테랑이다. 시작이 반이라는 우리의 속담도 있다. 그러고 보니 그 반이라는 것도 그리 중요한 것은 아니다. 마음이 중요한 것이니 하는 얘기다. 어느 정도의 취미생활은 다분히 필요하다. 시를 읽고 또 느낌을 남기고 나의 시도 한 줄씩 적을 수 있는 이 작은 공간이 가끔은 행복이다.

그러니까 시집을 수집하고 시를 쓰고 시 감평을 하며 사는 것도 괜찮다. 친구처럼 큰돈은 되지는 않더라도 어느 정도는 마음의 위안 같은 것은 있었어! 제법 재미가 쏠쏠하다. 수집에 관한 글을 적다 보니 주위에 이런 친구도 있다. 도자기 애호가다.

그는 경산 어느 골짜기 도예선생의 제자이기도 하다. 특별히 배우겠다고 해서 시작한 것은 아니다. 그저 취미와 무료한 시간을 다루고자 배운 도자기였다. 하지만 점점 선생의 중요한 작품을 하나씩 모으기 시작했다고 한다. 물론 집에는 도자기로 가득할 정도다. 왜 모으느냐고 물었더니 선생에 대한 예우며 투자라고 했다. 미소 지으며 언젠가는 이 도자기가 빛을 볼 때가 있을 거라고 했다. 미술도 마찬가지다. 유명한 미술가 곁에는 후원자가 있다. 이 후원자가 있기에 미술을 할 수 있으며 또 예술가의 재능을 무한 발휘할 수 있음이겠다.

물론 이 후원이나 팬을 떠나서 자기만의 취미를 갖고 노력하며 그 취미를 더욱 발전시켜 나가는 것은 더할 나위 없는 아름다움이자 예술의 승화다.

시집이라는 것이 딱히 자기에게 맞는 글이 있겠나 하며 생각 들 때도 있다. 입맛도 사람마다 다르듯이 글 취향도 각기 달라서 하는 얘기다. 그 와중에 읽는 시집 한 권은 봄바람이 살랑살랑 부는 아카시아 꽃 마당에 까맣게 흩뿌려 놓은 볶은 커피를 들여다보는 것 같았다.

詩人 윤의섭 詩集 『마계』를 만났다. 마계라는 시집 제목도 어찌 보면 소리 은유로 읽히기도 한다. 그러니까 마계가 아니라 마개로 말이다. 병뚜껑 정도니 구멍 뻥 뚫은 병을 막아야 하는 병뚜껑 말이다.

아프지 않은데 눈이 온다
슬프지 않은데 꽃을 피우는 蘭도 있다
처연하게 노을 지거나
부른 적 없는데 달이 뜨는 날도 있다
하마터면 마른 낙엽 이리저리 몰고 다니는 바람길 따라

간신히 그어진 지방도 깊숙이 사라져 갈 뻔도 했다

보고 싶은데
결코 나타나지 않는 풍경도 있다
풍경 속에 잠든 사람도 마찬가지다

오늘은 벽에 걸린 거대한 사진 액자를 종일 바라보고 섰다
부서진 기와 조각이 역광을 받아 빛나는
지금은 저 잿빛 갯벌이 추억하고 있을 소금 창고의 잔해가
벽 앞에 서 있는 잔해를 마주 보고 웃는다
멀리서 해연풍이 불어왔다
눈이 오는데 아프지 않다
긴 추억의 시작이다

—윤의섭 시 「魔力」 전문

마력魔力이란 이상한 힘 같은 거다. 원인을 알 수 없는 사람을 현혹하는 힘이다. 이 시의 화자는 이상한 힘 같은 것을 느꼈다. 시의 1연 1행과 2행은 진술이다. 그러니까 아프지 않은데 눈이 오고 슬프지 않은데도 꽃을 피우는 란蘭도 있다. 그러니까 자연현상이다. 자연은 인간의 감정하고는 무관하게 순리대로 움직인다. 시의 1연 3행~6행까지는 묘사다. 그러니까 진술은 해석적이며 고백적인 데 비해 묘사는 가시적이며 회화적이다. 묘사로 이루어진 시는 산뜻하지만 깊이가 덜하고, 진술로만 이루어진 시는 깊이는 있지만 관념적이

다. 좋은 시는 말할 것도 없이 양자를 아우르는 것이다.

여기서 시적 묘사를 탁월하게 이끄는 시어는 역시 노을과 달이겠다. 거기다가 낙엽과 바람길 또한 묘연한 느낌을 준다. 시의 1연 6행에 보면 '지방'이라는 시어가 나온다. 솔직히 여기서 탁 막힌다. 왜냐하면, 지방이 지방紙榜문을 말하는 것인지 아니면 길가에 움푹 팬 개울을 말하는 것인지 또 다른 뜻으로 쓴 것인지는 아리송하다. 내가 보기에는 후자인 듯하다. 그러니까 지방이라고 하면 일차적 뜻은 아까도 설명했듯이 길가에 움푹 팬 개울이라고 했다만 여기서는 시니까 화자의 삶 즉, 인생에 있어 고역이나 근심·걱정으로 읽는게 이 시의 시제와 일맥상통한다.

시의 2연을 보자. 화자의 마음을 엿볼 수 있는 대목이다. '보고 싶은데 / 결코 나타나지 않는 풍경도 있다 / 풍경 속에 잠든 사람도 마찬가지다'라고 했다. 그러니까 여기서 풍경은 시적 묘사로 돌려놓는 시어이기는 하지만 이시의 2연은 엄연히 진술이다. 보고 싶은 사람이 있는데 그저 바라보는 풍경처럼 있고 풍경 속에 잠든 그 사람 또한 마찬가지다.

시의 3연을 보자. 화자는 옛 추억의 그림 같은 한 장을 바라보며 회상한다. 그것도 온종일 그 생각뿐이다. 하지만 보면 볼수록 부서진 기와 조각이며 그아픈 기억은 오히려 빛을 더하며 화자의 마음을 바라보고 있다.

지금은 저 잿빛 갯벌이 추억하고 있을 소금 창고의 잔해가 / 벽 앞에 서 있는 잔해를 마주 보고 웃는다. 이 대목에서는 화자의 탁월한 문장력을 우리는 보았다. 그러니까 잿빛 갯벌과 소금 창고라는 시어다. 잿빛 갯벌을 연상해보자. 더는 지면이라 설명하기에는 곤란하다. 소금 창고의 시어 또한 의미가 깊다. 이들 시어는 환유적 표현이며 갯벌 같은 질퍽함과 소금 창고 같은 얽히고 설킨 어떤 그리움 같은 것이다. 이는 또 화자를 뜻하기도 하며 화자의 아픈 마음을 대신한다.

다음 문장의 '벽'은 제유다. 현실의 화자를 뜻한다. 그러니까 과거를 돌이켜 보는 마음을 그린 것이다. 벽처럼 바라보는 화자며 깨뜨릴 수 없는 그리움이자 굳은 장애다. 그래서 벽이다. 이미 그 과거는 부서진 기와 조각이며 소금 창고의 잔해며 현실 속에 얼비쳐 들어오는 화자의 마음이다.

멀리서 해연풍이 불어왔다 / 눈이 오는데 아프지 않다 / 긴 추억의 시작이다. 시의 역설을 볼 수 있다. 눈이 오는데 아프지 않다는 것은 역설이다. 그러니까 많이 아프다는 강조다. 여기서 눈이라는 시어도 볼만하다. 눈은 여러 가지 뜻이 있으나 화자의 안목을 말한다. 눈처럼 하얗다는 암묵적인 색감을 떠올려도 좋다. 왜냐하면, 시니까!

호, 아무튼 잘 감상했다. 중년의 나이쯤이면 한 번쯤은 이러한 경험을 가지리라 본다. 사랑이라는 것은 잿빛 갯벌로 오기도 하며 소금 창고처럼 뜨겁기도 하다. 하지만 무엇보다 중요한 것은 나를 잃으면 안 되겠다. 무엇이든 능수능란해야겠다. 그러기 위해서는 나의 경쟁력을 높여라! 물론 앞에 글을 써놓은 바 있다. 사랑이라고 해서 이성 간의 사랑만은 아님을 덧붙여 놓는다.

오늘 안타까운 소식을 접하게 됐다. 경산에서 산 지 20년 꼬박 넘겼다. 이제는 후배도 생겨서 형님이라 따르는 아우가 있다. 뇌경색으로 인해 한쪽 눈으로만 세상을 볼 수밖에 없는 처지라고 한다. 거기다가 담석도 몇 있어 애를 먹었다고 한다. 이제 갓 40인데 비보며 애석한 일이다. 어찌 젊은 사람이 이런 일이 생겼을까! 고통스럽고 죽고 싶다는 마음이라 하니, 위로를 어떻게 전하나!

의학기술의 발전으로 생명 또한 연장되었다만 선조가 살았던 시대에 비하면 평균수명이 는 것은 사실이다. 하루도 스트레스, 받지 않는 게 중요하며 욕심을 버리며 자신을 돌볼 줄 알아야겠다. 시학은 아무것도 아닌 것 같아도 많은 것을 버리게 한다. 이상하게도 그런 마음이 자꾸 든다.

가끔 시집을 읽으면 무작정 빨리 읽겠다는 마음에 급히 나간다. 그러면 무슨 뜻인지 이해가 안 될 때가 더 많다. 어쩌면 급히 한 번 읽고 전체가 어떤 문체며 한번 느껴보는 것도 좋다. 그리고 읽다 보면 언뜻 느낌이 좋은 시가 있다. 동그라미 쳐두고 넘어가라! 그리고 다시 그 시를 한 번 더 보라. 보는 것만으로 만족하지 말며 적고 분석하는 것도 좋은 공부다. 어쩌면 쓰기 시작할 때 이해는 함께 오는 것인지도 모른다.

슬리퍼는 그나마 표준어다

슬리퍼는 그나마 표준어다. 외국어인데도 불구하고 잘 쓰지는 않으나 그렇게 적는다. 딸딸이는 흔히 쓰는 말이기는 해도 속어라서 잘 적지는 않는다. 물론 지역마다 차이는 있겠다. 아무튼, 딸딸이를 보았다. 양말을 신지 않아서 바닥을 걷거나 화장실에 가도 자꾸 스미는 그 땀내에 어지간히 지워지지 않는 움막이었다.

딸딸이는 바깥을 좋아하지 않느냐고 묻는다. 윗주머니에 꽂은 볼펜은 야릇한 감은 찾아도 바깥은 별로라 한다. 그러니까 그 옆에 있던 반 곱슬머리는 육교는 좋은 거라 자주 걸어보라 한다. 반 곱슬머리는 먼 이국에 다녀왔다고 한다. 이국은 색깔은 같으나 모양과 문체가 아주 다르다고 한다. 언제까지 있을 거냐고 묻는다. 딸딸이는 그저 눈치만 본다.

뜸들이다가 반 곱슬머리는 도롯가 도전은 어떻게 되어 가느냐고 묻는다. 윗주머니에 꽂은 볼펜은 다음 주면 뚜껑을 덮을 것이며 그 다음 주는 매무새 나올 것 같다며 얘기한다. 이 시간 이후부터는 바르게 도전하고 싶다 한다. 싱긋이 웃는다. 그러더니 딸딸이와 반 곱슬머리는 엉거주춤 나간다. 아마도 시원한 거품욕이나 이바구가 꽤 아쉬울 거라 적는다.

봉지를 뜯었다. 일본에서 건너온 과자였다. 유푸인 노노하나 쿠키, 며칠째 바 위에 있었다. 꽃잎이 인화되어 있었고 토막 난 그 원판을 하나씩 꺼내 먹었다. 그래도 배가 고팠다. 진열장 연다. 까맣게 익어가는 바나나 하나 끄집어낸다. 꼭지의 씨앗을 젖꼭지처럼 잡는다. 벗긴다. 하얀 속살이 널브러진 바닥을 본다.

다운된 휴대전화기처럼 그저 까맣다. 다 받아놓은 디치 병의 그리움만 보면서 오지 않는 길손을 떠올린다는 것은 그저 하얗기만 하다. 등받이 없는 의자에 앉아 허리 꼿꼿한 허기만 잊는다. 작은 연필통에 꽂아 놓은 각종 연필, 아직 뜯지 않은 'let's be'와 반 구부려 놓은 A4 용지가 높은 천장만 바라본다.

제 틀에 박힌 모양새가 가자미처럼 물만 끓이고 있다. 교차로 없는 도롯가에서 본, 사행선은 산과 바다로 또 사행선은 아파트와 상가로 가는 문장이다. 한차례씩 지나는 먼지가 벽에 붙은 까만 철재에 수북이 달라붙는다.

곱게 핀 하늘이다. 눈부신 까만 전선이다. 저렇게 숨길 것 없이 환하게 드러낸 꽃집이다. 한 송이 국화꽃을 피우기 위해 누님은 저리도 밤새 몸서리 했나 보다. 제로거나 일이거나 등받이 없는 의자는 등받이 있는 의자를 바라본다. 아무도 없다. 등 돌려 앉아 하얀 면상만 본다. 까맣게 지워가는 봄날이 송홧가루처럼 쌓는다.

詩人 김소연 詩集을 만난다. 『빛들의 피곤이 밤을 끌어당긴다』

> 사방천지에 잠자는 짐승의 숨소리들이, 세상 가득 상처 난 식물의 코 고는
> 소리가, 그들이 뱉어놓은 눅진눅진한, 짙은 입 냄새가, 들숨, 날숨, 부풀어오르다
> 꺼지는 뒷산의 어깨가, 눈 맑은 꽃, 까칠까칠한 턱, 내 손으로 감쌌던 두꺼운 손,
> 늘어진 머리카락들, 길처럼 여린 길, 발처럼 예쁜 발, 코끼리 발자국 속에 무수한
> 개미 발자국, 흙 속에 묻어둔 사나운 발톱, 바람 한 장에 꿀 한 숟갈, 이슬을 털
> 다 스스로 놀라는 잎갈나무 숲, 달처럼 해진 달, 물처럼 환한 물, 이윽고 별들의
> 정수리가 다아 보일 때 나는, 점자책을 읽듯 손끝으로 세상을
>
> -김소연 시 「달팽이 뿔 위에서」 전문

와우각상蝸牛角狀이라는 말이 있다. 달팽이 뿔이라는 말로 세상이 좁음을
비유적으로 이르는 말이다. 시제 '달팽이 뿔 위에서'는 詩人의 詩集에 첫 詩
다. 어제 읽었던 詩人 윤의섭 詩集 『마계』가 왼쪽 세계를 그렸다면 시인 김소
연 시집은 여성으로서 오른쪽 세계를 그렸다고 해도 과언이 아닐듯하다.

산속에 사는 많은 생을 업고 수없이 많은 바람에 힘겹게 고통을 이겨내는
그 눅진눅진한 삶의 숨소리 들으며 나는 가겠다. 내가 의지한 산의 어깨와 앞
을 걸어가야 할 길이 여리고도 힘들지만, 세상의 무거움을 다 벗어버리고 개
미의 발자국 같은 성찰로 하루하루 이어가길, 바람에 이끄는 한 편의 시에 이
슬처럼 머금다가 잎갈나무의 소소히 피는 그 바늘처럼 삶을 꿰겠다. 깜깜한
밤하늘에 별을 보고 별을 노래하듯 별의 정수리에 가 앉겠다. 나는 점자책처

럼 미로의 세상일지라도 손끝으로 긁어 내려서 가겠다.

　　넘실대는 목젖. 손을 정갈하게 씻고 혀끝을 들춘다. 혀 밑에 수천 마리 벌 떼, 시끄러운 소릴 내며 날아오른다. 어떤 노여움. 어떤 집요함. 어떤 막무가내. 어떤 결핍감. 어떤 거부감. 어떤 난감함. 어떤, 뜨겁고 건조한 떨림. 그리고 스밈. 습자지 같은 눈빛. 습자지 같은 찢김. 짜릿한 아림. 쓰림. 그렇지만 알싸한 휘발. 묵직하게 남은 그 그림자. 발밑 수북한 벌 떼의 시체들. 한 그릇의 꿀.

　　　　　　　　　　　　　　　－김소연 시 「당신의 혀를 노래하다」 전문

메아리 / 鵲巢

　　부딪는 방파제. 힘주어 잡은 일손을 본다. 물 밑에 숨은 수많은 물고기 떼, 숨죽여 때를 기다린다. 누차 흥분. 누차 떨림. 누차 복종. 누차 확인. 누차 감은 바다. 누차 입질. 누차 빠지는. 누차, 자지러지는 파도 소리. 그리고 블랙홀. 바구니에 담은 미끼. 바구니에 담은 지렁이. 황홀한 노을. 포만. 그렇지만 짭짤한 허무. 헐렁하게 남은 그 뼈다귀. 하늘 가득한 새 떼의 보금자리. 한 사발의 막걸리.

　　詩人 김소연의 시, 「당신의 혀를 노래하다」는 여성의 입장에서 바라보는 시의 관점이다. 그러니까 묘사로만 이루어진 詩다. 이 시에서 우리가 바라볼 수 있는 내용은 솔직히 아무것도 없다. 왜냐하면, 하나의 막연한 추상적인 그림이기 때문이다. 하지만 약간의 유추해 볼 수 있는 어떤 상상 같은 것은 있다. 그러니까 시의 미를 추구했다는 것만 알고 넘어가자.

솔직히 필자(작소)의 나이가 아직 젊다고 하기에는 석연찮으나 약간의 탐미적 색채가 강한 시를 좋아하는 것은 어쩔 수 없다. 무작위로 읽는 시고 시 공부지만 무언가 탁 튀는 어떤 전율 같은 것이 있기에 그렇다. 그러니까 상상만으로도 적당히 즐거움을 이끌 수 있음인데 솔직히 말하자면 부끄럽지만, 인생의 즐거움은 각기 나름이다.

아래, 詩「메아리」는 보시다시피 패러디다. 패러디도 엄연히 작품이다. 원작을 깊게 알 수 없이는 이 패러디라는 것은 어렵다. 패러디란 일차적으로 다른 사람의 작품을 모방하는 것으로 나타난다. 그러나 단순한 모방은 흥미를 반감시키므로 여기에 재미를 가미하는 것이라 보면 된다.

필자의 「메아리」는 굳이 설명하지 않아도 대충 느낌은 올 것이다. 파도가 부딪는 바닷가와 낚시의 묘한 느낌을 탐미적으로 그려놓은 것이다.

모두 지나갔다

길 건너 보양탕 집 둥근 간판이 불 켠다. 딱 두 개가 밝고 동그랗다. 옆집 전파사 셔터 내리고 오른쪽 성당은 종일 꾹 다문 입 같다. 에스프레소 한 잔 뽑아 말끔히 비운다. 잠시 멍하니 앉았다가 두 선로 위 얹은 기관차에 시동을 건다. 윗주머니에 꽂은 볼펜은 하얗게 핀 망월만 본다.

詩는 사각지대다. 앞을 잘 보고 가기 위한 옆의 그림과 때로는 뒤쪽도 보아야 함을 이야기한다. 그러니까 공간지각을 배양하는 좋은 학습이다.

그러면 공간지각능력이란 무엇인가? 이를테면 글과 이미지만으로도 삼차원을 묘사할 수 있는 능력을 말한다. 시각, 청각, 촉각, 때로는 간접적인 후각과 미각을 통해서 공간을 형성하고 그 공간을 꿰뚫어 보는 능력을 말한다.

청도를 포함해서 몇 군데 배송을 다녀왔다. 여기서 청도까지는 꽤 멀었으나 자동차 전용도로가 생긴 이후로 전보다는 약 몇십 분 정도 단축되었다. 그러니까 거미줄에 얽힌 시가 거미줄 타며 가는 격이었다. 가장 효율적 시간 배정과 적정한 영업과 휴식을 짜 맞춰 하루를 걷는다. 알뜰한 시간을 할애하기 위한 공간지각능력을 갖추기 위함이다.

가끔은 詩를 읽으면 공간지각능력은 고사하고 한 면의 백지에서 조금도 벗어나지 못할 때도 있다. 그러니까 사과를 놓고 볼 때 한 면의 단순한 표면만 보는 것이다. 사과의 보이지 않는 뒤쪽과 옆의 모양과 때로는 그 깊이를 더 나아가서 맛과 냄새까지 유추할 수 있는 능력을 잃고 사는 것이다. 이를 간파하는 것은 물론 불가능한 일이 될 수 있으나 공간의 미학은 우리가 설명할 수 없는 묘한 형체와 그림자가 도사리고 있다는 것만은 분명하다.

시는 어쩌면 과거의 경험을 바탕으로 현실의 어느 감정을 통한 미래를 이야기한다. 문자 이전의 우리 선조들은 동굴의 바위에다가 과거를 반추하며 현실과 미래를 새겼다. 그러니까 돌로써 돌에다가 음각하였다. 사슴을 몇 마리 잡아야겠고 들소를 잡아야겠다는 계획 같은 것인데 이는 자연의 사랑과 꿈이었다.

현대를 사는 우리는 더는 동굴의 바위에다가 음각할 이유는 없어졌으나 문학이라는 것으로 그것을 대신한다. 한 부분을 생각하고 생각한 바탕을 그려내고 삶을 이끌며 전체를 생각하고 안위를 도모한다. 또는 전체의 잘잘못을 이야기하며 전체의 꿈인 신화를 도모하기도 한다.

마치 내가 한 부족의 족장인 듯 혹은 내가 한 국가의 원수인 듯 그렇게 바라보는 세계관을 가질 필요는 있다. 한마디로 생존이다. 목숨 앞에서는 그 어떤 것도 소중한 것은 없다. 시는 많은 문장을 통솔하며 이끄는 꼭짓점이다. 시의 그 미학을 찾아서 먼 여행을 또 한 발 내딛는다.

아까는 두 개의 등만 밝았다. 이번에는 그 옆의 다섯 개의 등마저 환하다. 저것도 시다. 등은 지친 수많은 배의 북극성이다. 詩人 손미 님을 만났다. 생각보다 젊은 시인이다. 나는 또 등을 바라보며 순항한다.

네가 지나가고 붉은 달이 지나갔다 우주에서 수백억 개의 일식이 시작되고 끝났다 사람들이 나타났다 사라졌다 멸종된 새 한 마리가 지나갔다 뚜껑 닫힌 상자가 지나갔다 상자 속에서 구겨져 있던 개가 느리게 지나갔다 개장수가 따라갔다 엉덩이를 흔들며 걸어가는 여자들은 아름답다 여자들이 허리를 숙여 들여다보는 새장. 새장마다 문을 열어젖혔다 검은 자동차가 지나갔고 마지막 기차가 지나갔다 나는 늘 여기서 기차를 본다 저기, 12층 베란다에서 창문을 열고 내가 두 팔을 벌린다 다정한 연인이 들어 있는 검은 자동차, 그 지붕에 떨어지는 나를, 너는 평생 잊지 못할 것이다

　　　　　　　　　　　　　　　　　　　　　－손미 시 「모두 지나갔다」 부분

이 詩集에서 행 가름이 없는 몇 안 되는 詩다. 우리가 사는 지구도 지구를 담은 이 우주도 극성이 있다. 솔직히 나는 물리학 출신이 아니라서 이에 대해 반론을 제기한다면 나는 어떠한 것도 설명할 수 없다. 최소한의 지구만큼은 극이 존재하는 것은 분명하다. 남극이 있으면 북극이 있고 여성이 있으면 남성이 있듯이 그 존재의 실체감을 드러낸 수작이다.

우리는 사랑 없이는 하루도 살기 어렵다. 누구를 보살피는 사랑, 또 관심과 사랑을 받는 우리다. 그러니까 그 속에서 인간 감정의 모든 것이 싹튼다. 위

詩를 보면 첫 문장은 진술과 묘사로 되어 있다. '네가 지나가고 붉은 달이 지나갔다'고 표현한다. 앞은 '네가 지나가고' 진술이다. 구체적이다. 그러니까 사랑하는 사람이든 사랑했던 사람이든 시의 전개다. 뒤는 묘사다. '붉은 달이 지나갔다' 여기서 붉은 달은 화자의 뜨거웠던 사랑을 얘기하는 것이며 문장 축약으로 밤의 은유다.

'우주에서 수백억 개의 일식이 시작되고 끝났다' 이 문장 또한 은유다. 그만큼 마음의 등불이 환하게 켜졌다가 사라진 것이다. 사랑하는 사람이 변심했거나 아니면 떠났거나 무슨 일이 생겼음을 암시할 수 있다. 우주는 지구를 포함한 바깥의 물리적 공간을 말하는데 우리의 몸 또한 또 하나의 우주임은 잊지 말자. 우주는 무한한 공간과 시간의 총체다.

'사람들이 나타났다 사라졌다 멸종된 새 한 마리가 지나갔다 뚜껑 닫힌 상자가 지나갔다 상자 속에서 구겨져 있던 개가 느리게 지나갔다 개장수가 따라갔다' 사건 발생에 따른 여러 가지 여파를 진술과 묘사로 다룬 문장이다. 굳이 설명하자면 사람들이 나타났다가 사라졌다. 멸종된 새 한 마리는 화자의 마음을 환유한 문장이며 뚜껑 닫힌 상자는 선물을 받은 어떤 표상의 상징이며 구겨져 있던 개가 느리게 지나갔다는 것은 그 상자 속에 선물한 장본인이었던 이성 친구나 애인을 두고 하는 말이다. 그러니까 느리게 갔다는 것은 미련 때문에 늦게 처분한 것이다. 그리고 그 장사꾼도 함께 지나간 기억으로 남았다.

구겨져 있던 개와 들여다보는 새장은 어떤 사물의 변이를 은유한 문장이다. 여성 우월적 의식도 조금은 드러나 보인다. 이 시를 쓴 화자는 여성이다. 또 검은 자동차와 12층 베란다와 창문도 볼 필요가 있다. 왜 검은색 표기를 했는지 12라는 수의 의미와 창문의 세계관도 중요하다. 그러니까 화자의 하나의 세계를 완전히 잊고 새로운 삶을 열고자 하는 열망을 묶은 시다. 솔직히 암울한 세계에 대한 비관적인 언사도 이 시에서는 조금은 생각해 볼 필요는 있겠으나 중요한 것은 나다. 나를 다시 찾고 세계를 바라보아야 할 것이다.

내가 유일하게 쉴 수 있는 시간은 저녁이다. 그러니까 글 적는 시간이며 가장 행복한 시간이다. 이 시간마저도 약간의 영업을 본다. 그러니까 조감도 일을 보는 것이다. 그렇게 손님이 많이 찾는 가게는 아니라서 지인만 가끔 찾는다. 어쩌다가 손님도 있어 커피와 창업에 관한 상담을 할 때도 있다.

글 적고 있다가 갑자기 오신 손님이면 맥이 탁 끊긴다. 하지만 그것도 싫은 것만은 아니다. 오히려 마음을 더 가다듬게 되며 대화를 나누다 보면 여러 가지 생각이 나기도 한다. 조그마한 공간 5평도 채 안 되는 이 작은 공간이 하루를 이끈 육중한 기차의 기관차임은 틀림없다. 이를 두고 가볍게 적은 나의 글이 있다. 희망이라는 시제로 쓰다가 이 희망도 없애고 번호 매겨 죽 적어 나갔다. 다 버려야 할 글들이지만 그 한 편을 옮겨놓는다.

쌓은 모래성 작고 높다랗다 문은 하늘 계단 위 초록색, 콘크리트 더미 오른 쇼팽, 열의 여덟은 피아노 건반 위 올려놓은 하얗게 내린 눈 보며 탁탁 튀는 먹물의 왈츠, 관중석 없는 무대다 긴 눈썹 휘날리는 차양, 지린내 남김없이 지나는 차는 스노우 모카만 튕긴다

어느 그릇도 담을 수 없는 기관차다 몽싯몽싯 오른 흰 건반 거친 숨결 머금고 수없이 피는 고적 소리 담는다 곧고 굳은 회반죽 악장 위 꿈의 제국 딱 한 좌석에 앉아 마주 볼 수 없는 길 끝에 지평선 향한다

쌓인 흰 눈 가르며 가른 흰 눈발 날리며 여명의 눈동자, 회색빛 동굴 뚫는다 두 선로 위 얹은 기차, 안단테 아주 안단테로 설국 지나 정열의 꽃 한 송이 그 꽃대 오른다 행 다름없는 긴 문장 끝 망월 하나 피겠다

이번에는 여럿이 찾아왔다. 여기는 앉을 곳이 없으니 본점으로 가시는 것이 어떨는지요. 곧 마감하고 그쪽으로 가겠습니다. 아무래도 무슨 네트워크 사업하시는 분들 같다. 모두 정장 차림에 남자 손님 둘 여자 손님 두 분이었다. 솔직히 이렇게 무리를 지어 오시기라도 하면 부담스럽다. 어디 멀리 피했으면 싶은데 그분들 또한 멀리서 오신 게라 꼭 봤으면 하는 말씀을 한다.

아니나 다를까! 네트워크 사업가들이다. 연봉이 몇억 된단다. 예전에 암웨

이 사업에 조금 경험이 있어 오신 게 분명하다. 그 어떤 사업이든 간에 책임이 따른다. 고액의 연봉을 받으면 그만한 일과 책임이 따른다. 성공은 많은 돈이 아니다. 성공은 오늘보다 나은 내일을 만드는 것이다. 성공은 나의 행복이다. 그 행복을 어디서 찾느냐가 중요하다. 대충 인사만 드리고 나는 나왔다.

물론 네트워크 사업이 나빠서 그런 것은 아니다. 시스템만큼은 높이 배울 만하다. 필자 또한 이 시스템을 배워서 그간 일을 해오고 있음이다. 모든 것이 시스템이며 네트워크다. 어느 시스템을 선택하든 중요한 것은 주체적이어야 한다. 나의 개성을 살릴 수 있는 직업이면 더할 나위 없이 좋겠다. 물론 『커피향 노트』에 사업에 관한 얘기를 많이 적어놓았으므로 여기서는 이만 줄이는 게 맞다.

詩人 손미님의 詩集 『양파 공동체』의 첫 시, 그러니까 서시다. 시제 「컵의 회화」를 보자.

한 번씩 스푼을 저으면
내 피가 돌고

그런 날, 안 보이는 테두리가 된다
토요일마다 투명한 동물로

씻어 엎으면

달의 이빨이 발등에 쏟아지고

–손미 시 「컵의 회화」 부분

詩題가 '컵의 회화' 다. 그러니까 컵은 나를 대신하는 제유다. 컵에다가 나를 엎어 나의 마음을 그린 거다. 詩 1행을 보면 '한 번씩 스푼을 저으면 / 내 피가 돌고' 어찌 읽기 나름이겠지만 조금은 관능적인 표현 같기도 하다. 스푼의 성질은 곧고 딱딱하기 때문이다.

詩 2행을 보면 '그런 날, 안 보이는 테두리가 된다 / 토요일마다 투명한 동물로' 라 했다. 그러니까 여기서 테두리는 컵의 난간이다. 어떤 소외감, 외로움을 표현한다. 시 3행을 보면 '씻어 엎으면 / 달의 이빨이 발등에 쏟아지고' 화자의 마음을 이야기한다. 마음을 가다듬고 있으면 자꾸 찾아드는 임만 그립다. 여기서 달의 이빨과 발등을 유심히 보자. 문장의 은유와 제유다. 달의 이빨로써 임의 그리움에 대한 화자의 마음 졸임과 발등으로써 화자를 대신하는 표현법을 읽을 수 있다.

그러므로 새는 알을 깨고 나오려고 싸우는 것이다. 알은 세계다. 태어나려는 자는 하나의 세계를 파괴해야 한다. 새는 신에게 날아간다. 그 신의 이름은 아브락사스다. 아시다시피 헤르만 헤세의 소설 『데미안』의 한 대목을 필자가 옮겨놓은 것이지만 그만큼 한 세계를 뚫고 나가는 길은 무던히도 어렵고 고통스러운 일이다. 마치 하나의 죽음과 맞먹는 행사임은 익히 알아두자.

채석강

내가 머무는 곳 옆에는 재활용집화장이다. 각종 고물과 파지와 못 쓰는 생활가전들 마구 버려놓은 옷까지 깔끔하게 정리·정돈해서 보기 좋게 진열해 놓았다. 요즈음은 아주 작은 화초도 몇몇 갖다 놓고 파신다. 늘 이곳저곳을 왔다 갔다 하며 두 내외분 종종 본다. 지나갈 때마다 눈인사하면 아주머니께서는 싱긋이 웃으며 답례한다. 못 보던 개 한 마리가 있다.

검은 개가 보였다. 누렁이 두 마리만 있었다. 언제부턴가 그 한 마리가 발정해서 검은 개 한 마리를 사들였다고 한다. 그러니까 교미 보기 위해서 데려다 놓은 것이다. 생각보다 너무 까맣다. 검은 것은 인상이 깊다. 눈빛 또한 까매서 검은 늑대를 보는 것만 같았다. 그러니까 시는 검은 그림자다. 에스키모의 피 묻은 칼이 언뜻 지난다.

까마귀의 탁본 / 鵲巢

피 냄새만 용케 찾아 맡는 늑대,
검은 그림자보다 더 짙은 굶주린 허기가
제 피를 부르고 끝없이 핥는 붉은 칼날 위의 바람을 먹는다.

시베리아 북동단에서 그린란드에 걸친 죽음을 몰고 다녔던 그림자가

절단된 혀를 뱉고 덩그러니 자빠졌다.

솜털 같은 구름이 툰드라의 바닥에 있다.

평생, 하늘의 족속을 그리워했던 늑대

죽어서도 제 살을 한 옴큼도 아끼지 않는다.

까마귀 난다.

하늘 나는 잿빛 까마귀 족, 구름 속 습기를 운집한다.

눈 부라리며 썩은 문장의 나침반으로 내리꽂는다.

북극의 칼바람을 한 치 오차 없이 피의 깃으로 가른다.

크레바스의 행간만 거닐었던 검은 늑대의 주검에 날아와 앉는다.

검은 그림자의 동토를 탁탁 찢는다.

툰드라의 고독과 바람의 일대기를 뜯는다.

죽음의 냄새를 저버릴 수 없었던 늑대

푸른 초원과 신선한 숲의 육질만 찾아 헤맸던 늑대

붉은 눈 신화의 세계를 탁본하고 싶었던 늑대

이리하여 숲의 제왕으로 떳떳한 바람의 갈퀴를 휘날리고 싶었던 늑대

하얀 뼛골로 남는다.

춤추는 로스터는 케냐를 볶는다. 흔히 많이 나가는 커피라서 교육할 때면

선선한 커피 한 잔 마시고 싶어서 1차 팝핑과 물리적 팽창이 뚜렷한 커피도 이만한 게 없어서 블록이 바라보는 탁자 위에 서버와 드리퍼를 챙겨놓고 한 잔의 커피를 추출한다. 날씨가 끄무레해서 커피 맛이 제법 나려나.

우리가 오기 전, 이미 신들이 문자를 만들어
헤아릴 수 없는 이야기 문장으로 남겨
수천만 권 쌓아 둔 저 신의 세계

하얀 구슬 파도 쏴, 하고 부서져 밀려온다
저 파도의 포말, 신이 버무린 글자의 씨앗이 되었고
파도의 주름은 문장의 행이 되었으며
문단을 가른 것은 파도의 질서가 어긋버긋
조용해진 틈새였다는 것

137억 년 전, 대폭발로 인한 우주 기원설, 빅뱅의 원초물질은 어디에서 왔으며 어떻게 일어났는지,
'호미니드(사람과의 동물)의 출현'이란 신들의 예언서에는 440만 년 전 침팬지에서 나온 한 갈래, '아르디피테쿠스 라미두스'는 유인원이 직립보행을 시작하여 인류의 조상이 될 거라고 이미 기록돼 있으며,
성단星團과 성단을 단숨에 뚫고 지나갈 '웜홀 여행법'도 기술돼 있다는데,

누가 저 책들 열어 보고 신들의 문자를 해독할 것인가는, 선사시대의 어부

한 사람, 그가

　　꾼 꿈이 해독의 열쇠가 되었으며, 나 역시 그 어부의 꿈이 구전으로 전해 온

것을, 여기 처음으로 밝혔을 뿐.

—이초우 시 「채석강採石江」 전문

채석강은 지역명이다. 솔직히 가 본 적이 없어 인터넷 사전의 힘을 빌린다.
1976년 4월 2일 전라북도기념물 제28호로 지정되었고, 2004년 11월 17일 명
승 제13호로 지정되었다. 면적 12만 7,372㎡이다. 전라북도 부안군 변산반도
맨 서쪽, 격포항 오른쪽 닭이봉 밑에 있다. 옛 수군水軍의 근거지이며 조선시
대에는 전라우수영全羅右水營 관하의 격포진格浦鎭이 있던 곳이다.

지형은 선캄브리아대의 화강암, 편마암을 기저층으로 한 중생대 백악기의
지층이다. 바닷물에 침식되어 퇴적한 절벽이 마치 수만 권의 책을 쌓아놓은
듯하다. 주변의 백사장, 맑은 물과 어울려 풍치가 더할 나위 없다. 채석강이
라는 이름은 중국 당의 이태백이 배를 타고 술을 마시다가 강물에 뜬 달을 잡
으려다 빠져 죽었다는 채석강과 흡사하여 지어진 이름이다.

화자는 채석강을 보면서 저것이 마치 수만 권의 책을 쌓아놓은 듯 감탄하
며 지은 시로 보인다. 그러니까 詩의 1연은 묘사다. 詩의 2연 또한 활유법을
적정하게 사용한 묘사다. 파도의 포말은 신이 버무린 글자의 씨앗이고 파도
의 주름은 문장의 주름이다. 문단을 가른 것은 파도의 질서가 어긋버긋 조용
해진 틈새라는 것이다.

詩의 3연을 보면 우주기원설을 통해서 인유하는 문장임을 알 수 있다. 그러니까 우주의 역사를 통한 지구의 역사를 이야기하며 그 속에 인류의 출현과 성단과 성단을 단숨에 뚫고 지나갈 '웜홀 여행법' 도 기술돼 있을 것이라고 이야기한다.

여기서 인유의 의미를 짚고 넘어가자. 인유란 다른 예를 끌어다 비유하는 것을 말한다. 인유법이란 유명한 시구나 문장, 고사 따위를 끌어다가 자신을 표현하거나 보충하는 수사법이다. 그러므로 인유는 언급하는 일의 중요성을 첨부시킴으로써 그 문학작품의 의미를 더 깊고, 넓게 할 수 있다.

여기서 또 하나 짚고 넘어갈 것은 '웜홀 여행법' 이다. 웜홀은 사전적 의미로서는 우주공간에서 블랙홀과 화이트홀을 연결하는 통로를 말한다고 되어 있다. 웜worm은 벌레다. 그러니까 웜홀은 벌레가 구멍을 낸 것인데 구멍을 블랙홀이라 보면 그 구멍의 바깥은 화이트홀이다. 이는 전적으로 필자의 생각이니 잘못된 것도 있으리라 본다.

그러니까 웜홀 여행법은 다분히 시적인 묘사를 떠나 많은 것을 담고 있다. 시와 여백, 지구와 우주, 채석강과 신의 표현법 즉 자연현상 등을 모두 아우르는 말이 된다.

詩의 4행을 보면 시인은 채석강의 절묘한 자연경관을 보며 신들이 쌓은 문자의 집합 즉, 책으로 묘사하고 있다. 시의 마지막 행은 어떤 필연성으로 결미를 장식한다. 그러니까 채석강에 이렇게 와 있는 것은 필히 우리 선조의 출현과 삶과 생존이 모두 아우르는 결과로 내가 여기 와 저 절묘한 자연의 경관을 보고 있음이다.

여기서 문장의 수사법만 하나 더 짚고 가자.

파도의 주름은 일종의 활유법으로 쓴 문장이다. 활유법이란 무생물을 생물인 것처럼, 감정이 없는 것을 감정이 있는 것처럼 표현하는 수사법이다. 이 시집의 시 「기계들」은 활유법을 통해서 지은 대표적인 시다. 몇몇 문장을 발췌하면 이렇다.

레미콘차와 펌프카가 서로 엉덩이를 맞대고, 엉덩이를 쭈욱 뺀 채 버티고 앉은 펌프카, 펌프카의 호퍼주머니에 넣고 교미를 하고 있었어요, 펌프카의 교성, 펌프카는 외팔 같은 붐대를 뻗어, 정낭 같은 레미콘차의 드럼, 마지막 오르가슴에 젖은 레미콘차 호퍼 주머니에서 슈트를 빼내고는, 털털 흔들어 털더니 숨긴 듯 감추고 유유히 사라져 갔어요, 창백하게 늘어져 있는 펌프카, 이러한 표현을 볼 수 있다.(筆者 鵲巢 言: 이 시에서는 붐대로 적고 있다. 보기에 붕대가 아닌가 함.)

시 「그 호숫가에 머물기 위해」에서는 꿈틀꿈틀 내가 탄 열차, 수양버들 긴 팔 흔들며, 시 「불꽃축제」 또한 넓은 개념은 활유법이다만 의인법으로 쓴 수작이다. 그러니까 허공을 하나의 여성의 몸으로 비유를 놓고 불꽃 축제가 마치 남성의 사정을 발하는 묘한 기분으로 묘사한 수작이다. 불꽃 축제의 결미인 시의 마지막 부분만 발췌해 본다.

'꼬리 알랑이며 허공의 나팔관 헤엄쳐 가던 정충들 / 펑! 하며 난막 뚫을 때 피운 그 꽃 / 오늘 축제의 백미였습니다' 라 적고 있다. 그러니까 마지막 연은 진술이며 그 앞까지는 축포를 마치 남성의 사정으로 그림을 띄운다. 그만큼 축제가 시원스럽고 탁 튼 무언가를 화자께 선사했음이다.

동반자는 마음은 나는 내가 믿는 것은 무엇인가?

사람들은 가끔 묻는다. 어떻게 하면 커피를 잘할 수 있습니까? 솔직히 5평 짜리의 작은 카페를 할 때도 지금 100평대의 카페를 할 때도 별반 차이는 없다. 그저 커피를 바라보며 커피를 하고 있다. 그러니까 커피를 잊지 않으며 커피를 믿으며 커피를 바라보며 내일을 이야기한다. 한마디로 딱 잘라 말하자면 마! 하면 된다. 별것 없다.

詩도 마찬가지다. 커피를 볶으려면 커피를 사들여야 하듯이 시를 적으려면 시집을 사다 보아야 한다. 내가 볶은 커피를 분쇄해서 드립으로 한 잔 내려서 마셔보아야 이 커피가 잘 볶은 것인지 알 수 있듯이 나의 경험과 배움으로 묻어 나온 글 한 줄이 잘 적은 것인지는 스스로 많이 읽어 보는 수밖에는 없다. 길도 닦아 놓으면 차가 잘 지나가듯이 글도 닦아 놓으면 많은 사람이 지나간다. 한마디로 끊임없는 노력이다.

아침이면 늘 제로로 출발한다. 가게 문을 열고 포스기기 전원을 올리고 시제를 맞춘다. 시제는 언제나 '0'으로 세팅한다. 이 '0'은 누구에게나 주어진 숫자다. 어느 곳은 '10'이라는 숫자를 어느 곳은 '100'이라 숫자를 부여받지는 않는다. 백지다. 하루는 맑은 하늘이며 불모지다. 무엇을 심을 것인가는

무엇을 읽을 것이며 어떤 언어를 구사하고 어떤 마케팅을 펼쳐 나가느냐에
따라 다른 것이다.

하루의 씨앗을 심어서 하루를 만들며 하루의 열매를 맺고 그 하루라는 성
과를 얻는다. 그렇게 우리는 불모지라고 생각했던 하루에다가 심은 씨앗을
통해 얻은 결과물을 쌓아나가면 분명 어느 정도 볼만한 과수원 하나쯤은 생
기는 것이다. 하루라도 문을 닫으면 죽음이나 마찬가지다. 네트워크는 승수
효과가 있어, 좋은 방향과 나쁜 방향 모두 양면성을 가지고 있기 때문이다.

역사시대가 도래한 이후부터 우리는 글을 사랑하고 글을 바라보게 되었
다. 그전까지만 해도 점술가나 예언자, 혹은 나 많은 어른의 말씀에 귀담아야
했다. 글은 명확한 통신수단이었으며 확실한 증거쯤은 되었다. 그러니까 글
은 우리에게 문명이고 문화였다. 일개 개인도 마찬가지다. 나는 언제나 구석
기시대며 불모지나 다름이 없다. 나를 깎고 다듬어서 옛 문명의 화려했던 소
산 같이 앞을 바라보는 등불로 어둠을 밝히고 내일쯤은 믿음을 가져야 한다.

詩라는 것은 어찌 보면 시시한 것이고 무거운 것이고 무엇으로도 다룰 수
없는 형이상학적 물질 같은 것이고 아무것도 아닌 길가에 흔히 보는 돌 같은
것이다. 시라는 것은 잘 적을 필요가 없는 것 같아도 어쩌다 잘못 적으면 죽
음을 부르기도 해서 펜 끝에 달랑거리는 개미의 목숨이자 까만 쇠사슬에 묶
은 코끼리의 몸뚱이 같은 것이다.

詩라는 것은 마음의 해소 같은 것이기도 하지만 그 마음을 옥죄는 역할을 해서 감당하기 어려운 책임을 불러오기도 한다. 그러니까 문자와 조사와 띄어쓰기, 행 가름까지도 여사로 보아 넘겨서는 안 되는 것이다. 그렇다고 해서 글을 무서워해서는 안 되겠다. 현대를 사는 우리에게 가장 좋은 도구인 글을 빼고 산다는 것은 있을 수 없는 일이기 때문이다.

글 하나만 보더라도 그것은 제국이다. 한 제국의 성경이며 성찰이며 앞을 내다보는 지침서이자 행동강령이다. 그래서 글만, 글까지, 글이라서, 글이니까, 글 때문에, 글은 한 사람의 영혼이자 마음이며 소통의 매개를 넘어 마음의 벽을 허무는 문화적 공동체를 형성한다. 우리는 경제적 공동체 이상의 효과를 누리는 것이 문화적 공동체라는 것은 익히 알고 있다.

말하자면 詩라는 것은 마음이다. 마음을 열어놓고 보아야 한다. 그리고 마음으로 적어야 한다. 커피와 나의 일치요 시와 나의 일치를 말한다. 그러니까 하모니이자 합일이다. 내가 가야 할 목적지를 생각해 보자. 그곳은 굳이 가고 싶은 자리가 아니라면 마음은 괴로울 뿐이다.

어차피 가야 함을 당연히 여긴다면 그에 관련한 마음의 벽은 허문 것이 되며 발걸음 또한 가벼운 것이다. 백 보를 먼저 걸으나 첫발을 내딛으나 아무런 관계는 없다. 하루를 걸어도 마음을 놓아야 한다. 마음으로 배움을 청하고 마음으로 전달하고 마음으로 인도한다면 또 다른 마음을 갖게 되는 것이다. 무엇을 배울 것인가는 여기서 쓰지 않아도 얼추 이해는 될 것이다.

이를테면 詩를 사람이라 보고 얘기하자면 이런 것이다. 싫은 사람이라면 죽음이라도 싫은 것이며 사랑하는 사람이면 하루라도 떨어질 수 없는 것이 된다. 인생은 여정이다. 나와의 동반자는 그 누구도 아닌 또 다른 나이며 나를 반추하며 올곧게 나가는 것이야말로 행복을 추구하는 것이라 할 수 있겠다.

그러니까 동반자는 마음은 나는 내가 믿는 것은 무엇인가?

마음으로 또 한 시인을 만난다. 詩人 허연 선생을 만난다. 詩集 『나쁜 소년이 서 있다』 읽었다.

배고픈 고양이 한 마리가 관절에 힘을 쓰며 정지 동작으로 서 있었고 새벽 출근길 나는 속이 울렁거렸다. 고양이와 눈이 마주쳤다. 전진 아니면 후퇴. 지난밤이 고스란히 남아 있는 나와 종일 굶었을 고양이는 쓰레기통 앞에서 한참 동안 서로의 눈을 바라보며 서 있었다. 둘 다 절실해서 슬펐다.

"형 좀 추한 거 아시죠."
얼굴 도장 찍으러 간 게 잘못이었다. 나의 자세에는 간밤에 들은 단어가 남아 있었고 고양이의 자세에는 오래전 사바나의 기억이 남아 있었다. 녀석이 한쪽 발을 살며시 들었다. 제발 그냥 지나가라고. 나는 골목을 포기했고 몸을 돌렸다. 등 뒤에선 나직이 쓰레기봉투 찢는 소리가 들렸다. 고양이와 나는 평범했다.

간밤에 추하다는 말을 들었다.

-허연 시 「간밤에 추하다는 말을 들었다」 전문

이 詩에 고양이가 나온다. 그러니까 여기서 고양이는 또 다른 화자를 뜻한다. 물론 화자는 고양이도 보았을 것이다. 엄연히 詩는 경험의 산물이다. 배고픈 고양이의 눈빛을 보았을 것이고 화자와 오버랩한 현실을 본다.

삶은 전진 아니면 후퇴뿐이다. 목숨이 붙어 있는 한은 걸어야 한다. 누구든 피해갈 수 없는 일이다. 고양이가 쓰레기통을 뒤지며 생명을 잇는 것은 어찌 보면 추잡함이고 슬픈 일이나 살아야 한다는 것이다. 고양이만 그런 것이 아니라 우리 인간도 고양이와 다를 바 없는 쓰레기통에 몸딤으며 나의 비굴함을 감출 수 없음은 별반 차이가 없다는 것이다.

詩의 앞뒤 정황으로 보아 간밤에 아는 동생이랑 무슨 일이 생겼음이다. 동생은 묻는다. '형 좀 추한 거 아시죠.' 그나마 화자는 동생의 얼굴을 보며 안면치레나 하고자 했으나 오히려 냅다 비난만 사게 된다. 그러니까 이것도 어찌 보면 화자의 생존을 위한 어떤 전략이 있었음이다.

'고양이의 자세에는 오래전 사바나의 기억이 남아 있었다' 며 인용을 한다. 그러니까 생존의 전략이다. 굶주린 세계에 그 어떤 먹잇감도 놓치지 않는 살벌한 사자의 눈빛은 진화를 거듭하여 고양이로 전락하고 말았지만, 여전히 유전자는 고스란히 남아 있음이다.

결국, 화자는 어두운 골목은 포기하고 만다. 고양이가 한목숨 부지하기 위해서 쓰레기봉투를 찢듯 화자 또한 세상의 봉지를 뜯어야 함을 그러니까 고양이와 나는 평범했으며 간밤에 추하다는 말을 들었으나 앞을 보며 걸어야 함을 얘기한다.

안 가 본 나라엘 가 보면 행복하다지만, 많이 보는 만큼 인생은 난분분亂紛紛할 뿐이다. 보고 싶다는 열망은 얼마나 또 굴욕인가. 굴욕은 또 얼마나 지독한 병변인가. 내 것도 아닌 걸, 언젠가는 도려내야 할 텐데. 보려고 하지 말라. 보려고 하지 말라. 넘어져 있는 부처의 얼굴을 꼭 보고 말아야 하나. 제발 지워지고 묻혀진 건 그냥 놔두라.

가장 많이 본 사람은 가장 불행하다. 내 앞에 있는 것만 보는 것도 단내 나는 일인데. 땅속에 있는 전설을 보는 자들은 무모하다. 눈으로 보아서 범하는 병.

끌려 나온 물고기가 눈이 튀어나온다.
-허연 시 「난분분하다」 전문

시대가 많이 바뀌었다. 인터넷 시대가 도래했고 이웃 나라가 마치 옆집 가는 것보다 더 수월하다. 과히 이웃 나라만 그렇겠는가! 이웃의 문화와 삶을 본 인간은 우월과 차별을 보게 될 것이며 그 속에 밀려드는 불행의 싹은 트는 것이다. 이는 또 걷잡을 수 없는 파문의 나무로 자라 죽음의 칼로도 도려내지 못하는 우를 범하게 된다.

그러니까 화자는 바르게 선 부처의 얼굴만 보는 것도 어려운데 구태여 넘어져 있는 부처의 얼굴까지 보아서는 안 된다며 강조한다. 현대문명 속에 사는 우리는 얼마만큼 깨달으며 또 얼마만큼의 잣대로 사물을 대할 것인가! 과히 보지 않을 수 없는 처지와 또 보아야 할 일도 있음이다. 그것이 모두 부질없는 것이기도 하지만 삶을 더 윤택하게 하는 어떤 동기가 되었다면 또 모르는 것이다.

그렇지만, 화자는 굴욕을 머금으면서까지 라는 말을 해놓았다. 그것은 화를 불러오며 감당하기 어려운 병임은 분명하다. 나를 다스릴 줄 알아야겠다.

산의 한쪽 어깨가 날아가 버린 날. 난 그저 통조림 뚜껑을 열었고, 평등을 외치는 사람들이 내 옆을 지나갈 때 그들과 나의 폐활량 차이를 궁금해했을 뿐입니다. 당신이 몇 개의 산맥을 넘어가 버린 날도 난 그저 노트북에 커피를 쏟았을 뿐입니다. 다 세월 속에서 벌어진 일입니다. 마음에 남을 뿐 지나가 버린 일입니다. 책상 모서리에 무릎을 부딪히는 일이나 후진하다 담벼락을 들이받는 일조차 원래 일어나기로 되어 있던 일.

나는 언제나 내 강물을 보고
당신은 당신의 강물을 보고

그나마 세월이 서로를 잡아먹는다는 것만 겨우 알았을 뿐입니다.
원래 일어날 일들이었습니다.　　　　　　　　　−허연 시 「커피를 쏟다」 전문

창작세계에 있는 모든 예술인치고는 커피를 안 좋아하는 분이 있을까? 화가나 음악가 시인 모두 많은 것을 상상하며 그 상상의 원동력으로 새로움을 만든다. 그 새로움은 하나의 창작품이며 어쩌면 그것은 인간 행복의 새로운 길을 트는 버팀목 같은 것이다.

커피는 세계물동량 2위를 차지할 만큼 우리의 생활에 밀접한 영향을 끼친다. 1위 석유와도 많은 것이 유사하다. 까맣거나 없으면 안 되는 물건임은 틀림없다. 그러니까 하나는 산업경제에 하나는 인체에 밀접한 관계를 맺고 있다.

흔히 새로운 사람을 만나거나 소통의 문화로 그 매개체 역할을 하는 것이 커피다. 이를테면 '커피 한잔 하세요.' 마음의 문을 먼저 여는 예의쯤으로

이 시의 첫 문장만 보자. 적정한 묘사를 볼 수 있다. 산과 통조림과 평등과 폐활량의 시어를 우리는 볼 수 있다. 산은 산처럼 높고 무거운 어떤 실체감을 엿볼 수 있는 시어며 통조림은 좁고 탁 막힌 공간과 꺼내먹을 수 있는 어떤 암시적 의미를 담는다. 평등과 폐활량 또한 대조적이다. 그러니까 기회라는 평등과 암묵적인 기회의 박탈로 보이는 폐활량은 생명을 다루는 어떤 위기감 같은 것도 얼핏 보인다.

그렇기는 해도 화자는 아무렇지 않게 그저 커피 한 잔 쏟은 것으로 치자며 또 이러한 일은 원래 일어날 일이라며 크게 생각지 말자며 위안으로 삼는다.

단, 시 몇 편만 보아도 화자의 직업과 화자의 생활까지도 엿볼 수 있음이다. 혹여나 그것이 아니더라도 화자가 바라보는 성찰로 독자께 어떤 위안과 삶을 제시하는 것은 틀림없는 사실이다.[11]

---

11) 글은 참 우스운 것 같습니다. 아무렇지 않은데 상대를 읽고 있으니까요. 묘한 감정을 일으키고 또 묘한 감정을 치유하고 있으니까요. 늘 자신만만하게 들여다보는 것 같아도 또 부끄러움이 있습니다. 나는 뭐 하고 있나 하면서 생각할 때도 있으나 또 목적을 생각하면 해야 한다는 당위성을 찾기도 합니다. 한마디로 어떻게 살까 하는 그런 고민 같은 것입니다. 어찌 보면 내일이 두려워서 미치도록 나를 다듬고 있는 것인지도 모르겠습니다. 이것이 얼마나 나를 지켜줄 수 있을지 아니면 나를 파멸로 몰고 갈지는 나도 모릅니다. 그래도 안 하는 것보다는 해야겠다는 가만히 앉아 죽는 것보다는 몸서리 스쳐 가며 바둥거려야겠다는 것입니다. 어쩔 수 없잖아요. 자본의 세계에 아주 미약한 존재의 한목숨입니다.

언덕 넘는 구루마

　언덕 넘는 구루마는 관절통 몇몇 작은 봉지 몇 봉 싣고 언덕을 넘는다. 언덕 넘는 구루마는 언덕에 와 주차한다. 언덕 넘는 구루마는 관절통 몇몇 담은 상자를 어깨에 울러 멘다. 언덕 위 찻잔은 작은 봉지 두 봉지 든다. 계단은 경사가 깊어서 오르기가 꽤 힘이 든다. 언덕 넘는 구루마는 불끈 힘을 모아 한 계단씩 밟는다. 언덕 위 찻잔도 불끈 힘을 모아 뒤따른다.

　언덕은 얼마 전에 까리말리로 바꾸어서 맛이 조금 불안하다고 했다. 언덕은 까리말리를 한 번 보아 달랬다. 언덕 넘는 구루마는 아무 봉지 하나 없이 언덕에 갔다 오기도 했다. 언덕에 핀 꽃은 화가 몹시 있었다. 꽃의 정원사가 마음에 안 들었다. 아주 노골적으로 얘기한 것을 언덕 넘는 구루마는 들은 적 있다. 언덕 넘는 구루마도 꽃의 정원사의 결단에 아주 의아해 했지만 어쩔 수 없는 일이었다. 꽃의 정원사가 까리말리를 선택한 것은 단지 화대였다.

　언덕 넘는 구루마는 언덕 넘는 구루마의 언덕에 다녀오기도 했다. 언덕 넘는 구루마의 언덕은 안과 밖 경계인 창호를 단다. 창호는 알루미늄이라서 철재보다는 더 낫다고 한다. 하지만 모양을 잡는 눈썹은 붙일 데 없으니 알아서 하라 한다. 곧 있으면 방·통 치려니 그 전에 미리 손볼 일 있으면 해야겠다.

언덕 넘는 구루마의 언덕은 꽃이 피려면 무척 오래 걸릴 것 같다.

언덕 넘는 구루마는 언덕의 찻잔과 장단 맞춰 나무에도 다녀왔다. 장단 맞춰 나무는 얼마 전에 춤추는 로스터에서 언덕 넘는 구루마로부터 교육을 받았다. 관절통 몇몇 작은 봉지 몇 봉 내린다. 여기는 춤추는 로스터는 없다. 오로지 장단만 믿는다. 언덕의 찻잔은 에스프레소 기기를 보고 세팅하고 언덕 넘는 구루마는 장단 맞춰 나무가 만든 함을 보고 장단 맞춰 나무의 이름 다는 모습을 보고 추출한 에스프레소를 맛보았다.

크레마가 짙은 암갈색이었다. 언덕 위의 찻잔은 힘이 죽 빠져 있다. 아무 소리 없이 관절통 몇몇 작은 봉지 몇 봉 들었기 때문이다.

언덕 넘는 구루마는 작은 봉지에다가 몇몇 언덕을 담는다. 담은 언덕 몇몇은 이미 먹은 거도 있다. 그중 하나의 언덕은 낱낱이 훑어서 단단히 묶은 말총머리를 언덕 넘는 구루마가 사는 하늘에다가 심는다. 언덕 넘는 구루마는 단단히 묶은 말총머리만 자꾸 그립다. 단단히 묶은 말총머리는 그리 쉽게 오지 않는다는 걸 안다.

단단히 묶은 말총머리는 여러 모습으로 변신한다. 언덕 넘는 구루마는 여러 모습으로 변신하는 단단히 묶은 말총머리만 보면 사족을 못 쓴다. 한마디로 언다. 어떤 것은 머릿결 냄새가 하도 짙어서 코가 벙벙 거린 적도 있다. 온몸 뜬 적 있다. 언덕 넘는 구루마는 몇몇 냄새가 짙은 단단히 묶은 말총머리

는 따로 담아둔다. 보고 싶을 때 슬쩍 넘겨본다. 냄새만 맡고 다시 살짝 덮어
둔다.

길들여 놓은 얼룩말 본다. 아직도 야생을 넘나들며 중구난방으로 뛰어다니
는 말총머리는 언제쯤 언덕 넘는 구루마에 담을 수 있을까 길들여 놓은 얼룩
말의 말총머리를 보자. 단단히 묶은 그 말총머리는 어떤 모습일까? 코가 벙벙
거리면 좋겠다. 냄새가 짙은 단단히 묶은 말총머리였으면 좋겠다. 보고 싶을
때 슬쩍 넘겨 볼 수 있는 언덕 넘는 구루마의 예쁜 함에다가 넣어놓고 싶다.

속도도 정해진 바 없고
어느 후미진 골목에서라도 솟을지 모르는 이것을
또한 제멋대로라고도 말 못 한다
돈에 좀 가까워지면 詩에서는 멀어지고
詩에 좀 가까워지면 이미 돈에서는 멀다
이 부당한 대립이
지당하다는 것을 어렵사리 어렵사리
알아가는 중에……
詩가 있다

−손월언 시 「시詩」 부분

지당한 말씀이 있다. 이는 법으로도 통제를 못 하며 속도도 정한 바 없다.
오로지 후미진 골목에서 어떤 뉘우침도 알아보지 못한 상황 속에서 뉘우침이

벌떡 일어나고 벌떡 일어난 뉘우침을 줍기도 전에 삶은 또 시작한다.

조개를 줍는다. 조개를 줍고 먹고 버리고 이 버린 조개를 다시 줍는 행위야 말로 삶이자 아름다움이자 시의 모태다. 하지만 시는 시를 쫓는 자에게는 한 치의 미련도 없이 개똥철학 같은 것은 없다. 그러니까 시는 시 쓰는 행위만큼 은 행복이며 행복의 소산은 그전에 올바른 사고와 올바른 행위야말로 어느 후미진 골목이라 해서 나쁜 것은 없다.

그래서, 시는 쓰는 것이 아니라 만드는 것이다. 그러면 어떻게 만드느냐를 우리는 생각해 보아야 한다. 무작정 앉아서 골똘히 생각한다 해서 나오는 그 런 이물질 같은 것은 절대 아니며 삶과 아우르는 어느 고역과 성찰이 된 똥을 만드는 것이다. 그러므로 하루 그 어렵사리 진땀 흘리는 소금 창고에서 묻어 나는 러닝과 팬티의 얼룩만이 진정 시라고 할 수 있다.

그러므로 시를 건축한다는 것은 나를 건축하는 길이며 나를 건축하는 길 은 역동적인 삶이 없고서야 어찌 진정한 시를 건축할 수 있겠는가! 삶은 투쟁 이다. 그 투쟁 속에는 그 누구도 알아주지 못하는 외로움이 있다. 외로움을 잠재우는 것은 시다. 그러므로 시 쓰는 그 행위야말로 완벽한 휴식이며 외로 움을 잠재우는 길이겠다.

언덕바지가 판 우물에는 / 鵲巢

언덕바지가 판 우물에는 불도그가 있다 머리는 크고 네모며 입은 폭 넓고 위로 향한다 코는 짧고 넓적하다 성질이 용감하고 주인에게 충실하며 집을 잘 지킨다 짙은 냄새만큼은 언덕 넘는 구루마에 인상만 깊다 언덕바지가 판 우물에는 셰퍼드도 있다 털의 색깔은 검은색, 몸은 근육질, 주둥이는 뾰족한데 귀는 똑바로 서 있다 후각이 예민하다 깔끔한 집은 어디 흠잡을 데 없어 작은 봉지처럼 몇몇 담다가도 거저 포기한다 언덕바지가 판 우물에는 닥스훈트가 있다 종종걸음인 데다가 사뿐히 떼는 발걸음은 웃음만 일지만, 그런대로 까매서 좋다 탁탁 쏘는 이빨은 맵지만 정말 이빨로 보아 넘겨서는 안 된다 숨은 뒤 주머니를 잘 읽어야 한다 언덕바지가 판 우물에는 별빛이 달이 등이 옛 추억이 눈물이 지울 수 없는 김칫국물이 쏟은 된장이 된장의 말라 비뚤은 얼룩이 그 얼룩을 받은 식탁이 있다 그 속에는 꿈과 희망과 용기와 도전이 모두 다 있다

시는 자연정화다. 그러니까 모든 것을 태초의 이전으로 옮겨놓는다. 시는 거저 모든 것을 빨아들인다. 다른 이물질을 곁들어 볼 여가가 없다. 그래서 시는 신발이며 담으며 걸으며 느끼며 가는 이리하여 딱딱한 대지를 올곧게 딛어야 바르게 피는 꽃이다. 그 누구도 방해될 수도 없으며 방해라서 장애가 생기는 것도 아니다. 꽃은 말을 하지 않는다. 오로지 하늘만 바라보며 피는 것뿐이다.

짧은 시 한 편만 더 보자.

-지하철에서

　어린아이의 얼굴을 보면 그가 전혀 상상할 수 없는 살아갈 날들 때문에 가슴
이 아리고

　도시의 구석구석에 혼자 서서 합죽한 입으로 뭔가를 끊임없이 오물거리는
늙은 노숙들을 보면 그가 살아온 날들을 되새김하고 있는 것만 같아 가슴이 저
리다

　　　　　　　　　　　　　　　　　　　　　　　　-손월언 시 「통증」 전문

　화자는 지하철에서 아픔을 보고 만다. 천진난만한 어린아이를 보니 그들
이 살아나갈 세상에 상상할 수 없는 아픔이 있을 것이라 마음이 아프고 도시
곳곳 늙은 노숙들의 오물거리는 입만 보니 그들이 살아온 날들을 되새김하는
것 같아서 가슴이 아프다.

　그러니까 세상 사는 것이 보통 일이 아니다. 공자께서 하신 말씀인가? 조
문도 하면 석사가의 朝聞道夕死可란 말이 있다. 즉, 이는 아침에 도를 깨달으면
저녁에 죽어도 좋다는 뜻으로 사람이 참된 이치를 깨달으면 당장 죽어도 여
한이 없다는 거다.

　그만큼 짧은 인생을 우리는 어떻게 살아야 하는가? 바쁜 생활 속에서도
배움의 손길을 놓지 말며 하루를 더욱 성실히 살아가는 자세야말로 참된 이

치를 깨닫는 것이 되겠다. 어쩌면 화자는 이것을 내심 강조하려고 천진난만한 아이의 얼굴과 늙은 노숙의 오물거리는 입을 대조하며 얘기한 것인지도 모른다.

한아름

키보드를 바꿨다. 그간 바윗돌 누르는 만치 힘겨웠다. 마치 한 끼 가볍게 굶은 모양으로 발 디디는 것 같다. 갑자기 작가 이외수 선생이 생각난다. 얼마나 굶었던지 추수가 끝나면 들판에 나가 이삭을 주우러 다녔다고 한다. 이외수 선생에 비하면 나는 많이 어린 나이다. 하지만 가난은 마찬가지였지만 들판에 나가 이삭을 주울 정도는 아니었다.

꽁당보리밥과 라면과 국수는 언제든 먹을 수 있었다. 그것도 싫지만은 않았다. 오히려 쌀밥 먹는 게 더 싫었던 시절이었다. 그러니까 보리밥도 된장국에다가 들에 나가 뜯은 돌나물과 도랑가에 핀 돌미나리쯤은 줄줄 찢어 비벼 먹었다. 또 라면이나 국수도 참 좋았는데 오히려 반찬이 없어서 억지로 먹는 밥보다는 나았다.

키보드는 숟가락이다. 숟가락 잘 뜰 수 없으면 밥을 먹을 수 없다. 그러니까 밥은 머릿속에 있다. 무엇이든 먹을 수 있는 도구가 있어야겠다는 생각을 잠시 했다. 그렇다고 숟가락만 있다고 해서 밥을 먹을 수 있는 것도 아니다. 논을 갈며 못자리도 하고 벼도 떼어 심고 피도 뽑아야 하며 적당한 약도 쳐야 쌀다운 쌀을 생산할 수 있음이다.

물론 쌀만 생산했다고 해서 또 밥이 되는 것은 아니다. 타작하며 어느 정도 밥 지을 만큼은 쌀을 씻어 밥솥에 안쳐야 한다. 뜸도 들이고 하면 이제 제법 한 그릇 먹을 수 있는 밥이 되는 것이다. 그때 밥숟가락 들고 한 그릇의 밥을 떠먹을 수 있음이다.

詩集은 결코 작은 책은 아니다만 하루 먹거리 정도는 된다. 책값도 어지간히 비싼 것도 아니라서 누구나 쉽게 집을 수 있는 가격이다. 솔직히 어데 가도 고급식당의 밥값 정도도 되지 않는다. 밥 먹는 시간만큼 또 가볍게 읽을 수 있으며 밥 먹는 만큼 곱씹을 만한 문장이며 밥 먹는 만큼 영혼에 영양분을 심어주어서 밥 먹는 만큼 어두운 거리를 걸을 수 있게끔 등불을 밝혀준다. 그러니 어찌 작은 책 하나만큼은 멀리할 수 있을까!

그러니까 詩集 한 권은 쌀의 경작과 밥의 뜸까지 다 해놓은 셈이다. 읽는다는 것은 밥그릇에 옮겨 담는 것일 수도 있겠다. 호! 오늘은 어찌 밥 타령이 됐다. 솔직히 저녁도 거뜬히 한 그릇 했다. 상추에다가 된장 찍어 얹어 밥 한술했다.

詩集도 쉬엄쉬엄 읽으며 하루를 보냈으며 물론 하는 일 또한 여간 바쁘게 보냈음이다. 솔직히 족장의 위치쯤 되면 늘 불안하다. 하루라도 무엇이 터지지는 않을까 하는 생각 말이다. 조마조마하다. 조그마한 사업체 하나를 이끄는 데도 이리 불안한데 한 국가의 원수는 오죽하겠는가!

그러니까 아무리 바빠도 책 한 권 집을 수 있는 여유, 잠시 잠깐 펼쳐 볼 수 있는 여유를 가져야겠다. 마음을 잘 다스려야 함을 얘기한다.

우리는 모두 詩集을 사다 보자. 詩人의 영혼을 자세히 볼 필요가 있다. 한 명의 詩人은 하나의 등이며 천 명의 詩人은 천 개의 등이다. 세상은 몇 개의 등으로 바라볼 것인가에 따라 길을 물을 수 있으며 보는 눈빛 또한, 가질 수 있음이다.

버린 말들을 주우러 갔다. 밀려온 피곤이 해변의 발끝에서 잠깐 주름 편다. 바다를 만나면 길도 스스로의 고삐를 놓치고. 걸어온 길이 낚시대만 같아, 나는 석양을 꿴 바람의 그물 하나가 바다로 던져지는 것을 보았다.

그물 속에는 잘못 떨어진 별들이 몇 개, 걸려든다. 거기 편히 누운 채 끌려오는 해마 한 마리, 오래전 내가 버렸을 말들이 캄캄한 심해에서 만난 건, 당신 아닌가. 유빙처럼 떠다니던 유리병 속 막막한 안부나 파도가 가져가서 되돌려주지 않은 발자국 따위.

제 몸을 향해 돌돌 말린 꼬리에서 자꾸만 안쪽으로 휘어지는 마음 읽는다. 무언가 말하고 싶던 슬픔이 비죽, 입술을 내미는데 봉인된 밀랍의 잠은 말이 없다. 너무 많은 문장을 나는 저 바다에 수장해왔으니 밀려온 해마는 떠도는 내 오랜 전생의 부장품이었던 셈.

납작해진, 해마의 옆모습만 주워 총총 돌아선다. 이 먼 별까지, 그러고 보면 나도 결국 밀려온 것이다.

-천서봉 시 「해마海馬를 읽다」 전문

詩人 송찬호 선생이 생각나기도 한다. 물론 송찬호 선생의 「고래의 꿈」을 보면 '해마', '농게', '바다', '심해'와 같은 시어 때문일 것이다. 그렇다고 표절이라며 얘기하자고 꺼낸 말은 아니다. 이 시는 엄연히 잘 쓴 시임은 틀림없다.

시제가 '해마'다. 해마는 바닷속 생물이다. 여기서는 그저, 詩라는 큰 테두리를 두고 해마라는 시어 하나로 제유한 것뿐이다. 그러니까 '시를 읽다' 이렇게 읽으면 된다.

詩 1행을 보면, 전체와 부분을 잘 읽어야겠다. 그러니까 해마는 바닷속 생물이니 시의 제유며 바다는 시집의 제유로 보면 좋다. 그리고 문장의 은유를 보면 쉽게 읽을 수 있음이다. 솔직히 이 필자 또한 마찬가지다. 바다(시집)를 만나면 길도 스스로 고삐를 놓치고, 걸어온 길이 낚싯대만 같아 스스로 바람을 꿰고 앉아 있음이다.

詩 2행을 보면 화자의 시에 대한 애착을 묘사한다. 그러니까 화자의 시 공부와 그 속에 읽었던 시와 시어와 문장 그 외, 표현과 표현법을 읽고 말았으니 또 이에 대한 고마움 하나 표현하지 않은 화자의 예의 같은 것을 볼 수 있다.

詩 3행을 보면 화자의 시에 대한 마음을 표현한다. 여기서는 시 2행에서 유리병 속 막막한 안부나 파도를 그렸음인데 이 속에 들어가는 종이 따위와 화자의 시에 대한 그리움을 오버랩한 문장을 볼 수 있다. '봉인된 밀랍의 잠' 화자가 쓴 글공부나 시나 여타 문장을 이야기한 은유다.

그러니까 詩 한 수가 거저 나오는 것은 아님을 시 3행에서 볼 수 있다. 무슨 말인고 하면, 너무 많은 문장을 나는 저 바다에 수장해왔으니 밀려온 해마는 떠도는 내 오랜 전생의 부장품이었던 셈이라며 진술과 묘사로 적정한 표현을 읽을 수 있음이다. 시인이라면 우선 글을 사랑해야 한다. 한두 시간 정도 읽고 끼적거린다는 것은 시에 대한 예의가 아니다.

대다수 詩人이 쓴 詩를 읽으면 그들의 공부와 노력을 읽을 수 있다. 바다라는 것도 한번 보라! 바다가 그냥 바다가 아니다. 바다에 비하면 사람은 한 점에도 놓을 수 없다. 어마어마한 게 바다다. 그 많은 문장을 저 바다에 던져넣었다는 것은 그만큼 읽고 쓰고 버렸다는 것이 된다. 그 와중에 해마 하나 건졌다는 것인데 호! 과연 얼마만큼의 노력이었는지 알 수 있다.

詩의 마지막 행은 '납작해진, 해마의 옆모습만 주워 총총 돌아선다' 고 표현한다. 그러니까 시편을 모아 납작한 시집 한 권을 본 셈이다. 해마의 옆모습만이라고 표현한 것도 자세히 보라. 비슷한 뭐 그런 표현인데 화자의 겸손이다. 필자가 보기에는 온전한 해마 하나 건진 셈이다. '이 먼 별까지, 그리고 보면 나도 결국 밀려온 것이다' 시집도 새로 태어났음이요 나 또한 이 너르고 너른 우주에서 지구에 대한민국에 태어났음이다. 조금 삐딱하게 적어놓은 문자체였지만, 필자의 컴퓨터 다루는 솜씨가 미숙하다. 하물며 이해해 주십사 덧붙여놓는다. 시 잘 감상했음을 끝으로 시인 천서봉 선생께 또 시마을 동호인께 인사를 놓는다.

필자 또한 시랑에 적은 졸글이 있어 달아놓을까 보다. 물론 詩集『카페 鳥瞰圖』에 실은 시편이다.

자세히 보면 옹달샘에 담근 쪽박 본 셈이다 / 鵲巢

옹달샘 보았다. 자세히 보면 옹달샘에 담근 쪽박 본 셈이다. 쪽박은 많은 뚜껑을 담았다. 그 담은 것 중 하나를 아주 오랫동안 들여다보았다. 마치 거울 보는 듯했지만, 또 거울 보고 서 있기도 했지만, 거기다가 거울 속처럼 보아 주었으면 했지만 아무도 없었다. 할 수 없이 옹달샘만 보았다. 결국, 옹달샘에 담은 쪽박은 바람 없는 파문으로 동공의 뒷벽에다가 이건 '박 쪽'이라고 새긴다. 하지만 그는 아직 어리다. 심마니로 말하자면 오 잎을 모르는 셈이다. 그늘 좋은 산과 배수가 잘되는 큰 나무만 자꾸 그린다. 그래도 박 쪽은 프로다. 움푹 파인 길위에 물이 고였다. 구름을 거꾸로 읽는다. 그러니까 심장 내려놓은 산길이 질퍽하다. 탁탁 트는 고양이 발걸음으로 핥는다. 오른쪽 다리가 먼저 검은 비닐봉지 안으로 담는다. 나무늘보의 구애는 느긋하고 우아하다. 왼쪽으로 향하는 날개는 뒤돌아보지 않는다. 점점 줄어드는 개체 수를 확인한다. 초승달 한입 문 여우 한 마리가 옹달샘을 꼿꼿하게 바라보고 섰다. 쪽박에 든 물 한 모금 마신다. 박 쪽 같은 그 물 한잔을

솔직히 오늘, 모 대학 국문과 선생께서 찾아오시어 나 나름의 길을 걸을 수 있을까 하며 내심 고심했다. 시간 때문이다. 하지만 속의 벽을 허물고 그저 바라는 별은 하늘에 늘 떠 있어 그냥 보았다. 그 별이라는 것은 내가 딸 수 있는 것도 아니라서 그저 바라보며 읽으면 되었다. 크게 생각하며 볼 필요는 없는 것이다. 까만 어둠과 밝은 별빛을 보라! 누구나 저것은 별이야 하며 얘기할 것이다. 그렇게 바라보며 걸으면 된다. 눈이 침침하다. 나도 이제 쉬어야겠다. 오늘 일기 마감한다.[12]

아! 꼭 남겨야 할 인사가 있다. 모 대학 국문과 선생은 나와는 아주 절친한 친구쯤은 된다. 아주 가끔 오시기는 해도 글과 또 여러 가지 정보를 나눌 수 있어 아주 좋다. 자주 들렀으면 하는 것도 있지만, 가끔 오시는 선생의 마음을 깊게 헤아린다.

12) 鵲巢日記 14年 05月 23日

개

주말이라 시간이 넉넉할 줄 알았다. 그러니까 주중은 커피다 소스다 시럽이다 주문이 많지마는 주말은 조금 뜸하다. 근데, 엊저녁 늦게 주문받았던 운문사 앞 카페 가비의 커피를 그만 잊고 말았다. 그것도 모르고 나는 아내랑 밀양에 다녀왔다. 개업도 해서 점심 한 끼 먹을까 싶어 부랴부랴 준비한다. 신축한 건물도 사진에 담았으며 내부공간미도 사진에 몇 컷 찍었다. 그리고 스파게티와 피자를 주문해서 넉넉한 만찬을 즐겼다. 그리고 주인장인 천 씨와 어머님과 따뜻한 커피 한 잔 했다. 담소를 나누기도 했으며 시간이 흐르자 다시 차비를 챙겨 경산으로 왔다.

아! 경산에 다 와서야 다시 문자가 뜨는 거다. 커피가 똑 떨어졌다는데 난감하기 그지없다. 또 커피를 혼쭐나게 챙긴다. 다시 청도까지는 두 시간 거리니 어쩔 수 없다. 조감도에 일보는 모 씨에게 조금만 기다려 달라는 부탁하고 얼른 다녀오기까지 했다. 아무래도 난 병인 듯하다. 일하는 건지 마는 건지 머리에 온통 된장만 가득하니 혼자서 웃고 지내지를 않나 멍하게 딴청 피우질 않나 자세라고는 통 잡질 못하니 이거야 원! 반성한다.

요즘 나는 제유와 환유에 대해서 많은 생각을 한다. 이를테면 인디언식 이

275

름 붙이기에 관심이다. 그러니까 꽃이라면 그냥 꽃이라 하면 재미가 없다. 허벌라게 핀 꽃이라든가 꽃잎 하나 떨군 꽃, 향기가 만개한 꽃 등 여러 가지가 있다. 어디선가 읽었던 내용이다. 앞으로 시학은 이 제유와 환유적 성격이 강한 시가 많이 나올 거라는 것인데 솔직히 시를 좋아하는 동호인으로서 뭐 그렇다는 것만 이해할 뿐이다. 솔직히 나도 이 표현법을 아주 좋아하기는 해도 여전히 미숙하다.

그러니까 잠시 혼쭐나게 뛰어다녔던 나의 모습은 그만 '온통 된장만 가득하니' 라든가 '딴청 피우질 않나' 라는 이름으로 마음을 써 볼 수 있음이다. 이것도 아무거나 붙이거나 하면 재미없다. 약간의 리듬을 살려서 문장을 만들면 읽기에 괜찮다.

온통 된장만 가득하니, 혼쭐나게 커피 챙겨서

청도로 가는 달구지야 뚝 떨군 제비 똥처럼

깜빡 잊었구나! 온통 된장만 가득하니,

민둥산처럼 비구니 카페에 와 앉았고

동전처럼 구르며 가는 넌, 된장에 상추쌈은 잊은 거니

온통 된장만 가득하니 빈둥빈둥 아이는

책 한자 보지 않는데 어찌 까만 좁쌀만 보니 넌

소처럼 귀는 막고 건물은 다 지어 가는데

온통 된장만 가득하니 산처럼 지나고

내처럼 흐르는데 온통, 된통 된장만 보다니 넌,

간단히 일기 삼아 적은 글이지만 시인 서효인의 「광기의 재개발」의 운을 빌렸다. 청도의 서쪽 지방을 산서라 하고 동쪽 지방을 산동이라 한다. 경산서 산서로 가는 방향은 자동차 전용도로가 나 있어 달리기가 무척 쉽다. 그러니까 운행시간을 예전에 비하면 아주 단축할 수 있다. 그러나 산동은 아직 도로 작업이 더뎌 가는 길이 다소 힘이 든다. 지금 한창 포장작업을 하니 앞으로는 나아질 거라 본다.

詩人 복효근 선생을 만났다. 물론 실지로 만난 것은 아니고 詩集과의 만남이다. 그의 詩集 『따뜻한 외면』이다. 읽기에 편하게끔 행 가름을 하였으며 詩 한 수 한 수가 어떤 교훈 같은 것이 있어 그저 한 번 읽어 보고 지나칠 수 없어 다시 읽기도 했다. 아무래도 선생만의 글맵시겠다.

더러 뚫고 지나가지 못한 돌들이
얼음에 박혀 있다
거미줄 같은 균열들이 돌을 붙들고 있다
뿌리처럼 퍼져 나가 스크럼을 짜고
상처가 상처끼리 연대한다
한 번 부러졌던 뼈처럼
돌은 얼음의 뼈가 되어 연못은 더 단단해질 것이다
돌 몇 개로 무너진다면 얼음은 얼음도 아니다

돌 몇 개로 메워질 연못이라면 연못도 아니다

큰 돌이 넉넉하게 박힌 얼음이라면

맘 놓고 들어가도 좋겠다

돌 몇 개는 제 가슴에 안고 있는 사람도 그럴 것이다

–복효근 시 「얼음연못」 부분

함수관계가 그리 복잡하지 않아서 느낌이 쉽게 오기도 한다. 돌과 얼음과 연못의 관계다. 여기서 돌은 어떤 상처 같은 것을 은유한 시어며 얼음은 화자의 마음으로 연못은 화자를 뜻하는 것으로 읽었다. 그러니까 얼음 연못은 화자의 마음이나 우리의 마음인 것이다.

시 후반부를 보면 '큰 돌이 넉넉하게 박힌 얼음이라면 / 맘 놓고 들어가도 좋겠다 / 돌 몇 개는 제 가슴에 안고 있는 사람도 그럴 것이다' 화자의 경험이 묻어 있음이다. 어떤 아픔 같은 것이 있어 다른 이도 이와 같다면 함께 할 수도 있겠다.

이 시를 읽으니 소싯적 생각이 난다. 동네는 엄연히 저수지가 있었다. 여름이면 늘 저수지에서 물장난하며 놀았고 겨울이면 장치기다 자치기다 썰매 타기하며 놀았던 기억이 있다. 참 그때는 얼음이 무진장 두꺼웠다. 정말이지 돌덩이 하나 떨어뜨려도 깨지지 않는다. 심지어 언 저수지 중심에다가 모닥불까지 피워가며 놀았다. 또 소리는 어떤가! 돌덩이 하나 구르면 명쾌한 얼음소리는 잊지 못할 추억이다. 둥–뚜둥–뚜둥–둥–둥, 뭐 이런 소리였다.

해놓은 밥이 없어 라면 끓여 점심 때우자 했다 라면 이름이 나가사키 짬뽕이
었다 나가사키 원폭이 생각났으나 곧 잊었다 여보 계란 넣을까 묻는 아내에게
짬뽕에 무슨 계란이냐고 대꾸하니 아내는 우리 연봉에 계란 하나쯤은 넣어 먹어
도 되잖우 농담한다 먹다 보니 터지지 않은 채 반숙된 계란이 두 개다 넣지 말
랬더니 두 개나 넣었네 하니 아내는 나 혼자 먹을 수 있나 우리 세대주도 하나
드셔야지 한다

—효근 시 「슬픈 농담」 부분

조금은 익살스러운 내용이기는 하다. 주제는 가난이다. 화자는 가난이 추
억처럼 지나가는데 이 시를 적는 시점도 가난은 피해갈 수 없는 현실인가 보
다. 아내가 밥이 없어, 라면 끓여 점심 때우자 하고 그 농에 우리 연봉에 계란
하나쯤은 넣어도 되잖우 하며 얘기한다. 그리고 가족사를 얘기하며 이 가난
은 어찌 피해갈 수 없는지 말이다.

라면은 흔히 먹는 식품이 되었다. 자주는 먹지 않지만 그래도 일주일에 한
두 번 정도는 끓여 먹지 않을까? 소싯적 라면이라고 하면 농심과 삼양라면이
생각난다. 밥이 없어 먹었던 것은 이 시를 쓰신 복효근 선생이나 필자 또한
마찬가지다.

라면의 역사가 1963년 9월 15일부터 시작한다고 하니, 만 50년이나 됐다.
식량 부족으로 절대 빈곤에 처해 있던 1963년 9월 삼양식품이 일본으로부터
기술을 도입하여 '치킨 라면'을 선보이면서 시작했다고 한다. 그 후 2년 뒤인

1965년 (주)롯데 공업(현재 농심)에서 롯데라면을 생산하면서 국내 라면시장이 활성화되었다.

라면을 즐겨먹는 식습관은 가난 때문만은 아닌 것 같다. 아이들 키우는 집 안에 라면 안 좋아하는 애들이 있을까! 간식용으로나 혹은 밥맛이 없으면 찾는 게 라면이다. 인스턴트는 별 좋지 않아도 자꾸 찾게 된다. 아무튼, 라면과 짬뽕에 얽힌 화자의 넋두리와도 같은 시 한 수다.

무슨 원죄로 개는 개로 존재하지 못하고 비유로서 존재하는가 너는 개야 개 새끼야 이건 개를 두고 한 말이 아니다 개의 새끼인 개새끼마저 개새끼라 불리 지 못하고 강아지라 불리는 것을 보면 그 반증이 아니겠나 단고기나 보신탕 사 철탕을 보아도 그렇다 명명법이 영 개판이다 개고기나 개탕이면 어떤가 개 씹에 보리알이란 말은 데릴사위를 이르는 말인데 개에게도 사람에게도 치욕이긴 마찬 가지다 개 좆은 또 무슨 죄냐 주구走狗라 해도 형편은 같다 편자를 들먹이는데 하필이면 개 발이냐 감기를 일러도 개좆부리라 하고 약에 쓰려면 없다는 개똥도 비유다 가령 여기 개 한 마리가 지나간다 하자 이것이 말로 표현되는 순간 사람 들은 전현직 대통령 가운데 하나를 떠올릴지도 모른다 개는 가엾은 짐승이다 얼 굴이 없다 실체가 없는 보조관념으로 존재한다 이렇게 말하면 뉘 집 개가 짖느 냐 할지도 모른다 거봐라 개의 실체는, 개 같은, 개는 없다

—복효근 시 「개는 없다」 전문

선생의 시집, 『따뜻한 외면』에 「얼음 연못」은 서시며 「개는 없다」는 이 시

집의 종시다. 시집 제목과 서시와 종시가 얼추 무언가 내포하는 의미가 있다. 그러니까 마음이겠다. 여기서는 온통 개 타령이다. 그러니까 개라는 실체 즉, 원관념은 없고 보조관념으로 개 타령이다.

이 시의 시작 부분을 보면 '무슨 원죄로 개는 개로 존재하지 못하고 비유로서 존재하는가' 라고 했다. 마지막 부분은 또 이렇다. 개는 가엾은 짐승이다. 얼굴이 없다. 실체가 없는 보조관념으로 존재한다. 더욱 재밌는 것은 이렇게 말하면 뉘 집 개가 짖느냐 할지도 모른다. 거봐라 개의 실체는, 개 같은, 개는 없다고 일축한다. 화자는 어찌 시집 한 권을 잘 써 내려오다가 마지막 종시를 '개는 없다' 고 했을까?

어찌 보면 시라는 것이, 원관념은 어디 가고 없고 보조관념으로서 써놓은 것은 아닌가! 그러니까 넓은 관점이다. 문장을 떠나 까맣게 흩은 좁쌀 같은 게 이를테면 시다. 그래서 화자는 울화통이 치밀어 올랐을 것이며 개 타령을 마지막으로 읊은 것은 아닌지, 거기다가 결국 화자 또한 보조관념으로서 이 한 권을 얘기하는 것은 아닌지 모르겠다. 일종의 겸손이겠지만, 아무튼, 필자의 생각이다.

시를 감상하다가 예전이었다. 시마을 이동훈 선생으로부터 시집 한 권 선사받은 적 있는데 이 시집에도 개와 관련한 좋은 시 한 수 있어 이참에 감상한다.

먹지 못하면 개꽃, 반반치 못하면 개떡, 시원찮으면 개꿈이다. 어엿한 새끼도 개를 앞에 두어 욕을 보인다. 남의 족보를 허락 없이 가져가서 개망신 주는 꼴이니 개로서는 어처구니없다 할밖에,

굴러먹다 온 개뼈다귀 출신이 개수작 부린다고, 개똥도 모르면서 병나발 개나발이라고 닦아세울 것 같으면 개구멍이 다 그립고, 있지도 않은 개뿔로 창피를 주니 개 낯짝도 붉어질 지경이다. 저들끼리 남남하다가 새판 짜고 이판사판 몰려 딴판 벌리더니 개판이란다. 죽 쒀서 개 준 꼴이란다. 개 말로 죽이라도 한 술 떴으면 덜 억울할까.

개소주 대러 개장수 나서는 인기척이 이보다 슬플까. 당겨진 개줄 같은 긴장이 이보다 싫을까. 텔레텔레 마을돌이 나설 때면 개나리 푸지게 늘어서서 개털끼리 좋은 봄이라며 노란 입술 비비는 것이다.

                                        ─이동훈 시 「개를 위한 변명」 전문

한마디로 개를 위한 변명이다. 따지고 보면 시를 위한 변명이다. 그리고 보니 시 한 수 잘 써도 개 같은 것이 되고 못 쓰면 개나발 병나발이 되니 이를테면 개구멍이라도 그리울 따름이다. 그러니까 개똥도 모르는 게 된다. 참으로 우리 민족은 개와는 이리 친숙했다. 애완용으로 키우기도 하고 보신용으로도 써왔으니 개가 보면 이를 두고 뭐라 할까.

위 두 시는 개 타령이라 그런지 굳이 리듬을 안 맞춘 것 같아도 계산적으로

잘 다듬은 시다. 개가 나왔으니 말이지 이것도 마구 썼다면 낙서가 되고 어정 쩡한 개만도 못한 문장이 된다. 거기다가 한데에 나돌아 당기는 집 없는 개야 말로 진정 개가 본다면 개지랄한다고 표현하지 않을까? 그리고 보니 시인이 란 명색이 목청 하나는 타고나야겠다는 생각이다. 짓는 것도 잘 지어야 대우 받는 그런 개밥그릇 하나 꿰차겠다. 에궁! 이 필자에게 그런 그릇 하나쯤 있 었으면 좋겠다. 내심 아닌 욕심도 개칠해 놓는다.

침묵의 세계

序 / 鵲巢

긴 것은 대나무처럼 슬프다. 댓잎처럼 까만 밤을 그리며 대 꽃을 피운다. 그러니까 하루는 길다. 대나무처럼 가게에 나가고 대나무처럼 손님을 맞고 대나무처럼 인사를 한다. 이 부러질 수 없는 성질 오로지 하늘 향해 선 꼿꼿한 저 자세 촘촘한 저 우애는 정말이지 쉼표 하나 없이 이쪽과 저쪽의 세계를 잇는다. 부럽다. 조사를 먹어야 하고 부사를 빼야 하고 형용사를 첨가한 하루는 마치 투명한 구름 속에 담근 축 널어놓은 씹다가 만 껌처럼 슬프다.

그러니까 오전은 꽤 맑았다. 어찌 된 것인지 일요일이 더 바쁘다. 띄엄띄엄 오시는 손님과 틈틈이 보겠다고 펼친 욕망은 그리 쉽게 따라가지 않는다. 시라는 것은 보겠다고 해서 보이는 것이 아니기에 하는 말이다. 자연이다. 돌처럼 보아야 하며 바람에 흔드는 저 은행나무 이파리처럼 하늘 바라보아야 한다. 이제 제법 성성한 이파리다. 책갈피는 바깥에 나가서 비교적 넓적한 이파리 하나 딴다. 부채꼴처럼 생긴 은행잎 하나다.

푸른 손바닥이다. 만질 수 없는 하늘을 매일 만지는 저 이파리는 바람이 얼마나 고마운 일일까? 바람 가는 데로 하늘의 엉덩이를 쓸어 담으며 있다. 솔직히 어느 부위를 쓸어 담고 있는 건지는 모를 일이다. 햇볕의 마음을 올곧게 받기 위한 부채를 한결같이 펼쳐놓는다. 오늘은 책갈피로 쓴다. 책갈피는 제법 도톰하다. 물기 머금은 촉촉하기까지 한 은행잎이다. 약간 오그린 무늿결은 선명한 핏줄같이 올곧다. 커피 필터 같다. 다시 기지개처럼 쫙쫙 편다. 책갈피는 오랫동안 끼워 넣는 것도 예의는 아니다. 틈틈이 오는 손님과 자주 열람하는 꽃잎의 노래를 본다.

습한 땅 냄새가 물씬 오른다. 빗물이 1초에 수십만 아니 수천만 타로 하늘의 기록을 땅에다가 필사한다. 모자이크처럼 보도블록이 젖는다. 빗물의 타자는 그나마 흐릿한 얼룩으로 남는다. 자꾸 때리는 빗방울은 온전한 물의 모양에 가깝다. 느리게 아주 느리게 느린 동작으로 떨구는 한 방울의 빗방울은 먼지를 잊게 한다. 비는 계속 내린다. 은행나무 이파리는 하늘 다독이며 바람은 그저 하늘만 본다.

한 권의 시집은 나무의 이파리 하나다. 나는 나무다. 나는 하나의 시스템이다. 나의 경험은 뿌리고 그러니까 더욱 경험의 질을 높이기 위한 햇볕의 영양분을 받는다. 이파리는 많으면 좋다. 땅 깊게 내리는 뿌리의 힘을 불어넣는다. 땅 밑은 어두운 세계다. 바위가 있으며 잔돌이 있으며 수많은 박테리아가 응집한 곳이기도 하다. 뿌리 내리기도 쉽지가 않아서 내린 뿌리에 힘을 넣고 당위성을 부여하고 가치를 넣는다. 다음 단계로 넘어가는 등이 되어야 한다. 뿌리가 넓고 깊게 내리면 나무가 온전한 것은 당연한 이치다. 무엇을 먹든지 영혼의 충전은 아주 중요하다.

　시집은 얇아야 한다. 두꺼우면 읽기에 버겁다. 더구나 함축적인 내용이 책의 특성이라서 책 읽기에 거부감을 일으킬 수도 있음이다. 독자의 입장에서 굵고 넓은 이파리 하나 다는 것보다는 얇으면서도 작은 이파리 여러 다는 것이 나무에는 온전하다. 종교가 없는 사람은 각기 나름으로 종교와 비슷한 것으로 대신하는 사람이 많다. 작가가 아닌 평범한 사람이거나 하루의 안식의 길을 찾는 이에게는 그다지 두꺼운 책은 별로일 수도 있다. 더욱이 책을 많이 보지 않는 우리나라는 우선 책의 관심으로 돌려세우는 것부터 중요한 일일 수도 있다.

　기성세대들은 하나같이 입을 모은다. 초중고 교육방식이 무언가 잘못되었다는 말이다. 시는 그렇게 거부감이 없어야 하며 누구나 참여할 수 있으며 누구나 쓸 수 있는 자리매김이 중요하다. 그러니까 한마디로 낙서다. 낙서의 질을 높이면 문법이 나오고 문장가가 나오고 소월이다 영랑이다 미당이다 하며 인식하는 글 배우기가 다음 단계다. 처음부터 영랑과 소월과 미당과 대여를 구분하는 우리의 국어는 조금은 문제가 있다고 본다.

　사람은 자기를 인식할 때쯤이면 글쓰기에 들어간다. 지금은 21c다. 책은 누구나 내고 싶으면 낼 수 있는 시대가 되었다. 조그마한 출판사든 문단을 대표하며 문학을 이끄는 굴지의 출판사든 수많은 작가를 등단으로 배출한다. 그들이 피워내는 하나의 소리는 우리의 소리며 우리라는 나무를 온건히 지탱해 낼 수 있는 우리만의 잎이다. 우리의 뿌리는 무엇인가? 그 잎을 통해 경험의 질을 높이는 사람이야말로 우리 민족을 이끄는 대표이며 우리 세대의 주인공인 것이다. 자 그러면 시를 읽자.

詩人 이재훈 詩集을 만났다.

詩集 『명왕성 되다』. 이 시집을 읽기 전에 명왕성이라는 단어를 보자. 명왕성은 한때 태양계에 분류되었던 행성의 하나다. 2006년 국제 천문연맹의 행성분류법이 바뀜에 따라 행성의 지위를 읽고 소행성으로 전락한 별이다. 그러니까 여기서는 사물이나 사람이 갑자기 평가절하되거나 혹은 소외되는 것을 의미하는 신조어다. 시집의 전체적인 느낌은 요즘 시대를 사는 현대인의 비애감을 느낄 수 있었다. 그의 언어의 특징은 과거형 표기가 많았다. 이건 넋두리지만 시인 이지엽 선생께서는 되도록 현재형으로 쓰는 습관을 길러야 함을 그의 책 『현대시 창작 강의』에 언급하고 있다. 과거의 역사적 사건도 현재형으로 쓰는 것은 시의 긴장감을 불러일으키기 마련이다.

성당의 담벼락 밑에서 아랫도리를 벗었다. 좁은 골목길을 헐떡거리며 달렸다. 그곳이 어디인지는 묻지 않았다. 벽들이 내 몸으로 밀려들어 왔다. 한 뼘도 움직일 수 없게 갇혔다. 고개만 뒤로 젖히고 하늘을 보았다. 오, 하늘의 모든 별과 달이 내 말을 빨아 먹었다. 침묵의 시민이 된 나는, 긴 다리를 건넜다. 여섯 개의 상아를 가진 흰 코끼리가 옆구리를 비집고 들어왔다.

내겐 태몽이 있었다. 거스를 수 없는 운명이 있었다. 눈부신 설산에서 호랑이가 어머니의 치맛자락을 물었다던 꿈. 불 속에서 숨을 쉬던 날들이 있었다. 시끄러운 전동차의 굉음을 들으며 잠을 잤다. 머나먼 별의 여행길로 오르기도 했다. 저녁이 왔지만 밥을 먹지 않았다. 만나는 사람들은 내게서 패배를 읽고 갔다. 난 단지 긴 꿈을 꾼 것뿐인데. 너무 일찍 포기하는 법을 배웠다. 모든 사람들을 비웃을 수 있었다. 반성의 포즈로 모두를 속일 수 있었다. 긴 다리를 다시 건넜다. 혀를 힘껏 깨무는 연습을 더 해야 했다.

—이재훈 시 「침묵의 세계」 전문

시제가 침묵의 세계다. 그러니까 화자는 아무 말 없이 그렇게 바라볼 수밖에 없는 세계를 말하고 있다. 침묵의 세계는 전반부와 후반부로 나뉜다. 시 전반부는 암울한 현실의 세계를 그린 것 같다. 성당의 담벼락 밑에서 아랫도리를 벗었다는 것은 화자의 종교관을 이야기하며 그 종교관을 벗어난 어떤 부끄러움일 수 있는 사건을 비유한 문장이다. 아랫도리를 벗었다는 것은 그만큼 수치기 때문이다.

좁은 골목길을 헐떡거리며 달렸다. 그만큼 비좁고 어려운 현실의 고비와 주위를 생각할 수 없는 생존시장의 화자를 들여다보게 한다. 미당의 자화상이 떠오르는 한 대목이기도 하다. 볕이거나 그늘이거나 혓바닥 늘어뜨린 병든 수캐마냥 헐떡거리며 나는 왔다.

이 이후의 문장은 별달리 토를 달지 않아도 얼추 이해가 될 것이다. 그러나 시 전반부 뒤 문장을 유심히 보자. '여섯 개의 상아를 가진 흰 코끼리가 옆구리를 비집고 들어왔다.' 여기서 여섯 개의 상아를 가진 흰 코끼리가 무엇을 뜻하는지 생각해 보아야 한다. 상아의 색감과 흰 코끼리는 동일성이다. 색감도 같게 표시하였고 상아는 코끼리 몸에서 나오는 것이라 동일성이다. 상아의 성질은 가늘고 길다. 구부려졌고 하늘 향해 바라본 것도 그렇거니와 여섯 날을 은유한 문장이 아니겠나 하며 유추해 본다. 코끼리만치 우람한 하루와 상아 같은 날카로운 어떤 감을 심기도 하는데 이것이 옆구리를 비집고 들어왔음이다. 그만큼 힘든 하루의 연속이다.

시 후반부는 화자의 한때 희망과 세계를 향한 꿈을 이야기하며 현실의 어떤 고뇌는 화자를 자꾸 절망으로 몰고 간다. 하지만 화자는 혀를 깨무는 연습이라 여기며 더욱 질책하며 내일을 그린다. 그러니까 화자에게는 태몽도 있었으며 그 태몽의 자세한 묘사와 내일을 오버랩한 꿈을 그린다. 그러면 지금은 참고 견디어야 한다.

매일 다니는 골목길에 큰 돌 하나 있었다
무심코 지나쳤으나 돌은 늘 거기 있었다
다가가 자세히 보니 달을 닮았다
달의 일부인 양,
둥글고 푸르고 슬퍼 보이는 돌
가끔 지칠 때 돌 위에 앉아 쉬었다
어느새 나는 돌의 근원을 생각했다
짐승도 없고 새도 없고 울음도 없는

골목길에 오직 돌 하나 덩그렇게 있는

이 사실

돌 위에 앉아 있으면

저 바닥 아득히 짐승의 울음이 들리는 듯

엉덩이가 뜨끈했다

―이재훈 시 「돌」 부분

이 시를 읽으니 지금은 고인이신 이성선 시인이 생각난다. 선생은 대체로 자연을 소재로 자연 속에서 나를 일깨우는 성찰을 노래했다. 그러니까 자연과의 일체. 이참에 이성선 시인의 「물을 건너다가」도 필사해 본다.

개울물을 건너는 아침 / 징검다리에 엎드려 물을 마시다가 / 문득 물에 몸 비치고 서 있는 / 나무 한 그루를 마신다 / 聖人을 먹는다 / 물에 떠내려오는 황소를 먹는다 / 초가집 한 채도 먹는다 / 문살에 비치는 호롱불빛 / 여물 써는 소리 / 천도복숭아 가지에 매달린 아이들 / 감자꽃 사이에서 웃고 있는 할아버지 / 靈穴寺에서 막 문 열고 나오는 / 스님도 하나 먹는다 / 먹고 그냥 앉아서 / 두 다리 사이로 얼굴을 디밀고 / 거꾸로 바라본다 / 거울처럼 반짝이는 세상 / 내 안일까 밖일까 / 저 아래 / 염소 한 마리가 또 둑에서 내려와 / 궁둥이를 하늘로 뻗치고 / 물을 마시고 있다 / 나를 먹는 모양이다

―이성선 시 「물을 건너다가」 전문

시인 이재훈 님의 시제 '돌' 또한 자연이다. 자연과 더불어 자아를 일깨우

는 시다. 그러니까 화자는 집에 들어가는 길에 늘 거기 그대로 있던 돌에 가 앉았다가 돌에다가 화자의 마음을 이입한다. 돌은 그 자리 그대로 있었다. 돌을 적다 보니 돌에 관한 생각나는 시가 있다. 시인 이성복 선생의 시 「남해금산」이다.

한 여자 돌 속에 묻혀 있었네
그 여자 사랑에 나도 돌 속에 들어갔네
어느 여름 비 많이 오고
그 여자 울면서 돌 속에서 떠나갔네
떠나가는 그 여자 해와 달이 끌어주었네
남해 금산 푸른 하늘가에 나 혼자 있네
남해 금산 푸른 바닷물 속에 나 혼자 잠기네

–이성복 시 「남해금산」 전문

여기서 돌은 화자도 화자가 사랑했던 그 여자도 아니다. 돌은 다른 어떤 것을 은유한 시어임에는 틀림없으나 그 뜻하는 바가 많기에 상징이 될 수 있다.

終 / 鵲巢

짧고 간결한 것은 빗물처럼 맑다. 산은 세 번을 꽃봉오리에 오르고 온몸 적신 물방울을 닦았다. 침묵은 나비처럼 펼친 날개다. 조사가 들어가고 부사가 들어갔다. 형용사가 가히 절색이라며 찬탄을 아끼지 않는다. 사향 박하 길이 아닌

수상요트의 물소리가 뱃머리 잡고 흔들며 갔다. 다시 새날이 오고 새 창이 뜨고 선 위에는 지친 뼛골 하나가 두루마리처럼 기쁘다.

푸른 가로수처럼

　시는 제삼자의 입장에서 바라볼 때 가장 객관적이자 화자를 보호할 수 있음이다. 내가 본 사건을 지면과 얘기한다. 물론 화자의 경험이 대부분이겠으나 들은 내용이나 눈으로 본 것도 진술할 수 있음인데 나의 경험으로 고스란히 쓴다면 화자는 잃게 된다.(모 시인을 들어 시와 설명이 필요하겠으나 굳이 생략한다. 원로시인이라 예를 갖추기 위함도 있다.)

　시는 늘 그렇게 나를 부끄럽게 바라보기 때문이다. 시는 우리가 생각하는 것보다 월등히 높은 존재인 것만은 틀림없다. 그러니까 신보다도 태초의 빅뱅 이전의 것으로 어떤 가늠할 수 없는 크기의 물질로 말이다. 신은 전지전능하다.

　그러므로 글은 쓸수록 나를 이해하는 길이기도 하며 나를 잃어가기도 한다. 신에 다가가려는 인간의 노력은 분명 깊이가 각기 다 달라서 글을 쓰며 제시한 그 어떤 글도 해석이 안 되는 게 없다. 그래서 화자의 경험을 통한 시를 위한 시로 귀결시키는 창작이 중요하다. 그러니까 순수 창작이다.

푸른 가로수처럼 / 鵲巢

    푸른 가로수처럼 터널을 지난다. 푸른 가로수가 없다. 푸른 가로수처럼 터널을 지나야 한다. 터널을 지나다가 갑자기 멈춘다. 푸른 가로수가 언뜻 보인다. 차폭 등은 푸른 가로수 향해 경고 불빛을 쏜다. 어두웠던 터널이 환하다. 푸른 가로수가 없다. 다시 터널을 지난다. 터널은 푸른 가로수만 빽빽하다. 뻥 뚫고 간 하루가 아직도 태양 밑이다.

    팥 깡통 들고 그는 건널목 건넌다.

    건널목에는 소복 입은 사람뿐이다.

    소복 입은 사람은 그의 어깨에 울러 멘 팥 깡통을 보지 않는다.

    소복 입은 사람은 그의 어깨에 울러 멘 팥 깡통만 본다.

    하지만 팥 깡통은 사람을 먹기도 한다.

    사람만 잔뜩 먹은 팥 깡통은 건널목만 기다린다.

    팥 깡통은 그의 어깨를 줄여준다.

    팥 깡통은 그의 어깨를 무겁게 한다.

    건널목 건너다가 팥 깡통을 연다.

    녹색 신호등이 깜빡거린다. 팥 깡통이 하늘로 치솟는다.

    빨간 줄 밑줄 긋는다. 건널목에는 노을이 흥건하다.

    오후 6시 나는 롯데 하비스트 비스킷 봉지 뜯는다. 까만 봉지 안에는 날개 없는 새가 떼로 모여 있었다. 나는 날개 없는 새를 가볍게 낚았다. 그 새를 하얀 바늘에다가 걸어놓고 똥 묻은 깃부터 뜯는다. 그럴 때마다 새는 깔깔 웃는다. 그럴수록 나는 하얀 바늘만 페인트칠한다. 뜯은 깃은 가지런하게 놓는다. 마지막 새 한 마리 들어 올렸을 때 입에서 자꾸 닭 구렁내가 났다.

등이 켜지자 나방이 몰려든다. 환한 보도블록 위에는 바다의 소금을 소복이 쌓는다. 물고기로 바다를 가르며 바다를 비웠던 결국은 바다가 텅 빈 그 뼛골의 잔해가 보얗다. 바람이 불고 보도블록은 다시 하얗게 뜬다. 날개가 없는 나방은 등만 안는다. 닦으면 닦을수록 등만 더 밝다. 꼬닥꼬닥 타들어 간 주검이 등 밑에 수북하다.

일기는 창작의 밑거름이다. 창작은 씨앗과도 같다. 두꺼운 땅을 움트고 비집고 밀치고 오른 그 여린 싹이야말로 내일의 태양을 고대한다. 매일 새로움을 일깨우며 새로운 세계를 지향하는 것은 바람직하다. 그 새로운 세상을 위해 오늘의 기록을 남기고 내일을 당긴다. 기록은 씨앗이다. 오늘은 그 씨앗의 거름이며 내일의 빛을 받을 것이.

시는 새로운 세상을 당기는 기관차와도 같다. 꺼져가는 하루의 등불이 하루의 심지를 알차게 태워서 재를 남긴다. 아주 깨끗한 재는 바람이 불어서 날아간다. 바닥은 늘 새로운 무대며 새로운 세상의 주인공을 기다린다. 기관차는 하루를 잇는 열량을 묶어 당기니 삶의 활력소라 할 수 있겠다.

詩人 이수명 선생을 만났다. 선생의 시집은 이번이 두 번째다. 『붉은 담장

의 커브』를 읽었다. 시집이 아주 얇다. 시집의 부연설명이 없어 더욱 마음에
들었다. 느낌은 간결하면서도 무언가 골똘히 생각하게 한다. 이건 사족이지
만, 책의 표지에 실은 선생의 사진을 보니 참으로 미인이다. 연배로서 꽤 선
배다. 아무튼, 이수명 선생의 시 몇 수를 읽자.

　　사과를 던지자 최초의 벽이 생긴다. 사과는 벽에 맞아 떨어진다. 벽에 맞는
　순간 보이지도 않는 작은 조각들로 흩어졌다가 사과는 다시 뭉친다.

　　사과를 던지자 벽이 뚫린다.

　　푸른 사과늘이 도로 양변에 늘어서 있다. 그중 하나를 집어 올리려고 몸을
　숙인다. 머리 위로 내가 던진 사과가 날아간다.

　　　　　　　　　　　　　　　　　　　　　　　　　　　－이수명 시 「푸른 사과」 전문

언뜻 읽으면 무슨 말인지 모른다. 시 전문이 상징적 시어뿐이다. 여기서는
사과나 벽, 조각들, 푸른 사과, 도로 양변, 시어를 표면적 뜻과는 달리 보는 눈
빛을 가져야 한다. 그리고 이 시에서는 동사를 유심히 보자. 던지자, 생긴다,
떨어진다, 흩어졌다가, 뭉친다, 던지자, 뚫린다, 있다, 숙인다, 날아간다, 등

　동사가 표현하는 의도를 생각하며 앞의 명사를 다른 뜻으로 보는 것이 좋
다. 그러니까 제유나 환유로 보는 것이다. 사과를 예를 들면 서류나 원고쯤으
로 보는 것도 괜찮으며 벽은 일종의 장애라든가 극복하기 어려운 한계쯤으로

보는 것도 좋다.

시 3연을 보면 푸른 사과가 나온다. 그러니까 엄연히 말하자면 사과와 푸른 사과는 다르다. 푸른 이라는 형용사가 들어감으로써 더욱 견고한, 당당한 이런 뜻으로 바뀌기 때문에 앞의 사과와는 다른 어떤 물질이 되는 것이다. 하지만 사과라는 것에는 이변을 제기할 수 없음이다.

구태여 시 해석을 하자면 이런 것이다. 시 1연을 보면 사과를 던지자 최초의 벽이 생긴다고 했다. 실지로 사과를 던졌을 것이기도 하고 어떤 초고를 던졌을지도 모른다. 사과는 벽에 맞아 떨어진다. 그러니까 결과다. 원고는 어떤 장애에 부딪는다. 그때 그러한 장애를 통해서 방법론을 찾게 된다. 그러니까 던졌던 그 원고를 추스르게 된다.

시 2연을 보면 던지자 벽이 뚫린다고 했다. 솔로몬의 명언이 여기서 갑자기 생각이 나다니, 호! '지혜를 찾아라' 는 말이 있다. 단어는 두 개다. '지혜' 와 '찾아라' 다. 어떤 단어가 더 중요한가! 물론 행동강령인 '찾아라' 다. 지혜가 있으면 무엇하겠는가! 아무것도 쓸모없다. 무엇이든 이용하고 더욱 발전시켜서 더 나은 모습으로 변모해야 함을 말이다. 그래서 화자는 던지자 벽이 뚫린다고 했다. 행동을 강행하자 방법이 생긴다.

시 3연을 보면 푸른 사과는 사과의 역할 모델이자 선생이다. 도로 양변에 늘어서 있다. 흩어진 사과다. 그중 하나를 집어 올리려고 몸을 숙인다. 화자의 욕망을 그린다. 근데 그 순간 언뜻 머릿속에는 최초의 사과가 지나간다. 마! 해서 뭐하노 이런 뜻이 된다. 그러니까 푸른 사과는 사과의 성찰이며 화자를 일깨우는 철학적 시 해석이 나오게 되는 것이다. 사과가 어떤 고행의 결과물을 말한다면 푸른 사과는 절망을 절망으로 부정하는 긍정의 결과물이 된다. 여기서 도로는 화자의 실체적 모습과 화자의 정신적 모습을 놓는 길이며 양변이라는 것은 어떤 갈등의 표상이다.

이 시의 종연을 감상해 보니 시인 최승자 선생의 시가 생각난다. 선생의 시를 아래에 덧붙여 놓는다.

근본적으로 세계는 나에겐 공포였다

나는 독 안에 든 쥐였고,

독 안에 든 쥐라고 생각하는 쥐였고,

그래서 그 공포가 나를 잡아먹기 전에

지레 질려 먼저 앙앙대고 위협하는 쥐였다

어쩌면 그 때문에 세계가 나를

잡아먹지 않을는지도 모른다는 기대에서……

오 한 쥐의 꼬리를 문 쥐의 꼬리를 문 쥐의 꼬리를

문 쥐의 꼬리를 문 쥐의 꼬리를 문 쥐의 꼬리를……

–최승자 시 「악순환」 전문

詩人 이수명 선생의 「푸른 사과」는 어떤 결말을 도출하지는 않았지만, 위의 詩人 최승자 선생의 악순환과도 같은 맥락이다. 그러니까 화자의 마음이 벽을 뚫고 가는 자아를 발견했지만, 그때는 이미 화자의 노력(성과물, 사과)이 크게 소용없음을 느낀다. 그렇지만, 그것도 아닌 것이 아까운 현실을 직시하게 되는 화자의 마음을 보는 것이다.

이수명 선생의 詩集 『붉은 담장의 커브』의 서시와 종시를 한번 보자.

커다란 케익을 놓고

우리 모두 빙 둘러앉았다

누군가 폭탄으로 된 초를 꽂았다

케익이 폭발했다

우리는 아름다운 노래를 불렀다

그리고

뿌연 먼지 기둥으로 피어오르는 폭발물을

잘라서 먹었다

−이수명 시 「케익」 전문

鵲巢感想文

시 / 鵲巢

대문장가 시를 놓고

우리 모두 죽 둘러보았다.

누군가 시론으로 된 칼을 뺐다.

시가 낱낱이 뜯겼다.

우리는 흐뭇한 미소를 지었다.

그리고

투명한 극지 칼날에 곱게 흐르는 피를

핥아서 먹었다.

그러니까 한마디로 공부했다는 것이 된다. 어지간히 시를 사랑하지 않고
는 시를 올곧게 바라볼 수 없음을 이야기한다.

구두를 신고 그는 잠이 들었다

나는 흙이 묻은

그의 커다란

검은 두 귀를

벗겨주었다

-이수명 시 「검은 구두」 전문

鵲巢感想文

거뭇한 비문 / 鵲巢

비문을 새긴 그의 무덤을 본다.

나는 지방이 고운

그의 일대기
거뭇한 두 발을

닦아주었다.

 두 편을 패러디로 감상했다. 선생께서 보시면 호되게 호통칠만하겠으나
그저 공부라서 그렇거니 하며 보아주시길 바랄 뿐이다. 여기서 구두라는 시
어를 보자. 구두는 우리가 신고 다니는 양화와 구두口頭가 있다. 즉, 구두口頭
는 마주 대하며 하는 말이다. 시 1연을 보면 구두를 신고 그는 잠이 들었다는
것은 하나의 말놀이지만 제유와 동사를 오버랩한 표현의 기술이다. 시를 써
놓고 그는 쉬고 있다며 읽는 것도 괜찮겠다.

시 2연은 '나는 흙이 묻은' 이라고 하는 것은 화자의 공부를 뜻하며 시를 읽는 것인데 그가 남긴 시를 본다는 것의 암묵적 표현이자 암시적 여운이다. 시 3연은 '그의 커다란 / 검은 두 귀를' 화자가 본 시집 속 주인공의 이야기를 뜻하는 것으로 종연을 보면 벗겨주었다고 했으니 결국은 주인공의 이야기를 읽은 셈이 된다.

그러면 필자가 쓴 패러디 또한 얼추 이해가 될 것이다.

오늘부터 더욱 바빠지게 되었다. 출판사에서 교정본이 내려왔다. 책 제목은 『커피 배전기』다. 내려온 이상 그래도 한 번 훑어볼까 한다. 크게 손댈 곳이 있을까마는 작업의 순차며 예의다. 이제 또 나는 본연의 자세로 돌아간다. 시 잘 감상했다.

접시에 담은 김 가루는

접시에 담은 김 가루는 소고기 국밥만 그리네. 한 그릇의 국밥은 태양의 바짝 마른 소금 창고라네. 빈 잔은 태양 빛 아래 젓가락처럼 걸었네. 접시에 담은 김 가루는 칼디의 기원에 관해서 고개를 넘고 비탈진 밭을 다듬었네. 이때 빈 잔은 젓가락처럼 소금밭을 일구네. 밀려오는 잠처럼 염전 밭은 무겁기만 하네. 한때는 바람 불고 지나는 가방이 있고 윗도리를 손에 쥐어 가는 사람도 있으나 바다는 가벼운 배만 자꾸 띄우네. 이해가 안 되는 나침반이 극성을 잃고 출렁이는 파도에 떠 있네. 북극성은 얇은 습자지라서 손을 씻은 엄지는 함묵하고 가는 집게만 인장같이 접시에 담은 그 김 가루에다가 쿡쿡 찍네.

접시에 담은 김 가루는 흰 밥 덩이에 달라붙네. 빈 잔 위 올려놓은 젓가락으로 찢기도 하며 엮기도 하면서 오물오물 그렇게 이명의 접시에다가 넣네. '왜 그리 불만이 많은 거니 넌' 그러니까 노을이 바다를 그리워하는 것은 단지 조개 때문이었네. 한쪽 길가에 잘 심은 하늘 치솟은 메타세쿼이아 나무만 멍하니 바라보았네. 앞치마는 작은 접시에다가 담은 소고기 국밥과 깍두기와 접시에 담은 그 김 가루까지 맑은 유리 탁자 위에 놓네.

그 전에 빈 잔을 먼저 가져왔다네. 빈 잔에다가 숭늉 가득히 따랐네. 바람 불고 지나는 가방과 윗도리를 손에 쥐어 가는 사람을 생각하면서 말이야. 바람 불고 지나는 가방과 윗도리를 손에 쥐어 가는 사람을 천천히 마셨다네. 비운 잔 위에다가 부러질 수 없는 젓가락을 올려놓았지. 올려놓은 젓가락은 허공을 짚으며 걸었던 하루를 흰 밥알에다가 한 옴큼 묶어 집어 올렸다네. 집은 그 흰 밥 덩이를 접시에 담은 그 김 가루에다가 뭉치네. 이명이었지. 하얀 이빨 사이에 비집고 들어가면서 바다를 잊었지.

그러니까 갯벌에 묻은 조개까지 잊은 셈이야 어느덧 노을이 앞을 가릴 때 접시에 담은 그 김 가루는 일어서네. 위 주머니에 넣은 족쇄를 끄집어내네. 까맣게 염색한 파마가 어둠이 짙은 족쇄를 받네. 번개처럼 그었지. '딩동' 접시에 담은 그 김 가루는 함묵했네. 까맣게 염색한 파마가 성급히 어디론가 가네. 놋그릇과 깍두기와 접시와 접시에 담은 그 김 가루가 하얀 이빨만 그리네.

맨드라미 꽃송이 보네. 거짓말 같은 맨드라미가 거짓말처럼 빨가네. 외로움 가득한 꽃봉오리 맡으며 꽃잎을 하나씩 떼어내네. 병든 닭 볏처럼 꽃술이 없어라. 꽃받침이 기형이네. 4개네. 맨드라미는 외로움이었네. 이때 아이를 업은 족두리가 바깥에서 나비를 잡고 있었네. 맨드라미는 서글프네. 나이 들었네. 뽀글뽀글 삭은 술도가네. 허공에 칼자국을 내며 가는 휘파람이네. 부러진 연필심은 동글 방을 그리고 따끔거리는 벌침에 미소만 지네.

이때 아이를 업은 족두리가 바깥에서 안으로 들어오네. 맨드라미의 까만 씨앗은 불 켜진 집과 불 꺼진 집 사이를 오가며 서로를 꽉 물고 있네. 이때 접시에 담은 그 김 가루는 벌떡 일어서네. '저 아저씨 아이스 더치커피 한 잔 주세요' 미소 지으며 '네, 시럽 넣어 드릴까요' 아리송한 눈빛의 긴 마스카라는 허공을 지목하네. 접시에 담은 그 김 가루는 그림자만 포개어 놓은 맨드라미를 끄집어내네. 얼었던 맨드라미를 분쇄하며 자꾸 목을 저으며 깎은 손톱을 보며 어두운 조개와 만질 수 없는 바닷물만 그리며 천천히 담네.

종이상자 하나가 바깥으로 나가네. '안녕히 가세요'

시집을 읽었다. 그러니까 시인 이승희 선생을 만난 것이다. 시집은 겉은 빨갛다. 시집 제목은 『거짓말처럼 맨드라미가』이다. 그러니까 시집의 전체가 맨드라미에 관한 이야기다. 맨드라미는 무엇을 뜻하는 것인가? 진술인가 묘사인가 은유인가 상징인가 아무튼 한 권의 시집을 선사한 선생께 잘 읽었음을 표기해 놓는다.

선생의 詩集 서시다. 詩題는 「맨드라미는 지금도」

햇살이 가만히 죽은 나무의 머리를 쓰다듬는 동안 나는 죽은 내 얼굴을 만져볼 수 없다는 것이 믿겨지지 않았다. 젖을 물리듯 햇살은 죽은 나무의 둘레를 오래도록 짚어보고, 고스란히 드러난 나무의 뿌리는 칭얼대듯 삐죽 나와 있는 오후. 어떤 열렬한 마음도 이 세상에서만 가능하다는 것은 거짓말이다. 내가 싸워야 한다면 그 때문. 내가 누군가와 섹스를 한다면 그 때문. 거짓말처럼 내 몸을 지나간 칼자국을 기억하기 때문이 아니다. 우글거리는 상처 따위가 아니다. 맨드라미는 지금도 어디선가 제 키를 키우고 있기 때문이다. 죽은 나를 두고 살아 있는 내가 입을 꾹 다물고 먼지처럼 그릇 위에 쌓여가는 일은 그러므로 아주 서러운 일은 아니다. 이젠 벼랑도 아프지 않다고 생각에 잠긴 귀를 흔들어 보는 일. 입을 벌리면 피가 간지러운 듯 검은 웃음이 햇살 속으로 속속들이 박혀드는 날. 집이 사라지면 골목은 어디로 뛰어내려야 하나.

이 시에서는 햇살과 가만히 죽은 나무의 머리와 죽은 내 얼굴 그리고 맨드라미가 등장한다. 죽은 나무의 머리는 여러 가지 변형된 모습으로 나타나기도 한다. 그러니까 죽은 나무의 머리는 죽은 나무의 둘레로 나타나기도 하고 나무의 뿌리로 나타나기도 한다.

이 시의 첫 문장은 자아의 인식이다. 현실의 모습을 일깨운다. 햇살은 어느 삼자의 처지를 대변하기도 하는 시어로 읽히기도 하는데 '죽은 나무의 머리를 쓰다듬는 동안' 시구를 자세히 들여다보자. 죽은 나무는 하나의 인격체이며 머리는 죽은 나무의 소산이다. 다음 문장을 보자.

젖을 물리듯 햇살은 죽은 나무의 둘레를 오래도록 짚어보고, 그러니까 햇살이라는 인격체가 죽은 나무의 둘레를 보살피고 있는 것인데, 그 일은 깊고 오래다. 왜냐하면, 뒤 문장은 이를 대변해 주는데 나무의 뿌리는 칭얼대듯 삐죽 나와 있는 오후를 맞으며 화자는 이 시를 쓴 게다. 나무의 뿌리는 죽은 나무와 관련 있다.

그다음 문장은 화자의 마음을 엿볼 수 있다. '어떤 열렬한 마음도 이 세상에서만 가능하다는 것은 거짓말이다.' 여기까지는 시의 발단이다. 다음은 시의 전개인데 그 문장을 다시 읽어 보자. '내가 싸워야 한다면 그 때문. 내가 누군가와 섹스를 한다면 그 때문. 거짓말처럼 내 몸을 지나간 칼자국을 기억하기 때문이 아니다. 우글거리는 상처 따위가 아니다. 맨드라미는 지금도 어디선가 제 키를 키우고 있기 때문이다. 죽은 나를 두고 살아 있는 내가 입을 꾹 다물고 먼지처럼 그릇 위에 쌓여가는 일은 그러므로 아주 서러운 일은 아니다.' 맨드라미는 아무래도 화자와 밀접한 관계로 있었던 것은 사실이다.

시의 결미를 보면 화자는 진술과 묘사를 적절히 사용하고 있음을 볼 수 있다. 그러니까 벼랑과 생각에 잠긴 귀와 검은 웃음 그리고 햇살 같은 단어는 묘사로서는 끝내주는 시어다. 더 자세히 부연설명을 하자면 벼랑은 위기나 위기감을 생각에 잠긴 귀는 화자의 미래에 대한 그림을 검은 웃음은 화자의 희망 그러니까 시로서 귀결해 놓은 것인데 절대 희망을 그리며 햇살은 그 희망의 결정체다.

마지막으로 시의 끝 문장을 보자. '집이 사라지면 골목은 어디로 뛰어내려야 하나.' 진술이다. 그대로 읽으면 된다. 솔직히 필자의 느낌은 아무래도 이혼한 중년 여성이자 미래를 생각하며 그린 시가 아닌가 하며 조심스럽게 글을 쓴다. 글이라는 것은 참으로 위험한 것이라서 선생께서 읽으면 또 어떤가 하는 생각도 좀 든다. 하지만 시를 발표하고 독자께 내놓는 것은 자아를 드러냄으로써 세계를 똑바로 바라보고 걸어가겠다는 의도와도 같으니 한 작품은 미래의 꿈에 대한 밑거름인 셈이다. 뭐 이해하리라 믿는다.

접시에 담은 그 김 가루는 하얗게 핀 맨드라미 보았네. 지렁이처럼 기는 그 긴 발은 어느 다족류보다도 밤 냄새 폭폭 나는 어둠을 좋아하네 슬그머니 척 척 기어가는 그 긴 발은 바람을 불고 지나는 가방과 윗도리를 손에 쥐고 가는 사람을 잊네 지그재그 지퍼처럼 기는 그 긴 발은 조개만 잔뜩 담은 그 바다를 벼랑에다가 던져 버릴 수 있었다네 호! 그러니까 접시에 담은 그 김 가루는 노을을 잊으며 바라본 하얗게 핀 맨드라미가 거저 핀 꽃이 아니라네.

분수의 방식

새날이 오고 새 아침을 맞는다. 백지처럼 아침을 열고 통나무처럼 하루를 조각한다. 우울함, 두려움, 즐거움, 졸림, 포만, 근심, 걱정, 노여움, 사랑, 욕심, 부끄러움, 용기, 배고픔, 기쁨 등 수만 가지 감정이 뒤섞인 하루를 깎는다. 날이 저물고 달빛을 보고 깎은 하루를 볼 때면 얼마나 떳떳한 작품이었나!

날의 이면이 오고 이면의 아침도 맞는다. 어쩌면 계획의 눈빛으로 아침을 보았을 것이고 준비된 자재를 놓고 지극히 도덕적인 칼을 준비했을지도 모른다. 그 어떤 인간의 감정과는 달리 마치 종교처럼 젤리처럼 태양의 연료를 태운다. 준비된 달을 띄우고 수많은 시간의 데칼코마니, 통나무 깎은 수면을 엿보고 있지는 않은가!

신의 그림자만 잘 보았더라도 내일의 두려움은 없을 것이다. 그래서 나는 인간이다. 시는 그림자를 찾고 다 지은 건물을 보았다. 정화조 잇는 오수 통을 보았고 정화조 관을 묻는 회반죽을 보았다. 그 회반죽을 미장 손이 반지르르하게 닦는 것을 보았다. 구르는 동태가 있었는데 여기까지 오면 안 된다며 손짓하는 난간이 있었다. 시는 모두 7인을 보았다.

울림도 부름도 없는 날은 막막하다. 그런 날도 막막하기는 마찬가지다. 땅바닥을 핥으며 걸었던 구두가 깨끗하다는 것은 슬픈 일이다. 축축하게 젖은 빗물을 밟지 않았다는 것은 나태함이다. 다 헌 구두 밑창이다. 바람이 허공을 향해 내뱉는 숨소리와 때 묻은 바람의 들숨은 구두를 더 해지게 한다. 이쪽과 저쪽을 잇는 온전한 구두 한 켤레는 모두의 희망이다. 나는 선물한 구두를 아껴 신으며 걷는다.

신발을 신으면 마치 어두웠던 머릿속 거리를 불 밝히는 것 같다. 그러니까 예전에 분명히 있었는데 내가 잊고 있었던 거리쯤 되는 것이다. 만약 신발을 신지 않았다면 영원히 그 방은 불을 켜지도 켤 수도 없었을 것이며 그러다가 소진되거나 사라지는 빙임은 분명하다. 바쁜 시간 속에서도 신발은 늘 곁에 두어야 한다. 쉽게 펼치며 읽을 수 있는 아주 짤막한 문장 신발을 신자.

시집 한 권을 읽었다. 시인 김유자 선생의 시집 『고백하는 몸들』 만났다.

무엇인가 울컥할 때
나는 테니스 라켓을 들고 벽치기하는 사람
공은 날아가고
허공이 주욱 딸려 갔다가
나에게로 쏟아져 온다

언제나 돌아온다, 깨어져서

돌아와

흥건히 젖는다

앞날에 사로잡혀

나는 공처럼 굴러가지만

텅 비어 버린 제 속을 들여다보거나

바람에 귀 기울이거나

내려앉은 새의 발가락에 새겨진 여행기를 읽으며

앉아서 천 리를 날아가 보는 계절,

천 리를 보아도 언제나 제자리인

계절,

목까지 차올라 출렁거린다

소금을 뿌리자 밀물인 줄 알고 튀어 오르는 맛조개처럼

갯벌을 밀어 올리는 비명들

–김유자 시 「분수의 방식」 부분

약간 탐미적 색채가 강하기는 해도 화자의 희망을 엿볼 수 있는 시다. 재미
나게 쓴 글이면서도 화자의 취미를 읽을 수 있다. 무엇인가 울컥할 때 화자는
테니스 라켓을 들고 벽치기 한다. 그러니까 테니스 라켓은 무엇을 뜻하는가!
일차적 뜻을 넘어 속뜻을 생각해 보면 공만 담은 바구니를 얼른 갖다 놓아야
한다. 그러니까 공은 허공으로 주욱 딸려 갔다가 화자에게 쏟아져 온다. 하지

만 벽은 늘 건재하다. 공은 날려도 벽은 그대로다. 그래서 울컥한다.

　시 2연을 보면 화자의 분수, 내가 해서 도달할 수 있는 한계를 안다. 하지만, 그것을 넘어서 도전하는 마음을 엿볼 수 있음이다. 시 3연을 보면 화자의 현실을 이야기한다. 테니스공에 화자의 마음을 오버랩한다. 현실에 대한 안주지만 새로운 세계에 대한 그리움이 있다. ‘내려앉은 새의 발가락에 새겨진 여행기를 읽으며 / 앉아서 천 리를 날아가 보는 계절,’은 새로운 세계에 대한 추구며 ‘천 리를 보아도 언제나 제자리인 / 계절,’은 새로운 세계에 대한 그리움이다.

　시 4연을 보면 화자의 도전의식을 읽는다. 목까지 차올라 출렁거린다. 2행을 보면 ‘소금을 뿌리자 밀물인 줄 알고 튀어 오르는 맛조개처럼’이라고 했다. 이는 화자의 노력을 엿볼 수 있는 문장이지만, 약간 탐미적이다. 하지만 시제가 분수의 방식이다. 인생에 중차대한 계획을 세우고 실행의 첫 단계 첫 단추를 끼우는 것으로 읽었다. 다음 행도 마찬가지다. 갯벌이라는 시어는 화자를 제유한 표현이다.

　이 외에도 시인 김유자 선생의 시, 시제 「검은 입술들」과 시제 「내려다보는 사람」도 읽을 만하다. 상상을 다분히 일으키는 좋은 시다. 시인의 시 한 편을 더 필사해 본다면 시제 「자매들」 고른다.

－샴

　　사십육 층 베란다에서 너를 민다 아니, 사십육 층 베란다에서 내가 뛰어내린다 함께 뛰어내리지는 않을 거야(죽은 후까지 함께하다니!) 너는 내 머리채를 낚아채다 나는 의자 밑으로 숨고 싶어 아니, 나는 그곳에서 사라진다 머리채 잡힌 것은 내가 아니야 인형이야 너는 두 남자에게 양팔을 잡히고 인형을 놓치고 병실로 끌려간다 그건 네가 아니야 그건 인형이 아니야 그곳은 하루 세 번 천사가 약을 주지 천사는 꼭 네 손과 혀 밑을 검사하지

－김유자 시 「자매들」 부분

　　사십육 층 베란다와 너는 어떤 관계인가? 그러니까 사십육 층 베란다는 누구를 뜻하는 것인가 한번 생각해보자. 인형과 천국의 문, 사철나무 열매 같은 붉은 벨, 모자와 흰 눈도 유심히 볼만한 시어다.

　　이건 사족이지만 시인 황병승 선생의 시집 『여장남자 시코쿠』에 쓴 시어를 잠시 보자. 그러니까 여성의 성기와 남성의 성기에 관한 표현이다. 담장과 도끼, 모자, 꼬리 잘린 도마뱀, 6과 9(이건 체위), 스케이트 날, 토슈즈, 장어, 멍게 해삼, 검은 넥타이, 문어, 빨간 귀, 금빛 머플러, 얼음 속에 갇힌 불, 총알이 지나간 혓바닥, 숲, 계단, 뱀 등을 볼 수 있다.

　　우리가 일차적으로 떠올리는 시어의 질감과 그것을 통해서 연상하는 여러 가지 감각적인 표현을 할 수 있음이다. 그러니까 계단이라는 것은 어떤 단계

를 오르는 층층대로 표현할 수 있지만, 여성의 질 내부는 마치 계단 같기도 하며 모자 또한 독일군 병사를 떠올릴 수 있는 상상과 남성의 성기에 빗대어 이야기할 수도 있음이다. 다른 시어 또한 마찬가지겠다.

물론 그렇다고 해서 위 시인 김유자 선생께서 지은 시가 탐미적이라 표현하고 싶어 거론한 것은 아님을 밝혀 둔다.

언젠가 필자는 미당의 시론을 읽은 적 있다. 그는 원초적인 詩가 오래 살아남을 것이라고 했다. 그의 詩 「화사」를 보면 잘 알 수 있다. 잠시 적어보면 '사향 박하의 뒤안길' 그러니까 이는 여성의 질 내부를 의미하며 '아름다운 배암'은 남성의 성기쯤으로 보아도 무관하다. '석유 먹은 듯'은 그만큼 미끄럽다는 뜻의 은유한 문장임을 알 수 있다.

돼지국밥

序 / 鵲巢

　호수가 있다. 동쪽, 서쪽, 북쪽, 남쪽, 중앙에도, 바닥에도 파벌을 이루고 영역을 확장하는 물고기와 수많은 생물을 보았다. 어느 구석진 자리도 마찬가지다. 난데없이 황소개구리가 나타나기도 하고 변종이 출현하기도 하는 작은 호숫가 이곳에 앉아 낚시하는 사람도 있다. 오래 앉아 있을 것만 같다. 별을 낚는다. 결코, 별이 될 수 없는 한 남자가 있다.

　혼자서 들을 수 없는 시를 고민하다가 어린 손을 빌리려 했으나 어린 손은 바빴다. 텃밭을 잘 가꾸는 손이 있었다. 언뜻 떠오르는 생각에 바깥으로 뛰어나가 텃밭에게 묻는다. 종이상자가 있다며 손이 필요하다고 했다. 텃밭은 텃밭을 잘 가꾸는 손이 있었는데 하며 주위를 빙 둘러 본다. 길 건너, 오신다. 시는 종이상자를 뜯고 나온다. 제비처럼 달구지에 오른다. 봉지를 찢으며 나오는 저 은빛이 새삼 아름다워라!

　구리선은 모두 셋, 무거운 너트는 하나, 볼트는 몸통에서 삐져나온 물선, 너트에다가 테프론 테이프를 칭칭 감는다. 너트를 물선의 볼트에다가 끼우고 스패너로 꽉 죈다. 정수기 호스에다가 끼운다. 구리선을 니퍼로 벗기고 플러그에다가 연결한다. 전기와 물을 공급한다. 그러니까 시는 인간이 만들어놓은 기기와도 마찬가지다. 어느 것은 해체하며 어느 것은 다시 조립해서 생명을 불어넣는다. 생명을 불어넣음으로 해서 한 생명의 모체가 된다. 그러니까 시는 또 다른 시의 어머니이며 아직 태어나지 않은 시의 아버지인 셈이다.

시詩, 돼지국밥 / 鵲巢

역에 들러 커피 한 잔 마시고 / 신매공원 지나 어느 카페 들러 내려오는 길 / 국밥 먹고 싶어서 / 시장통 들어가다가 / 오늘은 목요 장날 / 차는 빼도 박도 못하고 / 난감히, / 난감히 시간 보내다가 / 그래도 국밥 믹고 싶어서 / 차는 또 돌고 / 한 바퀴 쭉 돌아서 / 아예 한데다 두고 / 시장통 걸어가다가 / 옛날 보던 사람 / 내나 거기서 보고 좀 부끄럽기도 하고 / 그래도 걸어서 가 본 국밥집 / 뼈도 없는 비곗덩어리 몇 점 / 잊지 못할 이 한 그릇

한 군데 개업 준비라 해서 다녀온 시지다. 점심은 잘 챙겨 먹지 않아서 늦은 오후, 배는 몹시 고팠다. 함께 일하는 직원과 여기서 가까운 시장통에 들어간다. 마침 목요 장날이다. 예전, 끼적이다가 적은 졸글이 생각나 다시 수정해서 써본다. 그러니까 시는 돼지국밥이다. 지식의 배고픔 속에 언뜻 떠오르는 것이 시며 시를 갈구하며 찾는 길은 시장통처럼 좁은 길이며 뚫고 가는 길은 예전에 이미 지나온 길이기도 하나 새로운 것은 언제나 뼛골 없는 비계 몇 점뿐이다. 그래도 시를 쓰는 이유는 어쩌면 휴식이며 킬링타임이며 정상

에 오른 암벽등반가의 희열 같은 것이다.

시라고 쓴 한 문장은 그 문장 자체가 시다. 그 문장의 앞뒤 연결은 맥이 닿아야 하며 닿지 못한 문장은 애석하게도 비문이 된다. 그러니까 시는 절대 외롭지 않은 것이 되며 시를 바라보지 않는 한, 시를 읽을 수 없음이다. 그러니까 시는 마음으로 읽어야 한다. 그런 마음이라면 잃었던 문장을 이으며 빠뜨렸던 사고까지 증진할 수 있음이다.

그러면 詩는

일곱 살빼기가 무슨 맛을 알겠냐만, 밥숟가락을 들고 지누아리를 얹어달라고 하는 것을 보면 피를 통해 전해지는 입맛이 따로 있긴 있는 것이리. 명색이 시인인 애비가 죽을 때까지 꼭 시로 쓰고 싶은 것이 있었으니, 그게 바로 이 오묘한 지누아리 맛이라. 애비가 말 배운 뒤부터 평생 보고 자란 동해에서 나는 이 지누아리는, 그 맛의 빛깔이 동해의 물빛만큼이나 층층이 달라서 바닷속으로 잠겼다 떠오른 해와 달의 흔적을 다 머금고 있는 거라. 거기에는 평생 간절함으로 애간장이 다 녹은 사람의 구절양장한 사랑도 남아 있어서, 씹으면 씹을수록 해와 달이 바닷속에 잠겼다 떠오르는 것을 되풀이하는 것이니, 누가 있어 이 첩첩한 맛의 빛깔을 다 넣어놓을 수 있겠는가.

−이홍섭 시 「지누아리」 부분

지누아리는 짙은 홍색을 띠고 매우 부드러우며 점액질이 많은 엽상체다.

보통 반찬으로 많이 해서 먹는 해초다. 소금을 약간 넣어서 주물러 더러움을 빼내고 깨끗이 헹구어 물기를 뺀 다음 파와 마늘을 넣고 무친다. 맛있다.

화자는 이 지누아리에 대한 맛이 그냥 있는 것이 아니라 해와 달의 흔적을 다 머금고 있음이고 구절양장처럼 어려운 사랑도 있어 어찌 첩첩한 맛의 빛깔을 다 널어놓을 수 있겠느냐며 너스레를 한다.

그러니까 애비가 아들에게 흰 밥 위에 올려주는 이 반찬 즉, 지누아리를 얹어주듯 너도 그렇게 해와 달의 의미를 머금고 구절양장의 부모와 자식 간의 사랑만치는 안 돼도 세상을 보는 눈빛은 있어야겠다며 가르침을 놓는다.

시를 읽다 보니 필자 또한 어설프나 어린 아들의 내뱉은 우스운 말 한마디에 지은 시 한 수 있어 덧붙여 본다.

커피 50잔 / 鵲巢

하마 같은 아이가 문명의 아침에 마주 먹는 한 술 그 뜨는 밥주걱에 밥가락이라 했다 잠깐 아찔하면서도 섬뜩하게 잉카의 아타우알파가 스친다

에스파냐가 말 타고 종횡무진 칼 휘두르다 한 문장 빛깔 좋은 홍시 하나 착 펴지다 제국은 벙어리였고 강가의 모래였다 라마와 말의 시소 속에 밥가락이 폭 주족 지나가듯 한다

턱턱 막힌 언어가 그 라마 목에 달라붙은 이 하나 잡지 못하고 꾸덕꾸덕 굳는 목뼈 비트는 일은 없어야겠다 언뜻 내지른 하마의 아침,

그 밥가락으로 뜬 밥 한 그릇 오돌오돌 씹는다 말고삐 잡고 달리는 것도 기지국 소리 잘 읽어야겠다

아직 공중파 하나 없이 떠도는 알파파가 한 잔 짧게 마시는 에스프레소처럼
비웠다 가는 한 종지 나날 자석이면 착 달라붙는 쇳가루처럼 문자와 서로 맞지
아니한 해바라기의 끝은 무엇인가

―필자의 詩集 『카페 鳥瞰圖』 84p

화자는 사랑을 이야기한 것이지만 필자는 그저 사업성을 두고 지은 것이
다. 그러니까 문명의 아침에 문명의 종식에 관한 그 이유가 문자에도 있었음
인데 일개 국가도 그러함이지만 일개 개인도 마찬가지가 아니겠는가 하며
말이다. 그러니까 나를 이야기할 수 있는 성문법은 아니더라도 그와 같은 체
계를 세우는 것은 분명히 있어야겠다. 해서 나온 책이 필자의 『커피향 노트』
였다.

―――앞 생략

조카들이 신식 예초기를 가져왔지만 저는 끝까지 낫으로 벌초를 했어요, 낫
으로 해야 부모님하고 좀더 가까이 있는 느낌이 들고, 뭐 살아 계실 적에는 서로
나누지 않던 얘기도 주고받게 되고, 허리도 더 잘 굽혀지고…… 앞으로 산소가
없어지면 벌받을 곳도 없어질 것 같네요, 벌받는 초입이 없어지는데 더 말해 무
엇하겠어요, 안 그래요, 형님

―이홍섭 시 「벌초」 부분

화자는 벌초에 관해서 새로운 의미를 부여하며 시의 끄트머리에서는 반어

적으로 예를 숭상하는 우리의 고유문화가 사라지는 것에 대한 비판을 한 시다. 여전히 화자는 낫으로 벌초하는 세대지만 조카들은 예초기로 벌초하는 세대다. 어찌 보면 이것도 그나마 나은 것이다. 다음 세대로 내려가면 아예 벌초고 낫이고 예초기도 없다. 그러니까 조상을 대하는 면목도 없어지고 그런 기본 윤리가 사라져가는 현실이 안타깝기만 하다.

필자 또한 조상님을 대하며 제사를 지내지만, 솔직히 나의 아들이 나를 위해서 벌초를 하거나 제사를 지낼 거라는 생각은 하지 않는다. 묘를 쓰지도 않거니와 제사는 더욱 있을 수 없는 말이다. 점점 각박한 사회를 사는 현대인을 생각하면 앞으로 더하면 더했지 옛것을 찾기란 더욱 어려운 일이며 손이 덜 가는 쪽으로 기울어질 것은 분명한 사실이다. 아무래도 제례 문화나 벌초는 마지막 보류세대에 서 있지 않나 하며 생각한다.

시인 이홍섭 선생의 시 한 편만 더 보도록 하자.

이 터미널은 지하 1층 지상 3층

지하에는 장례식장
지상 3층에는 산부인과
그 사이를
늙고 병든 환자들이 오간다

사람들은 3층에서 태어나

지하로 내려갔다가

검은 차를 타고 어디론가 떠난다

남아 있는 사람들은

퀭한 눈으로

주머니 속의 차표를 만지작거린다

−이홍섭 시 「터미널 4」 전문

참, 아득하다. 화자는 터미널에 있으며 그곳에 어느 한 건물 즉 병원에 있음이다. 한 건물 지하 1층에서 지상 3층까지 삶과 죽음이 함께한다. 시 종연을 보면 더욱 아득한 묘미를 자아낸다. 그러니까 역설적 묘미다.

이 시를 읽으니 죽음이라는 것이 어찌 깊이를 알 수 없는 무한한 우주 속으로 빠져드는 것 같다. 산 자는 먼저 가는 자를 바라보고 있다. 3층에서 태어나 일단 지하로 한 번 내려갔다가 검은 차를 타고 가는 사람, 남은 사람도 언제 부름을 받을지는 모르나 막연히 기다려야 하는 터미널, 호! 그렇고 보니 지금 살아 있다는 것도 소름 돋는다. 운구 행렬은 예외가 없음이다. 어차피 한 번 태어났으면 타고 가야 하는 것은 순서이자 기다림이다.

그 많은 선인도 한 번 다녀갔던 터미널이다. 선인뿐이겠는가, 인류가 나기 전에 공룡이 지배했던 터미널이자 그 이전에 조개류가 세상을 덮었으며 그전에는 아예 터미널을 배설한 신이 있었을 것이다. 그러니까 그것은 빅뱅이다. 빅뱅 이전에 신은 시를 먹었을 것임이 틀림없다. 빵 하며 터진 것이 우주며 이 우주는 지금도 곰삭고 있음이다. 그러므로 우리는 엄연히 신의 손에 달린 시의 일종이며 순환의 매개체다. 한마디로 똥거름이며 하나의 씨앗을 잉태한 아주 중요한 시의 본질이자 근본이다.

終 / 鵲巢

창가에 선물 받은 풍란이 하나 있다. 꽃이 두 쪽 만개다. 오 평 골방에 제 홀로 저리 피어있다. 실체 없는 죽은 그림자 가득한 방 안에 향이 만개한다. 작은 화분에 심어놓은 풍란이 하나 또 있다. 코끝 가득한 죽음의 향만 맡으며 내뿜는다.

얼음 도마

시와 신은 단지 ㄴ자 하나 있고 없고 차이다. ㄴ은 니은이라 읽으며 혀끝을 윗잇몸에 대고 날숨이 콧구멍으로 나오면서 발음한다. 그러니까 시는 신의 날숨이 빠진 허깨비다. 인간은 신을 대변한다. 인간은 날숨과 들숨으로 신의 날숨만 읽는다. 캔 뚜껑 딴 탄산음료처럼 하늘 오르는 시를 마시고 하루의 그 긴 시간을 휴식한다. 신발 신고 날아간 시는 내 몸 곳곳 유영할 것이다. 빈 캔처럼 구름을 담고 빈 캔처럼 하루를 담는다.

시 한 수처럼 일하고 시 한 수처럼 뉘면 하는 게 때 묻은 습자지 한 장이 때묻은 습자지 한 장을 그 어떤 대가 없이 덮어줄 때 언젠가 다시 열어보며 눈부신 태양을 바라볼 때 어느 가난한 사람이 긴 눈썹 흘기며 보다가 삶의 씨앗으로 심어 시를 낳을 때 그 시가 올곧게 자라서 풍성한 열매를 맺고 살아 있는 모든 생물에 안식과 휴식을 더 비옥한 땅을 이 땅을

시는 한데에 내놓은 의자다. 지친 하루를 쉬며 바라보는 서쪽 먼 하늘가에 핀 노을이다. 저 노을에 마치 나를 얹은 듯 그렇게 실으며 가는 붉은빛 그리움이다. 아! 그리움이여 몽상의 그리움에 막연히 앉았다가 가는 의자여! 그러니까 누구나 쉽게 들르는 카페며 누구나 쉽게 잡을 수 있는 포타필터며 추출

한 에스프레소며 애타는 목마름의 가히 필수적인 음료라 둥실둥실 띄운 하늘가 쪽배 하얀 쪽배라

차폭등이 詩라고 하면 안 되나! 어두운 거리를 불 밝히고 한 치 앞을 보게 하는 차폭등이라고 하면 안 되나! 문장의 역사를 몰고 가는 詩와 문장의 역사를 몰고 오는 詩와 구분을 하고 구름을 실은 구름의 간격을 보게 하는 차폭등이라고 하면 안 되나! 이리하여 목적한 곳에 안전하게 구름을 내리게 하는 구름의 차폭등이라고 하면 안 되나!

잔이 있다. 얼음을 분쇄하여 담는다. 소스를 담고 시럽을 담고 에스프레소 한 잔 추출해서 담고 긴 바 스푼으로 저어서 내놓은 음료의 잔, 쪽쪽거리는 소리를 들으며 후루루 쩝쩝 당기는 흡인력 또한 느끼며 한동안 무거웠던 얼음의 문장을 비우는 잔, 이리하여 개수대에 담은 잔, 까끌까끌한 수세미가 왔다가 가고 흠뻑 샤워하는 잔, 만인의 꿈이었던 한 잔의 커피를 고스란히 담았던 잔, 금가지 않은 잔, 온전한 잔, 잔이 있다.

백설공주와 일곱 난쟁이다. 못생긴 거울은 태양을 놓고 백설공주를 지목한다. 태양의 다이아몬드 광산만 요구하는 일곱 난쟁이는 곡괭이와 삽을 든다. 원석은 다듬어서 거울이 되고 백설공주는 하얀 면류관을 쓴다. 면류관은 한 입 베어 먹었던 사과가 있고 죽음의 늪을 지나는 공주가 있고 마녀를 뒤쫓는 난쟁이와 산 끝과 산 끝을 잇는 왕자가 있고 붉은 입술이 있다. 거울아? 거울아? 이 세상에서 누가 제일 예쁘니? 면류관요. 그러니까 백설 위에 핀 면류

관요.

시는 쿠키의 명작 쿠크다스다.

더위를 다쫓은 것은 더위를 잊기 위함이 아니라 더위를 알기 위함이며 더위의 바깥을 바르게 보기 위함이다. 그러면 더위는

시인 이정록 선생을 만났다. 선생의 시집 『제비꽃 여인숙』 읽었다. 이 시집을 쓴 때가 선생의 나이 삼십 대 후반쯤인 것 같다. 사물에 관해 달리 보는 눈빛이 예사롭지 않았다.

(바닷가에서 노을을 볼 때마다 나는 생각한다
핏물은 녹아내려 서녁 하늘이 되었는데
비명은 다들 어디로 갔나?)

얼음 도마 위에 누워
버럭버럭 소리를 지르는 돼지가 있었다
일생 비명만 단련시켜 온 목숨이 있었다

세상에,
산꼭대기에서 바다까지 이어지는 도마가 있었다

−이정록 시 「얼음 도마」 부분

시는 이처럼 명확해야 한다. 이 시를 읽으니 소싯적 마을의 풍경이 떠오른다. 아무래도 화자는 강변에 살았던 모양이다. 필자는 깊은 산골이라서 그때는 갱분이라고 했는데 도랑가였다. 리어카를 엎고 엎은 리어카 위에는 돼지가 있었다. 돼지의 비명이 온 마을에 울렸다. 잔치였다.

그러니까 이 시가 시사해 주는 것은 무엇인가? 이 시의 주 뼈대는 바다와 도마와 돼지와 노을이다. 그리고 몇 가지 시어를 더 뽑는다면 썰매와 핏물이다. 버들강아지는 화자를 제유한 시어다. 그러니까 화자는 소싯적 꽁꽁 얼었던 강에서 돼지 잡는 모습을 보았다. 강은 도마였다. 한 생을 담으며 바다로 갔다. 한 생을 담은 것은 또 있다. 세상에, 산꼭대기에서 바다까지 이어지는 도마가 있었다.

산다는 것이 한평생 한목숨 부지하기 위한 먹따는 비명이다. 발버둥이를 치는 것이다. 돼지는 한 점 살점을 보시했고 혼은 저 넓은 바다로 갔다. 이래도 가고 저래도 가는 바다다. 그래서 더욱 슬픈 서녘 하늘이다. 절대절명의 악 쓰며 가는 삼십 대 후반, 시인이 있었다.

이제 갓 사십이다. 커피 배우겠다며 오신 분이다. 아는 형님께서 제주도에 카페를 짓는다고 해서 거기 가 일하기로 했다. 아직 미혼이다. 생활비는 한 달에 백만 원이면 된다고 하니 참으로 소탈하다 싶다. 남는 시간이 있으면 책 보며 글 쓰거나 여행을 하고 싶다 하니 커피 교육하다가 그만 그의 말에 솔깃하다. 가진 게 없으니 잃을 게 없어 더 편한 친구였다.

쌀이라는 흰 별이

산맥과 계곡을 갖기 전

뜨물, 그 혼돈의 나날

무성했던 천둥 번개며 개구리 소리들

문득 내 머리 속에

논배미라는 은하수와

이삭별자리가 출렁인다

알 톡 찬 볍씨 하나가

밥이 되어 숟가락에 담길 때

별을 삼키는 것이다

밤하늘 별자리를

통째로 품는 것이다

–이정록 시 「흰 별」 부분

화자는 볍씨 한 톨에 우주를 깨닫는다. 이홍섭 선생의 「터미널 4」를 감상
했듯이 우주관이다. 그러니까 시인마다 우주를 보는 관점이 다르다. 이홍섭
선생의 터미널은 화자의 입장에서 우주로 나가는 성찰적 시 읽기가 나오며
이정록 선생의 흰 별은 작은 볍씨 하나로 우주를 읽는 시 읽기가 나온다.

한 생의 잣대로 어찌 우주를 재어볼 수 있겠는가마는 여러 가지 의미로 우주를 가늠해 보니 가히 그 크기는 이루 말할 수 없음이다. 볍씨 한 톨과 논배미와 가을바람에 출렁이는 벼 이삭들을 상상해보라! 화자는 그것이 별이라고 했다.

얼마나 아득한가! 어찌 저 많은 이삭과 이삭을 넘어 겹겹 쌓인 논배미까지 생각하면 우리의 인간은 한 점 놓을 수 없음인데 그 별밥을 지어 한 숟가락에 담아서 먹는다. 별은 별에 들어가 별의 영양분이 될 것이며 그 별을 지탱하며 새로운 별을 생산할 것이다. 그래서 우리는 온 우주를 품고 있는 것이며 우리 몸 또한 우주임은 부인할 수 없는 진리다.

무값이 똥값이라
밭 가운데에 무를 묻었다
겨울에만 생겼다 없어지는 무덤
봄이 될 때까지 수도 없이 도굴당하는 무덤
절만 잘하면 무를 덤으로 주는 무덤 밭 한가운데에
겨우내 절을 받는 헛묘 하나 눈맞고 있다 저 묘 속으로
할아버지 할머니 아버지 어머니 얼마나 많이 머리를
들이미셨던가, 그 누가 시퍼렇게 살아 있기에
한 집안의 머리채를 모조리 다 잡아채는가

　　　　　　　　　　　　　　－이정록 시 「무덤에서 무를 꺼내다」 전문

글자 배열도 꼭 무 모양이자 무 무덤이다. 무값이 똥값이면 무 무덤을 만들었다. 땅을 파고 다 쓴 비료 포대에 무를 가득 넣어서 몇 자루 넣어놓곤 했다. 그리고 봉곳한 봉분을 만들고 봉분 입구에는 손이나 머리 정도는 넉넉히 넣을 구멍을 내놓았다.

한겨울을 보내자면 김치와 무밖에는 없었다. 김치찌개나 갱시기를 해먹곤 했다. 어머니께서는 뭇국도 끓여 얼큰 달짝지근한 국 한 그릇은 잊지 못할 추억의 음식이 되었다. 살 에는 찬바람에도 따뜻한 뭇국이나 갱시기만 있으면 속 든든히 보낼 수 있었다.

그러니까 살려면 먹어야 했다. 참, 아이러니하게 쓴 시 한 수다. 시퍼렇게 산 무 하나 끄집어내기 위해 무덤을 들이밀고 들어가는 화자의 식구와 뭇국을 해먹고 새파랗게 손 내밀며 살아야 하는 우리, 아까 우주와 볍씨 한 톨과 얼추 맥은 같이 하나 시인의 또 다른 성찰적 자세를 본다.

여기서 사족 하나 달까 보다. 우리 한반도는 염장鹽藏의 요리문화였다. 김장김치나 젓갈 문화는 대표적이다. 가까운 일본은 주위가 바닷가라 회 문화가 발달했으며 중국은 각종 튀김 요리가 유명하다. 심지어 나물까지 기름에 튀겨 먹는다. 이탈리아는 파스타나 스파게티가 유명하며 독일은 소시지나 맥주 따위가 유명하다.

그러고 보니 요리는 온대성 국가에만 발달한 것으로 보인다. 열대성에 분포한 국가는 요리가 필요 없었다. 일 년 내 따뜻한 기후 속에서는 굳이 그럴 이유가 없는 것이다. 봄, 여름, 가을은 어떻게 보내었다만은 혹독한 겨울에 대한 준비는 필연적이었다. 김치와 젓갈은 그 속에서 나온 문화다. 소금에만 절여도 식자재는 충분히 살아 있음이다. 무를 소금에 절여놓기만 해도 동치미가 되니 말이다.

영원

가마에서 구운 도자기 안에는 눈꽃 빙설이 있고 팥과 한 덩이 곱게 자른 떡만이 있었다. 말총머리와 두 아이의 엄마와 어깨에 울러 멘 사진기와 어깨에 울러 멘 사진기 엄마가 있었다. 장단 맞춰 나무의 개업이었다. 장단은 두 아이의 엄마와 오랫동안 이야기했다. 문제는 빵이었다. 빵 굽는 기계가 다른 기계와는 모양은 같으나 성능은 어떤지 궁금했기 때문이다. 가격은 아주 저렴했다. 장단이 구운 쿠키를 맛보았다. 그런대로 괜찮았다.

어깨에 울러 멘 사진기와 어깨에 울러 멘 사진기 엄마는 상판에 올려놓은 눈꽃 빙설과 쿠키에는 안중에 없었다. 오로지 가게와 가게 안의 내부공간미에 큰 관심이었고 한쪽 벽면에 붙여놓은 수채화 한 점과 그 옆쪽에 붙여놓은 유화 한 점에 눈이 가 있었다. 이렇게 꾸미는 데 얼마나 들었을까요? 묻는다. 호! 글쎄요. 그러니까 여기는 교육만 했지. 내부공간을 꾸미는 데는 관여하지 않았다. 여기 주인장은 나무를 꽤 잘 다루시는 장단 맞춰 나무였기 때문이다.

장단 맞춰 나무는 중견 기업에 다니시다가 정년 퇴임하시었다. 그러다가 나무를 잘 다루는 곳에 가 수련을 쌓았다. 웬만한 책상과 의자는 뚝딱거리면 됐다. 어느 날 전등을 달기 위해 전파사에 간 적 있다고 했다. 샹들리에 하나가 40여만 원 정도 부른다고 해서 듣고는 그냥 왔다고 한다. 장단 맞춰 나무는 집에 들어오는 길, 각목 몇만 원 사 가져왔다. 뚝딱거렸다. 샹들리에 하나가 만들어졌고 천장에 예쁘게 달아놓았다.

오늘은 장단 맞춰 나무도 장단도 모두 앞치마를 매었다. 장단은 가마에서 구운 도자기 안에다가 넣은 눈꽃 빙설에 관한 이야기를 한다. 그러니까 맛이 어떠냐는 것인데 보통 빙설과는 다른 것은 눈꽃처럼 보드라운 것뿐이다. 눈꽃은 딱딱한 얼음 분쇄가 아니라 얼음덩이를 대패로 밀어낸 듯 그렇게 간 얼음을 말한다. 그러니까 어느 궤가 있는데 그 궤 안에다가 우유를 담고 그대로 꽁꽁 얼린다. 그 꽁꽁 얼린 얼음 한 덩이를 그대로 기기 위에다가 올려놓고 스위치 누르면 위에 고정하는 핀이 내려와서는 단단히 묶는다. 밑면에는 길쭉한 칼이 대팻날처럼 박혀 있어 원심력으로 그 얼음덩이를 돌리면 가마에서 구운 도자기 안에다가 순식간에 눈꽃을 받을 수 있음이다. 거기다가 팥과 떡만이 올렸다. 장단은 맛이 어떠냐고 묻는 것인데 반팔은 너무 허술한 것이 아닌가 하며 대답을 하여야 했으나 거듭 맛있다고만 했다. 솔직히 많이 부족한 것은 사실이었다. 팥과 떡만이 올리면 안 되는 것이다. 과일도 젤리도 콩가루도 거기다가 아이스크림까지 살짝 얹어 놓으면 훨씬 보기 좋은 빙수가 될 수 있을 텐데 하며 속으로 대답을 놓았다.

어깨에 울러 멘 사진기와 어깨에 울러 멘 사진기 엄마는 내내 불편했다. 몇 년 전부터 카페를 해야겠다고 다부지게 마음을 먹었지만 막상 자리가 마땅한 곳이 없었다. 여기 오기 전에 한 곳에 들러 사전 답사를 하기는 했어도 여간 탐탁지 않았다. 공간은 아주 널러서 좋기는 해도 가게 임대비가 만만치 않았으며 주차공간이 없다는 것도 마음에 걸렸다. 가마에서 구운 도자기 안에 담은 눈꽃 빙설 먹다가 새로 장만한 빵 굽는 기계에서 구운 쿠키를 조금 맛보고는 먼저 일어나 가시었다. 반팔은 주말인데도 아주 바빴다. 부산에서 온 카톡에 정신없었고 모두 커피 떨어져 난리였다. 청도에서도 뒤늦게 문자가 와서 얼른 커피를 챙겨서 입 툭 튀어나온 반팔에게 맡겨야만 했다.

때가 되면 일어선다. 반 팔, 새가 바라보는 세상 조감도로 이동한다. 반 팔, 뭉툭한 연필과 시론과 시의 고장인 이파리 무성한 은행나무에 간다. 반 팔, 나무만 바라보며 그 기둥에 앉아 쉰다. 반 팔, 뭉툭한 연필을 깎는다. 반 팔

시인 문태준 시인을 만났다. 언젠가 선생의 시집 『가재미』를 읽은 적 있다. 가재미가 나오고 몇 년 후 낸 시집이다. 시집은 『먼 곳』이다. 필자는 시집 가재미를 읽고 시 가재미에 감동 받은 적 있다. 다음 기회에 다시 읽으며 감상해놓겠다는 약속을 붙여놓는다.

어릴 때에 죽은 새를 산에 묻어준 적이 있다
세월은 흘러 새의 무덤 위로 풀이 돋고 나무가 자랐다
그 자란 나뭇가지에 조그마한 새가 울고 있다
망망茫茫하다
날개를 접어 고이 묻어주었던 그 새임에 틀림이 없다

−문태준 시 「영원永遠」 전문

이 시 한 편을 보더라도 화자의 마음이 어떠한지를 짐작할 수 있음이다. 현실에 대한 고뇌 같은 것은 없어도 내세에 대한 믿음은 이 시에서 볼 수 있기 때문이다. 그러니까 불교적 귀의를 뜻하며 윤회사상을 이야기하고 있음이다.

이 시를 읽으니 필자 또한 윤회사상을 빌려 쓴 글이 있다.

커피 16잔 / 鵲巢

까아치가 하필 천 년 넘은 무덤가에 앉아 있을까 하며 곰곰 생각했네 까아치, 아마 그 옛날 산신령께서 좋아하셨던 가야국의 "김옥분"이라는 소실을 압독국 왕비로 삼았던 게 ㄱ 연유일지도 몰라

압독국 그 왕비께서는 이 임당의 산과 물을 꽤 좋아하시었네만 어느 해 도화 필 때쯤일 게야 무릎에 작은 종기 하나 생겼더랬지 별 대수롭지 않게 여기다가 그만, 그 종기 하나 잡질 못했지

산신령께서는 얼마나 애 닳도록 눈물 흘렸는지 몰라 눈물은 흐르다가 남천을 이루었다지 산신령 또한 제명 다하지 못하고 왕비가 좋아했던 이 임당을 지키고 온 것이라네 그때 죽었던 왕비가 나의 할머니로 환생한 것은 아닐는지

왜냐면 그때 가야국에서 가지고 온 이름으로 평생을 사셨기 때문이지

까마귀 많은 동네에 살았는데 어느 날 눈이 펑펑 오고 살 에는 바람 부는 날이었지 그날 하염없이 추위를 잊고자 두꺼운 담요 하나 덮고 잠을 자고 있었는데 산신령께서 부르시는 것 아닌가 임당으로 오라는 것이야 그 부름 받은 해 이곳에 작은 방 하나를 얻어 발붙이고 살 때부터 할머니께서 뒷바라지 해주었지

내가 어느 둥지에 발을 디딜 때 하늘의 부름을 받고 가셨지만, 또 얼마나 지났을까 창가에 무심코 앉아, 내리는 가랑비 보고 있으며 가신 할머니 생각하였는데 마침 할머니께서 오신 겐가

물끄러미 바라다본 까아치와 하도 오래 눈을 마주하였던 게야 까아치의 선명한 눈을 아직도 잊지 못하고 있지 아마 할머니는 까아치로 환생한 것인지도 몰라 그때 이후로 까아치라는 이름으로 살고 있는지도 모르지 저 너른 하늘 그리며 말이야

–필자의 詩集 『카페 鳥瞰圖』 36∼37p

필자가 머무는 곳은 경산이다. 예전에는 압독국이었다. 그러니까 이천 년쯤 거슬러 오르면 그렇다. 신라는 그때 이름이 사로국이다. 지금의 경주에 소재한 이름 있는 고분과 별 차이 없는 고분이 여기에도 수타 많다. 사로국에 합병되기 전까지는 한 국가로서 건재함을 떨쳤을 것이다. 역사는 언제나 승자의 것이었다.

실은 우리가 사용하는 언어 또한 경주어임에는 부인할 수 없는 사실이다.

신라가 삼국을 통일하였으며 한동안 신라가 한반도를 통치했기 때문이다. 조그마한 반도국가지만 지방마다 쓰는 사투리가 있으며 억양 또한 다름을 본다.

특히 미당의 시집을 한번 읽어보라! 전라도 말씨는 톡톡 즐겨볼 수 있음이다. 이건 사족이지만 미당이 남긴 국문학적 의의는 높으나 외세와 정치세력에 여러 굴한 자세는 비평을 사고도 남는다. 하지만 그의 시집 『질마재의 마을』은 꼭 읽어보아야 할 중요한 詩集임은 틀림없다. 필자 또한 읽었다.

위 필자가 쓴 시는 '김옥분'이라는 인명이 나온다. 필자의 할머니다. 독자께서는 별 중요하지 않은 내용이나 윤회는 볼만하다. 하루는 카페 비 오는 장가에 앉아 책을 읽고 있었는데 창 바로 앞에 까치가 날아와 앉아 필자와 눈이 마주쳤다. 그 시간이 약 1분이 넘도록 눈을 마주하였는데 어찌나 인상이 깊었던지 그때 하필 할머니를 떠올렸을까! 지금껏 까치집이라고 쓴 이유인 게다.

이 필명도 쓰다가 보니 이미 별명으로 쓴 詩人이 있었다. 책과 시를 좋아하다 보니 얼떨결에 이상의 시전집을 읽게 되었고 이상이 쓴 글은 제다 끌어모아 읽어보기도 했다. 거기다가 이상을 이야기한 책은 웬만하면 사다 읽었다. 그러니까 이상의 별명이었다. 詩人 이상은 머리를 잘 감지도 않아 늘 새집처럼 해 다녔다. 많은 문인이 그의 이름 대신 鵲巢라 불렀다고 한다.

하여튼 시 한 수에 감상이 너무 길었다.

이제는 아주 작은 바람만을 남겨둘 것

흐르는 물에 징검돌을 놓고 건너올 사람을 기다릴 것

여름 자두를 따서 돌아오다 늦게 돌아오는 새를 기다릴 것

꽉 끼고 있던 깍지를 풀 것

-문태준 시 「오랫동안 깊이 생각함」 부분

시 전문을 다 읽으면 마치 구름 밭 거닐 듯하다. 필자는 그저 묘사로 읽었
다. 詩 1행을 보면 '이제는 아주 작은 바람만을 남겨둘 것' 이 대목에서는 미
당이 언뜻 스친다. 미당의 詩 「詩論」이다. 詩 全文을 아래에다가 필사한다.

바다속에서 전복따파는 濟州海女도
제일좋은건 님오시는날 따다주려고
물속바위에 붙은그대로 남겨둔단다
詩의전복도 제일좋은건 거기두어라
다캐어내고 허전하여서 헤매이리요?
바다에두고 바다바래여 詩人인것을······

-『미당 詩全集』 406p, 민음사

7·5조에 가까운 시라 해도 과분한 말은 아닐 테다. 7·5조 하면 시인 김소

월이 떠오르겠지만 미당도 상당수 지었다. 이건 사족이지만 4행시 또한 마찬가지다. 시인 김영랑이 대표적일거나 훗날 시인 강우식 선생도 있음이다. 강우식 시인은 미당의 도움으로 문단에 나오게 되었다.

시인 문태준의 시는 시 사랑에 쓴 詩며 詩 한 행 한 행이 모두 시를 뜻하는 은유의 문장이다. 전에 필자가 언급한 바 있다. 그러니까 시라고 쓴 한 문장은 그 문장 자체가 시다. 그 문장의 앞뒤 연결은 맥이 닿아야 하며 닿지 못한 문장은 애석하게도 비문이 된다. 그러니까 시는 절대 외롭지 않은 것이 되며 시를 바라보지 않는 한, 시를 읽을 수 없음이다. 그러니까 시는 마음으로 읽어야 한다. 그런 마음이라면 잃었던 문장을 이으며 빠뜨렸던 사고까지 증진할 수 있음이다.

흡혈

뜯을 수 없는 잔디밭 위 올려놓은 소주병과 막걸리, 그러니까 캠퍼스, 중앙에 높이 솟은 시계탑, 하늘만 바라보는 메타세쿼이아 나무, 그리고 붉은 장미와 하얀 콘크리트와의 오버랩, 만질 수 없었던 연탄구멍 그리고 차가운 냉방, 양은이 냄비 하나와 소중히 간직했던 쇠젓가락 하나, 솜털 같은 담요 한 장 쌀겨 수북이 담은 베개, 좁은 길 들어가는 양옆은 대추나무 밭, 오는 기차와 떠나는 기차의 발목을 잡고, 축 늘어선 행렬, 어렴풋하게 피어오르는 최루탄 가스, 가물가물거리는 새벽빛 와 닿은 모닝커피 한 잔, 신문 가판대의 깨알 같은 글씨, 바닥에 닿지 않으려는 빈 컵의 날개 없는 몸짓들, 구석구석 훑고 지나는 보도블록 같은 막다른 길, 계단 위 올려놓는 발바닥, 곰삭은 냄새와 닦지 않은 독특한 때깔, 안식 그리고 긴 휴식

어느 가지 위에 앉은 눈 말똥말똥한 카멜레온, 푸른색 보호색의 아름다운 물결, 보이지 않은 긴 혀로 낚는 잡을 수 없는 새의 꽁지깃, 숨죽여 딱 붙은 가련한 삶, 한 발짝 떼지도 않았지만, 벌써 낡은 비늘 한 조각, 360도 빙빙 도는 너의 현란한 눈동자, 밝은 빛만 좋아하는 너의 콧구멍, 활활 타는 불만 싫은 너의 이마, 사지가 흰 누설의 나무에 딱 붙어 안개 같은 똥만 배설, 너는 변온동물, 발라드도 아닌 헤비메탈도 아닌 끈적끈적한 너의 율동, 너의 긴 혀를

끊을 수 없는 나

전체와 부분을 생각하자. 전체는 부분의 合이며 세세한 낱개의 온전한 합성물이다. 전체는 세계이자 온몸이며 전부다. 부분은 전체를 이루는 작은 한 조각이며 전체를 몇 개로 나눌 수 있는 최소의 단위일 수 있다. 사막이 전체이면 그것이 성체라면 그것이 온몸이라면 모래는 그 한 부분이며 마음의 한 조각이 될 수 있다. 호수가 전체이면 그것이 온전한 마음의 한 덩이라면 그 속에 사는 각종 생물은 마음을 대변해 주는 또 다른 마음의 한 조각일 수 있음이다. 나무가 성체라면 이파리는 그 나무를 대변해 주는 마음 한 조각이자 분신이 된다. 시인 송재학 선생의 시 「모래장」, 필자의 「찬바람 채 가지 않은 가장 짧은 달에」, 시인 오규원 선생의 시 「한 잎의 女子」는 그 예로 읽을 만한 좋은 詩다.

글쎄 우물만 본다. 아버지가 파놓은 우물은 깊고 맑았다. 몸 둘레에 크지도 작지도 않은 아주 고만한 크기의 지름으로 파 내려갔던 우물의 깊이, 열 길 넘는 그 깊이를 어찌 파 내려갔을까! 굴의 어딘가 떨어지는 돌, 어딘가 터지는 물길, 그러다가 휩쓸려 내려오는 모래에 수장되기라도 하면 어쩌나 하며 바라보았던 우물, 아버지는 하늘에 매달아 놓은 밧줄에 의지하며 오른다. 그리고 까만 독으로 묻으며 우물을 우물로 보게 하는 아버지가 있다. 우물에 던진 바가지 퍼 올리며 시원한 물 한 잔 마신다.

여기가 커피 맛있는 집이라고 들었습니다. 호! 네, 머리 긁적거리며 있다가 여기가 커피 맛있는 집 맞지요. 호! 그러게요. 아무튼 직접 볶기는 볶습니다. 근데 자리가 없네요. 바깥에 있습니다. 커피를 추출하고 바깥으로 건넨다. 아메리카노 두 잔, 에스프레소 한 잔, 한 잔 맛보다가 시럽을 요구하신다. 시럽을 건네고, 바 스푼으로 가볍게 저어드린다. 단지 커피를 볶고 추출하며 건네는 작은 손이 있다. 작은 손이 있다. 단지 커피만 단지 커피를 위해서

한적한 오후다. / 불타는 오후다. / 더 잃을 것이 없는 오후다. / 나는 나무 속에서 자본다. 시인 오규원 선생께서 마지막으로 남긴 詩었다. 아! 불타는 오후, 스멀스멀 뿜어 내리는 등줄기 땀처럼 앉았다. 나는 무엇을 얻기 위해 이리 앉아 있나! 찜통 같은 콘크리트 안에서 스멀스멀 녹고 있나?

시인 강기원 선생을 본다.

선생의 시는 간결하면서 깔끔하다. 짧게 끊은 행은 그것을 이야기한다. 시를 찾아 삶의 여행을 하듯 그렇게 짧으면서도 긴 여정 같은, 그녀의 발걸음을 뒤좇으며 나는 걸었다. 몇 편의 시를 필사하며 거저 지나는 한 인간의 감정을 놓는다.

나는 뺄셈이고
너는 덧셈이다
또는, 너는 뺄셈이고
나는 덧셈이다

내가 네게로 흘러간다

네가 내게로 흘러든다

점점이 스민다

너와 나는 도무지 이름 할 수 없는 형질이어서

날 받아들인 네 영혼에

널 받아들인 내 영혼에

알레르기 같은 열꽃이 돋는다

만개!

–강기원 시 「흡혈」 부분

    시 공부라는 것은 어쩌면 흡혈이겠다. 하기야 시 공부뿐이겠는가! 인생의 여러 경험은 흡혈과도 같은 것, 피 끓는 열정이 없으면 내가 바라는 목표는 쉽게 달성할 수 없다는 것, 피는 곧 생명이다.

    선생의 시를 감상하다 보니 시인 최승자 선생의 시 「네게로」가 생각난다. 그 시를 행 가름 없이 적어본다. 흐르는 물처럼 / 네게로 가리 / 물에 풀리는 알콜처럼 / 니코틴에 달라붙는 카페인처럼 / 네게로 가리 / 혈관을 타고 흐르는 매독 균처럼 / 삶을 거머잡는 죽음처럼

    알레르기 같은 열꽃, 피의 러브 샷, 우리의 몸에는 이런 알레르기 같은 게 있다. 평범하게 살면서도 결코 평범해지고 싶지 않은 우리의 몸속에는 생업

과 관계없는 어떤 내재적 지식 같은 게 있어 각기 나름의 취미생활을 즐긴다.

아무래도 인류가 출현하고 진화를 거듭하면서 돌을 만지고 다듬고 쓰고 장식하며 더 나은 돌을 찾는 움직임은 일이자 취미였다. 지금은 딱딱한 돌 같은 것을 두드리며 놀고 있지만 말이다. 아무튼, 시의 세계는 피를 나누는 읽기가 없다면 열꽃은 어렵지 않을까!

시 읽기라는 것은 선생께서 시에 이야기해놓았듯이 '접붙이기를 하자 / 산사나무에 사과나무 들이듯 / 귤나무에 탱자 들이듯 / 당신 속에 나를 / 데칼코마니로 마주 보기 말고 / 간을 심장을 나누어 갖자' 시에 맹렬히 접붙이기하지 않는 이상, 시의 흡혈은 어려운 것이다.

무릇 시인이라면 어떤 꽃을 피우고 알알 굵은 열매를 맺고자 하는가? 밤의 몸통을 뭉텅 거리게 잘라서 곱게 핀 꽃잎의 한 장을 들춰보고 꿋꿋하게 밤꽃을 기대하며 힘껏 붙여보라! 그러면 은하가 은하를 관통하는 일이 생기겠다.

배고파 배고파 하면서

씹어 대는 껌

씹히는 나

이젠 정말 뱉어 버릴 거야

먹어도 먹어도 먹은 게 없는

허울뿐인 살점

튀!

뱉어 내는데

정작 뱉어 낸 건

피로 가득한 붉은 살덩이

−강기원 시 「껌, 나를 뱉다」 부분

　우리의 인간은 믿음이 없으면 하루도 버티기 힘 드는가 보다. 절에 가는 사람이 있는가 하면 성당에 가는 사람도 있다. 자주 가는 사람이 있는가 하면 매일같이 들러 나의 믿음을 확인하는 사람이 있다. 시는 그 어떤 표상 같은 것도 아니며 종교 같은 것은 더욱 아닌데 많은 시인은 이리도 미치게 시를 믿는 것인가!

　결국은 나의 갖을 나의 때를 나의 거울을 벗기는 것이며 온전히 나의 혼탁한 물을 벗기는 것이다. 어쩌면 시 한 수는 선생께서 시에서 이야기하듯 '먹어도 먹어도 먹은 게 없는 / 허울뿐인 살점' 같은 것, 그러니까 그대의 잘린 혓바닥 같은 껌을 우리는 그리 오래도록 씹고 있는 것이며 이는 나를 씹는 것이니 튀! 뱉어라. 나를 탁본한 붉은 핏덩이 하나 그건 말이다. 그건, 詩

　깎은 연필을 들고 여백에다가 동그라미를 그린다. 그리고 그 아래에다가 '네 모습 = 詩' 낙서한다. 이건 사족이다. 책을 좋아하기는 했어도 시학은 아니었다. 경제학이나 성공·처세 관련 쪽으로 책을 사다 보고 또 매일같이 읽었다. 그것도 정독하며 한 권씩 책거리한 적 있었다. 주위 사람만 보면 책 좀 보라고 한 적도 있었으며 커피 교육할 때면 늘 한 소절씩 읽어 주기도 했다. 주위 사람이 내게 한마디 한다. 저 본부장님 성공·처세 관련은요. 몇 권 읽어보면 그게 그건 것 같아요. 나는 한마디 한다. 그래도 무언가 있을 거라며 다 똑같은 말은 아닐 겁니다. 한다. 어쩌다가 나는 시학에 빠졌다. 문장이었고 언어구사능력이었다. 몇 권 시집이 아니라 몇 수십 권의 시집을 읽었다. 이제는 몇백 권 쌓아 나갈 듯싶다. 그게 그것이 아닌, 형이상학적인 詩, 환상의 몽타주, 새벽안개 눈동자, 콧날 위 편백 숲, 입술의 악보, 곧은 두 다리 시이 바다로 난 철길 따라 몰입의 아름다운 시간을 보내자고 나는 또 다부지게 위안을 놓는다. 그게 그것이 아닌, 그러니까 시는 살아 있음이요. 살아 있다는 것의 표상쯤 된다. 그러면 됐다.

모조 숲

전등을 켜고 / 鵲巢

전등을 켜고 너를 눕힌다. 너의 때깔을 보고 튀기지 않은 감자 칩 하나를 손에 집듯 든다. 아직도 마르지 않은 너의 인장 같은 문고리 닦는다. 혹여나 상처라도 베일까 해서 곱게 여리게 부드럽게 촉촉하게, 그럴 때마다 반질거리는 구릿빛 전율 외 성문, 제다 열어놓는다. 그 문기둥에 묶은 나일론 줄 맨 끝에 단 갈고리, 낡은, 꽤 힘차게 오른 은어 빛 난발, 도모지는 도무지의 기원

새장은 달리고 있었다. 바람을 가르며 나는 새 하나가 날개를 꺾고 깃 묻은 똥을 다른 새에게 튼다. 붉은 장미가 확 오른다. 입에 문 지푸라기 하나를 내팽개친다. 똥 묻은 깃은 하늘을 잠시 잊었다. 똥 밭이 그립고 똥 싼 새만 가엽다. 천적 많은 하늘은 잊었다. 그래도 지금까지는 운이 날개를 만들었다. 황금빛 날개가 그간 파문 없는 호수 위만 날았다. 똥 묻은 새가 감추어야 할 호수의 파문을 그린다.

많은 말은 죄다. 하지만 목청까지 오른 멍을 억제할 수 없었다. 뱉지 말아야 할 슬픔이 묵묵히 참고 있으면 가슴이 터질 것만 같았다. 바깥은 담배연기가 몽

싯몽싯 오른다. 담배연기가 기억을 지운다. 깨끗하게 지울 수 없는 얼룩이 빨래 판처럼 묻었다. 세 치 혀는 홍두깨처럼 날름거렸다. 지워도 다 지울 수 없는 굴욕이 나무에서 삐져나온 가지 하나를 물고 있다. 꺾을 수도 부러뜨릴 수 없는 삭정이와 피를 끊은 삭정이가 올 붙어 나이테를 지우고 있다. 끊을 수 없는 가지가 다리 없는 하늘만 바라보고 있다. 바람이 자꾸 분다.

무릇 시인이라면 한 편의 시를 남기기 위해 노력해야 한다. 싦이 다하는 날까지 하루를 이으며 붙은 생명에 대한 책임을 가져야 한다. 시가 거저 나오지는 않을 것이다. 산다는 것은 괴로운 것이다. 여간 힘든 일이 아니다. 살면서 즐거운 일이 과연 얼마나 될까! 사회는 엮이면 엮을수록 부를 증대할 수는 있겠으나 책임도 만만치는 않으며 직분에 맞게 처신해야 할 일도 많다. 연꽃은 진흙탕 속에 피어나는 법인데 피어도 한 송이 꽃을 꺾을 수 있어야겠다. 문장의 칼이 있어야겠다.

바쁜 와중에 또 한 권 시집을 읽었다. 詩人 이민하 선생을 본다.

詩集이 꽤 두껍다. 시인의 나이는 필자보다는 많다. 시의 유형도 여러 가지가 있겠지만, 독자는 약간의 영감이라도 있었으면 하고 읽을 때가 많다. 내내어려웠다. 몇 편의 시는 어떤 상이 떠오르기도 했다. 그러니까 약간의 관능적이거나 탐미적 색채가 농후한 시가 몇 있었다. 물론 필자의 시 읽기가 잘못되었으리라 여기며 시문을 부분만 소개한다. 시제 「셔터」다. '조간신문처럼 바닥으로 쑥 밀어 넣어진 / 태양은 금세 축축해지고 / 잠깐씩 열리는 틈새로 들

여다보이는 / 풍선에 매달려 사라지는 아이들'

    그리고 다음 행, '여긴 꿈의 밖인가 꿈속인가 / 풍선과 아이들은 누가 묶어 놓았나' 그러니까 아이들은 태어나야 할 아이들일지도 모른다는 생각과 풍선의 그 견고하고 단단한 어떤 탄력에 대한 막힘 그리고 주머니에 담은 위안일 수도 있겠다. 그리고 이 시의 8연을 보면 '우리의 죽은 아기는 쥐무덤 위에 남아 / 외다리 무희처럼 / 늙지도 늙지도 않는 / 여긴 꿈속인가 꿈의 밖인가' 표현해 놓고 있다. 쥐무덤이 주머니로 연상이 가고 풍선의 확장은유로 보이는 것은 또 어쩔 수 없음이다.

    시제 「터널」도 다분히 짙은 색깔임은 틀림없다. '질주하는 시간을 작대기처럼 꽂고 / 피를 흘리는 나에게 / 암실에 도착한 당신은 노을 속에서 인화한 나를' 시제 「모조 숲—숨」에서는 '그들은 모두 거머리 같은 코를 가졌지만 / 코의 절반은 하수구다 / 그들은 멀쩡히 물가에 앉아 있지만 / 그들 중 절반은 익사체다' 이처럼 관능적인 표현이 다분히 있다.

    말 한 마리가 불타는 숲 속을 달린다
    검은 연기가 함께 달린다
    멈추지 않는 말굽 소리

    먼지보다 먼저 뛰고
    어둠보다 먼저 달아나며

지면에서 지면으로 사라지는

수천 개의 혀

말 한 마리가 숲 속을 달린다

불보다 빠르게

숲을 하얗게 썰면서

말굽 소리가 내 목을 끌고 간다

–이민하 시 「모조 숲–말」 부분

詩는 때론 어려운 것이 아니라 어려운 것이다. 까만 벽돌로 차곡차곡 쌓은 하나의 성곽을 허무는 작업은 천만 대군의 말발굽으로도 어렵다. 모조라는 말은 사전적 의미로 이미 있는 것을 그대로 따라하거나 본떠서 만듦. 또는 그런 것을 말하는데 모조품, 모조 인형, 모조 자동차, 등 다른 명사 앞에 쓰인다. 여기서는 약간의 보조물이나 보조기구로 읽히기도 하는데

시의 구성은 모두 10연으로 되어있고 1연, 5연, 10연의 첫 행은 반복적인 문장을 구사하는데 이는 '말 한 마리가 숲 속을 달린다' 이다. 시 8연을 보면 조금 색다르다. '말 한 마리가 불타는 숲 속을 달린다' 라고 했다. 그러면 시 1연을 들여다보자. 여기서 말과 숲이 무엇을 뜻하는지 곰곰 생각해 볼 필요는 있다. 그러니까 극성이며 극성이라 해서 성으로 보는 것도 좋지만 여기서는 詩니까 종이와 펜이나 다른 어떤 제유적 표현으로 돌려 읽어보는 것도 괜찮으며 또 이것이 시의 맥락에 맞는지 확인해 보는 것도 괜찮다.

말과 숲은 관능적이면서 탐미적으로 그려놓은 시어만은 틀림없는 것 같다. 이를 대표하는 시 문장 몇을 고르면 '머리에서 등허리로 쏟아지던 / 숨결의 폭포수', '헝클어진 길과 꽃무덤 위에 입을 맞추고 / 나는 숲에 불을 지른다', '숲을 하얗게 썰면서 / 말굽 소리가 내 목을 끌고 간다' 고를 수 있겠다.

화자는 시인 김수영 선생의 영향을 많이 받은 것 같다. 그러니까 시 문장을 보면 '구름보다 가볍게', '먼지보다 먼저 뛰고', '어둠보다 먼저 달아나며' 등을 볼 수 있는데 김수영 선생의 시 「풀」과 리듬이 비슷하며 시구 또한 얼핏 보면 더러, 비슷하다.

풀이 눕는다.
비를 몰아 오는 동풍에 나부껴
풀은 눕고
드디어 울었다
날이 흐려서 더 울다가
다시 누웠다

풀이 눕는다
바람보다도 더 빨리 눕는다
바람보다도 더 빨리 울고
바람보다 먼저 일어난다

날이 흐리고 풀이 눕는다

발목까지

발밑까지 눕는다

바람보다 늦게 누워도

바람보다 먼저 일어나고

바람보다 늦게 울어도

바람보다 먼저 웃는다

날이 흐리고 풀뿌리가 눕는다

-김수영 시 「풀」 전문

  시 쓰기는 시인의 특색이기는 하지만 그 표현방법을 어떻게 유도하느냐에
따라 다르게 볼 수 있음인데 관능적이자 탐미적으로 썼다고 해서 내용을 꼭
그렇게 바라보는 것은 잘못된 인식이다. 그러니까 들어가는 문과 나가는 문
의 한 형태를 만들어 놓은 것이지 꼭 그렇지만은 않다는 것이다. 여기서 숲과
말은 대조적이며 상징적으로 읽히기도 하는 것이 뜻하는 바가 독자마다 다르
게 읽을 수 있음이겠다. '검은 연기와 숲을 하얗게 썰면서'는 시적인 표현의
은유한 문장임을 알 수 있다.

  물론 시 읽는 독자의 나름이겠지만 이미지를 낚을 수 있으면 시 한 편의 감
상은 성공적이겠다. 그것이 오독이든 정독이든 크게 상관할 일은 아니겠다.
시 감상 들어가기 전에 약간의 일기가 있었다. 선생의 시와는 무관한 글쓰기
다. 어쩌면 나의 일기 한 부분을 끄집어내기 위한 시 읽기와 감상일 수 있음

을 밝혀둔다.

하얀 면봉 / 鵲巢

하얀 면봉이 책상 위에 있다. 바깥은 비가 내리고 안은 갈 길 잃은 개미가 소곤대는 것 같다. 하얀 면봉으로 갈 길 잃은 개미를 지우기 시작했다. 개미가 빗길을 피해서 집을 짓는다. 까만 개미가 책상 위에서 열 맞춰 가고 있다. 하얀 면봉이 두루마리처럼 뻥 뚫렸다.

전복은 전부

　언제나 똑같은 일이나 언제나 똑같지는 않다. 그러니까 커피 이야기 한 시간, 로스팅에 관한 실습과 커피를 빙자한 詩 이야기 약간, 그렇게 언술 아닌 언술로 한 시간, 이렇게 보내는 시간이 언제 지나가는지 후딱 가고 나면 받지 못한 전화 불통, 불통들 마치 교통표지판 들여다보듯 점검과 쌓인 문자를 확인하며 길 나서서 찾아가야 할 곳이 또 십여 군데다.

　정신이 없는 것 같다가도 6시면 여지없이 머무는 작은 카페 조감도鳥瞰圖 호, 선장직을 맡는다. 낮 동안 틈틈이 읽어 내려오는 시간과 앉아서 또 보는 시간을 합하면 그리 따분한 것도 아니어서 한 세 시간은 나름으로 즐겁게 보낼 수 있다. 마치 강태공으로 이야기하자면 저 너른 호수에 던진 풋대 하나 보는 격인데 풋대가 하루라면 풋대를 건드리고 지나는 물고기는 사색쯤으로 그 사색이 그려놓은 파문을 그리는 것이 글 쓰는 이의 바라는 희망일 게다.

　그러니까 글 쓰는 이의 사고를 증진하고 물고기와 같은 대어를 낚기 위한 밑 작업인 셈인데 이 물고기를 유인하는 떡밥 정도가 시집이라고 하면 어떨까! 단지 아무것도 읽지 않는다면 피라미 새끼도 낚지 못할 것은 분명한 것이다.

우리는 뭐라도 쓰겠다고 빈 종이와 연필을 갖다놓고 낙서와 비슷한 것을 긁적거리기도 하며 요즘은 컴퓨터 모니터에다가 하얀 밑바탕을 띄워놓고선 자판 위에다 손부터 올려놓기도 한다. 하지만 그 어떤 것도 연상되는 것은 솔직히 없다. 하루 일기를 적는다 해도 막상 어려운 것은 사실이다. 그러니까 다른 사람이 쓴 글을 읽지 않고는 우리의 머릿속 든 길을 불 밝힐 수 없음이다.

우리는 호주머니에 돈 몇 푼 넣고 다니거나 혹은 카드나 지갑은 빠뜨리지 않고 가지고 다닌다. 모두 사각의 가르침을 받고 하루를 보낸다. 옛 선인의 가르침을 받던 빳빳한 플라스틱의 칼날을 믿고 하루를 버티든 말이다. 하지만 작은 시집 한 권 손에 쥐고 다니는 사람은 눈뜨고 보아도 잘 없다. 돈 나기 전에 사람이 먼저니 마음의 심상을 다듬는 것이 그나마 돈의 가르침 속에 바른 이치를 세울 것이라 나는 믿는다. 그래서 오늘도 한 권의 시집을 들고 이리저리 뛰어다닌다.

내가 머무는 곳은 도로변이기는 하나 그리 손님이 많이 찾는 가게는 아니다. 정말이지 아주 띄엄띄엄 발걸음 몇 볼 수 있는 곳인데 이렇게 글 적다 보면 한 손님이 찾는다. 방금 또 한 손님이 다녀가셨는데 들어오시기 전까지는 자꾸 이쪽을 보며 흘깃거렸다. 그리고는 빼꼼히 들여다보시고는 여기 자리 있나요? 물으신다. 싱긋이 미소 띠며 '자리 있어요.' 했다. 근데 자리가 두 개 뿐이다. 그리고는 가셨다. 안이 여간 궁금했던지 가신지 몇 분 있다가 다시 오신다. 커피를 주문한다. 여기는 뭐가 맛있어요? 하면 물으시기에 드립을 한 번 드셔 보시지요. 했다. 선뜻 주문한다. 그간 궁금했던지 여기가 대학가에서 멀리 떨어진 곳인데 문 안 닫고 장사하시는 게 신기해요. 하며 솔직하게 말 한마디 놓는다. 그 말을 들으니 조금은 재미있는 분이라 생각했다. 그저 재미로 합니다. 하고는 커피에 관해서 궁금한 게 많았던지 여러 가지 질문을 한다. 나는 또 그에 대한 답변을 아끼지 않는다. 커피 두 잔을 팔았지만 나는 시집 한 권 사다 볼 수 있는 돈이 생겼다.

손님은 가셨지만 나는 이 커피가 무엇이 그리 좋기에 많은 사람에게 궁금증을 유발하고 왠지 한 번쯤 하고 싶은 그런 종목쯤은 되었을까 하며 생각한다. 아까 그 손님은 돈이 안 된다는 것은 아는 것 같아서 기분은 좋다. 참! 나는 돈이 안 되는 글까지 덤으로 하고 있으니 말이다. 돈이 되게끔 하는 것이 중요할 것이다. 아까 그 손님은 그나마 조감도라는 상표는 보고 온 것이다. 그러니까 저쪽 짓는 건물에 팻말(곧 입점할 거라는 현수막)은 하나 써 붙여 놓은 지 꽤 되었으니 어디선가 봤다는 얘기를 하기에 그렇다. 아무튼, 이래나 저래나 돈이라는 것은 어려운 것임은 틀림없는 사실이다.

아주 평범한 하루 세끼, 한 권의 책, 적당한 커피 한 잔과 가볍게 적는 글은 누구나 희망이다. 나는 그 희망을 밟으며 또 찾기 위해 오늘 하루를 걷는다.

편안하게 읽히는 시집 한 권을 읽었다. 그러니까 시라는 것이 그리 어렵지 않다는 것을 가르쳐주듯 그렇게 읽었다. 시는 하나의 마음을 표현한 것이지만 굳이 어렵게 써야 한다면 그 길밖에 없다면 분명히 무슨 문제가 있는 것이다.

시인 이수명 선생은 시론집 『횡단』에 이렇게 적고 있다. 세계는 비밀스러운 것이다. 하지만 그것은 포장되어 있지 않다. 인간은 비밀을 먹고, 비밀을 소화하고, 비밀을 버린다. 인간은 비밀의 존재를 의식하지 않는다. 비밀은 인간과 함께 순환한다. 시는 비밀을 폭로하지 않는다. 시는 한 편의 시가 쓰여질 때, 그 뒤에서 쓰여지지 않은 채 항상 연기되는, 그림자 같은 존재가 아니다. 그것은 일상화된 비밀과 함께 있다. 그러나 비밀을 지킴으로써, 시는 항상 비밀만을 말하고 있는 것이다.

그러니까 개인적이든 사회적이든 정치적이든 비밀이 언제나 존재하는 것이며 이 비밀을 우리는 토로하며 마음을 보인다. 하지만 이것도 어느 정도의 비유와 적당한 언술이 필요함이다. 너무 과하면 오히려 낙서보다 못한 글이 된다.

무지갯빛 아롱다롱한 껍데기 속 아직도 살아 꿈틀거리는 전복 이걸로 죽을 끓여 먹이면 며칠째 감기가 떨어지지 않는 다섯 살배기 아들이 감기를 툭툭 털어버릴 것 같아 큰맘먹고 세 개를 샀다 껍데기에 딱 달라붙어 떨어지지 않는 전복을 칼에 손 베일까 조심조심 떼어내 도마 위에서 썰고 있는데 어느새 곁에 와 구경하던 아이가 전복을 달라는 게 아닌가 다섯 살배기가 전복을 날로 먹어야 얼마나 먹겠냐 싶어 소금 넣은 참기름에 찍어 한 점 건네주니 오물오물 잘도 씹어 먹기에 전복 한 개를 다 주었는데 맛있다고 입맛을 다시며 더 달라는 게 아닌가 나머지 전복도 마주 썰어 둘이서 먹어치웠는데 다섯 살배기 아이가 어른보다 더 많이 먹었다면 그 말을 누가 믿어줄까 전복은 날로 먹어야 제 맛이란 걸

너무 이른 나이에 알아버린 아들아 사실 잘게 다져 참기름에 달달 볶아 쌀과 야

채 넣고 푹푹 끓여 목구멍으로 술술 넘어가는 전복은 이미 전복이 아니지 아무

리 전복 내장 들어 갔어도 바다 냄새랑 해초 냄새 사라진 전복은 이미 전복이

아니지 오독오독 씹히기도 하고 쫄깃쫄깃 이 사이에 좀 끼기도 하고 그래야 그

게 전복이지

―성미정 시 「전복은 날로 해야」 부분

이 詩 한 편이 시사하는 바는 크다. 그러니까 다섯 살배기 아이가 전복 그

것도 날것으로 먹었다는 것인데, 솔직히 비약적으로 쓴 글은 아니겠지만 그

만큼 전복이면 전복이어야 한다는 시인의 말은 높이 읽어야 한다. 그러니까

시도 소설도 아닌 것이 그렇다고 뭔 낙서도 아닌 것이 써놓고 시라고 읽으라

면 그건 우롱이지 전복이 아니라는 것이다.

언젠가 필자는 작가 이외수의 글을 읽은 적 있다. 독자가 사전을 찾아봐야

할 정도라면 리듬이 끊어지는 건 자명하다. 이해하기 쉽지 않은 얘기를 쓸 때

는 무릎을 치게 하는 일화를 만들어 감흥이 떨어지지 않도록 하는 것도 요령

이고, 비유를 통해 전달하는 방식도 유용하다고 했다. 시라고 해서 다를까마

는 선생께서 하신 말씀은 일리가 있음이다.

이건 사족이지만, 소설가 체호프에 관한 이야기다. 그의 60세 생일에 기자

가 찾아와 "작가가 되고 제일 행복했던 때가 언제였습니까?" 하고 물었다. 체

호프는 어느 날 열일곱 살 소녀로부터 편지를 받았을 때라고 대답했다. 그 편

지에는 "저는 선생님의 글을 읽으면서 한 번도 사전을 찾아본 적이 없습니다"라고 적혀 있었다고 한다.

솔직히 필자 또한 이 글을 쓰면서도 뉘우치는 게 있다. 요즘의 시는 약간의 문장력을 요구하고 치장하는 언술이라고 해도 과언은 아니지 싶은데 이것도 어느 정도껏 해야겠다는 생각이다. 그러니까 전복이면 전복이며 이 한 젓가락 집어서 약간의 된장이나 초고추장쯤으로 찍어 먹겠다는 표현력이면 충분하다.

화자의 말마따나 시라면 시지 이 얼마나 많은 무지갯빛 헛것들을 던져버리고 제대로 된 시로 꿈틀거릴 것이냐 밀이다. 바른 글쓰기와 옳은 시 한 편 쓰는 날까지 낡은 사고방식을 버리며 숱한 정복의 날들이 기다리고 있는 것인지 살아 숨 쉬는 시 어떻게 낡으며 쓸 것인지 한번 고심해 보아야겠다.

산딸기

뻥 뚫은 자동차 도로 겹겹 쌓인 산을 바라보며 목적지 청도로 간다. 일이 바쁘고 신경 써야 할 일이 많아도 이렇게 한산한 도로를 달리며 바라보는 산은 무언가 위안을 준다. 그러니까 자연이 얼마나 아름다운가! 자세히 들여다볼 수는 없어도 푸른 녹초가 우거진 모습은 나에게는 아무것도 가져다주는 것 없는 것 같아도 마음의 풍요와 안정을 이리도 선사한다. 저 산을 바라보며 나는 외길 같은 목적지에 가고 있다.

시가 고장 났다. 시의 주인은 고민을 했고 고민하다가 엊그제쯤 전화했다. 언제 조용한 날이면 와 달라는 것이다. 시를 챙겨서 차에 싣는다. 탁 막힌 공간 울퉁불퉁 거리며 가는 시와 손잡이 잡은 손의 시만 생각한다. 시는 불특정 만인들께 빙수처럼 바라보게 하고 주인장께는 주방의 보조기계처럼 군림한다. 시는 때로는 시원한 아메리카노처럼 깨뜨리기도 하고 아이스티 레몬이나 복숭아 티처럼 하얀 눈꽃을 띄우기도 한다. 시는 고장 났지만, 시는 바라보는 이가 있다. 그래서, 시는 꿋꿋하게 군림한다.

산딸기 / 鵲巢

거무튀튀한 빵모자

비탈처럼

산에서 핀

    반죽기처럼 식빵처럼 스테인리스강처럼 수많은 입을 즐겁게 할 시가 왔다. 콧수염이 제법 난 기사와 다소 퉁퉁한 기사가 시를 내리고 있었다. 그러니까 저것이 시라고 하면 안 되나? 쉽게 들을 수 있는 시집이라고 하면 안 되나? 가정용 오븐처럼 꽂을 수 있는 시라고 하면 안 되나? 끌며 들어가는 시와 구석에 놓인 시를 보며 어찌 저것을 열며 또 넣으며 그 전에 반죽하며 그 전에 물과 희석하며 세계를 바라보아야 하는 것이냐! 차례를 기다리며 문장을 읽는 것은 죄스러움이며 바른 숙성과 적당한 양식의 올곧음 철학만이 시다. 시는 스테인리스강처럼 예뻤지만, 식빵처럼 반듯하고 반죽기처럼 단단하다.

    모든 이해관계를 떠나서 하는 일은 아름다운 것이다. 정말 일을 사랑하며 일만을 바라보는 손은 더는 문책할 이유가 없는 것이다. 그러므로 일을 찾고 일을 하며 또 그 일을 가르치며 안내하며 사는 것은 더욱 아름다운 일이라 그 어떤 이익을 떠나서 자부심을 가지자. 무거운 것을 들며 원한 곳을 찾아 배송하며 주인을 뵙고 인사하며 사는 이야기 하며 서로의 안부를 나누는 것은 나 또한 살아있음이니 무엇이 더 필요할까 가벼운 일이라 하자. 굴뚝처럼 바라보는 일이라 하자. 굴뚝처럼 일하자.

시간이 흘러가는 것을 지켜봐요

검은 숫자들은 달력 밖으로 미끄러지고요

내가 아는 글자로는 바람을 다 쓸 수 없어요

일기장에 있는 그 많은 바람은 모두 진짜가 아니에요

우주에서는 참 재미있는 일들이 일어나잖아요

아침에 있던 별들이 저녁이면 사라지고

내일 아침이면 잊혀지고

다음 날 아침이면 전설이 되고

그다음 날 아침이면 해독 불가의 암각화가 되고

그다음 날 아침이면 어떤 원숭이들은 낫 놓고 ㄱ자를 만들고

그다음 날 아침이면 어떤 원숭이들은 한 번도 살아 본 적 없는

별들의 역사를 짜 맞추느라 진땀을 흘리죠

낮과 밤이 교대로 야금야금 제 몸을 지우는 줄도 모르고

우주에서는 참 재미있는 일들이 일어나잖아요

그런데 거기가 밖은 밖인가요?

텔레비전 속에는 내가 보지 않으면 존재하지 않는

유령 채널이 점점 늘어 가는데

당신이 보지 않으면 존재하지 않는 나처럼 말이죠

그렇다면 내가 유령이라는 건가요?

당신이 유령이라는 건가요?

하긴 세상에서 가장 웃기는 말은 현실에 충실하자! 니까요

이제 우리에게 시간 말고는 더 이상 남은 이데올로기도 없는데

거실의 불을 끄는 것은 여전히 쉽기도 하겠지요

집으로 돌아가는 것은 여전히 어려운데 말입니다

−황성희 시 「그렇고 그런 해프닝」 전문

시간이 참 빨리 가요. 글쓰기는 세월과 무관하게 잘 늘지는 않아요. 내가 쓰고 싶은 말은 희망한 만큼 쓸 수 없어요. 일기장에는 모두 습작으로 써놓은 것이고요. 세상은 참 재미있는 일들만 일어나요. 아침에 있었던 일이 저녁이면 사라지고 내일 아침이면 잊히고 다음 날 아침이면 묘연해지고 그다음 날 아침이면 그랬느냐는 듯 잊고 그다음 날 아침이면 다른 생각이 퍼뜩 떠올라서 마치 원숭이처럼 인간의 모습을 그리기도 하지요. 그다음 날 아침이면 최초에 내가 생각했던 그런 사유가 아닌 완전히 다른 모습으로 바뀌어 있고요. 시처럼 곱디고운 역사를 만들고자 노력해요. 그러려니 낮인지 밤인지 모르겠어요. 제 몸만 자꾸 축나요. 세상은 참 재미있는 일들이 일어나잖아요. 그런데 거기가 밖은 밖인가요? 그러니까 내가 보지 않으면 존재하지는 않잖아요. 가령 일기장을 들춰보지 않는다면 말이죠. 습작으로 지은 공책은 자꾸 쌓여만 가는데 당신이 보지 않으면 존재하지 않는 나잖아요. 그렇다면 이 일기장에 써놓은 글은 모두 유령인가요? 아니면 당신이 유령이라는 건가요? 그렇지요. 저도 참 웃겨요. 하긴 세상에서 가장 웃기는 말은 현실에 충실하자! 뭐 그런 것이니까요. 이제 우리에게 시간 말고는 더는 그 어떤 이념 같은 건 없어요. 거실의 불을 끄기는 여전히 쉬운데 시집으로 옮겨놓을 만한 글 한 편은 참 어려운데 말이죠.

여기서 부연설명을 하자면 가볍게 쓴 것 같아도 언어 예술적 묘미를 우리는 볼 수 있다. 사색을 원숭이로 표현하는 환치 은유와 화자가 바라보는 세계관을 우주로 시를 별로 확장하는 은유 그리고 전반부 후반부를 대칭한 기술까지 볼 수 있다. 그러니까 행 가름을 하지 않아서 구분하기 어려울 줄 모르겠으나 시의 14행 '우주에서는 참 재미있는 일들이 일어나잖아요'에서 후반부 도입부로 보는 것이 나을 듯하다. 여기서 우주는 새로운 세계관을 뜻하는 것으로 화자의 그림자만 모은 텔레비전처럼 바라볼 수 있는 채널처럼 열어볼 수도 있는 그런 비슷한 습작의 세계, 그러니까 공책이나 일기장으로 보면 된다.

노란 참외의 계절이 왔다. 참외를 보니 시인 유홍준 선생의 시가 떠오른다. 이참에 선생의 시도 곁붙어 놓는다.

노란 참외를 볼 때마다 나는야 살짝 흥분, 노란 참외를 잔뜩 쌓아놓고 파는 트럭을 지나갈 때마다 나는야 살짝 멈칫, 노란 참외 향기는 진하고 노란 참외 향기는 달콤해 노란 참외 향기는 지독하고 노란 참외 향기는 매혹적이야 한 덩어리 참외 향기의 마취, 한 덩어리 참외 향기의 황홀, 노란 참외를 잔뜩 쌓아놓고 파는 트럭을 지나갈 때마다 나는야 노란 참외 수류탄을 움켜쥐고 멀리 던지고 싶어 노란 참외 안전핀을 뽑아쥐고 던지고 싶어 그러면 씨앗들이 흩어지겠지 그러면 씨앗들이 터져 달아나겠지 누군가는 씨앗에 맞아 죽고 무언가는 씨앗에 맞아 폭파되겠지 그러면 행복, 그러면 박수, 짝짝짝, 오늘도 나는 노란 참외가 가득 실린 트럭 앞을 지나갈 때마다 살짝 종횡무진 삶의 중앙선을 넘고 지그재그 법

의 중앙선을 넘어 노란 참외가 가득 실린 트럭을 몰고 아수라 아수라 노란 참외

를 가득 쌓아놓고 파는 트럭 앞을 지나갈 때마다 나는야 살짝 흥분,

─유홍준 시「노란 참외를 볼 때마다」전문

솔직히 3년 전에 시인의 시집을 읽고 감상문을 시마을에 올려놓은 바 있다. 지금 다시 읽어보니 어처구니없다. 그러니까 나의 감상문 말이다. 지금에 와서 또 새로이 읽어보니 시인께서 쓴 의도를 조금은 알 것 같다. 그러니까 참외와 트럭이 이 시에서는 주요 핵이다. 아마도 시인은 유럽의 스페인 축제 때나 볼 수 있는 어떤 한 장면을 우리의 참외와 오버랩한 장면으로 묘사함과 동시에 삶의 행복과 박수를 희망하는 뜻으로 쓴 것 아닌가 하며 다시 읽는다. 토마토도 마찬가지만 참외 또한 만만치 않은 무게며 실지로 던진다면 수류탄 만치는 못돼도 제법 아플 것 같다는 생각도 해 본다.

경산은 여러 가지 과일농사를 많이 짓는 고장이다. 필자가 머무는 곳에서 진량 쪽으로 들어가는 길목은 모두 참외밭이다. 갑자기 참외가 눈에 보였다. 씨알이 제법 굵은 참외 한 봉지가 2만 원이다. 배도 출출하기도 해서 샀다.

국물

왼손으로 버튼을 누르고 오른손으로 쥐꼬리를 당긴다. 클릭, 클릭 그리고 더블 클릭 태양이 뜬다. 태양은 떴는데 그림자가 없다. 맑은 하늘에 아주 작은 문이 자꾸 깜빡거린다. 분명 이쪽과 저쪽의 경계가 이승의 문으로는 도저히 들어갈 수 없는 거저 이리 보아도 좁다. 모든 것을 비워야 한다. 어떤 가벼운 욕심이라도 있으면 단 한 발자국도 실은 어렵다. 깜빡거리며 걷는다. 까만 관 뚜껑 열며 나온다. 갖가지 문양으로 수를 놓은 하얀 수의가 하늘 오른다.

커피 교육하다가 알게 된 청년이다. 청년의 꿈은 일주일에 두 번 일하고 나머지는 여행 다니고 싶다는 게 꿈이라고 했다. 많이 가지면 여행도 못 다닌다고 하는 청년, 이야기 듣고 보니 내 삶이 처량하다. 비우고 싶어도 비울 수 없는 처지가 시를 읽게 한다. 시가 온몸에 배긴 때를 벗긴다. 그러니까 시는 여행이다. 또 다른 시인의 머릿속을 들여다보는 여행이라고 하자.

단골손님이다. 다섯 살쯤 되는 어린애도 함께 카페에 들렀다. 꼬맹이는 무엇이 그리 궁금한지 주방과 로스터기 기기 주변으로 종종걸음인 데다가 여러 가지 질문까지 한다. 이제는 바나나 주스 달라고 부추기까지 한다. 아빠가 주문했던 아메리카노 3잔을 컵에 담아드리고 어린 손님께는 주스 한 잔을 덤으로 해 드렸다. 흐뭇한 표정 지으며 가는 어린 손님, 아빠의 나이가 제법 돼 보였는데 배 속에 아이가 하나 더 있다고 하니 왜 그리 막막해 보이는지, 하기야 내 걸음도 만만치는 않으나 그나마 꼬마손님보다는 제법 큰 아이를 생각하니 그래도 그만큼은 걸었다는 것인가!

문학이라는 것이 별 게 있나? 다른 사람 사는 것 들으며 내 사는 모습을 한 번 비춰 보기도 하고 내 사는 모습을 적으며 앞으로 나가야 할 일을 생각하며 방법론을 찾는 것 아닌가! 시를 좋아하는 사람은 시를 읽으며 시를 찾을 것이다. 소설을 좋아하는 사람은 소설을 찾을 것이다. 세상사는 삶이 여유가 없을 때 그나마 나는 시라도 읽을 수 있는 약간의 재주라도 있다는 게 얼마나 또 행운이자 행복인지 모르겠다. 세상은 그 누가 도와주는 것이 아니다. 그러니까 하늘은 스스로 돕는 자만이 돕는 것이다.

연로하신 시인, 신달자 선생의 시집을 읽었다. 시집은 『살 흐르다』이다.

내 남편이란 인간도 이 국수를 좋아하다가 죽었지요
바다가 되었다가 들판이 되었다가
들판이다가 바다이다가
다 속은 넓었지만 서로 포개지 못하고
포개지 못하는 절망으로 홀로 입술이 짓물러 눈감았지요

상징적으로 메루치와 양파를 섞어 우려낸 국물을 먹으며 살았습니다

바다만큼 들판만큼 사랑하는 사이는 아니었지만

몸을 우리고 마음을 끓여서 겨우 섞어진 국물을 마주보고 마시는

그는 내 생의 국물이고 나는 그의 국물이었습니다

－신달자 시 「국물」 부분

詩가 그리 어렵지도 않을뿐더러 오히려 시인의 구수한 입담으로 읽히기도 하며 어떤 인생의 경륜 또한 보는 듯하다. 얼마 전이었다. 그러니까 부부의 날이 지나갔다. 이 부부의 날은 여성가족부의 주관으로 '건전한 가족문화의 정착과 가족 해체 예방'을 위한 행사로 전국적으로 벌이는 국가기념일이다.

'스승의 날'처럼 우리나라에서 시작하여 세계적으로 확대돼 가는 기념일이라고 한다. '부부의 날'을 제일 처음 주장한 이는 경남 창원의 권재도 목사 부부로 1995년 어린이날 TV 인터뷰에서 결손 가정의 한 어린이가 "엄마 아빠 함께 사는 게 소원"이라는 말에 깊은 충격을 받고 처음에는 기독교 중심으로 '부부의 날' 운동을 시작하게 되었다고 한다.

이 운동은 '부부의 날 국가기념일 제정에 관한 청원'이 국회를 통과하여 2007년부터 매년 5월 21일이 법정기념일 '부부의 날'로 지정되어 달력에 표시하게 되었다. 21일을 부부의 날로 정한 것은 둘이 하나 되어 평생을 살아가는 사람이란 뜻에서다.

얼마 전에 내부공사를 맡는 장 사장의 이혼소식도 있었지만, 서로 잘 맞는

부부가 어디 있을까 어지간하면 서로 맞춰가며 사는 게 나을 듯도 한데 꼭 그렇지만도 않은가 보다. 한평생 살아봐야 얼마나 살겠는가! 부부로서 삶의 동반자로서 아주 기본적인 예는 서로가 갖춰야 하며 어두운 내일을 더불어 열어간다는 것에 서로가 위안은 되어야겠다. 필자 또한 부부싸움 끝에 지은 마음이 있어 아래에다가 덧붙여 놓는다.

커피 6잔 / 鵲巢

꿔다놓은 보릿자루 모양 생두 가마니를 본다. 10여 년 전, 고층아파트가 즐비한 곳, 조그마한 상가 어느 구석진 자리에 학원을 했었다. 지금 둘째 녀석 만한 아이를 모아 그림을 그렸다. 키가 별 차이 없는 생두 가마니를 본다.

겨울이었다. 옆집 사시는 할머니가 있었다. 커피 한 잔 드시러 오시곤 했다. 그 커피 한 잔, 맛이 있었던지 어느 호텔에 나가 진짜 맛난 커피 한 잔 마시고 오라는 것이다. 그때 처음으로 눈처럼 하얀 모자 보았다.

거짓말같이 인스턴트커피처럼 친했다. 연말이었다. 커피 볶는 소리처럼 우리는 함께 살았다. 그해 맏이가 생겼다. 진짜 커피를 마시겠다며 서울에 몇 번 드나들 때 둘째가 나왔다. 인스턴트커피는 점점 멀어져 가고 카페는 더 힘들었다. 한 잔의 커피처럼 버텼다.

그 후, 우리는 커피를 늘 함께 볶았다. 커피처럼 살았고 커피만 좋아했다. 커피 가마니의 지아비에 싫은 내색 한 번 하지 않았다.

오롯이 커피라면, 커피 분쇄하듯 양날 그라인더로 불똥 튀길 때도 있지만, 모닝커피 한 잔은 잊지 않는다. 지옥처럼 검은 세상, 커피 한 잔은 맑은 눈을 갖게 한다. 커피, 강한 죽음의 욕구 앞에서도 삶의 씨앗 같은 게 있다.

―필자의 詩集 『카페 鳥瞰圖』 22~23p

선잠이 죽음처럼

　선잠이 죽음처럼 달라붙는다. 전봇대에 하늘 뉘며 꾸벅꾸벅 바라보는 보도블록 위 포승줄 매지 않은 개가 막 지나간다. 조끼 같은 것도 껴입어서 보기에 그리 나쁘지는 않다. 또 하늘은 깜빡 소멸한다. 그러니까 전봇대도 잊고 포승줄 매지 않은 개도 잊는다. 꾸벅꾸벅 문 앞에서 엿본 지나는 개만 어린다. 이제는 의자를 완전히 잃고 그만 넋 놓고 바라본다. 하얀 이가 허공을 짚는다. 철로가 흐물거린다. 전등이 나간 진열장이 삐딱하다. 숨차게 도는 압축기만 소란하다. 또 파란색 하늘이 언뜻 보이다가 힘 쪽 빠진 참새가 문 앞에서 파닥거린다.

　팔각 빵모자가 있고 아무것도 적혀있지 않은 메뉴판이 놓였다. 산에는 고등어 굽는 냄새가 났다. 고등어 백반이 먹고 싶었다. 팔각 빵모자가 있고 아무것도 적혀있지 않은 두루마리가 놓였다. 냇가에는 갓등만 밝았다. 고장 난 갓등이 자꾸 떠오른다. 팔각 빵모자가 있고 아무것도 튀기지 않은 만두가 있었다. 기름에 두른 프라이팬만 뜨겁다. 만두를 유난히 좋아하는 아이가 스친다. 짙은 감나무 길 지나고 풀냄새 자욱한 산길 지나며 바라본 운문 댐이 마르고 있었다. 구불구불 도는 도넛만 꽉 잡고 있었다. 계단식 논밭과 집채를 그렇게 아름답게 바라본 것은 처음이었다. 첩첩산중을 지나며 있었다.

구멍 뻥 뚫린 모자 쓴 용접공은 뚝배기를 부른다. 뚝배기는 먹던 소고기 국밥을 마저 먹고 길 나선다. 모자 쓰지 않은 용접공 셋은 거들떠보지 않으며 용접만 한다. 구멍 뻥 뚫린 모자 쓴 용접공은 자빠뜨린 화장실 문 쪽으로 안내한다. 뚝배기는 함께 나간다. 아까 들어서면서 보지 못했나 보다. 까맣다. 고무줄 바지가 칠해 놓았나 보다. 뻥 뚫린 문틀이 투명한 것과 무늬판을 재고 있었다. 밋밋한 문틀은 어느 손잡이도 붙지 않았다. 굵은 철근 몇 가닥이 바닥에 있다. 작고 둥근 원판이 철판두 내보인다. 화장실은 그리 길지 않게 현관은 길게 놓기로 했다. 방·통 쳤다고 고한다.

춤추는 로스터는 콩만 볶는다.

기말시험이 두꺼운 책을 펼친다. 공백이 몇 없는 위층은 조용하다. 밑에는 춤추는 로스터가 콩만 볶는다. 오래간만에 본 보부상께 인사하며 다 볶은 콩을 보며 볶은 콩 담는 키다리도 본다. 문 앞에 커피나무가 꽃 피었다고 했는데 그것도 본다. 옥돌 위에 주차한 까만 자동차 본다. 평행봉은 옥돌을 밟고 아스팔트 밟는다. 새가 바라보는 세상, 鳥瞰圖 갓길에 평행봉 있다.

곧은 코틸 하나가 봉분을 이룬다. 커피 얼룩 닦은 새끼손가락은 망원경처럼 어두운 동굴만 헤집는다. SUCAFINA 커피, 김치찌개, 공깃밥, 말총머리, 반 곱슬머리, 키다리 아저씨, 케냐 2잔, 커피 얼룩 닦은 새끼손가락은 콧잔등만 만진다. 낙엽落葉을 쓴다.

말총머리와 반 곱슬머리가 큰 냄비만 바라보고 있었다. 앉은 의자에서, 식탁 위에 올려놓은 빈 접시와 밥공기 바라보며 있었다. 끓는 찌개를 바라보다가 숟가락으로 발갛게 핀 허울을 걷어내고 있었다. 말총머리 앞에는 빈 잔이 놓였고 반 곱슬머리 앞에는 잔 가득했다. 말총머리는 춤추는 로스터처럼 빈 접시가 없어도 밥공기는 깨끗이 비웠고 반 곱슬머리는 잔만 몇 번 비웠다. 그 사이 한 공기 거뜬히 비웠다. 끓는 찌개는 바짝 졸아든다. 두 공기 하늘 바라보았다.

역한 냄새가 난다 / 鵲巢

역한 냄새가 난다. 하수 관로는 내가 설치한 것도 아닌데 어찌 내게 고하는지! 아침부터 곱지 못한 말 한마디가 결국 하루가 가고 하루 동안 머리에 가득히 앉아 있으니 뭐든 잘 잡히는 게 없다. 바다에 일이 있어 커피 가져다 드리고 이왕 간 김에 분점에도 들러 기기 봐 드리고 오는 길 겹겹 밀리는 차만 본다. 나무만 싣고 가는 차가 옆에서 가고 앞서거니 뒤따르거니 앞질러 가고 해 따라가는 차는 그저 나무만 본다. 경산 다가올 때쯤 병원 분점에서도 AS 전화다. 본부에 들러 무거운 기기 보고 손닿지 않은 부품 하나 떼려니 막막하다. 거저 실어서 가 필요한 것 떼고 싶어서나 여러 손만 생각났다. 혼자 끙끙 앓다가 싣는다. 현장, 떼고 이어붙이고, 확인하며 지나는 물길 뚫은 해시亥時 기기 바르게 놓는다. 쫄쫄 굶은 하루가 역한 냄새만 난다.

-鵲巢日記 14年 06月 07日

가을에 고향 산에 올라

모처럼 쉬었다. 어떤 강박관념에서 벗어나고 싶었다. 실은 추진하고 있던 일이 거의 다 끝나가고 있는 것도 사실이며 시 감상문을 제대로 적을 때까지 하루도 빠짐없이 읽고 쓰겠다는 마음도 이제는 조금 삭은 것도 사실이다. 하지만 허전한 것도 사실이었다. 그래서 앞에 적었던 글을 아무거나 무심코 클릭하여 아무 생각 없이 읽어 나갔다. 읽으며 내내 생각했던 것은 또 내 마음을 끌어당기는 것이다. 결코, 가볍게 생각했던 글이 그렇지 않았다. 그러니까 앞에 적었던 글은 나를 부추기며 끌어당기는 것이다. 아무것도 아닌 글이 삶의 욕구를 자극하며 격려하였다.

앞에서도 많은 말로 얼버무렸다. 상상력이었다. 상상력을 어떻게 하면 더욱 정진할 수 있을 것인가가 관건이었다. 그 어떤 이미지도 떠오르지 않는다면 글이란 것은 잘 떠오르지 않는 것도 사실이다. 두 달여 동안 시 감상문을 적겠다고 많은 시간을 할애해서 매진하였지만 실은 이 모든 것이 작은 나의 상상을 끌어내기 위한 어떤 마중물밖에는 되지는 않는다. 그렇다고 한 편의 글이라도 제대로 끌어올렸다면 모를까 꼭 그렇지만도 않은 것도 사실이다. 하지만 여타 소득이 없다 해도 그만큼 공력은 늘었을 것이라 자부한다.

오늘도 쉬면서 마음 편히 읽겠다고 펼친 시집 한 권이 있었다. 물론 한 권을 읽는 데 그리 많은 시간이 간 것은 아니다. 그러니까 거저 독서지 무엇을 알고 읽는 것은 아닐 것이다. 읽으면서 어떤 감 같은 것을 떠오르고 마구 넘어가는 낱장의 모음이었다.

문단에서 활발히 활동하는 詩人이라 해도 되겠다. 詩人 박형준 선생의 詩集『불탄 집』 읽었다. 얼마 전에는 선생의 평론집『침묵의 음』도 약간 훑어보기도 했다. 이 시집의 전체적인 느낌은 시인의 어머님과 고향을 그리며 지은 마음이 다분했다. 시인의 시집은 이번에 두 번째 만난 셈이다. 예전 시마을에 올려놓은 바 있다. 선생의 시집『생각날 때마다 울었다』 그러니까 3년 되었다.

이번 詩集의 詩 한 편만 필사해본다.

어머니, 나는 산에서 집을 봅니다. 이제 나는 집에 못 가나 봅니다. 어머니, 어렸을 땐 몰랐는데 고향 산이 너무 낮습니다. 높은 산을 고향으로 둔 이라면 여긴 언덕이라 부르겠어요. 당신이 봄에 돌아가시고 처음 올라온 고향 산, 그런데 이 언덕에 그나마 매달려 있는 단풍들이 흩어져 버립니다. 나는 뭐에 그리 힘들게 매달려 살았던 걸까요. 그래도 한 번의 바람에 허공에서 빨갛게 바스라지는 단풍들은 곱습니다. 어린 시절에는 이 산을 저녁에 한달음에 올라갔지요. 산에서 언제나 저녁밥 짓는 연기를 보았지요. 밥물이 무쇠솥을 들썩이는 부엌의 문을 열고 당신이 내 이름을 부르는 소리를 들었지요. 그렇게도 집과 가까운 고향 산에서 손에 잡힐 듯 부드럽게 허공에 멍드는 그 손길과 밥 냄새를 떠올립니다. 밥 짓는 연기 속에서 누군가를 부르는 목소리는 여전히 들리는 것 같습니다. 어머니, 나는 지금 무엇이 부끄러워 집으로 못 가고 샛길로 올라와 산에서 집을 바라보는 걸까요. 이제는 당신이 부르는 이름이 아니라 내 마음에 부를 이름이 연기를 흩트리는 바람 속에서 산 아래를 향해 단풍으로 날아가고 있나 봅니다.

-박형준 시 「가을에 고향 산에 올라」 전문

선생의 시를 읽으니 소싯적 생각이 떠오른다. 선생이 살았던 동네도 그렇지만 필자도 마찬가지였다. 지금 고향에 가면 그 야트막한 산은 이미 다 무너지고 무너뜨린 산에는 아파트 단지가 그때 산 높이만큼 올라섰다. 초등학교 시절에는 그곳에 소풍도 가기도 했다. 학교 갈 때면 꼭 그 산을 넘어야 했다. 방공호가 군데군데 파놓은 곳도 있어 소꿉장난도 했었다. 봄에는 아카시아 꽃향기가 그렇게 맑았으며 가을이면 군데군데 피어 선 코스모스 꽃 보기도 했다. 그 꽃잎 한 잎씩 따 내리며 걷다 보면 벌써 집이고 학교였다. 중학교 시절에는 자전거 타며 오르내리던 산이었기도 하며 고등학교 시절에는 그렇게 어둡게 바라본 것도 없었을 것이다. 산이 온 동네를 까맣게 덮었기 때문이다. 그만큼 가는 길 오는 길 모두가 어두웠던 시절이 있었다. 그곳에서 놀다가 해질녘쯤이면 동네로 내려가곤 했다. 어머님의 목소리는 지금도 생생하다. 저녁을 챙겨놓으시고 밥 먹자는 어머님의 목소리였다. 혹여나 아버지께 혼쭐나게 야단맞지는 않을까 하며 가슴 조이며 집에 들어가던 때가 있었다.

내부공사를 맡는 장 사장과 오랫동안 함께 있었다. 오전에도 오후에도 현장에 다녀오기도 했으며 본점에서 커피 한 잔 마시기까지 또 저녁 겸해서 가

녑게 보쌈도 한 접시 했다. 내부공사에 관한 일이다. 공간미를 어떻게 만들 것인가에 대한 대화였다. 현장에 있을 때였다. 옆집 사장이지 싶은데 먼저 오시어 인사를 주신다. 여기 들어오실 사장이냐고 묻기에 그렇다고 대답했다. 함부래 주차문제에 대해서는 미리 해결하고 입주하시오. 하며 말 한마디 한다. 경고면 경고고 대비면 대비하라는 뜻으로 조언 아닌 조언을 던진다. 백여평 카페가 지어졌으니 주차공간이 턱없이 부족할 것은 분명하다. 더구나 옆집까지 민폐 끼칠 일도 더러 있을 수도 있겠다. 요즘은 한 가족이 모이더라도 식구 수대로 차를 몰고 오는 세상이라 신경이 안 갈 일 없겠다. 그러니 더욱 민감하게 받아들이는 것이다. 문중 어른께도 미리 말씀은 드렸으나 그것도 그때뿐인 듯 특별한 조치는 없는 듯하다. 늦었지만 준공도 얼마 남지 않았으며 카페개업에 관해서 추진한 여러 일도 조금씩 마감을 해야 할듯해서 마음은 영 편하지는 않다.

보쌈 / 鵲巢

탁자가 돌 받침대였다.
숟가락과 젓가락을
미리 챙겨서 앞에도
내 쪽에도 놓았다.
돌바닥 보며
돌 같은 일을 나누었다.
어느새 돌바닥 위에는

보쌈이 놓이고 상추도 놓이고
갖가지 반찬이 깔렸다.
한 젓가락씩 집으며
놓인 접시를 비워 나갔다.
돌 같은 입술이었다.

－鵲巢日記 14年 06月 08日

브라더

독자의 마음이다. 시집 한 권을 읽을 때 곰곰이 생각하게 되는데 한 편 한 편 제대로 보는 이가 있는가 하면 필자처럼 반 건성으로 보아 넘기며 중요한 핵이라도 있을까 하며 어떤 감을 얻기 위해 보아 넘기는 사람도 있으리라 본다. 독자는 여러 가지 목적으로 한 권의 시집을 선택하리라 본다. 그 목적이 어떤 것인지는 여기서는 적을 이유는 없지만, 시집 한 권의 주요시편은 무엇이고 무엇을 뜻하는지 제대로 표현한 시가 있다면 성공적이겠다.

시집에 든 모든 시가 다 완벽을 기해야 하지만 또 그렇다고 그리 꼼꼼하게 짓는다고 해서 어떤 흠이 안 생기는 것도 아니다. 한 권의 시집에서 한 편만 살아남는다고 해도 그건 꽤 괜찮은 성과임은 틀림없다. 우리가 시인 한 분을 얘기하면 그분의 지은 시가 무엇인지 떠오르기라도 하면 꽤 성공한 시인임은 분명하다. 그렇다고 한 편의 시를 쓰기 위해 주업을 포기하면서까지 시에 매진하는 것은 어리석은 일이다. 글만 쓴다고 해서 좋은 작품이 나오는 것도 아니다. 화자의 좋은 경험과 독서와 많은 습작의 노력이 좋은 작품을 남기는 것이니 매사 일에 충실히 보내는 것이 더욱 중요하다. 글 한 편 잘 적었다고 해서 부귀영화를 누리는 것도 아니니 그저 삶에 있어 조금이나마 위안이라도 되었으면 그만인 것이다.

매주 첫 시작 월요일은 눈코 뜰 새 없이 바쁘다. 하지만 그런 와중에도 한 권의 시집을 보겠다고 하면 충분히 볼 수 있는 시간을 마련할 수 있음이다. 그나마 다행한 것은 느낌이 좋은 시집을 만났다는 것이다. 어떤 시집은 한 권을 읽어도 감이 전혀 잡히지 않는 것도 있음인데 오늘 만난 시인은 느낌이 아주 좋았다. 시인의 시 몇 편을 들여다보자.

詩人 조동범 先生을 만났다. 선생의 詩集 『카니발』 보았다.

포켓에 손을 넣자
빅브라더의 한 줌 사랑과 이별이 수런거렸다. 한 줌의 사랑과 이별을 손바닥 위에 올려놓고
빅브라더는 눈물을 흘렸다.
영원히 사랑했어요.
빅브라더의 여자는 모든 것을 알고 있었다는 듯 말이 없다.
빅브라더의 사랑은 어떠한 상징도, 어떠한 은유도 없었다.
만개한 빅브라더의 사랑이 팝콘처럼 터지는 봄이었다. 빅브라더의 사랑은 단단한 가방에 숨겨졌지만
누구나 그것이 빅브라더의 사랑이라는 것을 알고 있었다.
빅브라더의 사랑은
도끼로 찍을 필요도, 열쇠공을 부를 필요도 없었다. 모든 것은 명백했다.
어느덧 빅브라더의 가방은 사랑이 슬픔으로 치환되었다.
사람들은 모두 고개를 끄덕였다.

빅브라더의 슬픔은 우리 모두의 슬픔은 아니었지만

그것은 변함없이 빅브라더의 슬픔이었다.

열쇠공을 부를 필요도 없이

그것이 슬픔이라는 것은 명백했다. 빅브라더의 사랑과 슬픔이 입을 모아 사랑과

슬픔!을 외쳤다.

삼류 영화처럼 빅브라더의 사랑과 슬픔이 추억되었지만 누구도 빅브라더의 사

랑과 슬픔 따위에 관심을 기울이지 않았다.

습관처럼 빅브라더의 사랑과 슬픔이 전시된 봄이었다.

팝콘처럼! 습관처럼! 상투적인 직유의 봄이었다.

자동차가 질주하고 바람에 나뭇잎이 나부끼는 봄이었다.

너와 내가, 혹은 나와 네가 어깨를 부딪치며 성큼성큼 일상의 모서리에 서 있는

봄이었다.

하늘을 가르는 비행기와 구름의 궤적을 바라보는 봄이었고

햇살이 따사로운, 말랑하고 행복한 봄이었다.

빅브라더의 사랑과 슬픔이 선명하게 전시된 어느 봄이었다. 사랑과 슬픔마저도

빅브라더의 가방에 담겨

빅브라더의 사랑과 슬픔이 된,

빅브라더의

명백한 사랑과 슬픔의 어느 봄이었다.

　　　　　　　　　　　　　　　　　　　　　　　－조동범 시 「울고 있는 빅브라더」 전문

언뜻 읽으니 영화 〈신세계〉가 떠오른다. 그러니까 배우 황정민이 이정재에

게 던지는 대화다. '어이 브라더, 쟤들은 짜바리여 짜바리 긍께 짭새란 말이여! 알어, 짭새 경찰이란 말이여!' 호! 나도 참 웃긴다. 죽 읽어나가다가 어찌 영화 속에 나오는 대화가 떠오르는 것인지! 어찌 되었든 간에 이러한 상상을 할 수 있었다는 것에 기분은 아주 좋다. 그러니까 필자의 머릿속을 무언가에 의해서 그 많은 톱니바퀴 중 어느 한 둘레를 돌렸다는 것이고 그것에 인해 전체의 우주선이 약간 움직였다는 것은 높이 살만한 것이다.

詩를 천천히 들여다보자. 이 詩를 읽으니 시인 오규원 선생의 「한 잎의 여자」가 떠오르기도 한다. 그러니까 여기서 말하는 빅브라더는 화자(화자가 아니라도 좋다)를 뜻하며 벚나무를 연상하게끔 한 약간의 오버랩의 기술적 묘미를 자아낸 수작이다. 물론 벚나무라는 것은 이 시 내용에서는 실은 없다. 하지만 시의 내용을 보면 '만개한 빅브라더의 사랑이 팝콘처럼 터지는 봄이었다.' 라고 적고 있다. 여기서 '팝콘처럼' 이라는 것에 주목하자. 한 송이씩 터뜨리는 그런 봄이 아니라 팝콘이다. 벚꽃을 연상할 수 있는 직유법이라 해도 되겠다.

빅브라더의 사랑에 관한 詩며 이 사랑이 벚나무에 암묵적 비유가 들어가 있지만, 이 사랑을 담은 것은 가방이다. 사랑을 명백한 것이기에 그러니까 나와 당신이겠다. 그러므로 도끼로 찍을 필요도, 열쇠공을 부를 필요도 없는 것이 된다.

벚꽃이 피었다가 지는 것을 우리는 아무도 눈여겨보지 않듯이 그것처럼 우리의 사랑은 벚꽃이 만개할 때 피어올랐고 벚꽃이 질 때 사랑도 저물었다.

그건 마치 삼류영화처럼 추억될 거라고 화자는 말한다. 그러니까 치졸하고 유치한 어떤 사랑을 담은 것이라 해도 되겠다. 삼류영화라는 것은 일류배우가 나오는 것도 아니고 거기다가 내용까지 조금은 떨어진 어떤 내용을 비유적으로 흔히 쓰는 말이다.

시의 마지막 부분을 보자. '하늘을 가르는 비행기와 구름의 궤적을 바라보는 봄이었고 / 햇살이 따사로운, 말랑하고 행복한 봄이었다.' 그저 필자의 감상에 지나지 않으니 그렇게 유심히 읽지는 마시라. 그러니까 벚나무와 벚꽃의 관계다. 벚나무의 처지에서 본 비행기와 구름, 벚꽃의 처지에서 바라본 비행기와 구름을 연상하게 하는데 비행기의 높은 처세와 기분, 구름의 몽상적 그리움과 어떤 묘연한 느낌 즉 불안이나 두려움이나 여러 가지 좋지 못한 감정 같은 것을 느낄 수 있다.

빅브라더의 사랑과 슬픔이 된, 그러니까 벚꽃처럼 피었다가 진 빅브라더의 명백한 사랑과 슬픔의 어느 봄을 우리는 확인하며 읽은 것이 된다. 아무튼, 이 시를 쓰신 시인께 감사의 말씀을 놓는다.

시인 오규원 선생의 시

나는 한 女子를 사랑했네 물푸레나무 한 잎같이 쬐그만 女子, 그 한 잎의 女子를 사랑했네. 물푸레나무 그 한 잎의 솜털, 그 한 잎의 맑음, 그 한 잎의 영혼, 그 한 잎의 눈, 그리고 바람이 불면 보일 듯 보일 듯한 그 한 잎의 순결과 자유를 사랑했네.

정말로 나는 한 女子를 사랑했네. 女子만을 가진 女子, 女子 아닌 것은 아무
것도 안 가진 女子, 女子 아니면 아무것도 아닌 女子, 눈물 같은 女子, 슬픔 같은
女子, 病身 같은 女子, 詩集 같은 女子, 그러나 누구나 영원히 가질 수 없는 女
子, 그래서 불행한 女子.

그러나 영원히 나 혼자 가지는 女子, 물푸레나무 그림자 같은 슬픈 女子.
　　　　　　　　　　　　　　　　　　　　　　　　－오규원 시 「한 잎의 女子」 전문

이 시에서 보듯 선생은 한 잎의 여자를 사랑했다. 그러니까 그 한 잎의 여
자는 물푸레나무의 여자인 것이다. 그리고 한 잎씩 어떤 여인을 묘사해 나간
다. 결국, 그 모든 잎은 물푸레나무의 잎이며 화자가 사랑한 여인이 되겠다.

詩人 오규원 선생께서 쓰신 詩를 필사한 이유는 다름이 아니라 조동범 선
생께서 쓰신 詩와 어떤 맥을 함께 하는 듯해서 올린 것이다. 조동범 선생께서
는 아무래도 시인 오규원 선생의 영향을 받았을 것이다. 왜냐하면, 나무와 꽃
의 관계와 나무와 잎의 관계를 보면 알 수 있다.

서점이 불타올랐다.
도시의 모든 소방차가 출동했고 소방차의 능숙한 물줄기가 신속하게 화재를 진
압했다.

바캉스의 계절과 상투적인 주말이 끝나던 날이었다.

불에 탄 활자의 재가 하늘을 뒤덮었고, 도시는 불에 탄 활자와

온통 유익한 정보와, 새로운 감수성으로 차올랐다.

함박눈처럼 쏟아지는 활자를 바라보며 시민들은 독서의 계절을 실감했지만

어떤 것도 읽을 수 없는 계절이었다.

청소원은 불에 탄 활자를 쓸어담아 쓰레기장으로 보냈고 서가는 곧바로 유익한

신간으로 채워졌다.

때는 바야흐로 독서의 계절이었으므로,

모든 집회와 결사의 자유가 제한되었다.

서점은 진부한 독자들로 가득 찼고 거리마다 진부한 시인들의 진부한 낭송회가

열렸다.

독서의 계절이 찾아왔다.

—조동범 시 「독서의 계절」 부분

시를 필사하고 감상하다 보니 애니메이션 세계가 떠오른다. 우리는 언제부터 애니메이션을 보지 않았을까! 성인이 되면 잘 보지 않는 세계다. 우리 아이들이 보는 것에는 두말할 필요가 없겠지만, 우리도 소싯적에는 애니메이션을 무진장 좋아했던 시절이 있었다. 그러니까 우리가 상상 못 하는 어떤 영상을 애니메이션을 통해서 처리할 수 있음에 가끔 놀라기도 한다. 그래서 아이들은 애니메이션을 통해서 많은 꿈을 상상하며 자란다.

시의 첫 문장을 보자. 시제는 독서의 계절이다. 그리고 서점이 불타올랐다.

시제와 첫 문장만 보더라도 대충 어떤 느낌인지 언뜻 알 수 있다. 여기서 서점은 화자를 환치한 제유적 표현임을 알 수 있다. 그러니까 화자의 독서에 대한 사랑으로 보는 것으로 옳다. 그 사랑이 불타올랐다.

시의 2행은 시의 진행방향으로 쓴 묘사의 한 방법이며 실지로 화재가 나서 그런 것이 아니라 화자의 독서에 대한 사랑을 잠재운 어떤 영향을 표현한 것이다. 시의 3행을 보면 더욱 자세하게 표현해놓고 있다. '바캉스의 계절과 상투적인 주말이 끝나던 날이었다.'

시의 4행을 보면 '불에 탄 활자의 재가 하늘을 뒤덮었고, 도시는 불에 탄 활자와', '불과 불에 탄'은 화자의 심적 표현이다. 그만큼 열정을 뜻하는 것으로 읽으면 된다. 바캉스 계절도 끝나고 주말이 끝나가니 이제는 책 좀 보아야겠다. 시의 5행을 보면 함박눈이 나온다. 함박눈의 느낌을 연상하며 흰 종이를 연상하라! 필자는 여기서 그만 애니메이션이 생각나게 했으며 그중 '원피스'의 한 대목이 지나가는 것이다. 쵸파와 할머니가 생각이 났다. 얼음성이라면 얼음성인데 함박눈 펄펄 내리는 어떤 장경이 떠올랐다. 물론 시를 읽으며 시의 내용도 좋지만, 독자의 튀는 상상을 유발할 수 있다는 것은 무한한 창작의 동기를 제공함이며 새로운 진화를 낳게 한다는 것에 아버지며 조상이 되는 것이다. 그래서 시인은 시를 좋아하는 동호인과 가족 속에 명망을 높이 사는 것이다.

시의 7행을 보면 청소원이 나온다. 아무래도 화자의 부인이거나 또 다른 화자의 모습을 그려놓았다고 해도 괜찮다. 이 이후로는 별달리 토를 달지 않아도 시를 읽는 데 큰 무리는 없지 싶다. 책을 가장 좋아하는 사람은 누군가! 시인이나 소설가 또 글을 적는 사람 글이 있어야 하는 사람이다. 또한 독자도 있음이다. 좋은 책을 안내하고 읽는 습관을 제공하며 책으로 안내하는 것도 시인이나 소설가가 되어야 하겠다. 책을 많이 읽고 쓰는 국가라면 다른 어떤 국가에 비해서 뭐가 달라도 다를 것이다. 그만큼 상대방을 받아들이는 자세와 내 의사를 충분히 전달하는 자세를 갖출 수 있으며 상호이익을 위한 공동의 목표 또한 충분히 이룰 수 있으리라고 나는 생각한다. 이 글쓰기가 나를 위한 것이 아니라 우리 카페에 오시는 손님께 한 줄 읽어드리는 자세로 또 많은 사람이 글에 대한 두려움을 없애고 바르게 볼 수 있는 어떤 한 목표라도 심을 수 있으면 만족한다.

구름 / 鵲巢

선 안에서 지붕처럼 선을 바라보며 조금도 비껴가지 않은 구름을 몬다.

선 흔들며 선을 벗어나는 알코올 같은 구름 본다.

선 안의 구름을 번개처럼 부딪고 쥐꼬리처럼 선 흔들며 간다.

선 안의 구름은 천둥처럼 당황했으며 뺑소니 같은 구름을 본다.

선을 게걸스럽게 먹으며 가는 구름이 선을 완전히 잊고 달린다.

비 온다.

지하에도 선이 있고 선 안에다가 태연하게 아주 태연하게 놓는 구름이다.

최고의 아군은

최고의 아군은 / 鵲巢

붙박이 모니터 붙박이 테이블 붙박이 의자에 앉아 고개 떨어뜨린다. 부드러운 자판 부드러운 허릿살 부드러운 입술 부드러운 손이 은빛 주전자 잡고 한 방울씩 떨어뜨리는 물방울이 촉촉 분쇄한 커피에 스며든다. 하루의 돌멩이 하루의 파문 하루의 간격이 하루를 껴안는다. 좌측으로 고개 돌리고 좌측에 유월의 흰 눈발 어린 동태가, STOP, 떡 하니 섰다.

좌측으로 끄는 슬리퍼는 하얀 스티로폼으로 두 손을 쓴다. 스티로폼 안은 마음, 스티로폼 안은 어느 읽지 못한 작은 손, 스티로폼 안은 산딸기, 시는 산딸기다.

산 공기 좋고 냇물이 맑은 고향에서 딴 산딸기

최고의 아군은 아래에 있다. 뒤집은 아我는 엉덩이 치켜들고 천장만 바라본다. 그때 최고의 동맹은 아我를 집는다. 아我는 더디어 입 딱 벌리고 주군을 본다. 마당은 이미 사살한 피가 흥건하게 출렁이고 주군은 마당을 들며 잰다. 더디어 아我는 사살한 피로 그득하다. 향긋한 냄새까지 안는다. 흰 철모 쓰고 소총 한 자루 찬다.

철모 치수에 대해서 10과 13에 대해서 흰색과 검은색에 대해서 우리는 무심코 넘어갈 때 있다. 이와 는에 대해서 돌과 돌처럼 내가 읽은 것에 대해서 무엇을 건네는 답례 같은 것은 없어도 세상 다 녹는 까만 커피를 생각한다. 눈은 살아 있어야 한다. 꾸벅꾸벅 조는 칼날이 지진처럼 흔들려도 도자기 굽는 마음은 있어야 한다. 파삭 금이 간 옹기처럼 또 보도블록처럼 잇는 점토판으로 하루 장식하며 간다. 역사는 커피며 역사는 구르는 동태고 역사는 끊이지 않는 필봉에 역사는 포승에 묶은 봉두난발이다.

최고의 아군은 아래에 있었어. 도넛보다 작은 빈 양파였어. 휴대전화기가 그렇게 미워 보일 수 없었어. 혼자서 어두운 공간을 빠져나가는 것은 비겁했지. 심장처럼 제자리에 있었지. 하늘 향한 포물선은 고무 상자에 걸려 한 줄 생명은 그만 지웠네. 문 탁 열렸어! 나비는 이유 없이 날아갔어. 잡을 수 없는 바닥은 경쾌한 소리만 들었어. 택배 아저씨처럼 이름 명확한 스티커처럼 투명 테이프 곱게 바른 상자처럼 바퀴만 구르는 거야. 하늘 노랬어. 어쩌란 거야!

아이티에서 진흙 쿠키를 먹는 아이를 보면서 밥을 굶지 말자. 진흙 같은 마음을 구웠다. 내전이 빈번한 나라처럼 부글부글 끓는다. 라면 같은 그것을 날마다 먹어야 한다. 스스로를 아끼자, 스프 같은 마음을 삼켰다. 한 장의 휴지를 아끼기 위하여 코를 마셨다. 자위를 삼갔다. 물로 닦았다. 성병 걸린 르완다 여자애를 떠올리며 성호를 그었다. 이마에서 배로 손가락을 옮길 때 손을 잘 씻어야지, 불현듯 다짐했다. 지진을 대비한 건물처럼 잘 휘어지는 마음. 변덕을 견디며 체위는 다양해져 갔다. 깨끗한 사람이 되기 위해 거품을 일으켰다. 부글부글 빨리 익었다. 모스크바에서 황산을 뒤집어쓴 베트남 유학생 얘기를 들으며 편식하지 말아야지, 생각했다. 뭐든 차별은 나쁜 일. 풀과 나뭇잎의 색을 사랑하기로 마음 먹었다. 쌀국수를 먹을 때는 꼭꼭 씹는 게 중요합니다, 의사는 말했다. 할례 의식 중인 꼬마를 보며 의사의 말을 되씹었다. 꼭꼭 씹어 삼킨 다음엔 양치질을 오래 하리라, 삐친 사람의 입처럼 벌어지지 않던 꼬마의 그곳이 벌어지자 치약이 목구멍으로 넘어간다. 마그마처럼 헛구역질을 하며 괴상한 소리를 내 본다. 뜨거운 다짐들이 피부를 뚫고 폭발한다. 바로 이곳에 서 있다. 들끓는 마음을 가진, 괴물

　　　　　　　　　　　　　　　　　　　　　－서효인 시 「마그마」 전문

　시인의 시집은 이번이 두 번째다. 전에 『소년 파르티잔 행동 지침』을 읽고 감상한 적 있다. 그는 '작란' 동인으로 활동하는 젊은 시인이다. 그의 글 매력은 이상하게도 끌리는 데가 있다. 시제 「마그마」는 그의 시집 『백 년 동안의 세계대전』에 실은 서시다. 시를 쓰는 것도 어느 정도 재미가 있겠지만, 시를 찬찬히 음미하며 왜 이렇게 적었을까 생각하며 읽는 것도 재밌다.

　마그마는 땅속 깊은 곳에서 지열에 인해 반액체가 된 어떤 물질을 일컫는데 이것이 식어서 굳은 것이 화성암이며 분출한 곳이 산을 형성하는데 이를 화산이라고 한다. 이 시, 첫 문장을 보면 '아이티에서 진흙 쿠키를 먹는 아이를 보면서 밥을 굶지 말자.'고 했다. 시인은 아이티의 굶주린 아이를 보았다.

그것이 현장이든, 신문이든, TV에서든, 그러나 이것은 시 문장이다. 시를 쓰기 위한 화자의 마음이다. 밥을 굶지 말자는 것은 글과 글쓰기를 잊지 말자는 것으로 읽힌다.

하지만 아이티에서 진흙 쿠키를 먹는 아이를 보며 그 속에 묻은 자본주의와 내란과 제국주의 같은 것을 떠올리며 어떤 경고를 이야기하고 있는지도 모른다. 이는 시인이 쓰는 시의 이유다.

진흙 같은 마음과 내전이 빈번한 나라처럼 부글부글 끓는다는 것은 화자의 시에 대한 열정을 표현하는 묘사다. 라면에 관해서는 전에도 설명한 바 있다. 그러니까 詩人 조연호 선생의 詩 「매립지」에서 이야기한 바 있다. 색감표현이나 모양을 그저 보아 넘겨서는 안 되겠다. 스프 같다는 표현은 아무래도 짜거나 매콤하거나 가루라는 의미를 담고 있다.

코를 마셨거나 자위를 삼가거나 물로 닦는 행위 또한 시적 묘사다. 시 쓰는 과정의 일례이다. '지진을 대비한 건물처럼 잘 휘어지는 마음. 변덕을 견디며 체위는 다양해져 갔다.' 약간의 탐미적 색채로 쓴 문장이기는 하나 화자의 글 쓰는 자세를 말한다. 필자 또한 바른 자세로 앉았다가도 시간이 지나면 비딱하게 앉아 있기도 하고 한쪽 다리를 의자에 앉혀서 다음에는 두 다리 앉혀서 글 적기도 한다. 그러니까 체위는 다양하다.

뒤 이야기 또한 어떤 신문지상에 나온 이야기를 시적 묘사로 꾸민 것으로 읽는다. 이는 또 시대상을 그려놓기도 한 것이며 마그마처럼 들끓는 마음을 표현한 것이 결국 화강암처럼 단단한 시 한 수 지은 것이 된다.

아까도 이야기했듯이 시인이 아이티에서 진흙 쿠키를 먹는 아이를 보며 시는 전개된다. 동심 어린 아이가 받는 상처는 시인의 시였다. 아이의 눈빛처럼 세상 바라보는 우리는 모두 자본주의의 톱니바퀴며 피해자이면서 자본주의를 이끄는 당사자이기도 하다. 우리가 세상 바라보는 관점은 편식이어서는 안 되겠다. 두루두루 섭렵하는 문화와 그 체험 속에 꼭꼭 씹어 삼킨 다음 하얀 이 닦듯 수기 또한 적어야겠다.

우리나라의 기록문화는 세계에서도 알아준다. 조선왕조실록, 승정원일기, 동의보감, 난중일기, 일성록 등 유네스코에서 지정한 문화유산을 많이 가지고 있음이다. 이는 한 국가의 역사며 지금껏 우리의 뿌리를 다지고 미래를 향한 발판이었다. 우리의 혼이었다. 개인의 역사도 마찬가지다. 아무것도 아닌 것 같아도 내 사는 일기를 매일 적어보라! 훗날 어떠한 일을 하든 마케팅 자료로 쓰임이 있을 것이며 더욱 큰 성과는 피라미드와 같은 과업을 얻을 것이다. 내 속에 든 마음을 하나로 통일하며 이는 더욱 집중력과 추진력 또한 기를 수 있으며 어려운 가운데 자아를 잃지 않는 불굴의 마음을 가질 수 있음이다.

꽃피는 시비

　자시나 축시에 바깥 공기 쐬며 밤하늘 올려다보라! 반짝반짝 빛나는 별빛이 가히 아름답기도 하지만 내가 선 이 지구가 지름이 한 2m 남짓한 작은 행성같이 느낄 때 있다. 미야자키 하야오의 천공의 성처럼 둥실둥실 떠 있는 행성, 이 행성에서 바라본 우주에 내가 있다.

　詩는 어쩌면 지름 2m도 안 되는 시야의 밤 그림자다. 간혹 술 취한 사람이 지나며 무심코 바라보기도 하고 일과의 고된 노동을 풀듯 바라보기도 하는, 제시한 각기 다른 버튼에 몇 개의 동전을 받으면 뽑는 커피 자판기다. 어떤 옥문의 열쇠를 쥐고 펼쳐보는 옥돌 같은 주술의 주문 같은 깊고 넓은 피라미드 속 미로를 불 밝힌 횃불 쥐고 걷듯 캄캄한 우주선에 내가 있다.

　정식을 잃어버린 듯 시간을 삶고 시간을 작은 체 건져서 하얀 도자기 그릇에다가 담아서 김치 송송 썬 것과 참기름과 초고추장 대충 버무린 시간, 한 젓가락 곱게 올린 허기, 어느새 헛배는 부르고 먹은 듯 안 먹은 듯 꺼지는 것도 금방 구불구불 언제 내려갔는지 모를 시간, 뒤끝 채 좋지 않은 끝물, 까마득한 시간

호박전 / 鵲巢

흰 접시 위 호박전 동그랗게 부친 한 잎

뜨거운 기름 바닥에 온몸 녹진하게 푼

그 한 잎 노르스름한 나비 한 점씩 모음

흰 접시 위 호박전 고소하게 익은 한 잎

고운 소금 안은 쉐키쉐키 푼 달걀의

리듬을 잊고 철퍼덕

붉은 부침 가루도 잊은 한 잎

얇은 몸 바짝 붙은 한 잎

흰 접시 위 호박전 달콤하게

군침 도는 한 잎,

비 오는 날 막걸리 한 사발에

딱 맞는 호박전 흰 접시 위 딱 붙은

동그란 우주선

긴 칼날에 댕강댕강 날아간

기억을 잊고 올 붙은 흰 접시 위

호박전, 한 장 한 장 척척

어둑어둑 땅심 돋운

뿌리 끝 다진 완벽한 천공의 성13) 호박전

詩人 이화은 선생의 詩集 『미간』 읽었다. 날씨가 흐릿한 가운데 일이 그리

많이 없었다. 찬찬히 볼 수 있는 시간을 갖게 되었다. 시인의 시집을 알게 된 동기는 시마을 '내가 읽은 시' 란에 아이디가 따地인 선생께서 올려놓으신 오태환 선생의 감상문이지 싶다. 이 글을 읽고 시집을 사게 되었다. 감평을 워낙 차분한데다가 곱게 잘 풀어 놓으셨는지 꼭 한번 읽어보아야겠다고 마음 다졌기 때문이다.

산수유나 생강꽃이냐를 놓고 봄마다 시비를 벌인다

가지를 꺾어보면

생강나무에서는 생강 냄새가 난다고 하니

단순히 냄새의 문제일 것이다

생강꽃은 산수유보다 딱 1밀리의 가지에서 솟아올라 꽃이 핀다

그야말로 간발의 차이다

냄새와 간발의 차이 속에서 문학판은 늘 시끄럽다

주류나 비주류냐

그날 내내 사이다만 마셨으니 나는 분명히 비주류다

그러나 판을 엎어 개 같은, 개판을 만드는 건 소맥들

늘 주류들의 몫이다

여기서 개는 물론 은유이다

문학에 노선은 문제가 아니라고

늙고 젊은 은유들이 뜨겁게 악수하고 헤어졌지만

당신이 버스 노선을 잘못 짚어 그 밤 외곽으로 흘렀다는 거

정신 차려 보니 이미 중심에서 아득히 멀어져 있었다는 거

산수유냐 생강꽃이냐

얼핏 보아서는 모르겠다고 독자들은 대범하지만

그래도 시끄러워야 꽃이 핀다

시시비비 봄날이 간다

−이화은 시 「꽃 피는 시비」 전문

봄이면 산수유와 생강꽃은 분간하기 어렵다. 하지만 화자는 어느 꽃인지 분간하기 쉽게 설명해놓았다. 그러니까 생강꽃은 산수유보다 딱 1밀리 가지에서 솟아올라 꽃이 핀다. 진술이다. 그야말로 간발의 차이다. 시의 발단 부분이지만 화자가 이야기하고 싶은 것은 뒷부분에 있다. 문학을 이야기한다. 아무래도 화자는 어떤 모임에 갔던 모양이다. 회식이나 문학행사쯤으로 보이는데 주류와 비주류에 대한 느낌이다. 그러니까 화자는 그 모임에서 약간의 소외감 같은 것을 느꼈나 보다.

화자께서도 시의 결미 부분에서는 독자께서도 산수유냐 생강꽃이냐 얼핏 보아서는 모른다고 진술한다. 하기야 필자가 보아도 어느 것이 산수유꽃인지 생강꽃인지 분간하기는 어렵다. 여기서는 꽃이 중요한 것이 아니라 문학이다. 문학행사나 모임도 중요하지만, 중심은 늘 나 자신임을 알아야겠다. 주류면 어떻고 비주류면 어떤가! 삶은 세계를 바라보는 눈빛이 가장 독립적일 때 위험도 많겠지만, 기회도 많다는 것을 알아야겠다. 독자가 보는 꽃은 그저 꽃으로 보지 않을까! 자연에서 생존은 꽃의 전쟁이며 종의 번식이겠지만 말이다. 가장 실하고 화려한 꽃이야말로 꽃나무야말로 하늘 바라보는 것도 오래

일 것이다.

마구 짓이겨져
형체를 잃어버린 동물이
1구의 시체가 물목에 걸려 있다

물의 억센 갈퀴손이
산불 같은 증오가 얼마나 뜨거웠으면
한 시대 치정의 뒤끝 같다

두터운 사랑은 이제 한참 유행이 지났다

자동차의 타이어가 다림질한
고속도로에 납작 엎드린 얼룩 고양이
저 가벼운, 깻잎 같은 상큼한 쾌속의 죽음,
정확한 이별,
추를 내려도 닿지 않음
저렇듯 오랜 전통을 고집하는 물의 수심獸心을

−이화은 시 「고전을 완성하다」 전문

시의 1연의 내용은 화자가 형체를 알아보지 못할 정도의 동물 사체 1구를
보는 것으로 시작한다. 시의 발단 부분이다. 여기서 중요한 시어는 물목이다.

물목은 물이 흘러들어오거나 나가는 어귀다. 동물 사체 1구와 물목과의 관계이다.

시의 2연은 물의 억센 갈퀴손이 산불 같은 증오가 얼마나 뜨거웠으면 한 시대의 치정의 뒤끝 같다고 했다. 물은 중심이며 그 중심에 들어갈 수 없는 화자의 마음을 심은 것으로 보인다. 그러니까 그 중심에는 화자와의 좋지 못한 산불 같은 증오가 있나 보다. 마구 버려지는 화장실의 휴지처럼 별 대수롭지 않은 일처럼 말이다.

시의 3연은 두꺼운 사랑은 이제 한참 유행이 지났다. 예전의 왕성할 때의 마음으로 서로가 함께했던 것은 유행처럼 지나가 버렸다. 이제는 신진세력의 더욱 젊은 피를 우리 문단에서는 더욱 요구하고 있기 때문이다.

시의 4연은 시 1연을 더 명확히 한다. 그러니까 고양이의 죽음이며 화자와의 오버랩이다. 자동차의 타이어는 어떤 신진세력을 고속도로는 어떤 조직쯤으로 그러니까 여기서는 문단이라고 하자. 깻잎 같은 상큼한 쾌속의 죽음이라고 했다. 반어적 표현으로서 죽음을 달갑게 받아들이면서도 어떤 섭섭함이 묻어 있다. 추를 내려도 닿지 않는다는 것은 화자의 어떤 노력을 말하는 것인데 문단의 오랜 전통을 깨뜨리기에는 역부족임을 이야기한다.

13) 미야자키 하야오 〈천공의 성 라퓨타〉 제목 차용

분홍의 안쪽

가끔이면 얼마나 좋을까? 끈이라는 것은 참으로 힘든 것이다. 이렇게 조감도에 나와 앉아 책을 보아도 끈만은 연연하여 한쪽 골목길 구석에 매달아 놓은 개처럼 있으니 말이다. 딸딸이 끄는 소리가 나서 얼핏 좌측 고개 돌려 보니 옆집 개 또띠가 개 끈에 매여 주인장 뒤따른다. 운동 삼아 주인어른께서 데려 나온 것이다. 끈은 있되 끈을 이용하고 서로가 충실하면 개가 왜 필요할까!

아무것도 없이 지금 시작하라 해도 나는 솔직히 잘할 자신감은 있다. 커피 일 말이다. 큰 카페를 시작한 것이 아니라 동네 구석진 자리에서 시작한 카페였기 때문에 그렇다. 일하는 방법이다. 방법을 알면 어떤 일이든 해낼 수 있는 용기와 자신감은 생기는 법이다. 이렇게 많은 카페가 동네 골목골목마다 생겨도 카페를 하고 싶은 사람은 그래도 많다. 하루에 카페 상담만 몇 건이다. 돈 안 되는 커피 장사를 왜 그리 하고 싶은 것일까?

시내에 다녀왔다. 분점이다. 주문한 커피를 갖다 드렸다. 기기상황을 보고 청소 필요한 시점이 된 것 같아 샤워망과 고무가스켓을 새것으로 갈았다. 이렇게 별달리 신경을 쓰지 않아도 커피만 많이 파는 가게가 있는가 하면 사사건건 불만과 불평에 견디다 못해 스스로 토라져 자멸하는 분점도 있다. 영업이 잘 되는 점포는 그리 생각이 나지 않아도 이렇게 토라져 있는 점포는 왜 그리 마음에 걸리는지! 다시는 체인 사업을 하지 않겠다고 마음을 되뇌고 거듭 되뇌어도 부족하지 않음이다. 끈을 더 줄여 나가야 한다.

호박죽 / 鵲巢

호박은 왜 가을 햇살에
여무는 것일까요.
가을은 덩그러니 익을 때 매끄럽지요.
호박의 주름은
구름이 지날 때 생깁니다.

호박씨 들고 땅속에 묻을 때
호박만 생각하는 거지요.
거름을 덮고 바람과 빗물이 오가도
따뜻한 햇볕이면
호박씨는 꼭 어떤 형식이 없어도
땅 긁어 삐져나옵니다.

하늘 높고 구름 없는 날
동그마니 뽐내는 둥근 호박
누구든 거들떠보지 않아도

내심 익은 자태 하나는

오가며 눈썰미 곱게 내려앉아

촉촉 호박죽 쑬지요.

시는 호박이다. 계절도 봄, 여름, 가을, 겨울이 있듯 삶도 사계처럼 지난다. 설익은 시가 있는가 하면 곱게 차지게 익은 시도 있었어 하는 말이다. 호박도 자연의 풍파를 다 이겨내고 계절의 결미쯤에 결실을 본다. 호박이 익어 가듯 삶도 갖은 고충을 겪으며 나를 채우기도 하지만 언젠가는 비울 때도 찾아오는 법이다.

시인 박종만 선생께서 지은 종시가 생각나는 저녁이다.

나는 사라진다 저 광활한 우주 속으로

살아 있으니 시가 있고 시를 본다. 또 시 한 수 지으려고 하루가 힘들어도 그리 힘차게 달려가는 것인지도 모르겠다. 밟지 않으면 쓰러지는 자전거처럼 발 동동 구르며 간다. 이리 가도 저리 가도 목적지는 같으나 그래도 충실히 사는 삶을 택하며 그래도 못난 삶을 다독이며 간다.

나는 밟는다 저 어두운 시 속으로

詩人 서안나 선생을 본다. 선생의 시집 『립스틱 발달사』 읽는다. 선생의 시

집은 관념적이면서도 철학적인 데가 있다. 한 번 읽은 시도 무언가 생각을 돋우게 한다.

꽃잎의 분홍이 춥다

입이 돌아가도록
물밑으로만
숨는 사람아
그대가 없으니 내가 없다

고백하지 못하는 기억들이 있다
고백은 분홍에 가깝다
꽃잎에서 꽃잎까지
분홍에서 꽃잎까지
분홍이 차오르는 시간
분홍은 연못을 일으켜 세우는 색
고백은 분홍의 높이에서 터진다
상처가 넘쳐도 수련은 넘치지 않는다

분홍의 안쪽
당신은 수련의 시작이라 읽고
나는 끝이라 읽는다   −서안나 시 「분홍의 안쪽」 전문 시제가 분홍의 안쪽이다. 어찌 좀 관능적이면서도 색깔이 있다. 분홍은 하얀빛을 띤 엷은 붉은색이다. 사전적 의미다. 분홍이면 우리가 언뜻 생각하기에는 여성스럽거나 온화한 느낌을 받는다. 색감 자체가 온화하고 상냥한 느낌까지 들기도 해서 실지로 여성들이 좋아하는 색깔이라 여성을 상징하는 화장품이나 옷 등에 많이 사용하기도 한다.

여기서는 분홍의 안쪽이다. 분홍은 여성을 대표하는 상징적 시어임은 틀림없는 것 같다. 아무래도 어떤 암각화 할 수 있는 마음이거나 표현한 어떤 매개체 정도로 보면 좋을 듯싶다. 꽃잎은 제유적 성격이 강한 시어로 화자로 보아도 화자의 거울로 보아도 좋을 듯싶다. 그러면 시 읽기가 제법 그럴싸하게 나올 수 있음인데 해석하자면

나의 거울 같은 당신의 시집은 춥습니다. 입이 돌아가도록 현실의 바깥만 도는 사랑아 당신의 시집이 없으니 나 또한 존재감을 느끼지 못하겠습니다. 고백하지 못하는 기억들이 있습니다. 고백은 당신의 시집에 가깝고요. 그대의 시집에서 나의 시 읽기까지 그대의 마음이 차오르는 시간, 나의 마음은 북돋아 올라요. 고백은 그대의 마음을 읽고 이해할 때 나오나 봐요. 상처는 넘쳐도 공부는 넘치지 않아요.

나의 거울 같은 시집 당신, 나의 완성은 수련의 시작이지만 또 나는 완성품으로 끝맺음입니다.

홀수는 왜 왼쪽을 향하고 있는 걸까요

왼쪽은 외로움의 기원입니다

홀수의 감정은 왼쪽에서 시작됩니다

숫자를 맨 처음 썼을 아라비아 사내,

1이라 쓰고 앞발을 핥는 낙타의 혀처럼 순해졌을 겁니다

7처럼 멈추지 않는 고백이었을 겁니다

모래로 가득 찬 몸을 사막 쪽으로 기울였을 것입니다

사막을 쏟아 내고 사막의 왼쪽에서 닳은 1人이었을 겁니다

당신과 내가 웃다 쓸쓸해지는 이유는

사막처럼 1이 되는 홀수의 감정 때문입니다

1은 내성적이고 5마리의 사막여우는 여전히 왼쪽을 바라보고 섰습니다

나는 1에서 빠져나가려 말을 더듬는 1의 감정입니다

3처럼 날개가 돋아나는 중입니다

—서안나 시 「홀수의 감정」 전문

수의 개념에 관해서는 앞에 간간이 쓴 바 있어 여기서는 글을 아낀다. 이 시에는 몇 개의 수가 나온다. 그런데 모두 홀수다. 시제는 홀수의 감정이다. 이 홀수의 의미 또한 재밌다. 2로 나누어서 1이 남는 수가 홀수다. 그러니까

짝이 없다. 여기서 홀수는 상징적 시어다. 자아를 뜻하기도 하며 이 시를 읽는 독자일 수도 있다.

詩의 1연을 보면 홀수는 왜 왼쪽을 향하고 있는 걸까요? 묻는다. 다음 행에서 왼쪽은 외로움의 기원이고 홀수의 감정은 왼쪽에서 시작한다고 한다. 여기서 홀수는 부족한 상태를 말하며 왼쪽을 향하는 것은 부족한 마음을 채우는 행위다. 그러니까 왼쪽은 외로움의 기원이 될 수 있다. 더 자세히 설명하자면 시집을 읽고 넘기는 행위를 한번 생각해 보자. 그러니까 홀수의 감정은 왼쪽에서 시작한다고도 할 수 있다.

詩의 2연을 보면 이 시를 쓰게 된 동기로 보인다. 홀수의 감정을 채운 사내와 사내의 혀처럼 매일 고백하는 마음을 표현한다. 여기서 1은 조금 탐미적으로 보아도 완벽을 기한 수로 보아도 괜찮을 듯싶다.

詩의 3연을 보면 모래와 사막의 관계로 그러니까 전체와 부분의 의미로 읽으면 된다.

詩의 4연을 보면 시의 교감이다. 당신을 읽은 나와 그 속에서 나의 감정은 웃다가 쓸쓸해지기도 합니다. 이유는 그대가 뱉은 사막 그러니까 시집이겠죠. 여기서 1은 완전성을 의미하며 1을 쫓는 화자의 마음은 늘 부족한 것이다. 행 가름한 1은 내성적이다. 5마리의 사막여우는 모두가 홀수다. 그러니까 1,3,5,7,9의 수를 말하며(토, 일을 제외한 요일로 보이기도 함) 부족한 수이기는 마찬가지다.

　詩의 5연을 보면 완전한 당신의 몸에서 그러니까 여기서는 어떤 이성의 존재보다는 책으로 보는 것이 좋을 듯싶다. 그러니까 나의 거울 같은 마음에서 나의 진솔한 마음 하나를 빼는 것은 그만큼 힘든 일이다. 그 감정은 홀수의 마음이며 부족한 마음이라 3처럼 날개가 돋아나는 마음을 그리는 것이 된다. 여기서 3은 완벽을 기하는 수다. 詩人 이상의 詩 신에 관한 각서와는 또 다른 수의 개념이 된다. 그러니까 여성을 대변하는 수이기도 하지만 말이다. 또 어찌 보면 여성으로서 완벽성을 기하는 수로서 경제적 시어로 쓴 것일 수도 있다.

詩詩한 얘기

　언제부터 나는 술을 끊은 것일까! 글 좋아하고 글의 색깔을 좋아하다 보니 술 하고는 거리가 멀어졌다. 그러니까 비주류다. 술을 좋아하는 사람을 경계하거나 싫어하거나 해서 험담하거나 모욕을 한 적 없다. 술은 원숭이부터 익은 과일로 빚은 맛에 인류로 넘어온 것이니 늘 있었다. 약간의 술은 몸에도 좋고 중압감마저 해소하는 특정한 효능도 있으니 영 개의치는 말자.

　가족이든 사회든 스포츠나 배움의 전당인 학교나 어디든 주류와 비주류가 있다. 커피를 하는 나와 글을 쓰는 나와 커피로 이루어진 조직 속에 또 문단에 어느 곳도 주류와 비주류가 있다. 어느 세계든 줄기와 가지는 있는 법이다. 어느 곳에 있거나 중요한 것은 나다. 나를 더욱 살찌우고 내가 머무는 곳을 더 보태어 이 생존시장을 버텨나가는 나의 무대를 더 돈독히 만들어야 나의 가치와 역할이 오르는 것이다.

　태양은 어느 곳이라 해서 피해 뜨는 법은 없다. 주류나 비주류나 할 것 없이 평등하게 바라볼 수 있으니 말이다. 아침이면 하루는 똑같은 선물로 모든 사람에게 내놓는다. 빛을 곱게 받고 자라는 풀이 있고 풀을 뜯는 초식동물이 있고 그 위에 육식동물이 있다. 또 모든 생물을 원점으로 보내는 박테리아가 있으니 주어진 하루, 그 이상의 삶을 최대한 활용하고 이용하는 게 나의 주류며 그렇지 않으면 비주류가 된다. 인생이 짧고 하루는 더 짧고 하루의 명상은 더욱 짧으나 긴 안식을 제공한다. 나의 영혼의 충전은 주류만이 낳은 선물임은 틀림없다.

詩人 양현근 선생의 詩集 『기다림 근처』를 읽었다. 선생은 국내 최대의 문학전문 동아리 시마을을 개설하였다. 문학을 좋아하면 누구나 회원으로 가입할 수 있게 하여 배움의 즐거움을 선사했다. 시마을은 글을 쉽게 발표할 수 없는 일반인에게는 좋은 기회를 드린 셈이다. 아마도 국내에서는 유일한 개방 사이트라 암묵적으로 더욱 공증받는 곳이라 해도 되겠다. 빈부격차와 계층을 막론하고 어느 독자나 바라보는 곳이라 그렇다. 이곳에 회원으로 가입하여 등단한 시인도 꽤 되는 걸로 알고 있다. 필자 또한 2008년(08년 07월 10일 19시 34분에 가입) 여름에 회원으로 사인하여 줄곧 글을 배우고 익혀 꾸준히 활동하고 있음이다. 그러면 詩人의 詩를 보자.

담장 너머 허공을 향해
온순하게 손 내미는 호박넝쿨
부여잡을 곳 없어 제 몸을 칭칭 감아
또 다른 허공을 만든다
詩 한 편 써보겠다고 앉아 있는데
꿀벌 몇 마리
노란 호박꽃 속치마를 들치고 희롱 중이다

붉은 맨드라미는 장독대 뒤에 숨어서

마른침을 꼴딱 삼키고

바람은 서녘하늘에 새떼를 와락 부려놓는다

돌담 위 호박넝쿨의 우악스러운 손아귀에

흐릿한 수평선이 걸리자

아직 늦더위가 모여 있는 뒷골목에서는

눈이 침침한 가로등이

이른 저녁부터 불빛을 풀어놓는다

이제 시시한 얘기들이 詩詩하게 쏟아질 시간

노을이 그쪽으로 귀를 뻗는다

퇴고도 없이 하루가 저문다

–양현근 시 「詩詩한 얘기」 전문

　선생의 詩集 『기다림 근처』 첫 詩, 그러니까 이 詩集의 序詩다. 시제가 「詩詩한 얘기」로 詩 풀어나가는 얘기지만 별 대수롭지 않은 얘기가 될 수 있다. 하기야 시인이나 글 좋아하는 독자 아니고서야 시집 한 권 제대로 읽어 볼까? 시시한 얘기라 함은 선생의 겸손이겠고 詩詩한 얘기라 함은 시인의 육필로 한 땀 한 땀 적은 것이 되니 언술의 심상을 잘 보아야겠다.

　위 詩에서, 호박넝쿨과 꿀벌 몇 마리 그리고 맨드라미와 바람 및 가로등, 노을은 은유이자 제유다. 그러니까 호박넝쿨처럼, 꿀벌 몇 마리처럼, 맨드라미와 바람 및 가로등, 노을처럼 이라는 기교를 아끼는 것이 되겠다. 화자의 마음을 이입하는 오버랩의 기술적 표현이니 이는 은유가 되며 무릇 시인의 마음을 잘 표현한 수작이라 할 수 있으니 제유가 된다.

필자 또한 하루를 마감하고 일기를 적으려고 책상에 앉아 보면 깜깜할 때가 종종 있다. 무엇이라도 적으려 끼적거려 보지만 언뜻 생각이라곤 깜깜하다. 호박넝쿨처럼 허공만 짚으며 보내는 시간도 꽤 되리라! 한 편 글쓰기란 마구 터지는 날이 있으면 또 그렇지 않은 날도 있다.

그래서 무엇을 읽지 않으면 무엇을 묘사하는 것은 고사하고 적는 일은 더욱 까마득한 것이니 공부가 그만큼 중요한 것이다. 이는 내일을 위함이며 더욱 퇴고 없이 바르게 사는 길이 될 수 있음을 이 詩는 암묵적으로 말하고 있다.

테이블 구석진 자리에서 몇 대의 담배를 꼬나물었던가 외로운 청춘들 드나들며 오후의 속살에 꽃물을 들이거나 흐릿한 봄날의 안쪽에 푸른 무늬들을 재봉질하곤 했다 난로 옆에서 시간을 데우던 미스 리는 커다란 엉덩이 들이밀며 커피 잔에 붉은 웃음을 지긋이 섞어대던, 산길동 별다방, 별이 제일 먼저 뜬다던

낡은 소파에 쪼그리고 앉아 성냥개비를 몇 동강으로 분질러댔다 시대는 불운했고 내일은 무엇도 아니었으므로 널브러진 성냥개비를 모아 우물을 쌓곤 했다 피는 뜨거웠고 세상은 블랙커피처럼 캄캄하고 모호했으므로 앉은 자리에서는 언제나 멀미가 났다 간혹 우물 속에 카시오페이아 또는 명명할 수 없는 꿈의 별

자리가 뜨곤 했는데

　　언제부터인가 별다방이 사라진 자리에 밤새도록 별을 팔아치우는 가게가 하나 둘 생겨났다 따뜻한 골목이 마려운 청춘들은 너나 할 것 없이 초저녁부터 별을 사기 위해 모여들었다 누구도 더 이상 우물을 만들지 않았고 별은 머그잔 속에 잠겼다 꿈은 테이크아웃, 미스 리는 이국의 문장이 되었다

　　초저녁부터 별빛이 골목에 고여 있다 누가 저 별을 우물에 빠트렸을까 하늘을 올려다보니 아직도 이름을 지어주지 못한 별이 청춘의 카시오페이아자리 부근에서 반짝거리고, 성냥갑 같은 빌딩 속에서는 한 사내가 컴퓨터 자판으로 고단한 별빛을 받아 적고 있다 별빛이 한 시절 잘 다녀갔다고 내 문장의 쿠폰에 도장을 찍어준다

-양현근 시 「별을 긷다」 전문

시제가 「별을 긷다」다. 여기서 별은 상징이다. 각 문장에서 쓰이는 별의 뜻은 각기 다르게 표상한다. '긷다' 라는 말은 우물이나 샘에서 바가지나 두레박으로 물을 퍼 올리는 행위를 말한다. 이 시 한 편에는 시대상을 잘 반영해 주고 있다. 그러니까 70년대 다방 커피 문화에서 지금의 스타벅스 커피 문화까지 잘 보여주고 있다.

　　솔직히 필자는 초등학교 시절이라 다방출입은 하지 않았으나 여러 가지 정보로 보아 그때는 모닝커피가 유행했었다는 것만 알고 있다. 그러니까 블

랙커피에 달걀 노른자위 동동 띄워 아침 겸 점심으로 많은 청년에게 서비스한 것으로 안다. 또한, 이때는 다방 레지들의 활동과 음악다방이 출현하기도 해서 다운타운가의 DJ들도 활발히 활동했던 시대였다.

선생의 시 1연과 2연은 이를 잘 대변해 주고 있다. 암울했던 시대에 좌절과 희망이 교차하는 아무것도 아닌 이때 젊음의 피는 뜨거웠다. 성냥개비로 우물을 쌓으며 말이다. 여기서 성냥개비라는 시어도 유심히 보자. 일반적으로 서민을 빗대어 표현하는 대표적 시어이기도 하지만 불붙는 성질도 있어 화끈한 열정 같은 것을 표현할 때 주로 쓰이는 시어다.

이제는 시대가 바뀌었다. 골목마다 들어선 다방은 없어지고 이 자리를 대신하는 커피 전문점이 하나둘씩 생겨났다. 이제 젊은이는 성냥개비로 우물을 쌓지는 않는다. 그 대신 우물 같은 머그잔에 꿈을 담아 얘기하는 시대가 되었다. 더구나 이제는 뚜껑까지 덮어서 갖고 다니는 거리의 꿈을 본다.

선생의 살아왔던 시대를 얼핏 볼 수 있음과 알게 모르게 커피 역사 또한 읽어 볼 수 있는 수작이라 할 수 있겠다.

보도블록 / 鵲巢

보도블록은 땅을 가지고 있다. 구둣발이나 하이힐에 끄떡없는 보도블록은 가장 안전한 땅을 가지고 있다. 굳은 모래의 혀가 직사각형이다. 어쩌면 땅에 스미기 위해 모래를 읽으며 모래를 깎는 굳은 송장일지도 모르겠다. 바른 몸 굳은 자세가 하늘만 바라보게 하는 지나는 낙엽과 말발굽과 또 개와 개똥들이 난무하더라도 굳게 받혀 함께 풍장 하는 보도블록이겠다. 하지만 보도블록은 눈 부릅뜨고 바라본다. 오로지 한 색깔 붉은 핏물 그득 안은 입술로 블록과 블록을 잇는다. 자연의 스케치를 온몸 떨어내며 한 점 모래로 남을 때까지 귀 없는 바람으로 달팽이관 굳게 닫은 몸으로 보시한다.

최후의 한 점 살점이 다 뜯길 때까지 올곧게 하늘만 바라보는 보도블록은 마지막 구둣발과 하이힐이 어느 돌부리에 받혀 걸리지 않게 앞을 잘 볼 수 있게 하늘 볼 수 있게

망졸忘拙

솔직히 멍에처럼 힘든 날도 있다. 어찌 된 일인지 남들은 일요일이라 쉬는 날이지만 이 카페는 일요일이 성수라서 몇 군데 AS라도 들어오기라도 하면 정신이 없다. 거기다가 내가 머무는 아주 작은 카페 5평도 문을 열어야 해서 어지간히 신경 쓰인다. 휴일은 더구나 직원 몇은 출근하지 않아서 더욱 마음 졸이는 하루다.

본점 수도꼭지 부분에 고무패킹이 낡아서 물이 샌다. 얼른 수리하여야 하는데 공구상마저 쉬는 날이라 어쩔 수 없었다. 생각 끝에 공구 통에는 테플론 테이프는 늘 가지고 다녀서 수도꼭지 부분을 분해하여 안에 든 꼭지 부분에 달린 다 삭은 고무를 들어낸다. 포도주 마개인 코르크를 구해서 밑동을 약간 잘라 테플론 테이프로 칭칭 감는다. 아까 들어낸 꼭지 밑에다가 이어 붙이고 안에다 넣어 다시 조립한다. 그러니 물은 일단 제재하였다. 이것 하나 처리하는 것만도 정신이 없었다. 내일 공구상 문 열면 관련 부품을 사서 조치를 해야겠다.

계양 / 鵲巢

멍에처럼 구운 질그릇은 분쇄한 마음이

머그잔 안에 크레마처럼 있네.

마시다가 흐른 저 얼룩 닦기 위해

속치마 들어 올려야 하리

방뇨의 흔적이거나 요실금이거나 또

오래 닦지 않은 계곡의 물 내까지

자르지 못한 쥐꼬리처럼 썩은 도랑만 핥네

계단 오를 때마다 사죄하는 오혈포만

한쪽 손 잃은 것 마냥 수전증 잡네.

어찌 우물 안 개구리처럼 밤마다 둥근 달만

할퀴며 표나지 않은 물만 들여다보네

효성으로 부모 섬김을 이어서 하는 것이

이를 계양이라 하나! 사금파리 얽어맨

방이 곰팡내 코끝 서며

다 빤 속옷마저 팡이실 배여

물렁물렁한 뼛골에 알맹이 없는

껍질처럼 버려져 있을 뿐이네

여러 중장비 동원한 지방처럼

돌이면 바른 둑 쌓은 것처럼

피 묻은 사금파리 하나가 자꾸 허공만 헤집네

갈등이 참 많았다. 몸은 피곤하고 하루쯤 쉴까 하다가 조감도 나가 있었다. 그래 맞아! 집에서 쉬면 뭐하노! 이리 나와 있으니 시원한 에어컨 밑에 시집 한 권은 읽을 수 있으니 또 띄엄띄엄 오시는 손님까지 있어 적지 않은 시집 살 돈까지 생기니 얼마나 좋은가! 나는 솔직히 카라멜마끼아또나 카페모카 손님은 별 좋아하지 않는다. 손이 많이 가기 때문이다. 여기 오시는 손님은 거의 아메리카노 손님이 대부분이나 가끔 아주 가끔은 복잡한 메뉴를 선택하신 분도 있다. 아이스 아메리카노 한 잔은 꽤 만들기 쉬워서 커피 값에 비하면 노동의 값어치가 부끄러울 때도 있다. 그래서 나는 꼭 손님께 여쭈어 본다. 커피 좋아하시면 에스프레소 한 종지 더 넣어드리겠다고 하면 흔쾌히 좋아하시는 분도 있어 내 마음도 흐뭇하다. 손님도 꽤 좋아하시어 다음에 또 오시기도 한다.

그나저나 시집 살 돈치고는 제법 벌었다. 아무튼, 시집 감상하기 전, 약간의 군말을 넣어놓는다는 게 좀 길었다.

시인 오탁번 선생의 시집 『시집보내다』를 읽었다. 이 시집을 읽게 된 동기는 전에 시인 이화은 선생의 시집을 읽은 적 있으며 감상까지 해놓은 바 있다. 그러니까 이 시집은 출판사 문학수첩에서 낸 것이다. 가만 보니 시집의 모양새와 디자인이 그런대로 괜찮다. 모양이 예쁘다. 인터넷 조회하다가 이 출판사의 다른 시집도 있어 클릭하게 된 것이다. 별다른 이유는 없다. 나도 다시 시집을 내게 되면 어느 출판사에다가 한번 내볼까 하는 마음도 숨길 수 없음인데 하여튼 이 필자가 좋아하는 출판사는 몇은 있다.

옛 선비들의 낙관을 보면

'졸렬한 솜씨를 깜빡 잊고서' 라는

'망졸忘拙' 이라는 말이 자주 나온다

나도 그렇다

팔뚝만 한 자두나무를 심었는데

십 년이 넘으니까

이만저만 자란 게 아니다

사다리를 놓고 올라가

깜냥으로는 수형을 생각하면서

엔진톱으로

대담하게 전지를 했다

사다리에서 내려와

자두나무를 올려다본다

아아!

내 솜씨 깜박했구나

–오탁번 시 「망졸忘拙」 전문

  망졸이라는 말을 구태여 사전으로 찾아볼 일은 없다. 시에서 진술해 놓았
는데 졸렬한 솜씨를 깜박 잊고서라는 뜻이 있다. 그러니까 옛 선비들은 작품

아래에다가 낙관을 찍되 겸손으로 찍는 어떤 예의쯤으로 보인다. 근데, 선생은 이를 더욱 명확히 예를 들어 설명해 놓고 있다. 자두나무도 10년이 넘으니 가지만 늘었다. 그래서 나무 모양도 살릴 겸해서 전기톱으로 대담하게 댕강 잘라내고 만다. 그러고 보니 자두나무가 보기에 얼추 괜찮다. 이처럼 나의 작품이라 쓴 것이 생각나게 하는 어떤 반성 아닌 반성의 시이면서도 약간은 익살스럽다.

시인 오탁번 선생의 시는 이렇게 읽으면 재밌는 데가 좀 있다. 그렇게 어렵게 읽히지 않으면서 인생의 묘미를 잘 살렸다. 시만 읽어도 선생의 성품이 고스란히 보이기도 한다. 꼭 옆집 아저씨가 옆에서 아주 친근감 있게 앉아 있는 그런 느낌 들 정도다. 나는 선생의 시전집을 몇 년 전에 산 적 있다. 이건 사족이지만 나는 웬만하면 앞서 가신 여러 유명한 시인의 시전집은 모두 사서 읽으며 소장하고 있다. 특히 대여 김춘수 선생의 시전집은 한때 시에 미쳐 정신이 반쯤 나갈 때였지 싶다. 한 4번은 읽었다. 의미도 무의미도 아무것도 모르면서도 말이다. 읽을 때마다 공중에 붕 뜬 기분이었다.

유명한 시인은 살아생전에 시전집을 내기도 한다. 대여께서는 시전집을 내고도 뒤에 『달개비 꽃』이라 시집을 낸 바 있다. 시인 오탁번 선생께서도 몇 권 내신 것 같다. 대여에 비하면 그런대로 읽는 맛은 다분히 있다. 시인 오탁번 선생 하면 떠오르는 시가 있다. 시제가 「굴비」다. 이 시 또한 아래에다가 필사해 놓는다.

수수밭 김매던 계집이 솔개그늘에서 쉬고 있는데

마침 굴비장수가 지나갔다

—굴비 사려, 굴비! 아주머니, 굴비 사요

—사고 싶어도 돈이 없어요

메기수염을 한 굴비장수는

뙤약볕 들녘을 휘 둘러보았다

—그거 한 번 하면 한 마리 주겠소

가난한 계집은 잠시 생각에 잠겼다

품 팔러 간 사내의 얼굴이 떠올랐다

저녁 밥상에 굴비 한 마리가 올랐다

—웬 굴비여?

계집은 수수밭 고랑에서 굴비 잡은 이야기를 했다

사내는 굴비를 맛있게 먹고 나서 말했다

—앞으로는 절대 하지 마!

수수밭 이랑에는 수수 이삭 아직 패지도 않았지만

소쩍새가 목이 쉬는 새벽녘까지

사내와 계집은

풍년을 기원하며 수수방아를 찧었다

며칠 후 굴비장수가 다시 마을에 나타났다

그날 저녁 밥상에 굴비 한 마리가 또 올랐다

−또 웬 굴비여?

계집이 굴비를 발려주며 말했다

−앞으로는 안 했어요

사내는 계집을 끌어안고 목이 메었다

개똥벌레들이 밤새도록

사랑의 등 깜박이며 날아다니고

베짱이들도 밤이슬 마시며 노래 불렀다

−『오탁번 시전집』 424p~425p, 태학사

鵲巢

    굳이 별달리 해석하지 않아도 시의 내용과 선생의 익살스러운 면을 볼 수 있음이다.

−鵲巢日記 14年 06月 15日

나무와 그림자

언어를 문자로 표기하는 것은 옛 친구를 떠올리는 것이 되겠다. 그러니까 문자도 친구가 되는 셈이다. 시를 보면 잘 다듬어지지 않은 지방을 정리한 것처럼 보일 때 있다. 풀숲이 우거져 있고 돌이 난무하는 수로 버려진 각종 비닐봉지와 낡은 신발 한 짝까지 모래에 박혀 있는 지방, 비 오면 한 번씩 범람하기도 해서 물난리까지 치며 가는 머릿속 난 길을 우리는 다듬고 있는 것인지도 모르겠다. 머릿속 미개척지, 뉴런의 별을 개발하며 다듬으며 하루를 건너며 가는 일기 같은 게 詩일지도 모르겠다.

달을 생각한다. 달 모양은 매일 다르다. 나는 로스터기 불 댕기며 콩 볶을 때 달을 생각했다. 내가 가진 로스터기에는 공기조절밸브가 두 개가 있다. 콩을 다 볶았을 때 그 콩을 들어낼 때 한 번 사용하는 냉각밸브와 콩 볶을 때 수시로 조절하는 댐퍼가 있다. 댐퍼는 둥근 배관이다. 반은 막혔고 반은 숫자로 왼쪽에서 오른쪽까지 0에서 10까지 매겨져 있다. 그러니까 0이면 완전히 닫힌 셈이고 10이면 딱 반이 열린 것이다. 이 배관은 위에서 보면 약간 길쭉하게 빠져나간다. 그러니까 앞면에서 보면 둥글다. 달도 이처럼 둥근 배관이 아닐까 하며 상상할 때도 있다. 말도 안 되는 말이지만 그러니까 우주로 들어가는 배관쯤으로 생각한 적 있다. 그저 상상이다.

달 품는 우주 / 鵲巢

하트다

열개눈동자의보금자리며달품는우주다

—필자의 詩集 『카페 鳥瞰圖』 86p

　　오늘은 할머니 제사다. 그래도 가볍게 제사상 준비한다고 아내는 시장에 갔다. 조기도 사야 하며 소고기도 조금은 사야 한다. 소싯적에는 제사가 있는 날은 솔직히 말하자면 즐거웠다. 하얀 쌀밥과 탕국을 먹을 수 있었기 때문이다. 잠 안 자고 자정 가까이 기다렸다가 제삿밥 한 그릇 제구 챙겨 먹기도 했었다. 제삿날이면 각종 나물과 고기반찬이 많아서 그런지 이상하게도 제삿밥 먹고 싶은 적 있었다. 이제는 자식까지 곁에 두고 제사를 지내며 들여다보는 제사상은 그저 음복 한 잔이면 충분하다. 모르겠다. 이제는 먹는 것도 그렇게 썩 내키지 않을 때도 있는가보다.

　　한 가지 덧붙인다면 제주도 계신 선생님께서 올려다 주신 고사리가 있었다. 정성껏 장만하신 선생님의 애쓴 손때를 본다. 깔끔하게 제사상 위 올려놓는다. 선생님께서는 꼭 이맘때면 올려주신다. 선생님께 예를 갖춘다.

할머니 기일 / 鵲巢

은행나무 밑에

까만 자동차를

세워 두었다.

하늘이 꽤 맑은 날

초저녁 무렵

주차 단속요원도 없어

갓길이 편했다.

둥근 달

밝은 시각

본네트 위 달걀처럼

흰 무늬가

그려져 있었다.

詩人 김남조 先生의 詩集『심장이 아프다』를 읽었다. 김남조 선생은 꽤 원로 시인이다. 이번 詩集은 열일곱 번째 詩集이다. 정정함으로 건강함으로 뵙는다. 이 詩集을 다 읽고 느낀 점은 삶이 마치 한 개 생명의 양초를 우리가 아는 신으로부터 부여받은 게 아닌가 하는 느낌이었다. 그러니까 유한한 삶이다. 꺼져가는 삶 속에 시인의 진리는 명확하다. 내가 태울 수 있는 초 한 자루의 길이는 얼마며 그 불을 바람과 구름과 또 모르는 존재의 위험으로부터 얼마나 지켜낼 수 있을까! 아무튼, 선생의 詩 몇 편만 필사한다.

나무와 나무그림자

나무는 그림자를 굽어보고

그림자는 나무를 올려다본다

밤이 되어도

비가와도

그림자 거기 있다

나무는 안다

—김남조 시 「나무와 그림자」 전문

詩人의 詩集 序詩다. 아주 짧은 시지만 많은 철학을 떠오르게 한다. 나무는 실체며 나무그림자는 실체가 없는 빛의 반영이다. 나무는 화자를 뜻하겠지만, 나무그림자는 여러 가지 생각해볼 수 있겠다. 그러니까 시 2행을 보면 '나무는 그림자를 굽어보고' 했는데 이 굽어본다는 것은 높은 위치에서 고개나 허리를 굽혀 아래를 내려다보는 것을 말한다. 나무가 허리를 굽혀 내려 보는 것은 이치에 맞지 않으나 여기서는 그저 화자를 환치한 문장으로써 화자의 배경을 묘사한 것이다.

시 3행에 보면 '그림자는 나무를 올려다본다' 했다. 형체가 없는 그림자가 나무를 올려다볼 수 있겠는가마는 여기서도 시의 주체로 보면 화자와 떼려야 뗄 수 없는 어떤 관계와 정신적 위안, 또는 사회적 관계를 묘사했음이다. 시 4행부터는 시가 더 구체화한다. 밤이 되어도 / 비가 와도 / 그림자가 거기 있다. 그러니까 어떤 자연의 힘과는 아무런 관계없는 일이다. 늘 화자와 함께하는 신적 존재감을 이야기하는 것인지도 모르겠다. 시 종연에서는 나무는 안다. 화자의 확신이다.

본 詩에 관해서 이 詩集 뒤쪽 문학평론가 유성호 선생의 말씀은 잘못된 것이 아닌가 하며 나는 조심스럽게 글을 놓는다. 선생께서는 그림자는 화자가 푸르게 손 흔드는 공부쯤으로 해석해 놓고 있다. 영 틀린 말은 아니겠으나 여기서 종교적 귀의를 볼 때 시인께서는 아무래도 신학 공부나 믿음의 의미를 심었을 수도 있으니 말이다. 여기서 필자가 하는 얘기는 더 포괄적 의미를 적은 것에 불과하다.

나는 노병입니다
태어나면서 입대하여
최고령 병사 되었습니다
이젠 허리 굽어지고
머릿결 하얗게 세었으나
퇴역명단에 이름 나붙지 않았으니
여전히 현역 병사입니다

나의 병무는 삶입니다

−김남조 시 「노병」 전문

詩人의 詩集 종시다. 삶의 병사로서 화자는 노병임을 자처한다. 그러니까 인생 한평생 삶과의 전쟁이었다. 그러니까 생존이었다. 하지만 이 詩는 다르게 읽힌다. 詩의 종연이 아득하다. 나의 병무는 삶입니다. 병사로서 소임은 삶이다. 여기서 그만 경제학의 희소성 법칙이 떠오른다. 우리의 삶은 넉넉하게 주어진 시간이 아니다. 유한하다. 아마 양초가 다 타들어 갈 때쯤이면 양초 주위의 흐른 촛농과 남은 심지까지 엉기성기 붙어 있을 것이다. 주어진 시간의 바닥에서 바라보는 하늘은 가을의 나무에서 마지막 잎새가 바람에 간당거리는 것과 흡사함이다. 기가 없으면 잎이 떨어지듯이 삶도 마찬가지다. 삶의 중요성이 얼마나 소중한 것인가를 우리가 어떻게 이 세상을 바르게 올곧게 살아가야 함을 시인께서는 암묵적으로 얘기해 놓는다.

내게 주어진 양초 하나를 정말 깔끔하게 태워야겠다.

엊저녁에 가볍게 적은 글이 있다. 이참에 이것도 수정해 놓는다.

바다 / 鵲巢

큰지막하게 바다를 켜 놓고 우리는
모두 빙 둘러보았다.
복어가 끔뻑끔뻑 거리며 지나고
문어가 붉은 눈 부라리며
먹물 튕기고 있었다.
하얀 이 반짝이며 바닷살

누비는 상어 있다.

우리는 아름다운 파도에

넋 놓고 바라보고 있었다.

여전히

해와 달 속에 바다는 깊고 넓었다.

鳥瞰圖 머물 때였다. 나와는 절친인 모 대학 국문과 선생께서 오시었다. 오늘도 많은 대화가 있었다. 선생은 좋은 정보 하나를 주시고 가신다. 詩人 안도현 선생께서 수일 전에 『백석 평전』을 내셨다고 하신다. 아무래도 안도현 선생은 백석을 각별히 사랑하시나 보다. 백석의 「남신의주 유동 박시봉방」을 패러디한 「그리운 여우」는 선생의 언술의 기교라 볼 수 있는데 이번에는 백석 평전까지 내셨다니 호! 꼭 사다 보아야겠다.

골방에서 기찻길 다듬듯 기관차 불며 불며 열 개의 칸칸을 정신없이 따라 붙이고 있었다. 어디선가! 물방울 소리가 동동거린다. 아니나 다를까 카톡이다. 호! 본점장께서 아이스 드립 한 잔 해놓았다며 가져가란다. 눈물 날 뻔했다. 무뚝뚝하기 그지없는 아이다. 어째! 오늘 제사가 있었다는 걸 알고나 있었을까! 나는 또 얼른 뛰어가는 토끼 한 마리를 붙여 전송했다. 여기서 본점까지 불과 몇m 되지 않는다. 얼른 뛰어가 아이스 드립 한 잔을 깔끔하게 마시며 이 밤 보이지 않는 둥근 달을 마저 본다. 빚은 많아도 세상 참 오래 살고 볼 일이다. 가벼운 호의에 이리 감동일 줄이야!

－鵲巢日記 14年 06月 16日

행운行雲, 돌밭

　詩人 오영록 선생을 만났다. 선생은 다시올문학 신인상과 문학일보 신춘으로 등단하여 문단에 빛을 발하며 시마을 동인으로 활동하신다. 선생의 詩 「행운行雲」과 「돌밭」을 읽었다. 그러니까 아주 따끈따끈한 시다. 시제 '행운' 은 선생께서 필자에게 선사한 시 한 수며 '돌밭' 은 창작방에 올려 주신 시였다. 나는 이 두 편을 읽고 피라미드를 생각했다. 그러니까 시제 '행운' 에서 피라미와 시제 '돌밭' 에서 돌에 착안하여 필자가 만든 어중간한 어떤 피라미드를 떠올렸으며 詩는 이 피라미드와 같지 않을까 하는 어쭙잖은 감상이다.

　선생께서는 실지로 인자하기 그지없으며 유머감각은 필자가 만난 그 어떤 시인보다 탁월하다. 그저 함께 있으면 웃음이 인다. 동네 아저씨 따로 없다. 한마디로 동심 가득한 분이시다.

　詩는 피라미드다. 피라미드처럼 언어의 조합을 통한 문장의 완성이다. 각종 언술을 동원하여 돌을 쌓듯 시어를 쌓아올린다. 피라미드 건축에 관해서는 그리스의 역사학자 헤로도토스의 노예설이 있다. 한동안 이 설이 정설로 내려오고 있었다. 하지만 근래의 주장은 다르다. 피라미드를 만든 사람은 노예가 아니라 일반 시민과 노동자였다고 한다. 그에 관련한 증빙 자료가 속속들이 밝혀내는 추세다. 이를 뒷받침하는 자료는 당시의 의료문화와 노동자의 단란한 모습이 담긴 유물이다.

　일례로 석판에 남겨진 유물의 자료만 보더라도 이를 대변해 주고 있다. 그러니까 피라미드 건축 노동자의 출근과 퇴근 그리고 출근하지 못한 이유와 그들의 여러 가지 삶의 문화가 고스란히 적혀 있는 자료인 셈이다. 중요한 것은 이집트는 농번기를 제외하면 할 일이 없다. 그래서 파라오의 입장에서 대국민통합의 한 방편으로 피라미드 건축사업을 벌였다는 것이다. 내부분열을 막고 국민통합의 방편이 미래를 여는 국가의 생존방침이었는지도 모르겠다.

반두를 놓고 기다렸다

아무리 기다려도 한 마리도 걸리지 않았다

이곳 피라미들은 약아서

눈먼 놈이 없어서 걸리지 않는 거야

자리를 옮겼다

이곳도 마찬가지 걸리지 않았다

누군가 많이 잡고 있다는 곳

가만 기다리는 것이 아닌

조금은 위험해도

수풀을 첨벙첨벙 밟아 흙탕을 만들고

피라미야 듣든지 말든지

쉭쉭 몰아대고 있다

절묘한 타이밍에 번쩍 들어보니

한 마리도 아니고 여러 마리가 퍼덕이고 있다

피라미 한 마리조차도

언젠가 걸리겠지 하는 반두엔 걸리지 않았다

그놈은 피라미보다

눈도 더 밝고 눈치도

더 빨랐다

—오영록 시 「행운_{行雲}」 전문

그러면 선생의 피라미드를 보자. 위 시에서 반두는 양쪽 끝에 가늘고 긴 막대로 손잡이를 만든 그물. 주로 얕은 개울에서 물고기를 몰아 잡는 기구다. 물론 사전적 의미다. 위 시의 내용을 요약하자면 반두를 들고 피라미를 기다린들 피라미가 잡히지 않는다. 그러니까 이 반두를 들고 조금은 위험해도 풀숲을 훑으니 제법 잡힌다는 것이다. 그러니까 행운이라는 것은 피라미보다 눈도 더 밝고 눈치도 더 빨랐다는 내용이다. 행운은 가만히 앉아서 기다리는 것이 아니라 발로 뛰어다녀야 함을 얘기한다. 선생께서는 아무래도 조심스럽게 주춧돌을 이 필자에게 주신 셈이다. 지면을 빌어 선생께 감사함을 표한다.

나는 갑자기 1592년 임진왜란을 생각했다. 도요토미 히데요시는 서구문화를 가장 빨리 받아들였던 인물이었다. 총기문화 하나로 일본을 통일하고 그 막강한 힘을 분출할 데 없어 조선 한반도에 진출하고자 하는 야심한 계획을 세운다. 한성을 함락하는 데 불과 몇 달 걸리지 않았다. 어쩌면 이것도 자체

내부분열을 군권에다가 통합하여 국민적 통합과 화합을 도모하고 정치권력의 안정을 추구했으리라!

그러니까 詩 쓰는 행위는 통합이자 화합이며 피라미드다. 수만의 알전구가 반짝이는 뉴런의 방마다 들어앉은 각종 인간의 감정과 기억과 추억에 휩싸여 내부분열의 조장을 잠재우고 현실을 더욱더 직시하는 정신적 통일이 나는 시 쓰는 행위라 본다. 돌 보고 돌 쌓는 행위의 일을 통해 돌 같은 언어를 손끝에서 핏줄 따라 나르는 혈구의 병사가 있고 그것을 하나의 거대한 성곽으로 쌓는 신경망이 있다. 시는 외부의 혼돈에서 오는 내부분열을 잠재우는 정신적 통합과 화합의 모색이다.

돌 같은 詩도 잘만 쌓으면 죽어서도 몇 년은 더 버틸 수 있는 개인의 성곽이 될 수도 있겠다. 그렇다고 그런 성곽을 기대하며 하루 공부에 하루 詩 쓰기에 매진하는 것은 아니리라. 詩는 무엇보다 마음의 안정을 위해서 읽고 쓰는 것이 우선이겠다.

강원도 밭은 비탈밭
강원도 밭은 돌밭
흙보다 돌이 더 많은 밭
돌 밑에 또 돌인 밭
주워도, 주워도 끝없는 돌
그러고 보니 나도 돌밭

명심보감에

사서오경에 주역으로 주워낸 돌이 얼마던가

주워내도, 주워내도 옥토가 되지 않는 돌밭

흙이 보이는가 싶다가도

소나기 한 번이면 다 쓸려가 버리는 비탈밭

씨앗 한 톨 품을 수 없는 돌 틈

비가와도 참지 못하고

거름마저 다 떠내려가 버리는 돌밭

밭이라기보다 돌담 같은 밭

하지만,

하지만 밤에도 한낮에 달궈진 돌 때문에 안방처럼

따스한 밭

그래서 옥수수며 감자의 씨알이 굵어지는 밭

주인 몰래 토끼며 고라니며 산돼지에게 슬쩍 나눠 주는 밭

돌멩이를 요리 돌려놓고 조리 돌려놓으며

파종하는 일

돌멩이 보기를 황금 보듯 하는

강원도 돌밭 주인 오 씨

–오영록 시 「돌밭」 전문

선생의 돌밭은 시밭이다. 詩의 출현과 詩의 과정을 겸손으로 써내려오다
가 詩의 결미는 성찰이다. 밭을 힘들게 가꾸어도 여전히 돌밭은 돌밭이고 그

돌밭에 작은 씨앗 하나 심어서 어떤 결실을 보겠다고 경작의 어려움을 들이면 벌써 토끼며 고라니며 산돼지가 스리슬쩍 해먹고 만다. 그러니 밭은 아무리 잘 가꾸어 놓아도 돌밭인 셈이다. 하지만 돌밭을 가꾸었다 해도 공력을 들이며 자연을 한 번 더 보았다는 것은 그만큼 세상을 읽은 셈이 된다. 앞에 시제 '행운'과 시제 '돌밭'은 우리에게 행동의 중요성을 선사한 셈이다.

오늘 아내와 함께 한씨 문중의 회장님과 총무님을 만나 뵙고 이미 공사가 끝난 건물에 대한 임대차 계약을 했다. 2년 계약에 자동 경신으로 10년 장기 계약을 했다. 이달 25일까지 보증금 완불과 8월 1일부터는 정상영업에 들어가기로 약속을 했다. 계약 마치고 옆집 콩국수 집 들러 사장님께 인사드리며 계약에 관한 말씀을 넌지시 드렸다. 그리고 서로 협조 하에 잘해나갔으면 하고 인사드린 셈이다. 마침 점심도 먹지 않아서 두부 전골에 식사 한 끼 했다. 카페 이름은 鳥瞰圖, 표어는(슬로건) '새가 바라보는 세상'이다. 이제부터 조감도에 관한 역사를 새로 쓸 것을 생각하니 한편으로는 아득하지만, 또 한편으로는 가슴 뿌듯한 뜨거움 같은 것이 인다. 내가 생각한 카페, 만인이 아메리카노 한 잔에 그 어떤 문화와도 쉽게 접할 수 있는 카페, 발돋움하기 위해 무척 노력할 것을 다짐한다. 그러기 위해서는 이 시 읽기와 시 쓰기와 시 감상을 하루도 게을리하지 않을 것을 내 가슴에 다짐한다.

-鵲巢日記 14年 06月 17日

가령 영하라는 사람에 대한 이야기

흰 뚜껑 꽂은 빨대를 힘껏 당긴다. 까만 액체가 시큰거리며 오른다. 하얀 이와 이 낀 이물질 말끔히 씻는다. 흰 뚜껑 덮은 종이컵 든다. 컵의 농도와 밀도를 다시 당긴다. 입술의 점성과 유체에 관해서 형태와 마찰에 관해서 지퍼백처럼 운반구에 담는다.

어디에 일하세요? 네 벌집 삼겹살에 일해요. 아! 여 위에 있는 그 벌집 삼겹살 맞나요. 아뇨 여 밑에 있는 벌집 삼겹살인데요. 근데요 주인이 같아요. 그렇군요. 이 집 커피가 맛있었어! 자꾸 와요. 운반구에 담은 아이스커피를 든다. 무거운 철문을 열며 간다.

언덕배기에 바람개비처럼 희망을 지었다. 희망을 보완하는 석축을 쌓고 석축의 틈을 메웠다. 관식에 어긋난 틀을 만들고 틀과 틀을 잇는다. 희망을 부었다. 희망을 생각하며 틀 뗀다. 굳은 희망에 창을 넣고 거울 같은 유리를 넣었다. 굳은 희망에 문틀을 넣고 문을 넣고 손잡이를 붙였다. 희망은 계단처럼 밑을 바라볼 수 있었다. 온 동네가 환하게 들어오는 희망을 본다.

희망은 바람개비처럼 구름을 비우고 말끔한 하늘 보아야겠다.

詩人 윤성택 선생을 보았다. 詩集 『감感에 관한 사담들』 읽었다. 진술보다는 묘사에 더 가까운 詩集 한 권이었다. 하늘에 둥둥 떠가는 구름을 본 듯했다.

지금 날씨는 어느 냉장고 속입니다

한여름날 영하를 떠올리듯

이 저온을 유지하기 위해 얼마나 많은 날들이

플러그를 꽂고 있는 걸까요

왠지 모를 그리움이 설핏 껴오는 게

이 추위의 겉봉입니다

밤에 편지로 어두워본 적 있는 사람은

당신의 배후를 동봉한다는 것입니다

편지지를 구겨버리고 새로 꺼내

한 줄마다 심장의 피를 흘려보낸 적 있습니다

몇 줄 지나고 나니 사연에 혈색이 돌고

나는 점점 새벽으로 창백해져갑니다

나는 당신에게로 생각이 입혀지다가

당신 안으로 나를 들여놓습니다

북향의 자취방 작은 창으로 깃든 빛줄기를

여기에 적습니다, 가령 영하는 그날의 체온입니다

필체를 나눠가진 주말은 갔고

그날은 푸른빛으로 인화되는 소인입니다

날마다 나는 영하처럼 어디론가 흘러갑니다

—윤성택 시 「가령 영하라는 사람에 대한 이야기」 전문

여기서 영하는 詩의 환치다. 허나 글쓰기 위한 방편이다. 그러니까 영하는 詩며 그만큼 영하의 온도처럼 차가운 것이 詩며 이를 사람으로 제유 놓기까지 한 언술의 기법이다. 시제가 가령 영하라는 사람에 대한 이야기다. 첫 문장을 보자. '지금 날씨는 어느 냉장고 속입니다' 여기서 주어부는 '지금 날씨는'이며 서술부는 '어느 냉장고 속입니다'이다. 날씨며 성씨며 화자다. 어느 냉장고 같은 곳에 있다는 내용이 되겠다.

'이 저온을 유지하기 위해 얼마나 많은 날들이 / 플러그를 꽂고 있는 걸까요' 저온은 가라앉은 온도를 말하며 화자의 시 쓰기 위한 어떤 마음의 상태를 묘사한 시어다. 다음 행의 플러그라는 시어는 전기를 공급받기 위한 코드가 될 수 있으며 또 뗄 수 있는 코드이기도 하다. 여기서는 어떤 독서의 행위를 묘사한 시어로 볼 수 있다.

'왠지 모를 그리움이 설핏 껴오는 게 / 이 추위의 겉봉입니다' 이상과 동경을 향한 플러그의 상태는 그리움까지 밀려오기도 하며 안식의 결핍에 따른 시작을 알리는 문장이다.

'밤에 편지로 어두워본 적 있는 사람은 / 당신의 배후를 동봉한다는 것입니다' 여기서 편지와 배후는 대조적 시어다. 그러니까 편지가 어떤 내면의 완

성을 말하면 배후는 그 뒤의 실체나 껍데기를 비유하겠다.

　'편지지를 구겨버리고 새로 꺼내 / 한 줄마다 심장의 피를 흘려보낸 적 있습니다' 화자의 시 쓰기의 고통을 읽을 수 있는 한 대목이다. 그러니까 문장의 완성은 그만큼 힘든 작업이다. 앞뒤 정황과 이치가 맞아야 한다. 그렇지 않으면 비문이 되니 어찌 시가 거저 이룰 수 있는 작업이라 할 수 있겠는가!

　'몇 줄 지나고 나니 사연에 혈색이 돌고 / 나는 점점 새벽으로 창백해져갑니다' 시의 발단을 얘기하며 그만큼 공력을 들여 해놓은 작업은 완성의 미로 향하지만 밤을 새우는 고역임을 진술해 놓고 있다.

　'나는 당신에게로 생각이 입혀지다가 / 당신 안으로 나를 들여놓습니다' 필자 또한 시를 쓰지만, 화자의 이 문장에 참 많이 동감하는 바이다. 원인과 결과를 따져보다가 어떤 중간 단계를 빼먹기도 하면서 마음의 법정에서 동의로 결판낼 때 많으니 말이다. 그만큼 상상을 펼치며 허공에 다리를 놓는다는 것은 보이지 않는 산을 만들고 오르는 행위와 마찬가지겠다.

　'북향의 자취방 작은 창으로 깃든 빛줄기를 / 여기에 적습니다, 가령 영하는 그날의 체온입니다' 여기서 주목할 시어는 방위가 나온다. 그러니까 북향이다. 오행에서 보면 동쪽은 右라 하고 서쪽은 左라고 한다. 남쪽은 前이라 하고 북쪽은 後라고 한다. 이렇게 오행에 방위를 정한 것은 좌를 기준으로 하기 때문이다. 좌를 기준으로 하여 좌우전후라고 한다. 그래서 이 문장에서는 북향의 자취방은 실지로 북향이면서도 내 머무는 마음의 뒷벽을 암시하는 암울한 배경을 묘사한다.

옛날 우리 조상의 우주관은 우주가 좌선左旋한다고 보고, 태양계가 우선右旋한다고 보았다. 좌선하는 것을 순행順行이라 하며 우선하는 것을 역행逆行이라 한다. 순행은 영원이고 역행은 유한이다. 이러한 우주관에서 좌를 우보다 더 높게 바라보게 되었다. 여기서 좌청룡 우백호라는 말도 한번 생각해보자.

'필체를 나눠가진 주말은 갔고 / 그날은 푸른빛으로 인화되는 소인입니다' 그러니까 시의 완성을 의미하는 문장이다. '날마다 나는 영하처럼 어디론가 흘러갑니다' 이 문장은 시의 홀릭과 패닉의 상태를 말하는 것인데 어느 글쓴이든 또 예술가든 이러지 않는 사람이 없을 것이다. 예술가는 일반인과는 다른 눈빛을 가졌다는 것은 틀린 말이 아니다.

문학동네 시인선의 시집도 참 예쁘다. 완전 직사각형이다. 전에 시집들은 수작업으로 제본한 느낌이었다면 이번 시집은 전에 거와 디자인은 같으나 제본의 깔끔한 미를 본다. 그리고 시인의 일관성 갖춘 글맵시였다. 솔직히 필자에게 어려운 문장이었다. 상상을 많이 요구하는 문장의 한 권이었다. 아무튼, 詩集 한 권 잘 감상했다. 책거리다. 읽었기 때문에 쓴다.

−鵲巢日記 14年 06月 17日

그새

詩는 철길이며 詩集은 철둑이다. 철길은 나와 나의 그림자 같은 나가 놓인 길이다. 삶을 온전히 받쳐주는 것이 시집이라는 것이다. 하루는 침목이다. 백지 같은 하루를 놓고 나를 얹고 나를 복제하며 걷는 하룻길은 또 누가 밟아도 온전히 갈 수 있게끔 길을 다듬는 것이 시며 철길이며 일기 같은 것이다. 이를 받쳐주는 철둑이 있으니 침목을 바르게 놓고 길을 개척함에 게을리 해서는 안 되겠다. 이는 사랑이 없으면 철길은 고사하고 침목을 놓는 것도 어려울 것이다. 일을 사랑하며 태양을 사랑하는 마음을 우선 가져야겠다.

詩 / 鵲巢

밀폐 통 젖혀 여니 소리 없는 손맛에
깔끔한 소반 같이 속 비운 푸른 풀잎
언제나 바라다보는 해 끝 잇는 보름달

詩人 홍성란 선생을 만났다. 시집 『춤』 읽었다. 마찬가지로 문학수첩에서 발간한 책이며 한 권을 읽고 느낀 점은 깔끔했다. 군더더기 없는 시조 모음집이다. 시조라 하면 어느 정도는 율격에 꼭 맞춰야 한다고 우리는 대충 알고

있다. 하지만 시인은 그 율격을 전혀 무시한 것은 아니나 일반 사람이 읽어도 시조일 거라 생각 들지는 않을 것이다. 필자도 전반부를 읽으며 전혀 알지 못했다. 후반부로 넘어가면서 시조임을 알게 되었다.

　　선생의 시집 서시만 필사해 본다.

　　갠 하늘 그는 가고
　　새파랗게 떠나버리고

　　깃 떨군 기슭에 입술 깨무는 산철쭉

　　아파도
　　아프다 해도
　　빈 둥지만 하겠니

-홍성란 시 「그 새」 전문

鵲巢感想文

　　말아주는 국수가 고향 어리네
　　금오산 자락에 어린 배꼽
　　맑은 웃음 한 말씀일 것만 같네

선생께 예의가 아닐 줄은 알지만 그저 필자가 받은 느낌이다.

경산중학교와 장산중학교에서 선생님 두 분이 오셨다. 이달 말 며칠과 방학 끝나고 한 며칠을 학생들을 위한 직업관 교육을 부탁하신다. 전에 진량중학교와 자인여상에도 한 번 다녀온 적 있다. 그리 어려운 일도 아니고 해서 선생님 부탁 말씀을 흔쾌히 응했다. 선생님 한 분은 내 고향 북삼중학교에서도 교편을 잡은 바 있다고 하셨다. 고향을 묻고 커피에 관한 경험을 자꾸 물으시기에 알게 되었다. 나의 책 몇 권 선물로 드렸다.

한때는 식당 운영하시는 사장님이셨다. 지금은 경남 고성에 '학동 갤러리'라고 민박집 겸 찻집을 운영한다. 오래간만에 들러 솔직히 얼굴도 못 알아보았다. 카페 쪽으로 걸어오시며 싱긋이 미소하시기에 그때야 알 수 있었는데 여기서 이사 간 지가 벌써 2년이나 되었다 하니. 시간이 제법 간 것이다. 성함이 장기환 씨인데 연배가 나보다는 좀 높아서 그냥 사장님이라 부른다. 그러니까 장 사장은 손재주가 남다르다. 나뭇조각공예에 조예가 높다. 전통찻집을 운영하며 틈틈이 작품을 만드신다고 하니 모은 작품만 해도 꽤 된다고 했다. 아무튼, 너무 반가운 손님이 오셨다.

며칠 전에 주문했던 시집과 시인 안도현 선생께서 내신 백석 평전이 왔다.

-鵲巢日記 14年 06月 18日

모서리가 자란다

　　사방이 거울이다 거울이 바라보는 거울 그 미궁 속을 헤매다 아침이 되면 파
란 곰팡으로 부활하는 여자 여자의 모서리로 거미가 빨려 들어간다 여자가 남겨
진 거미줄에 물을 준다 모서리가 점점 커진다 쨍하고 거울이 깨진다 시간을 질
주하던 오토바이가 급브레이크를 밟는다 등이 굽은 백발의 소녀가 깨진 거울 밖
으로 튕겨져 나와 여자에게 오버랩된다 더 이상 허수아비와 십자가를 구분하지
못하는 여자는 죽음에 집중할 수가 없다 죽음보다 집중이 더 중요한 여자 여자
는 바늘과 섹스라도 하듯 항상 엄지발가락에 잔뜩 힘을 주고 있다 손가락으로
하나, 둘, 셋을 세다 너무 힘들어 네 번째 손가락을 굽히지 못한 채 깨진 거울 속
으로 빨려 들어가는 여자 여자가 거미줄에 걸려 있다

－장승리 시 「모서리가 자란다」 전문

　　시인 장승리 님의 시집을 읽었다. 위 시는 시집 『습관성 거울』에 있는 서시
다. 여기서 여자는 화자이기도 하고 백지이기도 하고 바늘은 연필이기도 하
면서 화자의 마음을 표현하는 심리적 표현이기도 하다. 화자와 화자의 거울
과의 섹스는 시 쓰는 행위며 모서리를 키우는 행위가 될 수 있다. 거미줄은
모서리 안에 있으며 다 깨진 거울이나 다름없이 흩어져 있는 거다. 한 편의
시를 완성한 것이 된다.

오늘부터 다시 공부한다. 될 수 있으면 시집 한 권을 읽으며 가벼운 글은 늘 적겠다. 지난번 글을 다시 확인하며 좋은 시 수필집 하나를 다시 쓰겠다. 그리고 시도 다시 생각하며 반듯한 돌 다듬듯 하겠다.

조감도 공사현장에 다녀오기도 했으며 이쪽 조감도 마감하며 모 대학 선생님과 축하연 저녁을 함께 먹었다. 가벼운 커피도 한잔 하면서 이제는 글 고만 적어라 하시며 충고 주신다. 아무튼, 좋은 시간을 보냈다.

-鵲巢日記 14年 06月 20日

너의 모습

너의 모습을 보여줘

너는 웃는 모습이다. 웃을 작정이다. 너는 어디서 왔니

물어보아도 웃고
웃음을 어떻게 던지는 거지
불안이 시작될 때

불안은 너의 명랑
　천장은 높고 천장에서 뛰어내리며 너는 웃는다. 아무도 모르는 날들이 거기 있
는 것 같다. 너는 날들을 퍼뜨린다.

　높은 곳에서 낮은 곳으로 낮은 곳에서 높은 곳으로 벽을 따라다니며 나도 날들
을 하고 있을게

　모습들이여 단결하라

뛰어다니는 모습

아마도
지푸라기가 걸어오는 것처럼 보일거야
지푸라기가 울고 있는 것처럼 보일거야

오늘 내 모습이 좋다. 모습이 나와 함께 있어서 좋다.

너의 모습을 보여줘 너는
풍요합니다.

–이수명 시 「너의 모습」 전문

詩人 이수명의 詩集 『마치』를 읽었다. 시집의 제목도 다의성이다. '마치'
는 부사로서 거의 비슷하리라는 뜻도 있지만, 영어로는 march 그러니까 행
진이라는 뜻도 있다. 또 굳이 억지로 하나 더 붙이자면 말의 이빨 정도로 보
는 것도 좋을 듯하다. 한번 이빨로 까 보겠다. 뭐 그런 뜻이다.

이수명의 詩는 나름으로 특색을 가진다. 언뜻 읽어도 아! 이건 시인 이수명
의 詩야 할 정도로 나름의 창법을 가진다. 가만히 읽고 있으면 우리말의 어휘
가 제 뜻이 있지만, 그 뜻을 벗어나 다른 의미를 담을 때, 詩는 모호하기도 하
지만 새로운 세계를 안내한다.

아무튼, 잘 감상했다. 이 자리를 빌려 시인께 감사함을 놓는다. 근래 일이 많아서 시집 한 권 보기가 좀 어렵다. 하지만 무작정 읽으려고 노력한다. 그리고 나의 때를 벗기며 무엇이라도 쓰겠다는 마음도 변함없이 다부지게 가진다. 부과세 신고와 건물 준공 그리고 내부공사, 교육 등 머리 아픈 일뿐이다.

어떤 이야기

　사동 조감도에 다녀왔다. 그전에 내부공사를 맡는 장 사장께 본점 오시게 하여 여러 가지 사항을 의논했다. 내부 철 작업과 작업해 놓은 결과물에 대한 안전에 관해서 그러니까 철만큼 단단한 것은 없을 것이지만 열에 약한 것도 사실이다. 여러 손님이 앉을 때 위험한 일은 없겠는지 또 에어컨을 가동했을 때 철의 변형은 오지 않겠는지, 구조물의 안정성을 얘기했다.

　건물 시공하신 한 사장님을 만나 뵈어 옥상 방수에 관한 이야기와 오늘 문중회의 결과에 관해서도 얘기를 나누었다. 카페 앞, 마당 포장과 주차 공간, 화단 얘기가 오고 갔었다. 모두 곧 작업해야 할 일이다. 내부 공사 과정을 맞춰 서로 협의로 일을 하기로 했다.

　오후, 커피 강의할 때다. 커피가 어떻게 발견되었으며 전파되는 과정을 얘기했는데 어원의 변천 과정도 이야기하게 되었다. 그러니까 커피라는 말은 에티오피아 카파라는 동네에서 발견하여 아라비아 반도를 거칠 때 지역명인 카파가 말이 와전되어 부르게 된 것이 커피다. 유럽은 민족도 다양하지만, 국가와 언어도 다양하다. 국가별 부르는 커피 이름이 각기 다른 것도 사실이다. 우리나라를 포함해서 중국과 일본은 가배라고 쓴다.

가만 보면, 우리말도 마찬가지다. 얼마 전에 필자는 「쇠 검은 머리 흰 죽지」라는 시를 쓴 적 있다. 한 문장 옮겨놓으면 '거미줄 같은 석쇠에 한 점씩 올려 올히 올이 오리하며 뜨거운 숯불에 자맥질하듯 새로 산 연필처럼 뒤집는다' 여기서 오리라는 말이 나온다. 오리라는 말은 원래, '올히'로 썼다. 이 말이 와전되어 내려오게 된 것이 오리다.

한 가지 더 들자면 서울이라는 단어도 있다. 한글이 없었던 신라시대 때 도읍지 이름이 서라벌이었는데 한자 표기는 徐伐서벌이었다. 이 '서벌'이 서울이 되었다는 설이 하나 있으며 또 하나는 조선을 세운 태조 이성계가 눈 쌓인 성을 보며 마치 눈의 울타리라 해서 '설雪울'이라 했다는 이야기도 있다. 어느 것이든 말은 이래나 저래나 변화를 거듭하여 지금 우리가 쓰는 단어가 된 것은 분명하다.

'벽과 말'이 들어간 시 한 수 읽었다. 시어로써 사용하는 벽은 극복하기 어려운 한계나 장애를 비유적으로 쓴다. 말은 동음이의어로 여러 가지 뜻이 있다. 말과의 포유류 동물인 말이 있으며 우리가 사용하는 언어전달 수단인 말과 곡식, 액체, 가루 등의 분량을 나타내는 단위가 되라 하는데 한 되씩 모아 열 되가 되면 한 말이 된다.

어두운 물소리와 긴 긴 구멍, 거기서 나는 불타는
말과 놀았다. 모든 말이 재가 될 때까지 놀았다.

-박진성 시 「어떤 붉은 이야기」 부분

詩의 문장이지만 詩가 얘기하는 것이 많다. 물론 해석하기 나름이지만 여기서 말은 말馬이 아니라 말言로 보인다. 물론 뒤 문장에서 '재' 라는 시어가 보이기에 그렇다. 굳이 다르게 읽으려고 하면 또 다른 해석도 할 수 있음이다. 물론 앞 문장에 쓴 물소리와 긴 긴 구멍은 탐미적인 것도 사실이기 때문이다.